Allen Liebenden gewidmet

Wenn jemand schwach gehalten wird, wird er irgendwann auch wirklich schwach werden.

Simone de Beauvoir

PROLOG

Es war finster, und ich fror.

Wie lange ich schon hier in diesem Verlies saß, wusste ich nicht mehr. Es fühlte sich für mich auf jeden Fall wie eine Ewigkeit an.

Meine Erinnerungen an draußen, an das Tageslicht, an die Umgebung waren weit weg.

Als sei es in einem anderen Leben gewesen. Dabei konnte das nicht sein.

Im Dunkeln aufzuwachen, das hatte ich schon öfter erlebt.

Weggesperrt zu werden. Auf Zeit.

Bisher.

Für Stunden, einen Tag.

Ohne Essen.

Doch diesmal war es anders. Es gab Essen. Irgendwann.

Und zu trinken. Manchmal.

Ich hatte Durst, merkte ich.

Wie ich hierhergekommen war? Keine Erinnerung.

Ich wusste nur so viel, dass ich bereits öfter aufgewacht war, daher länger hier sein musste. Und ich hatte Wurstbrote gegessen. Sie schmeckten nach daheim. Nach dem Brot und nach der Wurst, die wir zu Hause hatten.

Das beruhigte mich.

Manchmal, wenn ich etwas angestellt hatte, landete ich bei uns im Keller. War es diesmal wieder so gewesen?

Aber ich konnte mich an nichts mehr erinnern. Sonst war es nicht so. Warum jetzt?

Verzweiflung!

Ich lag am Boden. Er war feucht und glitschig. Mir war kalt.

Obwohl ich eine Decke hatte. Doch sie besaß bereits eine Schwere, die sie nur haben konnte, wenn sie sich schon längere Zeit unter der Erde befand. Wie ich.

Hier im Keller.

In welchem? Um Gottes willen? Ich wollte es endlich wissen. Musste es endlich wissen!

»Lieber Gott, bitte lass mich hier nicht verkommen. Ich will in Zukunft alles machen, was du mir sagst. Immer brav sein. Nichts mehr anstellen, wie ich es sonst manchmal mache. Aber ich mein's ja nicht bös. Es passiert halt. Aber wenn du willst, wird das in Zukunft anders werden. Das verspreche ich dir!

Ich will nur raus! Bitte!

Bitte, tue was! Hilf mir!«

Ich schlug die Hände vors Gesicht. Das tat weh. Ich zuckte zusammen.

Um Genaueres zu ertasten, legte ich meine Finger sanft auf die Haut und spürte mehrere Schwellungen. Dann fuhr ich auch das Haar entlang. Ich war also geschlagen worden. Deshalb tat mir mein Kopf weh. Diese rasenden Kopfschmerzen!

Ich versuchte, mich aufzurichten. Es ging nicht. Ich merkte, wie sich um mich herum alles drehte, obwohl ich nichts sehen konnte. Aber ich fühlte es.

Ich kroch den Boden entlang und ertastete einige kleine Erdhäufchen. Ich hatte sie als Orientierung für mich von einer Seite des Raums zur anderen errichtet, erinnerte ich mich plötzlich. So konnte ich mich besser zurechtfinden.

Ich wusste jetzt, dass am anderen Ende des Pfades mein Glas Wasser stehen würde. Letztens hatte ich darin noch ein wenig übrig gelassen. Ich wollte es erreichen. Musste es erreichen, bevor ich ohnmächtig werden würde.

Mit diesem Gedanken meldeten sich meine Lebensgeister zurück. Einen Weg finden! Hier herauskommen.

Ich wollte mein Ziel möglichst schnell erreichen. Ich bewegte meinen Körper abrupt.

»Ah!«, stöhnte ich auf. Höllische Schmerzen durchfuhren mich.

Ich ließ mich wieder auf den feuchten und kalten Lehmboden des Kellers zurückfallen und krümmte mich. Das Atmen fiel mir schwer. Ich durfte nur nicht meine Bauchdecke anspannen, sonst würde jede Bewegung noch unerträglicher. Jemand musste mich getreten haben. Auch Schultern und Rücken konnte ich kaum bewegen, als hätten mich zuvor harte Gegenstände oder eine kräftige Hand mehrmals getroffen.

Was war passiert? Weiterhin Blackout.

»Mama, bitte hilf mir! Lass mich nicht allein! Ich will ja wieder brav sein. Bitte! Und sag mir, was ich falsch gemacht habe. Ich will's auch nicht mehr tun!«

Es raschelte plötzlich. Ich drehte mich zur Seite, um das Geräusch besser orten zu können.

Kam endlich jemand? Mama?

Ich hörte genauer hin. Es war ein Scharren, das ich jetzt vernahm. Ich robbte am Boden ein wenig in die Richtung, aus der das Rascheln kam.

Kurz darauf erschrak ich! Irgendetwas sprang mich an. Und noch etwas. Instinktiv schlug ich um mich.

Ach! Nein!

Meine Hand brannte. Kleine Lebewesen krochen an mir entlang und ließen sich kaum von mir abwimmeln. Ich war gebissen worden! Waren es Mäuse, die sich die Krümel meines Wurstbrots holen wollten? Oder Ratten, die nur darauf warteten, dass ich hier drin endlich verreckte!

Meine Hand schmerzte. Ich führte sie zum Mund und saugte instinktiv am Blut, das aus der Wunde trat.

Es schmeckte metallen. Mir ekelte.

Gegen alle Erwartung spuckte ich es nicht aus, sondern versuchte, das Blut herunterzuwürgen. Mein Durst war unerträglich geworden, weshalb mir mein eigenes Blut sogar gelegen kam.

Widerlich!

»Bitte, helft mir. Ich will hier nicht verrecken!«

Nein! Nicht weinen. Auch, wenn mir gerade danach war. Das wäre das Letzte gewesen, was ich jetzt hätte brauchen können, noch mehr Flüssigkeit zu verlieren. Aus meinem Körper. Aus meinem geschundenen, gequälten Körper.

»Lieber Gott, erhöre mich!«

Trinken. Etwas zu trinken finden!

Ich biss die Zähne zusammen und kroch einige Meter weiter, bis ich mit den Fingern an den Rand eines Tellers stieß. Zitternd vor Erregung tastete ich ihn nach etwas Essbarem ab, hob den Teller dabei hoch.

Er entglitt meiner Hand und zerbrach.

Verzweifelt suchte ich weiter und umfing eine der spitzen Scherben, die ich ertasten konnte. Ich hielt sie so fest, dass sie sich in mein Fleisch drückte. Warum ich das tat, wusste ich nicht.

Plötzlich ein Geräusch draußen! Schritte. Ein Lichtstrahl drängte sich durch die Ritzen dieser Kellertür, die mich gefangen hielt.

Ich wartete, saß dicht neben ihr.

Jemand löste den schweren Schieber. Die Tür öffnete sich.

Freiheit, Erlösung – gleich um welchen Preis.

1. KAPITEL

Welcher Teufel hatte sie nur wieder geritten, auf diese wackelige Leiter zu steigen? Das durfte doch wohl nicht wahr sein! Passieren konnte das nur, weil sie noch so aufgewühlt von ihren Urlaubserlebnissen war. Sie wollte sich daher mit irgendeiner Tätigkeit ablenken. Und ihr erster Blick war auf die lockeren Dachziegel ihres Wochenendhauses, eines ehemaligen alten Schulhauses, gefallen.

Walli Winzer stand jetzt mitten auf der Leiter, die sie vorher nur mühsam aus der Halterung der seitlichen Hauswand hatte heben können. Sie überlegte einen Moment lang umzukehren. Doch das beinhaltete das gleiche Risiko, wie den Weg hinauf fortzusetzen. Vor allem unter den unsicheren Umständen, die sie gerade vorfand. Jeden Schritt wollte sie mit Bedacht und in gleichmäßigem Rhythmus setzen. So konnte es klappen, und nichts würde passieren. Sie beschloss daher, weiter nach oben zu klettern.

Dort angekommen, würde sie sich vorsichtig an der Dachrinne festhalten. Sie würde abwarten, bis sich ihr Untergrund stabilisiert hatte. Sie brauchte sich nur ein wenig vorzubeugen und hätte die Ziegel im Handumdrehen in Griffweite. Doch dafür musste sie Ruhe bewahren und sich Zeit lassen. Zeit, die sie generell brauchte. Zeit, die zuvor in ihrem Berufsleben knapp geworden war. Zeit, die sie sich einfach für sich selbst nehmen wollte, und die ihr in den letzten Jahren abhandengekommen war. Schleichend. Ohne dass sie es gemerkt hatte. Sie wollte wieder zu Ruhe und Kräften kommen.

Walli Winzer ärgerte sich im selben Moment. Speziell über sich selbst. Über ihre Impulsivität. Über ihre Rastlosigkeit, die sie zeitweise überkam und mit der sie ihre Vorhaben vorantrieb. Über den Kick, den sie brauchte, um zu Höchstleistungen aufzulaufen.

So wie jetzt.

Diese gefährliche Situation hatte sie doch gar nicht notwendig! Gottverlassen auf dieser albernen Leiter zu stehen. Sich unnötig in Gefahr zu bringen! Sich vor eine derartige Herausforderung zu stellen, die sie bewusst nie so herbeigeführt hätte.

Warum hatte sie die möglichen Auswirkungen dieser Situation nicht schon vorher bedacht? Das wäre abzuschätzen gewesen: Die Leiter war aus Holz, ziemlich lang und musste sich daher bedrohlich in der Mitte durchbiegen.

Sie dachte derzeit einfach zu wenig nach, ließ sich treiben.

Ihre Instinkte waren nur auf Stand-by geschaltet.

Die Gefahr hatte sie erst bemerkt, nachdem es schon zu spät war. Sie war eben temperamentvoll, sagte sie sich. So ging sie alles in ihrem Leben an.

»Mist!«, ärgerte sich Walli Winzer.

Sie fühlte, wie sich ihre Wangen halb vor Zorn, halb vor Erregung erröteten.

Hoffentlich befand sich zumindest noch so viel Elastizität in diesem morschen, alten Ding, dass es nicht ausgerechnet in diesem Augenblick auseinanderbrach. Das würde gerade noch fehlen!

Die Holzleiter ragte vier Meter in die Höhe und war an das Sims des Gebäudes angelehnt. Es war frisch renoviert und bot ausreichend Halt. Zumindest vorübergehend.

In diesem Moment erkannte Walli allerdings, dass sich etwas ganz anderes besorgniserregend auszuwirken begann: die ungleichmäßige Verteilung ihres Körpergewichts. Und das war für sie das eigentlich Furchterregende!

Erneut schwankte die Leiter.

Sie blickte hinunter. Ein Adrenalinstoß versetzte sie in Panik. Im Affekt klammerte sie sich fester an den Rahmen und legte den Körper auf die vor ihr liegenden Sprossen. Mit geschlossenen Augen versuchte sie, alle Kraft einzusetzen, um sich leichter zu machen. Sie verlegte ihre gesamte Konzentration auf die obere Körperregion und hatte dabei das Gefühl, dass es ihr gelang. Die Leiter begann sich zu stabilisieren und wieder ihre ursprüngliche Position einzunehmen.

Doch ausgerechnet heute an ihre Problemzonen erinnert zu werden, wo sie erschöpft und übernächtigt von der Reise gedanklich noch nicht einmal richtig angekommen war, fand sie bitter.

Und schuld daran war dieses Ding da!

Seine Ermüdung hatte sie dem Holzungetüm zuvor nicht angesehen. Es sah zwar so aus, als hätte es schon einige Jährchen hinter sich. Sie hatte jedoch nicht gedacht, dass ihr Aufstieg Richtung Hausdach zu einer Zitterpartie ausarten würde.

Und nun mal ehrlich: Wegen der wenigen Kilos über ihrem Idealgewicht bricht doch nicht gleich die Welt zusammen!

Ihr Gewicht konnte für deren Durchhänger nicht allein verantwortlich sein. Das hoffte sie insgeheim.

Walli Winzer wusste natürlich, dass sie in den letzten Jahren ihre Garderobe regelmäßig um eine Konfektionsgröße hatte erweitern müssen. Das hatte natürlich auch den Vorteil, dass sie neue Kleider brauchte. Und so war sie stets in aktuelle Designermode gekleidet.

Ein paar Kilo mehr waren ein wunderbarer Vorwand, um auf Shoppingtouren zu gehen! Denn unnötig Geld zum Fenster rauswerfen, wollte sie nicht. Ihre Einkäufe sollten sich lohnen.

Meist zog Walli stilsicher an anderen Frauen vorbei. Sogar ihre größten Konkurrentinnen in der modeorientierten PR-Branche warfen ihr diesbezüglich noch einen zweiten Blick zu. In diesen Momenten fiel ihr die allgemein bekannte Behauptung ein, dass Frauen sich weniger für Männer als für die kritischen Blicke ihrer Geschlechtsgenossinnen zurechtmachen würden. Das konnte sie bestätigen. Sie genoss mindestens ebenso die Blicke anderer Frauen wie die aufmerksamen des anderen Geschlechts.

Sie kaschierte manche Rundung gekonnt und nahm diese gelassen als Folge ihrer großen Leidenschaft für alle schönen Dinge des Lebens hin. Dazu zählten gute Küche und selbstverständlich – Männer.

Sie liebte den Esprit, den ihre stummen Schlachtrufe im Kampf um lukrative Werbeaufträge befeuerten. Und sie liebte die versöhnlichen Soireen nach Abschluss erfolgreicher Projekte. Walli Winzer war immer und überall in ihrem Element. Es musste sich bloß für sie ständig etwas tun. Manchmal sogar bis zur Erschöpfung. Und das nicht nur für sie, sondern auch für ihre Umgebung.

Das war ihr vor allem im letzten Jahr bewusst geworden, als ihre Kräfte ganz allgemein begonnen hatten nachzulassen und als jede Anforderung sie bereits im Vorfeld mitnahm.

Als Walli Winzer jetzt daran dachte, atmete sie schwer. Sie fühlte, wie ihr Schweiß aus den Poren trat. Sie sog die Luft mit offenem Mund tief ein und presste dabei ihre Lippen zwischen die Zähne, um durch die Nase auszuatmen. Einige Symptome ihrer Erschöpfung waren also noch immer vorhanden, wurde ihr wieder bewusst. Auch wenn sie nicht mehr so heftig wie noch vor Kurzem waren.

Vor einigen Wochen hatte sie den richtigen Entschluss gefasst, endlich allen Anforderungen zu entfliehen, auf niemanden Rücksicht zu nehmen und nur noch für sich selbst da sein zu wollen. In Österreichs nördlichem Ende der Welt, im Waldviertel von Niederösterreich. In Großlichten. Hier, wo bereits Mitte September die ersten welken Blätter sanft im Wind tanzten.

Ihre beste Freundin Lena hatte Walli Anfang des Jahres dazu überredet, sich hier ein Wochenendhaus zu kaufen. Doch statt durch die Wälder zu streifen oder die wunderbaren Wanderrouten der Umgebung zu erkunden, waren bisher ihre Kombinationsgabe und ihre Hartnäckigkeit gefragt gewesen. Schließlich hatten sich Mordfälle ereignet, zu deren Aufklärung sie maßgeblich beigetragen hatte. Zur Überraschung von Dorfpolizist Grubinger und allen anderen. Doch jetzt war Schluss damit!

Am besten wäre, möglichst rasch das Weite zu suchen, um endlich Ruhe zu haben.

Südschweden war ihr eingefallen.

Das Seehotel lag abgeschieden direkt am Waldrand und hatte nur wenige Zimmer. Eine Trainingsgruppe von Führungskräften und einige Urlaubspaare teilten sich das Seeufer. Es war idyllisch!

Und dann kam – er!

Walli hielt bei diesem Gedanken auf der Leiter kurz inne und schloss ihre Augen. Sie verspürte einen Hauch von Wohlgefühl, als sie die Bilder von Björn Johansson am Ufer des Waldsees gedanklich abrief: groß, humorvoll, braun gebrannt und erbarmungslos sexy. So hatte sie sich ihren Urlaub vorgestellt!

Durch ihren heftigen Seufzer ruckelte die Leiter wieder, was Walli sofort in ihre schnöde Wirklichkeit zurückholte. Als Top-Werbefachfrau konnte sie von Haus aus Situationen ziemlich gut einschätzen. Also sollte sie sich nicht aberwitzig etwas vormachen: Weshalb sollte ihr Abenteuer weit weg von den einsamen Buchten Südschwedens weitergehen? Und weshalb sollte Björn nach Großlichten kommen, diesem kleinen, verschlafenen Ort im südlichen Waldviertel? Unvorstellbar!

Hallo, Walli, wach auf, rüttelte ihr Realitätssinn eindringlich an ihrer getrübten Wahrnehmung.

Noch dazu fiel ihr gleich wieder ihr ewiges Thema »Abnehmen« ein. Das sollte sie wieder einmal in den Griff bekommen. Vor allem am oberen Ende der Leiter ankommen.

Es waren wenige Sprossen bis zu diesen verrutschten Dachziegeln.

Sie hatte von unten festgestellt, dass zwei von ihnen nur noch an einem Nagel hingen. Das weiße ungeschliffene Fichtenholz des Dachstuhls unterhalb blitzte schon durch. Ein harter Schlag musste sie verschoben haben. Einige Äste ihrer alten Birke, die sich dicht neben dem Haus befanden, könnten die Ursache dafür gewesen sein. Sie würde sie zurückschneiden lassen, damit so etwas nicht mehr vorkäme, nahm sie sich vor.

»Waaarum bin ich nur selbst heraufgestiegen?«, grummelte Walli laut vor sich hin, als würde sie dadurch ihren Gleichgewichtssinn stärken. Je länger sie sich machte, desto stärker begann die Leiter unter ihr zu wackeln. Sie streckte ihre Arme nach den lockeren Ziegeln aus.

Nie war es ihr in den Sinn gekommen, nur irgendeine handwerkliche Tätigkeit selbst auszuüben. Nur heute war ihr danach gewesen.

Irgendwie überkam sie die Sehnsucht, sich ein gemütliches Heim zu schaffen. Sie hatte sich zuvor kaum Zeit genommen, ihr kürzlich gekauftes altes Schulhaus für sich einzurichten. Das Architektenbüro hatte auch ihren Umzug veranlasst und alle Möbel irgendwie arrangiert. Walli musste sich erst zurechtfinden.

Nur ihr Kater Filou, der jetzt interessiert auf dem Gelände vor der Einfahrt lag, hatte sich rasch eingelebt und gab eindeutig den Ton im alten Schulhaus an. Zumindest kam es ihr so vor, als hätte er sehr schnell den vollen Überblick über die verborgenen Winkel ihres kleinen Anwesens erhalten.

Immerhin war er es gewesen, der vor wenigen Wochen bei der Jagd nach dem Tierarztmörder fleißig mitgeholfen hatte. Er hatte sich ihm einfach in den Weg gestellt. Dass Katzen über besondere Instinkte für spezielle Situationen verfügten, davon war sie nach dieser Aktion absolut überzeugt. Walli schätzte mittlerweile auch Filous beruhigende Wirkung – zumindest so lange, bis ihm wieder der nächste Streich einfiel. Und davon hatte sie bereits einige miterlebt. Doch jetzt lag die Tigerkatze still und friedlich da und schien froh darüber zu sein, wieder ihr vertrautes Heim um sich zu haben.

Walli Winzer hatte Filou in einer Transportbox nach Südschweden mitgenommen. Das Appartement, in dem Walli Winzer ihrem Kater freien Lauf gelassen hatte, war zwar äußerst bequem gewesen, doch Filou hatte sein eigenes Revier vermisst. Jaulend stand er oft am Fenster. Das Erste, was er tat, nachdem er endlich seine beengte Box hatte verlassen dürfen, war daher ein ausgedehnter Rundgang um sein altes Schulhaus gewesen. Zufrieden und erschöpft von den Ereignissen beobachtete er nun das seltsame Treiben seines Frauchens.

Die hing auf etwa vier Meter Höhe auf ihrer Leiter und streckte den rechten Arm weit über die Dachrinne hinaus. Filou vernahm das Ächzen der Sprossen und blinzelte interessiert, was seine Futtergeberin machte. Walli erreichte die beiden Dachziegel und schob sie wieder in Position.

»Na endlich!«, frohlockte Walli nach einem erleichterten Seufzer.

Filou spitzte die Ohren und verweilte weiterhin unverändert an seinem Standort. Das Spektakel schien noch nicht zu Ende zu sein, überlegte der Kater mit zugekniffenen Augen. Er war neugierig, was sich weiter abspielen würde. Immerhin musste Frauchen wieder herunterkommen.

Zumindest wusste er das. Aber wie, das war die Frage. Und langsam verspürte er eine gewisse Sehnsucht nach einer Zwischenmahlzeit. Da Mr. Samtpfote aber noch erschöpft von seinem schwedischen Abenteuer war, käme ihm so ein gediegener Hausservice mit einer Geflügelterrine und danach einer delikaten Schüssel Milch gerade recht. Das heißt: Leider verwässerte dieser Stadtmensch seine Erfrischung ständig. Gegen eine Schale frisch gemolkener Milch aus dem Kuhstall, wie er sie manchmal von einer Bäuerin erhalten hatte, nachdem er sie zuvor sehnsüchtig angefleht hatte, nahm sich das natürlich nur bescheiden aus.

So ein regelmäßiger Homeservice konnte auch sein Gutes haben: Lautes Knurren in seinem Magen hatte er schon lange nicht mehr bemerkt.

Plötzlich war ein quietschendes Knarren von der Leiter her zu hören. Ah! Es tat sich wieder etwas! Filou hob sein Köpfchen und war gespannt, was sich nun vor seinen Augen abspielen würde.

Walli Winzer begab sich für ihren Abstieg in Position. Die alte Leiter klapperte nach jeder Gewichtsverlagerung. Doch es hatte etwas Gleichmäßiges. Das Wippen signalisierte, dass die oberste Sprosse immerhin noch am Gesims auflag. Walli hatte es hinaufgeschafft, also würde sie auch wieder herunterkommen.

Das wünschte sie sich zumindest.

Sie versuchte, nicht nach unten zu schauen. Vielleicht würde sie sonst panisch werden? Und genau das wäre jetzt der dafür absolut falsche Zeitpunkt gewesen.

Als sie die Mitte der alten Holzleiter erreicht hatte, gab diese wieder ein Stück nach. Diesmal so stark, dass sie in eine Richtung zog und Walli Winzer beinahe akrobatisch in die Gegenrichtung jonglieren musste! Sie spürte, wie sich ihre Magengrube zusammenzog und sich ein leichtes Brennen bis zum Brustkorb hinauf ausbreitete. Die Leiter war bloß mit lockeren Holznägeln zusammengehalten und knarzte an allen Stellen.

Würde sie doch auseinanderfallen?

Mit einem Ruck lehnte sie sich dagegen und zog ihr Bein nach. Sie wartete ab, bis die Leiter ihre alte Standfestigkeit wiedererlangt hatte, und betete, heil unten anzukommen.

Als hätte sie nichts Besseres zu tun gehabt, als nach diesen alten Dachziegeln zu greifen. So ein Schwachsinn!, lenkte sich Walli gedanklich für wenige Sekunden ab. Sie kniff ihre Augen zusammen und versuchte, sich jeden Schritt genau vorzustellen. Sie spürte, wie durch das kurze Mentaltraining ihr Atem ruhiger wurde. Auch die Leiter hörte auf zu schwanken. Bald würde sie wieder festen Boden unter den Füßen haben. Zumindest wünschte sie sich das.

Endlich war es so weit.

Diese zehn Minuten waren die reinste Achterbahn der Gefühle gewesen. Dabei war sie emotional so gut drauf! Warum hatte sie dann nur dieses gewagte Unternehmen gestartet? Okay. Es war vorbei. Nie wieder würde sie auch nur irgendetwas mit Dachziegeln selbst erledigen wollen. Auch sonst würde sie nichts mehr selbst reparieren. Denn sie war ja zur Erholung hier und nicht, um sich halb tot zu schinden. Was für sie als Stadtmensch großen Aufwand bedeutete, war für viele Großlichtener bloß ein Klacks. Das hatte Walli zumindest jetzt erkannt.

Trotzdem schaute sie nochmals stolz hinauf zum Dach. Die zwei widerspenstigen Ziegel lagen wieder in einer Reihe und waren von den übrigen nicht mehr zu unterscheiden. Ihr Einsatz hatte sich gelohnt. Doch den emotionalen Preis für diese Zitterpartie würde sie sicher nie wieder zahlen wollen. So lernt man auch noch mit 50 dazu, beruhigte sie sich bezüglich der neu gewonnenen Erkenntnis.

Walli Winzer trat einen Schritt zurück, um abermals das Werk ihrer Mutprobe zu genießen. Plötzlich klopfte eine Hand auf ihre Schulter. Sie spürte gleich darauf einen kräftigen Stich in ihrem Herzen und zuckte zusammen.

2. KAPITEL

»Hallo, Nachbarin!«, gluckste eine schlanke Frau mittleren Alters in karierter Hose und hellbrauner langärmeliger Leinenbluse. Ihr blonder Pagenkopf war sorgfältig frisiert, sie schob sich ihre aufgekrempelten Hemdsärmel abwechselnd zurück.

Nein, bloß nicht, die hat mir gerade noch gefehlt!, dachte Walli Winzer noch völlig benommen vom Schrecken, den ihr der Schulterschlag zuvor bereitet hatte.

»Frau Winzer, Sie sind ja endlich wieder da! Aber sagen S', was machen Sie denn auf dieser Leiter. So ein altes Ding bringt einem ja noch den Tod! Ich muss schon sagen, man ist viel zu leichtfertig mit allem. Und wissen Sie schon, dass die meisten Unfälle zu Hause und im Garten passieren? Hab ich unlängst in einer TV-Show gehört.« Sybille Karner hielt kurz inne, um gleich darauf, ohne nur irgendeine Antwort abzuwarten, fortzufahren: »Sie haben es finanziell doch gar nicht nötig, auf so etwas zu steigen. Das kann für Sie doch ein anderer machen.«

Walli Winzer strich ihre bequeme Armani-Reisehose zurecht. Sie wandte sich ihrer Nachbarin zu, wollte das Wort ergreifen, kam aber nicht dazu.

»Hab dann bei der Moni im Lebensmittelgeschäft erfahren, dass Sie einige Wochen in Schweden sind. Wie war's denn da im hohen Norden?«, sprudelte es in einem fort aus der Karner. »Also ich wäre ja an Ihrer Stelle in den Süden gefahren.«

Walli blieb stumm und blickte sie ernst und abwartend an. Langsam setzte sie an: »Das hat sich so ergeben, und es war für mich genau das Richtige.«

»Na ja, wirklich erholt schauen S' nach der langen Zeit aber auch nicht aus. Obwohl, die Gesichtsfarbe ist schon ein bissl besser als sonst. Waren S' doch in der Sonne, gelt?«

Walli schwieg. Sie war davon überzeugt: Auch diese Situation würde irgendwann vorübergehen. Lammfromm, in seliger Erwartung, durch ihr Schweigen den ungebetenen Besuch zu verkürzen, wandte sie sich ab. Sie hatte allerdings die Rechnung ohne ihre Nachbarin gemacht. Unbeirrt von Wallis sonst ungewohnter Sanftmütigkeit setzte sie ihren Redeschwall fort.

»War ja kein Wunder, bei der Aufregung, die Sie gehabt haben. Einen Kriminalfall lösen. Und das fast allein. Passiert ja schließlich sonst nie etwas hier. Also, meine Gratulation nochmals im Nachhinein …«

»Ich danke Ihnen!« Schnell hakte Walli Winzer bei dieser Sequenz ein. »Wissen Sie, mir war einfach nach Tapetenwechsel, und ich wollte niemanden mehr sehen oder hören.«

»Das kann ich verstehen«, heuchelte Sybille Karner Anteilnahme, denn kurze Zeit später würde den Inhalt der Unterredung das ganze Dorf wissen – und das um einige fantasievolle Zusätze angereichert.

»Ich hab schon lange vorgehabt, einmal nach Schweden zu fahren. Irgendwie war das für mich immer mit der Vorstellung von Freiheit, schöner Landschaft und offenen Menschen verbunden. Da hab ich mir gedacht: Was hält dich davon ab, gleich dort hinzufahren?«

»Na, was Sie für ein Temperament haben! Ich müsste mich erst darauf vorbereiten. Man will ja auch was drüber wissen. Sich die Route anschauen, sich erkundigen, welcher der Seen in Schweden der schönste ist. Na, und mit der Unterkunft sollte es ja dann auch klappen …« Wie befürchtet, machte Nachbarin Karner keine Anstalten, zu reden aufzuhören – vor allem über sich. Walli blieb daher nichts anderes übrig, als in Karners Redefluss hineinzuplatzen: »Ich war auch fischen.«

Sybille Karner war vor Überraschung platt. »Was? Sie als Frau?!«, stieß sie hervor.

»Warum nicht? Auch wir Frauen brauchen einmal Ruhe. Vor allem ich. Schließlich habe ich mir Großlichten für mein Sabbatical ausgesucht. Ich muss wieder lernen, Stille auszuhalten und innerlich zu entspannen. Und ich kann Ihnen sagen, leicht ist das nicht. Und das Fischen auch nicht.« Walli lachte. »Vor allem dann, wenn man die meiste Zeit gar keinen fängt.«

»Und warum machen Sie's dann? Mich würde das ja anöden.«

»Tja, man sitzt, wartet und hat Zeit, sich alles rundherum anzusehen. Die Natur wieder einmal genauer zu beobachten. Es sind die kleinen Handgriffe beim Fischen, die die Aufmerksamkeit auf sich ziehen. Auch zu wissen, die Leute um mich herum machen das Gleiche. Für die wie für mich zählt gerade nur der Augenblick.«

»Sie erzählen das, als wäre es eine Form der Meditation und kein Jagdsport.«

Walli lachte wieder. »In meinem Fall war es sicher so!«

Sybille Karner schaute überrascht. Sie wusste nicht genau, ob Walli Winzer sie jetzt auf den Arm nehmen wollte oder ob sie ihre Leidenschaft für die Natur und das Fischen tatsächlich entdeckt hatte. Sie beschloss, das nachbarliche Rätsel nicht weiter erkunden zu wollen. Es war ihr nämlich ehrlich gestanden im Großen und Ganzen egal.

Wumm! Ein Krachen war von Sybille Karners Haus her zu hören. Sie blickten hinüber und sahen eine junge Frau mit Kurzhaarfrisur, die beschwichtigend die Arme in ihre Richtung hob: »Alles in Ordnung!«, rief sie. »Mir ist nur die Leiter umgefallen!«

»Alles klar!«, rief Frau Karner hinüber. »Übrigens, das ist meine Nichte Anna Szabo, die mich mit einer Freundin besucht. Sie bleiben noch zwei Wochen.«

»Schön!«, entgegnete Walli. »Sie wirkt sympathisch.«

»Ja, ja, ähm …« Sybille Karner schien mit ihren Gedanken woanders zu sein.

Sie war schließlich nur herübergekommen, weil sie unbedingt eine Neuigkeit loswerden musste. Walli Winzer konnte ihr nichts mehr verderben, weil sie bereits selbst auf allem die Hand darauf hatte: »Also, wenn Sie mich mit einem interessant aussehenden Herrn am Vormittag in meinem Garten gemütlich frühstücken sehen, dann wundern Sie sich bitte nicht darüber.«

Walli war verdutzt. Als könnte sie tatsächlich noch irgendetwas verwundern. Und so etwas schon gar nicht. Im Gegenteil, dafür hatte sie immer etwas übrig und daher jede Art von Verständnis. Sie gab aber zu, neugierig zu sein, wer dieses Opfer Karners sein würde. Vor allem weil die Nachbarin dermaßen geschwätzig und anstrengend war, bedauerte sie den Gast bereits jetzt.

»Herr Pöcksteiner ist seit einigen Wochen morgendlicher Stammgast bei mir.«

»Aha. Kenne ich ihn?«, fragte Walli Winzer nach.

»Eben nicht. Deshalb bin ich ja zu Ihnen herübergekommen.«

Komm in die Gänge!, dachte Walli. »Kann ich irgendetwas für Sie tun?«, fragte sie scheinheilig. Sybille Karners

Gesicht umgab dabei ein süffisantes Lächeln. Walli verspürte Unbehagen.

»Nichts, was ich nicht selbst besorgen könnte, im Gegenteil.« Ihre Mimik gefror zu einer steinernen Maske. »Ich wollte Sie nur ersuchen, dass Sie diese Zeit als Kaffeepause für unseren neuen Postboten betrachten, auch falls Sie schon auf Ihre Post warten sollten.«

»Neuer Postbote? Wieso? Was ist mit dem Nico?«

»Der Nico Salmer hatte um seine Versetzung nach Wien angesucht. Jetzt ist er dort. Und vor drei Wochen ist Walter Pöcksteiner aus Krems hierher gewechselt. Da hab ich mir gedacht, ich kümmere mich gleich ein bissl um ihn.«

Walli war irritiert. »Und warum ist der Nico weggegangen? Hat er vorher irgendjemandem etwas davon gesagt?«

»Nein, ich glaub nicht. Auch der Sepp Grubinger war überrascht. Aber der Nico hat das schon lange vorgehabt, hat er sich später erinnert.«

»Aha. Da bin ich aber weg«, versuchte Walli ihre wirkliche Betroffenheit gekonnt zu verbergen.

»Das ist, weil der Nico halt nie etwas red'. Aber er ist ja doch noch jung und möchte auch was erleben. Vielleicht verliert er dort seine Schüchternheit. Ein fescher Kerl ist er ja, aber mit den Frauen will's da in Großlichten mit ihm nicht klappen. Is halt ein bissl einsilbig, das Ganze, und viel verdienen tut er bei der Post ja auch nicht, dass das wettmacht.«

Walli räusperte sich. »Hm, jeder halt, wie er ist. Dafür gibt es auch wieder ganz andere so wie wir.«

Sybille Karner stellte sich ahnungslos: »Wie meinen Sie das?«

»Na, welche, die über jedes Thema einen Roman schreiben könnten.«

Nachbarin Karner drehte den Kopf kurz zur Seite, als

würde sie in Erwägung ziehen, das Feld zu räumen. Sie blieb jedoch.

»Dabei war der Nico für mich immer so der richtige Großlichtener. Er und der Sepp: zurückhaltend, manchmal a bissl patschert, aber das Herz am rechten Fleck. Und immer war er mit dem Fahrrad unterwegs«, kommentierte Walli die Neuigkeit.

»Na gehen S', er is ja nicht aus der Welt. Seine Schwäche für Sie hat ja eh a jeder gwusst.«

»Was? Für mich?«, versuchte Walli auch ihre Sympathie für ihn zu verbergen.

»Na, aber sicher! Das hat man doch gsehen, wie er da so oft gstanden ist! Aber wenn er nix sagt …« Sybille Karner beobachtete Wallis Reaktion. Diese schien beklommen. Hatte sie sich doch noch gar nicht richtig bei ihm für seine Unterstützung bedanken können. Immerhin hatte er ihr vor wenigen Wochen das Leben gerettet, und sie war gleich darauf weggefahren. Aber er war ja nicht aus der Welt. Lebte jetzt nur etwa 120 Kilometer entfernt in Wien. Nächstes Mal, wenn er wieder nach Großlichten käme, würde sie ihn gleich aufsuchen.

Jetzt war Walli sowieso mit ganz anderem beschäftigt. Björn war in ihren Gedanken und okkupierte ihre Gefühle. Außerdem hatte sie gute Vorsätze gefasst und etwas ganz Neues vor.

Sie kam wieder zum Thema Sybille Karners zurück. Walli Winzer wusste natürlich, dass ihr die Nachbarin signalisierte, sich vom neuen Postboten fernzuhalten, was sie auch vorhatte: »Wissen S', ich hab überhaupt keine Zeit, mich um neue Leute zu kümmern. Ich möcht nämlich vor meinem Haus einen Bauerngarten anlegen lassen. Einen, wie man ihn hier immer schon gehabt hat, und meine persönliche Note möchte ich da auch einbringen.«

Sybille Karner war tatsächlich überrascht. Konnte sie sich Walli Winzer grabend im Vorgarten doch so gar nicht vorstellen. Und in Geschmacksfragen waren die Nachbarinnen sowieso konträr.

Die eine mit einem aufwendig restaurierten alten Schulhaus, die andere mit einem schlichten Nullachtfünfzehn-Baumeisterkobel samt Aluminium-Klotzfenstern. Umgeben war dieser von einem geometrischen Garten mit gezirkelten Blumenrabatten und einer Reihe kegelförmiger Thujas. Dass die hier unmöglich ins Landschaftsbild passten, war ihr wahrscheinlich nicht einmal bewusst. In Tirol waren diese geschmacklichen Abweichungen inzwischen verboten worden. Das behielt Walli lieber für sich.

»Aha«, schien die Nachbarin kurz die Sinnhaftigkeit dieses Vorhabens zu prüfen. Es erhielt offenbar ihre Zustimmung, da sie fortfuhr: »Haben S' von der neuen Gärtnerin beim Wagner Florian ghört? Ein junges Mädel. Die soll auf so was spezialisiert sein.«

»Ist das der kleine Gartenbetrieb am Ende des Orts?«

»Genau.«

»Und dort kennt sich jemand damit aus?«

»Sie ist erst seit Kurzem dabei. Kommt auch aus der Stadt, das weiß ich vom Walter.«

Na bitte, doch für etwas gut, meine Nachbarin, und gleich ein Plus für den neuen Postboten, dachte Walli Winzer.

Filou saß währenddessen immer noch auf einem Geländervorsprung und beobachtete die Unterhaltung. Die Statik der Situation begann ihn irgendwie zu langweilen. Er stand auf, gähnte und streckte sich. Walli, die seine Regung aus dem Augenwinkel beobachtet hatte, warf ihm einen Hilfe suchenden Blick zu. Er erwiderte ihn mit großen Kulleraugen. Gleichzeitig ließ er sein Köpfchen hängen. Was soll ich da machen?, schien er sagen zu wollen. Sein Interesse hielt sich daher in Grenzen.

Die Bewegung, mit der er die Position wechselte, war langsam. Sie erinnerte daran, dass Filou vor dem Rückflug eine sedierende Beruhigungsspritze am Flughafen verpasst bekommen hatte. Deshalb ging er noch Stunden später wie in Zeitlupe auf Watte. Empfindungen wie auf Wolke sieben wären ihm sicher lieber gewesen. Doch dem war nicht der Fall, im Gegensatz zu seiner Futterlieferantin.

Futter! Ja! Diesen Impuls empfand er als belebend. Mal schauen, ob sich irgendwo etwas Geeignetes anbot. Trottend wandte er noch einmal seinen Kopf zu Frauchen.

Walli hatte sich inzwischen an ihr pelziges Kuckucksei gewöhnt und kannte seine Eigenheiten. Mizzi Troger vom Dorfverschönerungsverein Großlichten hatte ihr den Kater kürzlich aufgeschwatzt und ins Haus gesetzt. Seither ging er hier aus und ein. Mittlerweile war er nicht mehr wegzudenken.

Und genau das würde Walli Winzer jetzt auch gerne tun: sich umdrehen und einfach gehen. Immerhin fühlte sie sich gerädert von der Reise und der eineinhalbstündigen Autofahrt vom Flughafen Wien-Schwechat nach Großlichten. Walli deutete den mimischen Ausdruck ihres Katers, als wollte er ihr sagen: »Kommt Zeit, kommt Rat« – und wie recht er hatte. Der Himmel erhörte sie und die Erlösung aus dieser Situation erfolgte prompt.

Dorfpolizist Sepp Grubinger ratterte mit seinem Moped heran. In die Zufahrt wollte er nicht einbiegen, sondern blieb noch an der Straße stehen. Ein zartes Lächeln huschte über Wallis Gesicht, als sie ihn sah.

»Hallo, Frau Winzer«, grüßte er und bekräftigte seine

Freude mit einem Kopfnicken. »Frau Karner!« Er winkte ihr genauso freundlich zu. Sie war zwar oft mühsam, doch wenn er etwas wissen wollte, war man bei ihr meist an der richtigen Stelle. Daher war es gut, sie als Informantin bei Laune zu halten. Außerdem galt für ihn als Dorfpolizist sowieso der Grundsatz, alle gleich zu behandeln. Auch wenn ihm das manchmal gar nicht so leicht fiel.

Walli nützte die Gelegenheit, um Sepp Grubinger ein paar Schritte entgegenzugehen. »Na, wie geht's Ihrer Polizeistube?«, fragte sie lachend.

Er antwortete gut gelaunt: »Die Diskussion um die Schließung ist vorbei. Na, zumindest vorübergehend. Denn ganz traue ich dem Frieden noch nicht.«

»Hauptsache, man red jetzt nach dem letzten gelösten Kriminalfall nicht mehr darüber.«

Grubinger bewegte sein linkes Bein, um das Moped besser abstützen zu können, stieg aber nicht ab.

Sybille Karner blieb indes allein zurück. Sie schaute ihnen argwöhnisch zu. Irgendwie ärgerte sie sich. »Immer drängt sich die Winzer in den Vordergrund. Das nervt schon sehr. Da versucht man zuvorkommend zu sein und macht nach längerer Zeit eine nette Begrüßung. Aber bei der ersten Gelegenheit wendet sie sich einem anderen Gesprächspartner zu. Das ist wirklich nicht schön. Irgendwie sogar beleidigend. Na, okay. Dann war's das«, grummelte die Nachbarin vor sich hin. Sie drehte sich um und ging, ohne ein Wort zu sagen, den hinteren Feldweg zurück zu ihrem Haus.

Walli und Sepp Grubinger waren ins Gespräch vertieft, weshalb sie die durch das Schotter knirschenden Geräusche der sich entfernenden Tritte nicht hörten.

»Hat a Zeitl dauert, bis sich alle im Dorf wieder beruhigt hatten.«

»Ahm«, brummte Walli Winzer leicht hörbar und nickte dabei wissend. »Kann ich mir vorstellen.«

»Und? Wie geht's Ihnen jetzt? Besser?«, fragte der Dorfpolizist mit angenehm sanftem, fast baritonalem Timbre. Auch auf Walli wirkte er mittlerweile vertrauenerweckend, wie ihm fast alle im Dorf vieles unaufgefordert erzählten. Grubinger konnte den Mund halten. Und falls notwendig, wusste er sein Wissen so einzubringen, dass sich niemand hintergangen fühlte.

Walli gelüstete es nach einem Kaffee und sie fragte Sepp Grubinger, ob er ihr dabei Gesellschaft leisten wolle. Vorher blickte sie sich noch rasch um und war erleichtert, dass Sybille Karner nicht mehr zu sehen war. Ja, zugegeben. Sie wusste, dass das kein schöner Zug von ihr war, ihre Nachbarin so unhöflich vor den Kopf zu stoßen, aber so war sie nun mal. Direkt und schonungslos. Sonst wäre auch der letzte Kriminalfall nicht so schnell aufzuklären gewesen.

Aber sie freute sich, wieder hier zu sein. Obwohl, so etwas wie Heimatgefühl empfand sie nicht. Noch nicht?, fragte sie sich im Stillen.

»Ich muss heute leider ablehnen. Der Anninger Loisl will etwas mit mir besprechen, und der wartet jetzt schon auf mich. Ich muss also!« Grubinger startete sein Moped und legte den ersten Gang ein. »Aber kommen S' am Abend zum Hannes ins Dorfwirtshaus. Der gibt einen aus, weil er bei dera TV-Show gwonnen hat. Do plauda ma dann weiter.« Er ließ die Kupplung kommen, die ein krächzendes Geräusch von sich gab, und rollte das Straßenstück zur Hauptstraße des Dorfes vor.

3. KAPITEL

Es gab bereits dicke Luft, als Walli Winzer das Dorfwirtshaus neben der Kirche von Großlichten betrat. Der Zigarettenqualm war so dicht, dass man ihn fast mit den Fingern greifen konnte. Rauchfreie Zone hatte sich eindeutig bis hierher noch nicht durchgesprochen. Die Party war voll im Gange. Die Stimmung gut. Im Hintergrund trällerte der neueste Helene-Fischer-Hit, der anderswo bereits so oft zu hören gewesen sein musste, dass sogar Walli ihn erkannte. Langsam arbeitete sie sich durch die eng beisammenstehende Menschenmenge. Aus jedem Grüppchen winkte ihr jemand zu. Sie erwiderte mit kurzem Gruß und einem Lächeln. Seltsam, wie einem schon nach kurzer Zeit manches vertraut sein konnte, was man wenige Monate zuvor noch nicht gekannt hatte. Sie freute sich über die Zustimmung, die ihr gerade widerfuhr, denn Walli Winzer lebte erst seit Kurzem in ihrem Waldviertler Haus.

Endlich erreichte sie die Theke und lehnte sich mit dem Rücken daran. Sie ließ ihren Blick schweifen und wenig später, nur einige Meter entfernt, entdeckte sie ihre beste Freundin Lena.

Ihr in diesem Moment ein erfreutes Hallo zuzurufen, wäre wirkungslos gewesen, denn Lena hätte es erstens aufgrund des hohen Lärmpegels nicht gehört. Und zweitens befand sie sich in einem angeregten Gespräch mit Harry Kain und sah sie daher nicht.

Harry war eben als Redakteur zu ›Griaß di‹ gewechselt und früher als Chefredakteur einer wichtigen österreichischen Tageszeitung in Wien tätig gewesen. Irgendetwas hatte es einmal gegeben, weshalb er von der Zeitung weg war, aber darüber sprach er nicht. Wie dem auch sei. Was geschehen war, interessierte hier niemanden. Auch Walli war es egal. Jedenfalls hatte es ihn irgendwann einmal nach Großlichten verschlagen und seither schrieb er in der kleinen Mühle am Dorfende unzählige Artikel über Land und Leute.

Walli schlängelte sich an den Menschentrauben vorbei langsam die Bar entlang. Ihre Hand hielt sich dabei an der glatten Holzplatte fest. Immer wieder ließ sie ihren Blick über die beisammenstehenden Grüppchen schweifen, als plötzlich jemand ihre Hand umklammerte. Sie erschrak. Trotz der Aufmerksamkeit, mit der sie das Geschehen betrachtete, war ihr Hannes Lechner entgangen, der bisher versteckt hinter dem Tresen gestanden war.

»Walli, bist wieder zruck!«, schrie er aus Leibeskräften und hatte seine Hand bereits wieder am Hebel der Bierschank.

»Seit heute früh!«, brüllte ihm Walli angestrengt zu.

»Wie woa's?«

»Super!«

Die Konversation war damit kurzfristig zu Ende, denn Hannes reichte den frisch gezapften Bierkrug einem der darauf sehnsüchtig Wartenden. »Wülst a wos?«, fragte er Walli, bevor sich noch ein anderer dazwischendrängen konnte.

»Einen Martini«, antwortete Walli mit breitem Lächeln.

Hannes lachte schallend auf. Lautstärkemäßig musste da sogar Helene Fischer ihm gegenüber klein beigeben. Nun blickte Lena in Richtung Theke und entdeckte Walli.

Sogleich riss sie beide Arme hoch und winkte ihr erfreut zu. Walli Winzer schnappte ihr Martini-Glas und schlängelte sich die letzten Meter durch das gut gelaunte Gewimmel.

»Du bist mir schon abgegangen!«, schrie ihr Lena bereits auf den letzten Schritten entgegen.

Walli setzte ein breites Lächeln auf, nippte noch schnell an ihrem Getränk und stellte es auf der Theke ab. Sie umarmte Lena innig und klopfte Harry Kain jovial auf die Schulter: »Na ja, die Zeit ist für mich ziemlich schnell vergangen. Es war unbeschreiblich schön.«

»Kann ich mir vorstellen«, grinste Lena wissend, denn sie hatten zuvor schon mehrmals telefoniert. Die Freundin war also über Wallis Gefühlsleben auf dem neuesten Stand. Vor Harry Kain warf Walli ihr daher einen mahnenden Blick zu.

Der war allerdings nicht von gestern und überriss den ausgeklammerten Teil der Geschichte sofort: »Also, im Urlaub noch den passenden Flirt zu finden, ist ja fast so herzig wie ein Schlagobershäubchen auf der Sachertorte.« Er gluckste amüsiert über seine vermeintlich treffende Bemerkung und nahm einen weiteren Schluck aus seinem Rotweinglas.

Wallis Gesicht versteinerte. Sie empfand den Vergleich mehr als hinkend, um nicht zu sagen: schlichtweg hirnlos-einfältig. Wie Harry in einer Wiener Tageszeitung viele Jahre lang hatte als Chefredakteur wirken können, fragte sie sich als Top-PR-Agentin schon lange. Irgendwie bestätigte es zugleich ihre Annahme, dass man in Österreich nur die richtigen Beziehungen haben musste, um wirklich nahezu jeden Job ausüben zu können. Denn Talent war nicht immer entscheidend. Informationen, Richtlinien und Ordern erhielt man außerhalb des Jobs und gab sie meist ohne weitere Recherche weiter. Was war der derzeit vorherrschende Verlautbarungsjournalismus in Österreich daher anderes als PR? Walli war immer für klare Abgrenzung gewesen und daher lieber gleich in dieser Branche tätig, verdiente doppelt so viel und gab sich keiner falschen Illusion mehr hin.

Vielleicht hatte auch Harry in der Redaktion irgendwann dieses Instrumentalisieren von außen sattgehabt und verlor daher den Respekt vor seinem Beruf. Irgendwann will man wieder in den Spiegel schauen können. Und wenn ein Redakteur, der meist sowieso eine gewisse Parteinähe verzeichnete, nicht mitmachte, waren seine Tage in der Redaktion gezählt. Bei einem Chefredakteur war das sowieso die Regel. Also möglich wäre das bei Harry gewesen. Er sprach nie darüber, sondern wechselte sofort das Thema, wenn es um seinen Job ging. Doch Walli Winzer wollte immer alles ganz genau wissen. Irgendwann würde sie ihn festnageln. Ihn nach seiner Version der Geschichte fragen, die er bisher verschwieg. Doch das hatte noch Zeit …

»Also Südschweden ist herrlich. Ich fahre sofort wieder hin. Es gibt viele schöne Seen, inmitten von Wiesen und Wäldern«, lenkte Walli das Gespräch wieder zum Ausgangspunkt zurück.

»Gibt es tatsächlich diese weinrot-weißen Holzhäuser, die man von vielen Fotos her kennt?«

»Die sind überall zu finden. Dazwischen gibt es natürlich auch Hotels und Pensionen wie die meine, in der ich mich sechs Wochen eingemietet hatte.«

»Du hast es wirklich so lange an einem Ort ausgehalten? Das ist doch sonst bei dir nicht so«, fragte Lena.

»Ja, manchmal ist es eben anders. Klar war ich schwimmen und habe gelesen, was mir irgendwann auch langweilig wurde. Da habe ich, wie du weißt, einen Fischereikurs belegt und dabei Björn kennengelernt.« Walli Winzer blickte kurz auf die Reaktion Harry Kains. Der hatte sich in der Zwischenzeit seinem Nachbarn zugewandt, was Walli nicht gerade höflich, aber zweckmäßig empfand. Schließlich musste er nicht alles wissen.

Walli nützte die Gelegenheit, um mit Lena Klartext zu reden. »Er ist wunderbar, Lena! Ich hoffe, es bleibt so.«

»Wie soll's denn weitergehen?«

»Wir probieren's mit einer Fernbeziehung. Es gibt ja Telefon, Mail und Skype. Auch andere Paare halten so ihre Beziehung am Laufen. Wir werden uns in regelmäßigen Abständen sehen. Einmal kommt er zu mir, dann ich wieder zu ihm.«

»Schön! Hört sich aber irgendwie auch mühsam an«, versuchte Lena nicht gleich in vollem Ausmaß den Enthusiasmus ihrer Freundin zu drosseln und ergänzte daher: »Ohne Hans und die Kinder ständig um mich herum zu haben, könnte ich mir das nicht vorstellen.«

»Du bist eben ein notorisch soziales Tierchen, das fest an anderen klebt«, sagte Walli mit einem süffisanten Lächeln und puffte Lena sanft mit ihrem Ellbogen an.

»Und dir könnte ein bisschen mehr nicht schaden. Habt ihr schon etwas ausgemacht?«

»Nein. Ich will noch ein bisschen Zeit vergehen und alles in mir setzen lassen. Ich habe nicht damit gerechnet, dass es mich noch einmal ernsthaft erwischt. Das in unserem Alter, Lena!«

»Na, hallo! Was ist heute schon die magische 50 für eine Frau«, protestierte die Freundin lachend.

Lena wandte sich kurz von Walli ab, als ein junger Mann, der langsam an ihnen vorbeigegangen war, etwas verloren in die Runde schaute. Sie nahm ihn beiseite und deutete in eine Richtung. Er nutzte die Gelegenheit, trotz lauter Hintergrundmusik weiter mit Lena zu sprechen. Walli konnte jedoch wegen des Lärms nichts verstehen.

Ihr Blick glitt weiter zu Harry. Er schien von seinem Gesprächspartner Neues zu erfahren, da er interessiert zuhörte. Normalerweise kam man bei ihm kaum selbst zu Wort, da er seiner Umgebung stets die Welt erklären musste. Manchmal war das ja schön und gut, doch dann wieder recht mühsam. Auch bei Walli machte er keine Ausnahme. Ganz im Gegenteil! Fasziniert, sich selbst sprechen zu hören, schien er bei seinen Ausführungen oft kein Ende zu finden. Walli Winzer, die selbst gerne ihre Gedanken auf der Zunge trug, funkte oftmals absichtlich dazwischen. Sie unterbrach ihn mitunter forsch. Er hielt dann tatsächlich inne und machte große Augen. Weshalb er sich das von ihr gefallen ließ, war ihr schleierhaft.

Helene Fischer sang jetzt einen weiteren Schlager. Anderen Schnulzenheinis dazwischen konnte Walli Winzer weniger abgewinnen. Sie war keine Musikexpertin, doch sie hatte den Eindruck, dass manchmal die Schlagerqualität der einzelnen Interpretinnen und Interpreten sehr unterschiedlich war. Doch jeder hatte sein eigenes Publikum. Wie im Leben. Menschliche Gefühle ließen sich eben ganz unterschiedlich ausdrücken.

Sie merkte, dass das Gespräch über Björn sie innerlich aufgewühlt hatte, und sie fühlte, dass sie ihn wirklich mochte. Das war eindeutig.

Eine Runde von Schnapskartenspielern grölte laut und riss Walli Winzer aus ihren Gedanken. Einer von ihnen hatte offenbar großen Gewinn gemacht. Er sprang auf und riss die Arme triumphierend in die Höhe.

Tumult.

Vor Freude stieß er seine rechte Faust mehrmals ruckartig in die Höhe. Die anderen bemühten sich, ihre Enttäuschung für sich zu behalten. Doch ihre Gesichter verrieten Verbitterung. Ein Spiel war doch ein Spiel, dachte Walli. Allerdings nicht, wenn es um Geld ging. Dann verhärteten sich schnell die Fronten. Könnte das gerade eben der Fall gewesen sein? Heimlich? Denn Glücksspiel war offiziell in Österreich verboten, und Dorfwirt Hannes schaute mit Sicherheit darauf.

Einer von ihnen sammelte die Karten ein und legte sie vor sich auf den groben Holztisch. Die Stimmung der Runde schien gedämpft. Es dauerte eine Weile, bis die Gespräche am Stammtisch wieder in Gang kamen.

Hannes hatte genau darauf geachtet, dass der historische Charakter des alten Dorfwirtshauses als Familienhaus seines Vaters erhalten geblieben war. Die Männer vom Stammtisch hatten wahrscheinlich, bereits als sie Kinder gewesen waren, ihren Vater hierher begleitet, vermutete Walli Winzer. Die meisten von ihnen kannten sich seit Jugendtagen, das ließ ihre Vertrautheit untereinander vermuten.

Wie das wohl so wäre, sein ganzes Leben im gleichen Umfeld, mit immer den gleichen Menschen zu verbringen? Miteinander aufzuwachsen und jedes Geheimnis voneinander zu kennen? Oder es mühsam voreinander zu verbergen? Konnte so etwas überhaupt auf Dauer gelingen?

Walli erinnerte sich an ihre eigene Jugend in Wien-Floridsdorf, einem ehemaligen Arbeiterbezirk mit damals ausgedehnten Grünbereichen und Äckern. Weniges konnte man noch erhalten. Derzeit bemühte man sich, teilweise exklusive Bereiche für besser verdienende Stadtbohemiens (Bobos) anzulegen. Aus dem ehemaligen Außenbezirk der Fabrik- und Landarbeiter würde so ein Edelbezirk werden.

Erst vor 100 Jahren waren einige Dörfer der Vorstadt zu einem eigenen Bezirk zusammengelegt worden. Die dörfliche Struktur blieb im Grätzelcharakter noch bis in Wallis Kindheit erhalten.

Auch sie ging vor langer Zeit fort. Wohnte viele Jahre in teureren Innenstadt-Bezirken. Sie wollte ihren Aufstieg mittels Statussymbolen demonstrieren. Nach der Trennung von Thomas, ihrem Exmann, zog sie dann in die Gegend ihrer Jugend zurück. In eine großzügige Dachterrassenwohnung. Mit Panoramablick über die Donau fast bis zur Innenstadt. Ja, es war für sie ein Zeichen, dass sie es geschafft hatte. Doch um welchen Preis? Geld hatte sie nun genug, nur Lebensqualität war ihr in den letzten Jahren keine mehr geblieben. Das hatte ihr schleichend die Kräfte geraubt, ihre sozialen Kontakte verkümmern lassen. Zeitmangel, der echte Freundschaften nicht entstehen ließ.

Mittlerweile waren auch ihre einst vielen Verehrer und so manches daraus folgende Abenteuer überschaubarer geworden. Na ja, zumindest etappenweise. Zumindest, fand Walli, sah sie immer noch toll aus. Dass sich einige Ringe um ihre Taille wölbten, war zwar eine Tatsache, doch regelmäßige Blitzdiäten sorgten dafür, dass sich alles noch im vertretbaren Rahmen hielt.

Lena riss sie aus ihren Gedanken. »Übrigens, das war Patrick Burger. Er arbeitet bei unserem Rechtsanwalt im Dorf, dem Dr. Winkelbauer, und hilft manchmal auch ein bissl in der Gärtnerei Wagner aus, bei der wir biologisches Saatgut bestellen. Am Montag wird er einige Säcke vorbeibringen. Ich nehme sie immer in Empfang und habe ihn gebeten, dass er erst gegen Mittag kommt. Ich bin vorher in Gföhl, um einiges zu erledigen.«

Walli nippte am Martini.

»Wo sich jetzt der Patrick dazusetzt, das sind Veronika Winkelbauer und ihre Tochter Julia. Mich wundert's, dass die da sind und allein dort sitzen. Sonst ist sie nur mit ihrem Mann unterwegs. Na gut, jetzt kommt er zu ihnen.«

»Wieso ist das ungewöhnlich?«, versuchte Walli Winzer gleich ihr noch unvollständiges Wissen über die dörflichen Gegebenheiten zu vervollständigen. Großlichten war zwar keine große Gemeinde, doch bis Walli den Überblick über die Dorfstruktur und ihre Bewohner hatte, würde es doch noch einige Zeit dauern. Sie nahm daher jede Gelegenheit wahr, um Lena nach Details zu fragen.

»Du alte Tratschen. Wie zu Schulzeiten. Alles musstest du über jeden wissen und immer hast du das gekonnt aus den anderen herausgelockt.«

»Sag nicht, dass es für nichts gut war. Streit gab es in unserer Klasse fast nie.«

»Was? Das führst du auf deine Neugier zurück?«

»Neugier würde ich das nicht nennen. Es war vielmehr Anteilnehmen an der Umgebung«, stellte Walli betulich und zugleich belustigt fest. Sie versuchte, ihre Neigung, viele Details über ihr bekannte Personen herauszulocken, mit Nachdruck zu verteidigen. »Wie, glaubst du, sollte ich in meinem PR-Geschäft sonst an Insiderinformationen herankommen, wenn ich mich nicht selbst auf die Suche begäbe? Mag ja sein, dass ich schon damals, zu unserer Schulzeit, den Grundstein für mein heutiges kleines Agenturimperium gelegt habe«, lachte Walli Winzer schallend. Ihr fiel gerade auf, dass sie dabei war, ihren eigenen Gründerzeitmythos zu erschaffen.

»Irgendwie hast du sogar recht. Man erkennt Talente meist schon in der Schule, sofern nicht die Lehrer manchen Schülern die Freude am jeweiligen Fach austreiben.«

»Das war bei dir mit Sicherheit nicht der Fall. Wenn du deine Schüler nur halb so geschickt angeleitet hast, wie du das heute noch mit deiner Umgebung machst, kann ich dir nur gratulieren. Aber das ist sowieso klar, sonst hätten deine Klassen nicht so viele Wettbewerbe gewonnen.«

Lena lächelte Walli freundschaftlich, aber auch ein bisschen wehmütig an. Denn sie hängte ihren Lehrberuf vor über zehn Jahren an den Nagel, um den elterlichen Betrieb mit ihrem Mann Hans auf einen mittlerweile vorbildlichen Biobetrieb umzustellen. Auch damit hatte sie Erfolg sowie mit von ihr initiierten Sozialprojekten für die Region.

»Schluss jetzt mit der Lobhudelei!« Lena Breitenecker griff nach ihrem Rotweinglas und nahm einen Schluck. Walli kannte ihre Freundin und wusste, dass sie damit einen Anflug von Verlegenheit wettmachen wollte. Sie kam daher, nicht ganz uneigennützig, wieder auf das vorherige Thema zurück: »Du wolltest mir noch etwas über diesen Patrick erzählen. Ich hatte dich unterbrochen.«

»Ach, der Patrick ist ein wirklich hilfsbereiter Kerl. Er lässt sich von vielen ausnützen, kann nie Nein sagen. In ihm steckt viel mehr, als er aus sich gemacht hat.«

»Wieso?«

»Nicht jeder im Ort hat die Möglichkeit, wirklich gefördert zu werden. Die Strukturen sind seit ewiger Zeit geregelt. Darin hat jeder seinen fixen Platz. Das geht dann auch mit der Schulauswahl weiter. Dem Patrick seine Eltern sind einfache fromme Leut. Die haben immer gemacht, was der Herr Pfarrer ihnen gesagt hat. Und wie du ja weißt, der schaut, dass hier alles so bleibt, wie es eben immer war.«

»Ist ja irrig.«

»Ja, wer das nicht will, muss halt in die Stadt ziehen.

Es gibt nur wenige, die, wie wir, das Gegenteil machen und wieder herziehen. Deshalb habe ich auch beschlossen, Sozialprojekte zu starten, um Nachbarn, denen es nicht so gut geht, zu unterstützen und vielleicht auch zu motivieren, sich ihre Situation bewusst zu machen und vielleicht sogar zu ändern. Aber das sag ich natürlich nicht so laut, sonst habe ich hier nur Feinde«, seufzte Lena und fuhr sich kurz mit der Hand durch ihr Haar.

»Ist das seine Freundin, zu der er sich jetzt gesetzt hat?«, fragte Walli Winzer weiter.

»Nein. Er ist seit Kindheit eng mit der Familie Winkelbauer befreundet, und das ist die Tochter des Hauses. Neben ihr sitzt die Mutter. Ihr Vater ist prominenter Rechtsanwalt mit eigener Kanzlei in Krems. Das ist der, von dem ich vorher geredet habe. Ihr Ehemann Alexander arbeitet dort auch als Anwalt.«

»Irgendwie wirken die hier aber völlig deplatziert, so teilnahmslos, wie die da sitzen«, meinte Walli.

»Wundert mich auch, dass sie gekommen sind. Feste sind sonst nicht deren Sache. Vielleicht hängt das wirklich mit dem Hannes zusammen. Der kann ja mit allen.«

»Na ja, so einen Haubenkoch als Wirt im Ort zu haben, das gibt's nicht überall«, gab Walli Winzer sich selbst Antwort auf die eigene Frage. Sie ließ ihren Blick nochmals ausgiebig über den urigen Gastraum samt neu geschaffenem Nichtraucherbereich schweifen. »Wahrscheinlich sind die sonst eher in seinem Haubenlokal im Reiterhof ›Sonnblick‹ zu finden als hier«, fuhr Walli fort. »Zur mondäneren Klientel würden die eher passen.«

»Nicht unbedingt«, mutmaßte Lena Breitenecker weiter. »Der alte Winkelbauer besucht traditionell jeden Sonntag nach der Kirche seinen Stammtisch hier im Wirtshaus. Ich könnte mir vorstellen, dass er das seinen Spezln zuliebe macht.«

»Aber mit Frau und Tochter?«

»Ja, warum nicht? Sollen die nur zu Hause herumsitzen? Ist doch ganz lustig da.« Lena nahm einen weiteren Schluck aus ihrem fast leeren Glas und schaute ebenfalls in die Runde. In der Mitte der Gaststube hatten sich bereits einige Pärchen gefunden und tanzten klatschend zu einem volkstümlichen Hit, den anscheinend alle außer Walli kannten. Auch Lena wippte beim aufpeitschenden Refrain mit ihren Schultern. »Übrigens, da drüben am Tisch sitzt der Florian Wagner. Er hat die Gärtnerei übernommen, in der auch Patrick Burger arbeitet. Also, wenn ich meinen Hans nicht hätte, dann könnte mir der schon gefährlich werden.«

»Lena, das hätt ich mir jetzt nicht erwartet«, zwinkerte Walli ihrer Freundin zu. Denn Lena Breitenecker war glücklich verheiratet und liebte ihren Mann über alles. Doch in einem musste Walli Winzer ihrer Freundin recht geben. Florian Wagner war wirklich ein gut aussehender Mann, der die Urinstinkte jeder Frau beleben musste: groß, muskulös, mit markanten Gesichtszügen. Er hatte dunkle Locken, die ihm ins Gesicht fielen und sich, auch während er redete, nur wenig bändigen ließen. Es gab ihm etwas Verwegenes, stellte Walli fest. Im Gespräch unterstützte er sein Gegenüber mit ermunternden Gesten. Alles in allem sehr sympathisch, dachte Walli. Doch entgegen ihres sonst leicht entflammbaren Temperaments blieb sie beim Anblick all dieser Männlichkeit weitgehend unbeeindruckt. Sie dachte an Björn und konnte es kaum erwarten, ihn wieder in ihrer Nähe zu haben.

Walli erkannte die Frau, mit der der Gärtner gerade sprach. »Das ist doch die Nichte meiner Nachbarin, Anna oder so. Und wer ist die andere? Neben ihr?«

Sie war inzwischen anderweitig abgelenkt. Lena Breitenecker konnte Wallis Klatsch- und Tratschbedürfnis daher nicht weiter erfüllen.

Ein Schwung gleichaltriger Jugendlicher war zur Tür hereingekommen. Lena richtete ihren Blick erwartungsvoll auf die Gruppe. Sie lächelte, als hätte sie jemanden erkannt. Walli bemerkte auch, dass Lena sich im selben Augenblick von der Körpersprache her zurücknahm, als wollte sie die Aufmerksamkeit nicht auf sich ziehen. Gleich darauf wusste Walli Winzer auch warum: Lenas Tochter Lisa und deren beste Freundin Sandra befanden sich unter den Eintretenden. Auch sie freute sich, die beiden wiederzusehen. Sie kannte sie gut und mochte sie gerne. Begleitet wurden die Teenies von einem Tross halbwüchsiger Burschen, die sich um sie scharten. Lena wandte sich Walli zu: »Stell dir vor, Lisa hat einen neuen Verehrer!«

»Ah! Welcher von denen ist er denn?«

»Der Brünette mit dem Bärtchen und der Dschingis-Khan-Haarpracht.«

»Das ist jetzt gaaanz in und man nennt das Man Bun. Sieht niedlich aus!«, nickte die modeaffine Walli der sichtlich verklärten Mutter zu. »Junge Männer tragen den Haarknoten mit herausgezogenen Strähnen. Sie wollen damit gegen traditionelle Männerklischees auftreten, rebellisch, cool und ein wenig verwegen wirken.«

Walli merkte, dass ihr Lena nicht zuhörte. Vielmehr war sie mit der Beobachtung ihrer Tochter und dem Einschätzen der Situation beschäftigt. »Kaum ist man kurz weg, überschlagen sich die Ereignisse«, versuchte Walli Winzer gegen die Stimmungskanonen Gabalier und DJ Ötzi anzukämpfen – allerdings nur mit mäßigem Erfolg.

Entgegen anderen Müttern schien Lena mit dem Verehrer ihrer Tochter einverstanden zu sein. Ihr beseelter Blick verriet, dass sie ihn bereits ins Herz geschlossen hatte.

»Scheint ja ein Netter zu sein?«, versuchte Walli näher ans Ohr der Freundin zu rücken.

»Sie hat ihn aufm Reiterhof kennengelernt, wo der Clemens jetzt in den Ferien als Stallknecht arbeitet. Sonst studiert er Biologie und ist ein Studienkollege von meinem Lukas. Mein Ältester hat ihm den Tipp dazu gegeben, sich zu bewerben.«

»Na, da bleibt ja alles in der Familie, und du weißt schon einiges über ihn«, freute sich Walli über die glückliche Fügung des Schicksals.

»Ich hoffe, das hält noch eine Weile an …«, gab Lena sich pragmatisch.

Inzwischen war die Mitte der Gaststube bereits voller Tanzender, weshalb sich die Freundesgruppe mühsam den Weg zu einem der Stehtische bahnen musste. Einer von ihnen ging voran und versuchte sanft, aber stetig vorwärtszukommen. Ein Pärchen lehnte bereits allein am letzten Tisch in der Ecke des Raums. Sie hatten nichts dagegen, dass sich die Gruppe dazustellte.

Wieder ein schallendes Aufheulen des bereits einigermaßen illuminierten Männerchors am benachbarten Kartenspieltisch. Einer von ihnen, der anscheinend der Gewinner der Runde war, stand auf. Er wankte leicht, nahm einige der zuvor unterschriebenen Zettel entgegen, steckte sie in seine Hosentasche und machte Anstalten, Richtung Toilette zu gehen. Als sich der Mittvierziger umdrehte, rempelte er eine junge Frau auf dem Tanzparkett an. Es dauerte nur kurz, bis er sie erkannte und dann nochmals die Hand nach ihr ausstreckte, um sie an sich zu ziehen. Da sie sich im Tanz drehte, erwischte er allerdings eine sensible Körperstelle. Sie war baff, kam jedoch erst gar nicht dazu, sich aufzuregen, da ihr Tanzpartner, Markus Strohmeier, bereits auf den Verursacher zustürmte und ihn am Revers packte. »Moch des ni wieda! Heast?! Franz, i sog da: Kummst du no amoi in die Näh von der Claudia, dann lernst mi no anderst kennen! Sie wü nix mehr von dir. Host endlich verstanden? Oder brauchst no a Abreibung?«

»Wos, nur weilst du no dein Job im Zementwerk hast! Die Betonung liegt auf *noch*! Pass auf, wie des is, wenn du boid a kan mehr hobn wirst. Und des wird boid sein, wenn i red, wie's dort zugeht! Dann kannst di a brausn gehen wie die andern!« Er machte eine verächtliche Bewegung hin zum Stammtisch. »Und jetzt lass mi aus, sonst werd a i grob!« Franz Stöger warf seiner Ex-Claudia einen verächtlichen Blick zu. »Pech in der Liebe, Glück im Spiel!«, raunte er ihr im Vorbeigehen zu und machte sich weiter auf den Weg zum Vorraum des Wirtshauses.

Walli wandte sich verwirrt an Lena: »Was ist denn mit denen los?«

»Die Claudia ist dem Stöger Franz seine Verflossene. Wie er jetzt seinen Job verloren hat, ist sie gleich auf und davon und hat ihn verlassen.«

»Aha. Auch ungewöhnlich. Hab gedacht, auf dem Land ist eine Ehe in der Regel für immer und ewig«, brummte Walli Winzer fast unhörbar in sich hinein. Doch Lena antwortete: »Trennungen gibt's immer noch viel weniger als in den Städten, aber wie du siehst, es kommt vor.«

4. KAPITEL

Lautes Gegröle und das Mitsingen zu Helene Fischers ›Atemlos‹ sorgten weiterhin für beste Laune. Inzwischen ging die Tür eines der Nebenräume des Wirtshauses auf, und eine kleine Gruppe distinguiert wirkender Herren betrat den Nichtraucherbereich der Stube.

»Oh Gott!«, stöhnte Lena Breitenecker. »Das ist unsere Hautevolee von Großlichten.«

»Wie meinst du das?«

»Geh, komm! Na, die Wirtschaftsbosse, die hier das Sagen haben in unserer Region. Das ist der Alois Limbacher vom Zementwerk in Prachtendorf, daneben unser Meinungsmacher im Ort, Anwalt Dr. Friedrich Winkelbauer, mit seinem Schwiegersohn Alexander Mühlthaler. Den Mann neben ihm kennst du ja bereits: Bürgermeister Peppi Brunner, und ihm gegenüber steht der Karpfenteichbaron und Besitzer des Schlosses in unserem Ort: Eduard Waldstetten. Wäre neugierig, was die so spät am Abend im Extrazimmer wieder ausgemauschelt haben.«

»Lena, du bist wirklich goaschtig! Deine soziale Emsigkeit lässt dich ganz schön skeptisch werden. Pass auf, dass dich das nicht innerlich noch auffrisst«, versuchte Walli Winzer die Nachdenklichkeit ihrer Freundin zu zerstreuen. »Vielleicht irrst du dich, und es ist etwas ganz anderes.«

»Da fress ich einen Besen, wenn das so wäre, das sag ich dir. Der Brunner macht keinen Handgriff zu viel. Und vor allem nichts, was ihm nicht dann auch wieder etwas einbringt.«

»Hm!«, seufzte Walli tief.

Das Grüppchen hatte sich offenbar nichts weiter zu sagen. Wie seine Mimik verriet, versuchte Bürgermeister Brunner die Situation durch einige lockere Sprüche aufzuhellen. Lena und Walli konnten aber nicht verstehen, was er von sich gab.

Harry Kain drehte sich von seinem vorherigen Gesprächspartner wieder Walli und Lena zu und machte sie auf den in diesem Augenblick eintretenden Sepp Grubinger aufmerksam. Dieser hielt gerade seiner Frau galant die Tür auf. Walli hatte die Resi noch nie gesehen, musterte Grubingers Frau daher interessiert: Sie war leicht untersetzt, aber im Gegensatz zu ihrem Mann nicht korpulent und hatte mittellanges grau gewelltes Haar. Wallis geübtem Blick für Fashion entging nicht, dass ihr Kleid aus jener Zeit zu stammen schien, als die Pracht ihrer Locken noch ein sattes Mittelbraun aufwies. Das zeigte immerhin, dass Frau Grubinger ihr Gewicht über etliche Jahre hatte halten können, was Walli Winzer leider nicht von sich sagen konnte. Nervös zupfte sie ihr im Rautendesign schwarz-weiß gemustertes Designerkleid von Stella McCartney zurecht.

Inzwischen wurde Dorfpolizist Grubinger im Wirtshaus freundschaftlich empfangen und von vielen gleich in ein unverbindliches Gespräch verwickelt. Auch Frau Grubinger war im Ortsverband integriert, stieß zu einer Frauengruppe dazu und fand sofort ins Gespräch. Ihr herzerfrischendes Lachen, das zwischen den musikalischen Wogen eines alten Boney-M.-Hits herauszuhören war, ließ auf ihr sonniges Gemüt schließen. Wahrscheinlich brauchte sie das auch, wenn ihr Mann bei der Polizei arbeitete.

Großlichten war zwar eine an Vorfällen ruhige Meile, doch einiges war aufzuklären gewesen. Josef Grubinger ließ sich selten aus der Ruhe bringen, aber diese Wochen hatten selbst ihm nervlich zugesetzt. Zumal ihm sein Chef, Bezirksinspektor Adi Platzer, nicht besonders hilfreich den Rücken gestärkt hatte.

Heute aber wurde der Hannes, der Haubenchef, gefeiert. An Arbeit würde nicht gedacht werden.

Bürgermeister Brunner ließ es sich nicht nehmen, dem TV-Preisträger mit einigen Worten vor der Wirtshausrunde zu gratulieren, was in die Schlusssätze führte: »Und jetzt heben wir alle das Glas auf unseren vorbildlichen Starkoch Hannes. Ein Hoch!« Zustimmendes Getöse, von wilden Pfiffen untermalt, zeugte von der guten Stimmung unter den Gästen. Die Stammtischrunde stieß mit vollen Krügen an, und auch die Männerrunde um den Bürgermeister prostete einander zu. Allerdings wirkten sie dabei etwas hölzern.

Im Vorraum, aus dem Grubinger noch vor Kurzem gekommen war, sah man von der Gaststube aus Franz Stöger stehen, und Walli hörte plötzlich eine weibliche Stimme sich laut beklagen: »Hör auf, du Arsch! Fass mich nicht an! Noch einmal, und du bist tot, das kann ich dir jetzt schon sagen!« Eine junge Frau im flapsigen Umweltschützerlook hatte Stöger gerade geohrfeigt und machte weitere Drohgebärden.

Franz Stöger machte Anstalten, auf sie einschlagen zu wollen, als ihn einer seiner Zechkumpane im Vorbeigehen daran hinderte: »Na, na, wer wird bei einer Dame Hand anlegen!«

»Die und eine Dame! Dass ich nicht lache!«, tönte es schroff aus der Ecke.

»Was soll sie denn sonst sein?«

»Die Alice Mittner, na, eine verklemmte Fotze ist die! Soll froh sein, dass sich einer für sie interessiert. Hat wohl

Angst vor einem echten Kerl, der's ihr besorgt. Ich zeig dir gleich, wie so was geht.« Stöger hielt sich seine Backe und lachte düster in sich hinein.

»Hau ab, du besoffener Trottel!«, sagte einer aus der Kartenrunde und stellte sich vor ihm auf. »Oder brauchst noch eine Sonderbehandlung?«

»Ach, verzieh dich, du Wichtigtuer. Hast deshalb auch nicht mehr Chancen als ich, da wette ich mit dir!« Der Mann machte keinerlei Versuche, sich mit ihm weiter unterhalten zu wollen, und wandte sich der immer noch zornigen, vor sich hin schimpfenden Alice Mittner zu.

»Ist bei Ihnen alles okay?«

»Die Welt besteht überwiegend aus solchen Typen: selbstherrlich, ausbeuterisch und verletzend. Man müsste sie ausrotten, damit es ein friedliches Miteinander gibt.«

»Na, na! Das klingt auch nicht gerade pazifistisch, wenn ich das so sagen darf. Es sind ja nicht alle Männer so.«

»Vielleicht kennen Sie solche – ich nicht. Sie wollen auch von mir hören, wie toll Sie waren. Kommt aber nicht. Sollte bei einer Gewalthandlung eine mitmenschliche Selbstverständlichkeit sein, zu helfen«, kam es in einer Bausch-und-Bogen-Verurteilung. Alice ging, ohne ein weiteres Wort zu verlieren, und ließ den Kartenspieler allein im Vorraum zurück.

Franz hatte inzwischen seinen Stammtisch erreicht, wo man allerdings kein Interesse mehr auf seine Anwesenheit legte. Ein großer, untersetzter Mann Ende 40 mit Bürstenhaarschnitt und Dreitagebart, den sie Rudi nannten, stand auf und stellte sich ihm von der gegenüberliegenden Tischseite her entgegen: »Franz, geh nach Hause und schlafe deinen Rausch aus. Es ist für heute genug, sonst gibt's noch echten Ärger. Wir wollen dich nicht mehr dabeihaben.«

»Jo, den wirst du glei haben! Du und deine feinen Betriebsratsfreunde. Wo seid ihr gewesen, als mich der Limbacher aus dem Zementwerk geworfen hat? I bin fast 50, wo soll ich hin? Noch anderswo Arbeit finden?«

»Wer arbeiten will, findet was. Wärst net ewig so aufbrausend und besserwisserisch, wär's anders gekommen. So bist halt allen auf die Nerven gangen – auch mir.«

»Zum Arbeiten müsste i jetzt nach Linz fahren. Aber auch da nehmen s' niemanden mehr in einem Werk mit 48 Jahren. Aber ihr werdet das noch alle bereuen, wenn ich auspacke, was im Werk alles los ist.«

Höhnendes Gelächter am Stammtisch: »Wird dir eh niemand glauben, einem, dem gekündigt worden ist.« Erneutes Gelächter. »Freut's euch nicht zu früh! Ihr werdet schauen, alle werdet ihr schauen, wenn es das Werk dann vielleicht gar nicht mehr gibt, weil's geschlossen wird. Da möchte ich dann eure Gesichter sehen.«

Franz Stöger redete sich erneut in Rage, nahm dann die gewonnenen restlichen Wettscheine und sein halb volles Rotweinglas. Er drängte sich an den Tanzenden vorbei, Richtung Gruppe der Honoratioren. Ohne zu zögern, schüttete er dem Geschäftsführer des Zementwerks den Rest seines Glases ins Gesicht: »Das haben S' jetzt davon. Jetzt sind S' genauso besudelt wie ich. Und stinken tun S' auch so wie ich. Nur mehr Geld haben S' wie ich. Aber nimmer lang. Ich werde dafür sorgen, dass Sie Ihr Werk zusperren müssen.«

Alois Limberger versuchte, sich den Rotwein aus dem Gesicht zu wischen, und tupfte mit einem Taschentuch den Rest von seinem schwarzen Armani-Anzug. »Bin ich froh, dass ich diesen Schritt getan habe, um Sie loszuwerden! Sie sind ja nicht bei Trost!«

Rechtsanwalt Winkelbauer sammelte sich als Erster: »Hannes, da möchte ein Gast gehen. Bitte begleite ihn zur Tür.« Und an Franz Stöger gewandt sagte er: »Wenn Sie künftig nicht von uns hören wollen, dann halten Sie Ihren Mund und verziehen sich. Aber sofort! Verstanden!«

Hannes war inzwischen gekommen, klopfte Franz Stöger auf die Schulter und geleitete ihn zur Tür: »Was mochst'n für Sachen! Des wird davon a net besser«, hörte man ihn sagen, während beide in der belustigten Menge verschwanden.

»Wollen Sie Anzeige wegen Körper- und Sachbeschädigung erstatten?«, fragte Friedrich Winkelbauer. Inzwischen erweiterten auch seine Ehefrau Veronika, Tochter Julia und Patrick die Gruppe. »Lassen wir's dabei. Der wird nicht weit mit seiner Art kommen.«

»Leute wie der, die weder Anstand, Moral noch Sitte kennen, die sollte man, wenn es nach mir ginge …« Winkelbauer zügelte sich nach den letzten Worten und verspürte im selben Moment die beruhigende Hand seiner Frau auf dem Unterarm.

»Sieh einer an. Aber, aber! Sie sind doch Anwalt. Da sollten Sie doch einigen Abstand zu den Niederungen der menschlichen Seele haben.« Harry Kain, rasender Reporter Großlichtens und Umgebung, hatte wieder einen Riecher für besondere Situationen.

»Ich sage Ihnen: Ihren Anzug können S' wegschmeißen. Das bekommt keine Putzerei hin«, bemerkte Walli Winzer mit Kennerblick.

In dem Moment, als Alois Limbacher sein Revers und sein bekleckertes Anzuggilet beäugte, traf ihn der Schlag eines kalten glitschigen Etwas in die Magengrube. »Um Gottes willen, was ist denn heute los?!« Er streckte überwältigt die Hände nach dem Gegenstand aus, um ihn gleich wieder fallen zu lassen. Erschreckt quietschte er auf: »Äh! Grauslich!«

Alice Mittner hatte die turbulente Situation für eine Umweltaktion genützt und sowohl Limbacher als auch Karpfenteichbesitzer Eduard Waldstetten einen übel zugerichteten Karpfen sozusagen um die Ohren geschlagen. »Die verendeten Tiere können sich nicht mehr wehren. Aber das werde ich für sie machen, darauf können Sie Gift nehmen! Es muss endlich Schluss damit sein, die Tiere elendig verenden zu lassen!«

»Grubinger! Halten Sie uns diese Person fern. Was ist denn plötzlich? Schnappen jetzt alle über?«, rief Anwalt Winkelbauer. »Leute wie Sie wären früher …«

»Was wäre da gewesen?!«, drohte Alice Mittner in Winkelbauers Richtung. »Frauen mit Sinn für Gerechtigkeit, Nachhaltigkeit und Moral, die hätten Sie einfach zum Schweigen gebracht? Nicht wahr? Das wollten Sie doch sagen!«

Winkelbauer setzte eine vermeintlich staatstragende Miene zu seinem unvermittelt weihevoll gewählten Tonfall im Anwaltsdeutsch auf. Er wusste, dass er sich auf strategisch dünnes Eis begeben hatte, und entgegnete daher mit Bedacht: »Gnädige Frau, ich glaube, Sie sehen das nicht ganz richtig.« Er wollte zu einer weiteren Erklärung ansetzen, da fuhr ihm Alice Mittner mit weiteren Argumenten über den Mund: »Für Sie bin ich keine gnädige Frau! Sie heucheln, und für mich meinen Sie die Bezeichnung nicht so. Sparen Sie sich Ihre Schönfärberei! Sie alle mauscheln sich gerade zusammen, bestimmt auf Kosten der Tiere. Nichts wird sich für die ändern!« Mittner begann wild auf die Brust des Anwalts zu trommeln. Der griff sie bei den Armen, hielt sie von sich weg und setzte sie dadurch außer Gefecht. Patrick packte sie an den Schultern fest. Sie versuchte, sich wie eine Katze aus der ausweglosen Situation zu winden. Doch es waren zu viele Hände, die sie daran hinderten.

»Ich werde Sie anzeigen. Nicht nur wegen der toten Karpfen im Teich, sondern auch wegen Freiheitsberaubung!«, schrie Alice Mittner aus Leibeskräften, in der Hoffnung, der Griff der Männer würde sich dadurch lockern.

»Dass Sie sich da nur einmal nicht täuschen. Leuten wie Ihnen sollte man den Garaus machen!«, entkam es dem Anwalt schließlich dennoch unüberlegt. Er beugte sich zu ihrem Ohr und flüsterte der Aktivistin zu: »Und wenn Sie glauben, noch länger in unserer Gemeinde bleiben zu können, muss ich Sie enttäuschen. Denn ich werde es nicht zulassen, dass so ein amoralisches Geschöpf wie Sie unseren Frauen ein schlechtes Beispiel abgibt!«

Winkelbauer, Patrick und ein weiterer Mann hielten die Tobende nach wie vor fest.

»Herr Anwalt, Sie werden sich doch körperlich allein gegen eine zarte Frau wehren können«, tönte eine sonore Stimme dicht neben ihm. »Drei Männer gegen eine Frau, das ist ja geradezu lächerlich!«

Walli Winzer stand neben Winkelbauer, der die Aktivistin im selben Moment losließ. Mit einer Grimasse entgegnete er: »Dann muss es aber auch eine normale Frau sein und nicht eine …«

»Was meinen Sie?«, fragte Walli Winzer.

»Ach, vergessen Sie's!«

Inzwischen hatte die lautstarke Auseinandersetzung auch die Aufmerksamkeit der übrigen Anwesenden erregt. »Geht's, haut's euch über die Häuser!«, schrie eine sichtlich vom Tumult genervte Stimme.

Sepp Grubinger war inzwischen zur Stelle. Lena Breitenecker ergriff, noch bevor der Bürgermeister etwas Unpassendes sagen konnte, das Wort und erklärte dem Polizisten, dass es sich hier bloß um eine etwas lautstarke Unterredung gehandelt habe. Die Beteiligten seien soeben dabei aufzubrechen. Bürgermeister Brunner machte gute Miene zum bösen Spiel und unternahm daraufhin den Vorstoß, sich von jedem einzelnen seiner Gesprächspartner zu verabschieden. Er selbst würde bleiben, um noch ein paar Worte mit Hannes Lechner zu wechseln. Lena und Walli warfen einander einen vielsagenden Blick zu, der besagte: *Der lässt wirklich keine Gelegenheit aus, um sich mit fremden Lorbeeren zu schmücken.*

Alice Mittner war inzwischen zur Karner-Nichte, Anna Szabo, zurückgegangen. Einiges an Mittners Zorn schien diese auch noch abbekommen zu haben, denn sie wurde von der Freundin recht unsanft zur Tür hinaus expediert.

Warum manche Menschen sich so eine Behandlung gefallen ließen, sich nicht wehrten oder davon distanzierten, hatte Walli Winzer nie verstanden. An diesem Abend wollte sie das aber auch nicht weiter ergründen. Eigentlich war sie gekommen, um all die Menschen wiederzutreffen, die sie seit nur wenigen Monaten kannte, und von denen sie manche während ihrer Schwedenreise vermisst hatte.

5. KAPITEL

Die Nacht hatte Walli Winzer einiges Unbehagen bereitet. Wilder Regen hatte, durch heftige Sturmböen getrieben, an ihre Schlafzimmerfenster geklopft. Sie war deshalb mehrmals aufgewacht und konnte später nicht mehr so gut weiterschlafen.

Immer wenn sie glaubte, den richtigen Liegeplatz gefunden zu haben, stieß sie an etwas Flauschiges, das sie erneut hochschrecken ließ. Weil es sich nach einem kleinen Klaps wegbewegte, wusste sie, dass Kater Filou es war, der in ihrer Nähe gewesen sein musste. Offenbar war auch ihm die nächtliche Wetterlage nicht ganz geheuer gewesen, und er hatte beschlossen, vom Mausen Abstand zu nehmen. Er kuschelte sich lieber in ihr weiches Bett.

Nur kaum drehte sie sich auf die andere Seite, kitzelten die warmen, weichen Fellhaare ihre Nasenspitze. Walli streichelte kurz über den schlanken Fellrücken, der sich ihr entgegenstreckte, und legte ihre Wange dicht neben ihn. Das behagliche Schnurren, das den gesamten Körper Filous durchdrang, beruhigte schließlich auch sie und geleitete sie wieder zurück ins Reich der Träume.

Als Walli Winzer das nächste Mal ihre Augen öffnete, war es bereits heller Morgen. Filou saß frisch und munter neben ihr und fixierte sie mit einem erwartungsvollen Blick.

Walli kannte diesen. Er verriet ungefähr: *Was wird es denn gleich zu fressen geben?* Filou verstand es, die Dringlichkeit seines Wunsches geschickt mit geschmeidigen Gesten zu unterstreichen, indem er Walli mit seinem kleinen Näschen anstupste und sein Köpfchen eindringlich in ihr Gesicht grub.

»Jaja, ich habe verstanden. Gleich stehe ich auf!«, beruhigte sie den Kater, die noch warme Liegestatt sogleich zu verlassen. Sie setzte sich an die Bettkante, nahm den Morgenmantel, schlüpfte in ihre Pantoffeln und schlurfte – am Morgen war sie nie sie selbst – in die Küche. Von einer gewissen Contenance, die sie sich sonst stets abverlangte, war in diesem Moment nichts zu merken. Walli Winzer hoffte vielmehr, dass ihre Motorik nach der unruhigen Nacht durch den Morgenkaffee wieder in Schwung kommen würde.

Sie ließ frisches Wasser in die Kaffeemaschine laufen, wählte nach dieser Nacht eine besonders starke Kapsel aus und drückte die Taste an der Maschine. Ein beruhigendes Geräusch breitete sich aus und ließ sie im nächsten Moment den ersten Schluck aus der Morgentasse genießen. Sie setzte sich auf das ausladende Sofa und nahm ihr iPhone zur Hand. Ah, Björn hatte ihr eine Mail geschrieben. Wallis Lebensgeister kehrten augenblicklich zurück.

Ein Trainingskurs ging früher als erwartet zu Ende … ein paar Tage Zeit … er hätte Lust auf Österreich … aber vor allem auf sie.

Walli lächelte vergnügt in sich hinein. Mit solch einer Nachricht begann der Tag einmal ganz anders als üblich. Sie überflog routinemäßig noch schnell die übrigen Büromails. Langweilig. Wie gut, dass für deren Abwicklung zurzeit nicht sie, sondern Silvia Manner verantwortlich war.

Schwupps! Mit einem Satz sprang Filou aufs Sofa, setzte sich neben Walli und stupste mit seinem Köpfchen recht deutlich ihren Arm.

»Ach, mein Kleiner, ich hab ganz auf dich vergessen.« Walli Winzer stand auf, ging in der Küche zum Vorratsschrank, wo sie eines der Futterschälchen herausnahm, legte dessen Inhalt auf einen Teller und stellte ihn neben Filou auf den Boden. Er stürzte sich augenblicklich auf sein Fressen.

»Ich hatte ganz vergessen, dass du bei dem miesen Wetter der vergangenen Nacht ja nicht draußen sein konntest.«

Derweilen kümmerte Filou recht wenig, was Walli zu ihm sprach. Hauptsache, er bekam endlich etwas zwischen die Zähne. Genüsslich widmete er sich seiner Fast-Food-Beute. Dabei war er eine echte Landkatze, die das Jagen gewöhnt war. Doch ließ es sich leichter an Katzenköstlichkeiten kommen, war es ihm mehr als recht. Immerhin war auch das Haus sein Revier, nicht nur der Garten. Und dieses auf Biegen und Brechen zu verteidigen, war die braunschwarz gestreifte Tigerkatze stets bereit.

Walli Winzer saß inzwischen wieder auf dem Sofa und las auf ihrem iPhone die Online-Tageszeitungen. Filou lenkte von der Küche aus seinen Blick, der katzenmäßig sowieso einen weitaus größeren Radius als jener der Menschen umfasste, Richtung Walli und stellte fest, dass sie noch eine Weile so dasäße, bevor sie sich wieder etwas Neuem widmen würde. Das wollte er abwarten, um sich danach auf den Weg zu machen und die Grenzen seines Reviers wieder einmal abzulaufen. Heute fühlte er sich eindeutig besser. Gestern war er noch ziemlich fertig von der Reise gewesen.

Das muss man sich ja erst einmal vorstellen: stundenlang in dieser Katzenbox eingesperrt zu sein. Und dieser Stress. Nicht zu wissen, wann man da endlich rauskäme. Für ihn war das ein völlig entbehrlicher Flugvormittag gewesen.

Im Haus war Filou dann nach kurzer Markierungsrunde im wahrsten Sinne des Wortes erschöpft in sein Körbchen hineingefallen. Aufgewacht war er erst, als sein Frauchen beschwingt von der Feier zurückkam und er zu ihr ins Bett springen durfte.

Walli Winzer legte das Mobiltelefon weg und murmelte vor sich hin: »Immer das Gleiche, Filou, da draußen in der Welt. Wenn ich das jetzt nicht gelesen hätte, wäre mir auch nichts entgangen.«

Diese Erkenntnis und der Gedanke an Björns Mail ließen sie rascher als sonst in ihren Morgenritualen weitermachen. Trotzdem: Der Alkohol von gestern und diese stundenlange laute Musik hatten bei Walli Spuren hinterlassen. Sie trottete weiter übernächtigt ins Badezimmer, das sie durch einen kleinen Gang an der Küche vorbei erreichte.

Filou hatte inzwischen seine Morgenration an Katzenfutter auf einmal verschlungen. Er saß nun aufrecht mitten im Wohnzimmer und leckte zufrieden seine Schnauze, so als würde er sagen wollen: »Ah, war ganz nach meinem Geschmack.«

Aus diesem meditativen Ritual, das er nach jeder Speise durchzuführen pflegte, riss ihn allerdings der laute Klingelton des Telefons. Walli Winzer hatte beschlossen, den früheren Festnetzanschluss zu belassen und das altmodische ehemalige Schultelefon weiter zu verwenden. Egal in welchem Zimmer sie sich gerade befand, es war mit seinem eindringlichen Ton überall im Haus zu hören – sogar im Garten.

Filou erschrak, da die Lautstärke ihm ganz und gar nicht behagte. So rasch als möglich flüchtete die Katze daher Richtung Ausgang. Als Walli abhob, meldete sich eine männliche Stimme: »Hallo, Frau Winzer. Wagner hier. Sie wissen, von der Gärtnerei. Ich hoff, ich stör Sie nicht gerade. Aber es ist wegen Ihres Gartens. Die Lena hat mir erzählt, dass Sie wieder da sind. Sie wollen ja einen Bauerngarten anlegen lassen. Ja, und jetzt ist unsere Gartenplanerin gerade da. Wir könnten gemeinsam kurz bei Ihnen vorbeischauen, damit wir uns alles einmal anschauen. Hätten Sie vielleicht Zeit?«

Walli überlegte, hatte aber für heute noch nichts geplant: »Wenn Sie wollen, kommen S' vorbei. Aber Sie können sich ruhig damit noch ein bissl Zeit lassen.« Immerhin stand sie noch im Morgenmantel da, mit nassen Händen und einer dicken Schicht Antifaltencreme im Gesicht.

Florian Wagner verabschiedete sich.

Flugs presste sich Walli in ein sandfarbenes Sweatshirt der schwedischen Designer Bram Larsson, das sie von ihrer Reise mitgebracht hatte. Ihre Bräune konnte sie damit optisch noch ein bisschen unterstreichen, was gegen Mitte September sonst keineswegs mehr selbstverständlich gewesen wäre. Na gut, sie hatte während einiger Regenstunden in Schweden mit ein paar versteckten Bräunungsstudio-Aufenthalten in der nächstgelegenen Stadt ein wenig nachgeholfen.

Und?

Es tat immer noch seine Wirkung, war Walli überzeugt, als sie sich mit einigen Wiegeschritten vor dem Spiegel betrachtete. Auch die hellblauen Jeans des Modelabels Acne unterstrichen einen gewissen jugendlichen Appeal.

Tatsächlich dauerte es wirklich nicht lang, und Florian Wagner stand samt einer burschikosen jungen Frau, die er als Romy Steiner vorstellte, vor der Tür. Walli bat beide herein, was diese wegen ihrer klobigen Gartenstiefel und der Schlacke daran ablehnten. Draußen war die Erde nach dem nächtlichen Geprassel immer noch aufgeweicht. Walli schlüpfte daher rasch in die Schuhe, nahm ihr Blouson von Saks Potts und ging mit ihnen die etwa sechs Meter weit vor die Hauswand.

»A bissl was wachst eh noch von allein«, machte Florian Wagner auf einige Dahlien und Astern aufmerksam. »Aber des andere is schon a ziemlicher Urwald mit viel Naturgras geworden. Das alte Haus is halt lange leer gstanden.«

»Ich kann mir gar nicht vorstellen, dass man da irgendwann einen gärtnerischen Überblick bekommt, bei all dem Gestrüpp.«

»Den gibt's jetzt schon«, lachte die junge Frau. »Die Natur produziert nix Überflüssiges, alles hat seine Bestimmung. Die Bauern haben das immer schon gewusst und ihre Hausgärten dementsprechend angelegt.«

»Nur heute wollen's viele halt anders. Entweder keine Zeit mehr zur Pflege, oder sie setzen's passend zu ihren modernen Häusern: nur mit Sträuchern und ein paar Blühern zu den jeweiligen Jahreszeiten«, ergänzte Gärtnermeister Wagner.

Walli verstand nur Bahnhof! Noch nie in ihrem Leben hatte sie sich mit Pflanzen beschäftigt. Das ging sogar so weit, dass sie in einem Blumengeschäft nicht einmal einen Blumenstrauß nach geeigneten Sorten selbst zusammenstellen konnte. Falls es einmal notwendig war, konzentrierte sie sich ausschließlich auf die Farbzusammenstellung, oder noch viel besser: Sie kaufte einen fertigen Strauß!

»Den Hollerstrauch da in der Ecke, den müssn ma auf jeden Fall stehen lassen. Der gehört fix zu jedem Bauerngarten«, legte die Gartenplanerin fest.

»Puh, jaja«, stotterte Walli Winzer, mehr oder weniger offen für alles, und zuckte dabei mit den Schultern.

Die Gärtner nützten ihre Visite gleich aus, um von den Vorgartenflächen Maß zu nehmen. Denn die Planerin wollte Walli Winzer bereits in den nächsten Tagen die ersten Entwürfe vorlegen. Beide wirkten bei ihrer Arbeit routiniert, und Walli freute sich schon auf das kleine Juwel, das ihrem Häuschen künftig das gewisse Etwas verleihen würde.

Nur, dass sie je darin etwas selbst machen würde, hielt sie nach wie vor für ausgeschlossen – auch wenn das in der Werbung jetzt überall gut ankam, und jeder zweite Promi vorgab, selbst zu garteln. Also, Walli kannte keinen, der oder die das tat. Die stellten sich alle bloß in fertige Gärten und ließen sich mit sauberer grüner Schürze ablichten – so geht PR! Warum sollte dann ausgerechnet sie sich ihre kunstvoll manikürten Hände schmutzig machen? Kam nicht infrage. Genug darüber nachgedacht.

Die Vermessungsarbeiten waren inzwischen beendet und Romy Steiner und Florian machten Anstalten, auch hinters Haus gehen zu wollen.

»Was? Sie meinen, da sollte man auch etwas machen?«, war Walli überrascht.

»Warum denn nicht? Sie haben ja viel Platz da hinten. Man könnte Ihren Rasen, der gleich nach der Terrasse beginnt, in eine Blumenwiese gleiten lassen, die dann auch die natürliche Abgrenzung zum Gemüsegarten bildet. Geschnitten wird nur noch der grüne Rasen. Die Blumenwiese nicht.«

Filou, der gerade um die Hausecke bog, unterbrach das Gespräch. Er kam auf Walli zu, streifte ihr Hosenbein und setzte sich vor sie hin, um sich zu putzen. Nach Gewohnheit streichelte sie ihn, um gleich darauf erschrocken ihre Hand aus seinem feuchten Fell zurückzuziehen.

»Was ist denn das, Filou! Das ist ja ekelhaft!«

Walli Winzer blickte auf den klebrigen dunkelroten Schleim, der sich zwischen ihren Fingern festgesetzt hatte und sich nur wenig von der Farbe ihres Nagellacks unterschied. Auch ihre frisch aus dem Kasten genommene Hose hatte einiges abbekommen.

»Du hast doch gerade gefressen! Und trotzdem machst du dich sofort dran, irgendein Tier zu töten? Das ist grauslich. Schäm dich!«, schrie Walli und wusste nicht, wo sie in ihrem Ekel die Hand abstreifen konnte. Mit einem weiteren Griff nach dem Kater vergewisserte sie sich, dass diesem selbst nichts zugestoßen war.

»Scheint vom Blutfleck her etwas Größeres gewesen zu sein, das Filou erlegt haben muss. Eine Ratte, vermute ich mal«, kommentierte Florian Wagner das Katerabenteuer.

»Na, noch besser. Als würde mir nicht sowieso schon grauen!«, wimmerte Walli Winzer angewidert.

»Wenn Sie wollen, schaffe ich das tote Vieh von Ihrem Grundstück«, bot sich der Gärtner an und machte sich auf den Weg hinters Haus.

Walli und Romy folgten ihm in einigem zeitlichen Abstand. Filou hingegen tat so, als ginge ihn das alles überhaupt nichts an – und recht hatte er.

Als sie den hinteren Bereich des Hauses erreichten, stand Florian Wagner wie angewurzelt da und starrte in Richtung einer Vogelscheuche, die mitten im Gemüsebeet aufgestellt war. Es waren Krautköpfe, Karotten, Rote Rüben und Kohl darin zu finden. Und das im nicht gepflegten Zustand. Es war dennoch nicht Wallis Desinteresse an Gartenarbeit, was ihn verstörte. Da hatte er schon schlimmere Gärten gesehen. Wagner klang heiser, als würde es ihm gleich die Rede verschlagen: »Bitte kommt nicht!«

»Was ist passiert?«, fragte Walli Winzer überrascht. Sie blieben abrupt stehen, wie er sie gebeten hatte.

Keine Antwort.

Florian Wagner ging langsam auf das Holzkreuz mit der fast lebensgroßen Fetzenpuppe aus Stroh und aussortierter Kleidung zu. Aber nicht ihr galt sein Augenmerk, sondern dem davorgesetzten leblosen Männerkörper. Er saß aufrecht im Beet und beide Arme waren am Querbalken des Pflocks festgebunden. Seine Augen waren geöffnet und starrten hinaus ins Feld, als wäre er in einem Schockzustand und könnte die Situation selbst nicht fassen. Doch das Blut, das ihm aus der seitlichen Kopfwunde auf die Schulter und den rechten Arm geflossen war, ließ keinen Zweifel und keine Hoffnung mehr, dass er noch lebte. Obwohl es die ganze Nacht über geregnet hatte, hatte der Wind, der offenbar durchwegs von links kam, die Blutspur kaum verwischt.

Inzwischen näherte sich Walli Winzer dem Toten, überwand sich und griff nach seinem Handgelenk. Sie versuchte, seinen Puls zu finden. Nach wenigen Sekunden ließ sie den leblosen Unterarm fallen und blickte abwechselnd von Romy zu Florian.

Kein Wort fiel.

6. KAPITEL

Vier Polizeiautos mit grell blinkendem Blaulicht parkten ungeordnet vor Walli Winzers Haus. Einige Polizisten standen neben ihrem Wagen und einer von ihnen sprach etwas in ein Funkgerät. Aus der Freisprechanlage im Inneren des Autos kam eine bestätigende Antwort, worauf der Polizist das Mikrofon in die Halterung zurücklegte. Er beriet sich mit den anderen, und sie gingen zurück zum Tatort.

Sepp Grubinger kam auf sie zu und bestätigte: »Das ist der Stöger Franz.« Dabei zupfte er nervös an seiner Nase. Die umstehenden Polizisten, die aus dem nächstliegenden Städtchen Gföhl angefordert waren, nickten betroffen. Routiniert gingen sie gleich dazu über, einige Eisenstangen, die sie mitgebracht hatten, einzuschlagen und gelbe Bänder in die Laschen einzuhängen, um damit den Tatort abzusichern.

Romy Steiner und Florian Wagner standen schweigend abseits des Geschehens, während sich Walli Winzer neben Grubinger stellte.

»Hätte mir nie gedacht, dass der Streit gestern noch so ein Nachspiel haben würde«, wunderte sie sich. Walli Winzer hatte zwar bisher noch keine Leiche gesehen. Vielleicht würde sie sich auch getäuscht haben? Möglicherweise war er gar nicht tot, wie sie ursprünglich gedacht hatte.

Doch vergeblich. Sein Handgelenk war bereits kalt und schlaff. Er musste bereits länger hier liegen. Deshalb hatte Walli versucht, alles auch gleich mit einem Blick wahrzunehmen, um nicht nochmals den Ort betreten zu müssen.

Das schreckliche Bild verfolgte sie weiterhin, obwohl sie sich schon lange vom Toten abgewandt hatte. Sie schloss die Augen und hielt ihre rechte Hand vor den Mund. Mit Zeigefinger und Daumen drückte sie ihre Wangenknochen dabei so fest, bis sie die optimalen Punkte gefunden hatte, um runterzukommen. Ihre Atmung wurde ruhiger. Die linke Hand schob sie unterstützend unter den rechten Ellbogen, um so die Position besser halten zu können.

Ihre Gedanken wurden wieder klarer. »Aber was hat der Stöger da bei mir zu suchen? Ich kenne den doch gar nicht. Hab nie auch nur ein Wort mit ihm gesprochen. Und jetzt liegt er in meinem Beet? Warum? Noch dazu festgebunden? Das ist ja besonders grauslich. Wer macht denn so was?«

»Frau Winzer, eh logisch, dass Sie sich Gedanken darüber machen. Aber quälen Sie sich jetzt nicht. Gehen S' ins Haus hinein«, versuchte Sepp Grubinger sie zu beruhigen.

»Na, Sie sind gut! Hatten Sie einmal im Garten eine Vogelscheuche aus Fleisch und …«, Walli Winzer zögerte, um dann fortzusetzen, »Blut!«

Grubinger sah Walli Winzer verständnisvoll an, senkte bestätigend seine Augenlider, ohne sie dabei aus dem Blick zu verlieren, und presste betroffen seine Lippen zusammen. Das machte er immer, wenn er ratlos war. Selbst als Polizist fühlte er sich in solchen Momenten hilflos. Redete dann auch manchmal in Worthülsen. Er musste sich erst selbst darauf einstellen, einen Weg finden, um sich vor dem Bild des Grauens, das sich ihm bot, zu schützen. Durchatmen. Und das ruhig und zügig.

Solche Gesten halfen ihm.

Halfen ihm, zugleich seinen Blick für Details zu schärfen.

Dass er so tickte, war ihm erst im Laufe der Zeit aufgefallen. Nicht nur in so dramatischen Momenten wie mit einem Toten. Nein, auch wenn er nervös war, kaute er auf seiner Lippe herum. Kein Wunder, dass es auch jetzt so war. Routine könnte so eine Situation nie für ihn werden, darüber war er sich im Klaren.

»Es is eh a guat, wenn ma Ideen sammelt, die einem schnell durch den Kopf gehen. Aber Aufschluss über den genauen Tathergang werd ma erst wissen, wenn die Obduktion abgeschlossen ist. Wenn ma erfahren, wos und wie des passiert is und wie er do zu Ihnen herkommen is«, versuchte Grubinger wieder amtlich zu wirken.

Dass so viel hier los war, machte ihn zusätzlich nervös. Das merkte man. Viel Erfahrung mit Morden konnte er in seinem Polizeileben bisher nicht machen. Gott sei Dank! Daher fühlte er sich auch überfordert. Wollte alles so machen, wie er es irgendwann einmal in der Polizeischule gelernt hatte. Wollte es, als Polizist der Außenstelle des Polizeikommandos Gföhl, wieder den anderen zeigen. All denen, die noch vor Kurzem glaubten, dass man die Dorfpolizeistube in Großlichten hätte schließen können. Nur weil er wenig Protokolle über Vorfälle verfasst hatte. Weil er es so gut verstand, Gewalthandlungen im Vorfeld erst gar nicht aufkommen zu lassen. Weil er mit den Leuten eben immer sprach und vieles daher schon einzuschätzen wusste, bevor jemand etwas Blödes machte und dann darüber verzweifelt war. Weil er seine Mitbürger eben mochte, mit ihnen in die Schule gegangen war, Hochzeiten feierte und mit ihnen meist friedlich im Dorf zusammenlebte. Weil er eben nicht nur Polizist, sondern auch ein Mensch bleiben wollte.

Was Sepp Grubinger meist gelang, aber nicht immer. Vor allem dann nicht, wenn sein Chef, der Bezirksinspektor Adi Platzer, vor ihm stand. Ihn wieder einmal ärgerte und alles besser wusste.

Na klar! Wie er insgeheim von der für ihn florumrandeten Sonne sprach, stand sie plötzlich vor ihm: »Morgen, Grubinger! Und? Wie schaut's aus? Wiss ma schon was?«

»Die Spurensicherung is grad bei der Arbeit.«

»Aha. Und? Was sagen die? Gibt's einen ersten Eindruck?«

»Na ja, leicht wird's nicht.«

»Gehen S', Grubinger, was soll das heißen? Muass ma Ihnen alles aus der Nase ziehen? Reden S'.«

»Fußspuren gibt's keine. Alles weggewischt.«

»Aber es hat doch geregnet. Wie soll das gehen? Da müssen doch irgendwelche Anhaltspunkte sein. Schleifspuren oder Schuhsolenprofile?«

»Nichts. Gar nichts. Nicht einmal Reifenspuren von einem Auto. Wie der da in dieses Gemüsebeet gekommen ist, ist noch ein Rätsel.«

»Na, da ist Ihnen ja immerhin etwas aufgefallen, Grubinger. Alle Achtung!«

Im Normalfall hätte sich Sepp Grubinger über ein Lob am Morgen von seinem Vorgesetzten gefreut. Doch beim Platzer war er vorsichtig geworden. Denn beim nächsten Mal würde er ihn sicher wieder abkanzeln. Ihn vor den anderen einfach herabwürdigen. Wegen nichts und wieder nichts. So zum Spaß. Weil, was anderes konnte sich der Grubinger nicht vorstellen, weshalb der Adi Platzer das brauchte. Jemanden bloßstellen. Das machte doch sonst keiner. Der Platzer, sein Chef, eben schon. Er dachte in dieser Hinsicht einfach nicht nach. Es war ihm egal, ob er seine Umgebung kränkte. Ob sich der Sepp Grubinger gekränkt fühlte.

Einfühlungsvermögen war eben nicht seine Stärke. Definitiv nicht, war sich Grubinger sicher.

»Wer hat ihn gefunden?«

»Die Frau Winzer woit mit den Gärtnern ihr Gemüsebeet besichtigen und entdeckte den Toten. Sie hat von sich aus Rettung und Polizei angerufen. War oba schon zu spät.«

Bezirksinspektor Platzer machte sich, ohne Weiteres zu sagen, auf zum hinteren Bereich des alten Schulhauses. Er wollte sich selbst ein Bild vom Tatort machen. Grubinger trottete wenige Schritte entfernt nach.

»Was ist denn da los?« Nachbarin Sibylle Karner stürmte im Eiltempo, begleitet von ihrer Nichte Anna, von der Straße her in den Zufahrtsbereich des alten Schulhauses. Sie stemmte ihre Hände in die Taille, ganz so, als würde sie sich gleich über den Rummel beschweren wollen. Anna blickte sorgenvoll. Offenbar hatte sie bereits zuvor versucht, den Zorn ihrer Tante auf die Nachbarin lindern zu wollen. Sie war ohne Erfolg geblieben. Sybille Karner blickte in Richtung Tatort, konnte jedoch nichts Genaues erkennen, da sie zu weit vom Ort des Geschehens entfernt stand. Auch von Walli Winzer war weit und breit nichts zu sehen. Sie beschloss daher, einen Blick ins Haus zu werfen. Auf halbem Weg kam ihr Walli entgegen. Sie hielt noch den Hörer ihres zeitweise verwendeten Schnurlostelefons in der Hand.

»Ich bin selbst ganz außer mir. Da liegt heute Morgen die Leiche vom Franz Stöger in meinem Gemüsebeet. Gestern hat er am Abend im Wirtshaus noch so einen Radau gemacht und gleich heute das. Schrecklich!«

»Oh Gott!«, seufzte die Nachbarin. »Schon wieder ein Toter. Und das ausgerechnet bei Ihnen.«

»Na, glauben Sie, ich finde das lustig?«

»Natürlich nicht. Aber es gibt Leute, die ziehen immer alles an, wie das Licht die Motten.«

»So ist es, Frau Karner. Ich bin das Licht, die Sonne von Großlichten gewissermaßen.« Walli Winzer ließ Sybille Karner einfach stehen und ging in Richtung des Menschengrüppchens.

Frau Karner wirkte sprachlos. Sie blieb verdutzt zurück, ließ es sich allerdings nicht nehmen, der Hinwegziehenden nachzustänkern: »Wie Sie noch nicht da waren, war hier alles so schön friedlich. Seit Sie in Großlichten sind, gibt es nichts als Unruhe und lauter Schreckliches! Und das nicht nur für mich!« Trotz der bösen Wortwahl versuchte Sybille Karner ihren Worten durch plötzlich noble Zurückhaltung jenes Gewicht zu verleihen, das den gesamten Ernst der Lage verdeutlichen sollte.

Walli reagierte beiläufig mit einer relativierenden, abwertenden Geste. Das war zwar nicht wirklich die elegante Art, aber sie wirkte. Sybille Karner gab sich geschlagen und zog mit ihrer Nichte ab.

Walli nahm das alles nur noch aus dem Augenwinkel wahr, denn in Gedanken war sie bereits mit anderem beschäftigt. Sie hatte gerade mit Harry Kain, dem rasenden Reporter Großlichtens, telefoniert und ihn gebeten, vorbeizukommen. Obwohl Harry kein Gerichtsjournalist war, sondern über regionale Produktverarbeitung und Kulinarisches berichtete, war er bisher der Einzige gewesen, mit dem sie sich hier noch einigermaßen vernünftig unterhalten konnte. Na ja, wenn er zumindest nicht wieder seine ausufernd-schwafelnden Anwandlungen bekam. Aber sie musste zugeben, dass sich hinter seiner manchmal tollpatschigen Fassade doch auch viel Nüchternheit und einige Funken klaren Sachverstands verbargen. Ihn jetzt hier zu wissen, würde sicher kein Nachteil sein. Vor allem da Walli jetzt wieder am Tatort war und erkennen musste, dass die zuständigen Kriminalbeamten zwar um die Leiche herumstanden, aber keiner von ihnen in der Verfassung zu sein schien, sich Gedanken zum Gesamthergang machen zu können.

Ein Fotograf schoss Bilder vom Toten und seiner Lage. Er ging mit seinem Objektiv nahe heran und verrenkte seinen Körper so, dass man den Eindruck gewinnen konnte, als würde er auch gleich in die leblose Hülle hineinkriechen wollen. Die Spurensicherung hatte ihre Arbeit anscheinend abgeschlossen, da sich die Beamten samt Kollegin ihre Overalls abstreiften und die Gummihandschuhe auszogen.

Gelangweilt, ohne sich für den Tatort zu interessieren, lehnte ein junger Mann an einer von Wallis Birken, die erfreulicherweise den direkten Blick auf das Nachbargrundstück verdeckten. Neben ihm standen ein Kübel, diverse Reinigungsgeräte und einige Plastikflaschen, von denen die meisten zur Hälfte mit Flüssigkeiten gefüllt waren. Er trug Arbeitskleidung und ebenfalls Plastikhandschuhe. Offenbar wartete er, bis der Polizeifotograf mit seiner Arbeit fertig war, um später den Tatort zu reinigen. Walli ekelte sich vor dem Gedanken.

Sie atmete tief durch und merkte, dass sie kurz das Bedürfnis hatte, ihre Augen zu schließen. Als sie sie wieder öffnete, war die Situation keineswegs eine andere geworden, doch ihre Angespanntheit löste sich im selben Moment, als sie Filou entdeckte. Konzentriert saß er in der Nähe der Birkenreihe und sah ebenfalls interessiert den Bewegungen des Fotografen zu. Walli hoffte, dass er nicht vorhatte, die unweit entfernten Desinfektionsflaschen zu markieren. Die standen nämlich aufreizend in seiner Nähe. Katzen mussten ja alles Fremde in ihrer Umgebung erkunden. Doch in diesem Fall wollte Walli vorbauen und es dringend verhindern. Filou musste nicht überall seine Nase hineinstecken, war sie überzeugt. Vor allem nicht in diese Leichentinkturen. Ekelig!

Mit einer abrupten Geste setzte sich Walli in Bewegung, was Filou ebenso ermunterte, seine gemütliche Haltung zu verlassen. Er streckte sich und beobachtete seine mit forschen Schritten auf ihn zukommende Futterspenderin. Was hatte sie nur vor? Würde sie ihn wieder in diese Katzenbox hineinstecken? Müsste er darin wieder stundenlang ausharren? Schrecklich! Kam nicht infrage! Für Filou jedenfalls nicht. Daher war es sicherheitshalber doch angesagt, möglichst rasch das Weite zu suchen. Er tänzelte an den Plastikflaschen vorbei. Vom Geruch irritiert, blieb Filou kurz stehen und schnupperte daran. Diesen beißenden Geruch hatte er bisher noch nie wahrgenommen. War also an der Zeit, dass er diese Flaschen mal näher untersuchte. Er hielt sein Näschen nahe dran und nahm bewusst jedes Aroma auf.

Walli Winzer kreischte laut und lief die letzten Meter auf den Kater zu, als würde sie ihn dadurch von Weitem stoppen können. Filou, die vermeintlich drohende Katzenbox gedanklich vor Augen, zog eindeutig seine Freiheit vor. Der Kater lief in Richtung dieses Mannes mit den witzigen Verrenkungen und diesem Gerät, durch das er ständig hindurchsah. Er war neugierig, was dort zu finden war.

»Weg mit dir, du blödes Vieh!«, schrie nun der Fotograf. Filou hüpfte auf das Motiv des Mannes mit der Kamera.

Die sind aber heute alle seltsam drauf, dachte der Kater. Filou hielt kurz an und begann sein Gleichgewicht zu suchen. Er war ja schon vorher einmal da gewesen und es war ihm schon seltsam vorgekommen, dass dieser Mensch, auf dem er jetzt stand, sich überhaupt nicht bewegte. Normalerweise bückte man sich nach ihm und streichelte ihn.

Aber der hier? Der war ja wie aus Stein. Sein Körper war angespannt und hart. Außerdem roch er nach Blut, wie schon zuvor festgestellt. Um nun Genaueres zu erkunden, robbte er seine Vorderpfoten an dessen Oberkörper empor zum Gesicht. Mit der Schnauze stieß er ihn an und bekam jetzt mehr als zuvor vom zähen dunkelroten Blut ab, was der Katze aber gar nicht gefiel.

»Filou, was machst du denn?«, schrie jetzt auch noch die Nächste.

Irgendwie war heute nicht sein Tag, dachte der Kater. Oder der dieser Leute hier. Man würde doch immerhin noch mal nachsehen dürfen, was hier los war. Schließlich war man ja eine Katze, in deren Natur es lag, alles in der Umgebung wissen zu müssen. Wozu zog man sonst im Revier seine Kreise? Also, stellt euch nicht so an!

Die Situation richtig einschätzend, erkannte Filou, dass er zurzeit an diesem Ort unerwünscht war. Er zog es vor, das Weite zu suchen. Mit einem Satz entging er der nervösen Hand des aufgebrachten Fotografen, die ihn von der Leiche scheuchen wollte, und düste ab ins nächste Feld, Richtung Wald.

»Das ist mir ja noch nie passiert! Eine Katze auf der Leiche. Alle Fotos im Eimer!«, regte sich der Fotograf vor Walli Winzer auf, als wäre sie dafür verantwortlich.

»Na, kriegen Sie sich wieder ein. Scheinen ja richtig überfordert zu sein, wegen der paar Fotos. Machen Sie halt die letzten nochmals. Dafür haben Sie ein paar schöne Fotos für eine Sonderedition. Seien Sie froh, dass ich keine Rechte dafür verlange. Ihr Topmodel ist ja immerhin mein Kater.«

»Wie? Meinen Sie das ernst? Sie sind ja witzig!«

»Wenn Sie nicht von gestern sind, verkaufen Sie die makabren Katzenfotos, natürlich ohne Gesichtserkennung des

Toten. Die Fotos reißt Ihnen jede Zeitung aus der Hand«, keuchte Walli Winzer noch von ihrem erfolglosen Sprint Richtung Filou.

»Zumindest einige Boulevardblätter um Allerheiligen herum«, meldete sich eine männliche Stimme aus dem Hintergrund.

Walli drehte sich um und sah Harry Kain.

»Unglaublich, die Filou-Aktion!«, fügte er hinzu. Harry blieb neben ihnen stehen und schaute betroffen auf den toten Franz Stöger. Sein Blick verdüsterte sich. Er blieb einige Sekunden stumm. So, als würde er des Toten gedenken. Erst die Stimme von Florian Wagner holte ihn wieder zurück: »Harry, wos sogst zum Franz? Da schaust!«

»Arg, find ich das. Ich bin baff.«

»Des kannst sagen«, fügte der Gärtner hinzu. »Is bei ihm halt in letzter Zeit net wirklich gut gelaufen.«

»Jo, wie ma da sieht«, kommentierte der Fotograf und erklärte zugleich seine Arbeit für beendet.

»Er hat nur ein paar Häuser weit von mir gewohnt. Jedes Mal, wenn ich jetzt dort vorbeigehe, werde ich an dieses Bild denken müssen. Blöde Gschicht!«

»Also so ein Sensiberl sind Sie nun auch wieder nicht«, rückte Walli Winzer Harrys ehrliche Betroffenheit zurecht.

Harry Kain seufzte und fuhr fort: »Dabei wollt er mir heute noch was sagen …«

»Das scheint sich ja jetzt erübrigt zu haben«, unterbrach Bezirksinspektor Adi Platzer, der in Begleitung einiger Polizeibeamter wieder zum Tatort zurückgekehrt war. »Oder fällt Ihnen noch irgendwas ein, was er angedeutet haben könnte?«

»Wüsste ich jetzt nicht. Er war durch irgendeine Sache ziemlich aufgebracht, so kam er mir vor«, versuchte Harry Kain seiner Erinnerung nachzuhelfen.

»Na, des hamma gestern im Wirtshaus beim Hannes seiner Party ja alle erlebt.«

Alice Mittner war beim Nordic Walking vorbeigekommen und stellte sich zur Gruppe. Sie wandte dem Toten demonstrativ den Rücken zu, um anscheinend dessen Anblick nicht ertragen zu müssen. »Ich mochte ihn zwar nicht, aber das hätte ich ihm auch nicht gewünscht«, setzte sie fort. »Wer macht so etwas?«

»Das würd ma a alle gerne wissen.« Sepp Grubinger, der in einigem Abstand der Polizeigruppe aus Gföhl gefolgt war, nahm nun den einzigen noch freien Platz neben der resoluten Umweltprojektleiterin ein. Doch niemand wollte den Fall mehr weiter kommentieren. Die Luft war draußen. Jeder wollte den Ort des Grauens verlassen.

Männer des Bestattungsinstituts hoben den toten Franz Stöger in einen Aluminiumsarg. Der Tatortreiniger begann, den Kübel mit Desinfektionsmittel zu füllen und einen weiteren Plastikbehälter direkt neben das Gemüsebeet zu stellen. Walli beobachtete die Gesichter jedes Einzelnen dieser Truppe. Keine Miene verzog sich. Routine eben, dachte sie. Wie in jedem Beruf irgendwann. Doch wie man sich an so etwas würde gewöhnen können, blieb ihr ein Rätsel.

7. KAPITEL

Es war noch früh am Morgen.

Ziemlich früh sogar.

Und es war Samstag.

Er saß kerzengerade hinter seinem Schreibtisch und führte seine goldene Füllfeder mit sicherem Strich. *Er* liebte es, seinen eigenen Schriftzug vor Augen zu haben. Dieses Bild verlieh seinen Gedanken erst die richtige Bedeutung. *Er* fühlte, wie sie sich zu einer vorgegebenen, unabänderlich-höheren Bestimmung formierten, die sich durch ihn manifestierte und der er zu dienen suchte. So war *er* Herr über jede Nuance seiner Überlegung und führte sie nüchtern und kurz zusammen. Für seine Mandanten und Mandantinnen war jede kleine Wendung während eines Prozesses bedeutend.

Friedrich Winkelbauer liebte diese Gedankenspiele. Er war erfahren und gewieft genug, nahezu alle gegnerischen Argumente im Vorfeld zu bedenken. Damit hatte er allen anderen etwas voraus. Wenn diese dann nach seinen Entgegnungen vor Gericht den geordneten Rückzug antraten, fühlte er sich so richtig gut. Dieses befriedigende Gefühl war unbeschreiblich. Erst dann wusste er, warum er diesen Beruf gewählt hatte. Nein. Dieser Beruf hatte ihn erwählt. Das war eben göttliche Bestimmung, davon war Friedrich Winkelbauer überzeugt.

Auch jetzt arbeitete er an einer seiner Ausführungen. Das konnte er am besten morgens. Er war ein Frühaufsteher. Nicht immer gewesen. Aber mit Disziplin und Eifer hatte er sich selbst so erzogen. So wie er mit Fleiß zu all dem geworden war, was er heute darstellte: Er war einer der erfolgreichsten Anwälte Niederösterreichs, manche behaupteten sogar, ganz Österreichs.

Dr. Friedrich Winkelbauer führte seine kostbare Feder mit sicherem Strich. Viele hatten ihm schon gesagt, dass er sich mit nahezu exakter Präzision auf dieses edle Stück konzentrierte, als gäbe es in diesem Moment nichts anderes auf der Welt. Das konnte er nicht nachempfinden, denn wenn er schrieb, versuchte er, seine Gedanken zu ordnen und nicht auf deren Verschriftlichung zu achten. Aber klar, natürlich war er Anwalt, und wer, wenn nicht er sollte eine gewisse Aura bereits beim Schreiben aufbauen können? Eine Aura der Überlegenheit, der Überzeugung. Allem und jedem gegenüber. Ja, sogar eine gewisse Grundhaltung einzufordern, war ihm wichtig. Eine Wertehaltung. Dingen und Menschen gegenüber.

Recht bestimmte sein Leben. Und Anstand. Diejenigen, die er vor Gericht verteidigte, waren zumeist vorsätzlich mit dem Gesetz in Konflikt geraten. Sie waren keine Auserwählten. Nicht so wie er, der Handlungen so auslegen konnte, bis sie gesetzeskonform geworden waren oder das Gesetz für sie Milderung vorsah. Oder später einige Male sogar schon zu Gesetz wurden. Denn Gesetze waren ja nicht von vornherein da. Sie wurden von Menschen gemacht. Von solchen wie ihm, mit einem verliehenen, weltlich-göttlichen Funken. Viele bewunderten ihn daher. Er wies ihnen einen Ausweg. *Den* Weg. Nicht nur im Gerichtssaal. Sie vertrauten ihm.

Sprachrohr Gottes zu sein, war seine Mission. Auch privat. Er war Kirchengemeinderatsvorsitzender. Von Gföhl und von Großlichten, wo er auch wohnte. Jetzt, wo alles Liberale jegliche Ordnung abzuschaffen drohte, war es ihm wichtig, auch bei Tradition Haltung zu zeigen. Viele Bürgerinnen und Bürger von Großlichten dankten ihm das. Denn er konnte sich gut ausdrücken, war gebildet und verfügte über ein gutes Netzwerk, auf das er jederzeit zurückgreifen konnte. Vielen Pfarrgemeindemitgliedern half er mit juristischen Ratschlägen. Immer wieder. Einigen von ihnen vermittelte er sogar Jobs. Er kannte immer und überall jemanden, der ihm einen Gefallen zu tun bereit war. Und sie waren ihm dankbar. Er hatte nicht nur etwas für die Welt der Mächtigen übrig, in der er mitspielte, sondern auch für jene der Armen und der Schwachen. Aber nur dann, wenn sie seine moralischen Werte teilten oder zu übernehmen bereit waren. Andernfalls konnte er erbarmungslos sein, schmunzelte er selbstgewiss in sich hinein.

»Hallo, Friedrich!« Jemand hatte inzwischen leise seine Bürotür geöffnet. Der Anwalt war noch in Gedanken vertieft, weshalb er erschrak. Er wandte den Kopf zur Seite, nahm die Brille ab und kniff die Augen zusammen.

Es war Alexander Mühlthaler.

Normalerweise kündigte seine Sekretärin jeden Wartenden an. Doch außerhalb ihrer Arbeitszeit war das natürlich nicht möglich.

»Ah, Alexander! Was machst du denn da?« Winkelbauer setzte wieder die Brille auf und erkannte seinen Kanzleistellvertreter. Er hatte niemanden erwartet. Schon gar nicht so früh am Morgen und vor allem nicht am Samstagvormittag.

»Sorry! Ich wollte dich mit meinem Eintreten nicht erschrecken.«

»Ach, nächstes Mal klopfst du eben etwas lauter an«, knurrte Winkelbauer. »Aber gut, dass du da bist.«

Mühlthaler ging nicht näher darauf ein. »Bist du heute extra wegen der gestrigen Geschichte in die Kanzlei gekommen?«, kam der Jüngere gleich aufs Thema.

»Ja. Ich glaube, wir müssen recht schnell auf die Vorwürfe reagieren, bevor noch mehr Unruhe im Zementwerk entsteht.«

»Du meinst, wegen dieses Fabrikmitarbeiters gestern. Ich glaube, der war so sternhagelvoll, dass der sowieso nur Unsinn gequatscht und ihm keiner geglaubt hat«, sagte der Jüngere.

Friedrich Winkelbauers Gesicht wurde starr. Seine Augen funkelten, als würde er gleich einen Generalangriff starten wollen. »Der ist mir egal. Für den wird es oder hat es schon eine Lösung gegeben.«

»Wie meinst du das?«

»Ach, nicht der Rede wert. Vielmehr geht es um diese Produktionsgeschichte. Die muss erledigt werden. Sonst wird es auch weiterhin nichts als Scherereien geben.«

Alexander sah ins besorgte und auch verärgerte Gesicht seines Chefs.

Mühlthaler war nach der Anwaltsprüfung und nach einem Praktikum in die Kanzlei *Winkelbauer & Neumann* gekommen. Das war bereits elf Jahre her. Friedrich Winkelbauer war nie ein leichter Chef gewesen. Auch für ihn nicht. Der Junganwalt hatte zwar die Begabung, sich sehr gut in andere einfühlen zu können. Doch beim damals schon berühmten Anwalt fiel ihm das zugegebenermaßen nicht leicht. Winkelbauer trieb mit allen Mitarbeiterinnen und Mitarbeitern seine Spielchen, stellte sie ständig auf die Probe. Auch heute noch. Winkelbauer sagte, er versuche, die Loyalität und die gedankliche Wendigkeit seines Gegenübers zu testen. Wie sie reagierten, wenn sie von ihm in die

Enge getrieben würden. Dabei legte Winkelbauer es an, jede Überlegung bereits im Voraus zu erahnen. Ein böses Spiel, das er da mit allen trieb. Alexander Mühlthaler schloss daraus, dass sein Chef keinem vertraute. Auch ihm nicht. Nur sich selbst. Er hielt sich höchstwahrscheinlich für den Stellvertreter Gottes auf Erden. Den mahnenden Gott. Einen Gott, der dafür sorgte, dass die Zehn Gebote eingehalten würden und die Menschen den regelmäßigen Verlockungen widerstanden. Gelang das nicht, sorgte er aufgrund seiner Plädoyers dafür, welches Strafausmaß sein Mandant oder seine Mandantin vor Gericht ausfasste.

Dass eine Richterin oder ein Richter seinen Vorschlägen nicht nachkam, gab es kaum. Sie wussten, dass er alle maßgeblichen oberen Stellen im österreichischen Justizwesen kannte. Und reichte einmal die Faktenlage in einem seiner Prozesse nicht aus, erfolgte schließlich von eben dieser vorgesetzten Stelle am Gericht ein amikaler Rat an den Richter oder die Richterin, auf »subjektive Einschätzung des Tatbestands« zu urteilen. Das übertraf im österreichischen Gerichtswesen seit den 1970er-Jahren alle vorliegenden Fakten und hieß: Das Urteil wird nicht aufgrund der Fakten, sondern nach der subjektiven Einschätzung des Richters gefällt.

Daher gab es praktisch keinen Prozess, den Friedrich Winkelbauer nicht gewinnen konnte, außer: Er *wollte* ihn nicht gewinnen!

Darunter fielen beispielsweise solche Fälle, in denen er seine Mandanten oder Mandantinnen aus seiner Werthaltung heraus für verwerflich befand. Er hielt es für vertretbar, sie eine gewisse Zeit lang aus der Gesellschaft fernzuhalten, zur Besserung.

Friedrich Winkelbauer hatte alles fest im Griff.

Auch Alexander Mühlthaler.

Alexander Mühlthaler beobachtete Winkelbauer genau und wusste von den Praktiken des Top-Anwalts. Er kannte dessen strategische Übertreibungen und, nach objektiven Kriterien zu urteilen, auch dessen Fehlleistungen. Zur Studienzeit war er sein großes Vorbild und Idol gewesen. Und jetzt war er auch noch sein Schwiegervater geworden.

Als Mitarbeiter der Kanzlei und als Familienmitglied war Alexander Mühlthaler somit zur Verschwiegenheit verpflichtet. Aus Gewissensgründen hielt er es schon lange so, nicht über alle Geschäfte seines Schwiegervaters Bescheid wissen zu wollen. Außer dieser legte darauf Wert. Und diesmal war es der Fall.

Irgendwann, so hoffte er, durfte er die Kanzlei übernehmen. Sie würde auf jeden Fall lange Zeit vom hervorragenden Ruf zehren, egal, wie er sie später ausrichten würde. Denn ob er nahtlos in die Fußstapfen seines Schwiegervaters treten wollte, darüber machte sich Alexander Mühlthaler heute noch keine Gedanken. Jetzt stand er seinem Chef im aktuellen Fall zur Seite. Deshalb war er auch am Samstagvormittag in die Kanzlei gekommen.

Unaufgefordert.

»Mit meinen Instinkten liege ich faktisch immer richtig, merke dir das«, grollte Friedrich Winkelbauer in die Richtung seines Kanzleistellvertreters.

Dieser nahm sich zurück. Man sah ihm an, dass er solch tadelnde Situationen mit Winkelbauer bereits öfter erlebt hatte. Seine Gesichtszüge schienen deshalb angespannt, sein Mund glich einem waagrechten Strich.

Alexander Mühlthaler fühlte sich in solchen Momenten abgekanzelt wie ein Schulknabe. Damals hatten seine Lehrer oft dafür gesorgt, dass er sich schlecht fühlte. Sie schmälerten seine Leistung, auf die er selbst zuvor stolz gewesen war. Mit ihrer Strenge drückten sie sein Selbstwertgefühl. Das begleitete ihn lange. Bis er später durch sein Studium auf Friedrich Winkelbauer stieß. Die überragende Aura und die beispiellose Wendigkeit dieses Ausnahmetalents in den juristischen Argumentationslinien faszinierten den jungen Studenten. Er wollte so werden wie er. Wie der große Friedrich Winkelbauer. Anerkannt und geschätzt.

»Wir müssen etwas unternehmen, dass es gar nicht erst zu einem Prozess gegen das Zementwerk kommt. Auch wenn Eduard Waldstetten im Moment verrücktspielt. Der geht mir nämlich gerade mächtig auf die Nerven!«, sprach Friedrich Winkelbauer mehr zu sich als zu seinem vermeintlichen Gesprächspartner. Der Staranwalt hatte ihm, seitdem er eingetreten war, noch immer nicht in die Augen gesehen. Er blieb weiter in seiner Gedankenwelt. Das hieß, der neue Fall beschäftigte ihn mehr als andere.

Alexander Mühlthaler wusste, dass er sich ruhig verhalten musste, wenn sein Chef nicht ausdrücklich das Wort an ihn richtete. In solchen Momenten konkretisierte Winkelbauer seine Gedanken. Mühlthaler übernahm dann die Rolle des ersten Zuhörers. Ein Zuhörer, der die Winkelzüge des Advokaten bestätigen und zugleich für seine künftigen eigenen Fälle daraus lernen sollte. Nur gelegentlich wagte der jüngere Advokat, eigene Gedanken einzuwerfen.

Wie eben jetzt.

»Und wie wäre es mit einer kleinen Sonderzahlung?«

»Darum geht es ja. Eduard Waldstetten versteift sich auf einen exorbitant hohen Betrag, der, ehrlich gesagt, wirklich mehr als überzogen ist. Er zeigt sich nicht bereit einzulenken.«

Alexander Mühlthaler legte seine Stirn in Falten. »Und er war auch gestern während des Vermittlungsgesprächs beim Hannes besonders gut gelaunt, als hätte er noch einen speziellen Pfeil im Köcher.«

»Wir müssen deshalb alle zusammen gute Miene zum bösen Spiel machen, solange wir nicht wissen, was er wirklich vorhat«, sinnierte Winkelbauer weiter.

»Glaubst du, dass das irgendein abgekartetes Spiel mit dieser Biologin ist?«

»Kann ich mir nicht vorstellen. Du hast doch gesehen, wie die drauf ist. Die zählt weiterhin ihre Bäume und macht den Jägern und Mountainbikern das Leben schwer.«

»Allerdings!«, lachte Alexander Mühlthaler. »Aber sie hat dem Waldstetten doch gestern den Fisch um die Ohren geknallt. Irgendetwas gibt's daher eventuell doch noch.«

»Das war recht öffentlichkeitswirksam. Nicht nur vor unseren Dorfleuten, sondern auch vor diesem Medienheini, der dauernd bei dieser Winzer herumlungert. Vielleicht hast du recht, und es steckt doch mehr dahinter.«

Alexander Mühlthaler freute sich über die heimliche Anerkennung durch seinen Schwiegervater. Solche spärlichen Momente waren es schließlich, die ihn in seinem bisherigen Lebensweg bestätigten. Und auch darin, dass er Julia geheiratet hatte, und das, obwohl ihre Ehe nicht besonders gut lief. Doch sie hatten sich im Laufe der Jahre irgendwie arrangiert. Nach mittlerweile vielen Ehejahren sah sie immer noch gut aus. Alexander Mühlthaler war von Anfang an fasziniert von ihr gewesen. Ihm gefiel der distanzierte Ernst, mit dem sie sich den Angelegenheiten widmete, und ihre Freundlichkeit, die sie für alle übrig hatte.

Dass sie ihn kurz nach seinem Eintritt in die Kanzlei nur wenig beachtet hatte, störte ihn nicht. Warum sollte sie auch? Er war ja nur die graue Anwaltsmaus, der Aktenträger ihres Vaters. Warum hätte sie sich für ihn interessieren sollen?

Es verwunderte ihn daher, dass Friedrich Winkelbauer ihn eines Tages bat, seine Tochter in aller Höflichkeit auszuführen. Als Gentleman, verstand sich natürlich.

Alexander Mühlthaler war damals sehr aufgeregt gewesen. Die Tochter seines Chefs! Des berühmten Winkelbauers! Und gerade er durfte mit ihr ausgehen. Ja, *sollte* sogar mit ihr ausgehen! Sie beide verstanden sich gut. Fanden Gesprächsthemen, die sie interessierten. In überschaubarer Regelmäßigkeit wiederholten sie die Begegnungen, bis so eine Art Gewohnheit und Vertrautheit zwischen ihnen entstand.

Kurze Zeit später heirateten sie. Friedrich Winkelbauer hatte Alexander Mühlthaler seine Einwilligung im Vorfeld bekundet. Daher lag es auf der Hand, dass Alexander ihn nicht enttäuschen konnte und auch nicht wollte. Nichts Sehnlicheres wünschte sich Alexander Mühlthaler, als zur Familie Winkelbauer zu gehören. Es erfüllte ihn mit Stolz, dass der berühmte Anwalt ihn für würdig befand, sein Schwiegersohn zu werden. Und nicht seinen Kollegen Mayerhofer, einen knorrigen, stahlharten Burschen, durchschlagskräftig und ausdauernd. Ein echter Kerl! Wie Winkelbauer eben auch.

Mittlerweile hatte er mit Julia zwei Kinder, fünf und sechs Jahre: Theresa und Philipp. Er liebte seine Kinder. Als Familie führten sie einen ruhigen, aufeinander bezogenen Alltag, ohne ausgewiesene Höhen und Tiefen. Julia kümmerte sich um die Kinder und Alexander war mit der Kanzlei beschäftigt. Urlaube machten sie regelmäßig, und Mühlthaler unterstützte seinen Schwiegervater von Anfang an im Kirchengemeinderat von Großlichten. Alexander Mühlthaler war mittlerweile auch Experte im Kirchen- und Medienrecht geworden, auch einem der Schwerpunkte der Anwaltskanzlei Winkelbauer.

»Ich könnte mir vorstellen, dass uns der Geschäftsführer vom Zementwerk, Alois Limbacher, eventuell nicht alles erzählt hat«, warf Alexander Mühlthaler ins Gespräch ein.

»Wie meinst du das?«

»Na, er weiß von deiner Freundschaft zu Waldstetten und filtert daher die Informationen, um nicht vorsätzlich zu viel zu verraten.«

»Das wäre ja mehr als dämlich!«, setzte Winkelbauer einen Paukenschlag. »Was sollte ihm das nützen? Wenn wir nicht alle Details wissen, können wir keine treffsichere Gesamtdarstellung aufsetzen.«

»Und das wäre zum Nachteil des Zementwerks.«

»Natürlich. Der Waldstetten lacht sich ins Fäustchen. Er hat sich ja gestern schon auffällig locker gegeben. Also irgendetwas ist da im Busch, was auch diese Umwelttante so aufgebracht hat. Geh, rede einmal mit ihr. Vielleicht sagt sie dir mehr.« Friedrich Winkelbauer lehnte sich zurück in seinen Stuhl und klopfte mit seinen Fingern lautlos auf die Schreibtischplatte, währenddessen er sich gedankenversunken dabei zusah.

»Und die wird ausgerechnet mir etwas verraten?«, entgegnete Alexander Mühlthaler.

In diesem Moment ging die Tür zu Winkelbauers Büro auf, und Julia kam herein. Mit ihrem halblangen dunklen Haar, das sie offen trug, und dem weißen, schlichten Sommerkleid wirkte sie wie eine Lichtgestalt im sonst dunklen Ambiente der Anwaltskanzlei. Es schien fast so, als hätte sie sich in der Tür geirrt und wäre eigentlich zu einem Sommerfest unterwegs.

Alexander lächelte und ging ihr entgegen. Er umarmte sie und blickte sie liebevoll an. Sie lächelte freundlich zurück.

»Na, es scheint ja hier heute großes Familientreffen zu geben«, war das Einzige, was Friedrich Winkelbauer zum Erscheinen seiner Tochter hervorbrachte. Er zog sich aus dem Stuhl hoch und stützte sich auf seinen großen historischen Schreibtisch, der nur wenige Meter von der breiten Fensterfront entfernt stand. Winkelbauer wartete, bis seine Tochter ihm entgegenkam. Hinter der dunkelbraunen Holzmaserung des Prunkstücks wirkte der Anwalt von seiner Größe her allerdings fast verloren. Friedrich Winkelbauer war nicht besonders groß. Maximal 1,73 Meter. Zur Schulzeit schon hatte man ihn wegen seiner schmächtigen Statur ausgelacht. Das ließ er sich nicht gefallen. Er dachte sich Revanchen aus. Danach hörten viele ziemlich rasch damit auf. Winkelbauer lernte zu manipulieren. Und das war bis heute geblieben.

Seine Aura ließ ihn später körperlich größer erscheinen. Er hatte mit zunehmender Erfahrung gelernt, alle Mittel einer gelungenen Inszenierung sorgsam einzusetzen. Etwas, was auch in sein Privatleben reichte und seine Familie zu verantwortungsvoller Rücksichtnahme zwang.

War Winkelbauer im Büro, blieb der Raum stets beleuchtet. Er wollte es so. Die breite Glasfront hinter ihm, durch die mittlerweile die Sonnenstrahlen des späten Vormittags fielen, verlieh solch einer Situation etwas zusätzlich Ehrfurchtsgebietendes.

Winkelbauer küsste seine Tochter sanft auf die Wange. Sie nahm das mehr zur Kenntnis, als dass sie sich davon bewegt zeigte, und wandte sich rasch von ihm ab. »Alex wollte unbedingt noch bei dir vorbeischauen, bevor wir weiterfahren.«

»Aha. Wo wollt ihr denn hin?«

»Wir fahren nach Krems. Einige Erledigungen machen, die schon länger anstehen. Dann gehen wir auf den Markt und danach noch irgendwo etwas Gutes mittagessen.«

»Und was machen die Kinder?«, fragte Winkelbauer.

»Die sind bei Mama. Die kocht nämlich heute Mohnnudeln. Und du kennst Mama ja: Sie macht sie natürlich selbst, also keine gekauften. Philipp und Theresa wollen daher unbedingt dabei sein und ihr helfen. Also du weißt jetzt, was es heute Mittag bei euch zu essen gibt.«

»Jaja, aber das ist erst in zwei Stunden. Bis dahin habe ich noch zu arbeiten.«

»Die Geschichte von gestern?«

»Ja. Alexander, vielleicht kannst du bei Gelegenheit zu dieser Aktivistin gehen, oder wie man solche wie sie nennt.«

»Welche wie sie, Vater?« Julia Winkelbauer bevorzugte die förmliche Anrede. Sie verwendete diese immer, da das Verhältnis zwischen ihr und ihrem Vater stets distanziert geblieben war.

Friedrich Winkelbauer blieb von der Frage seiner Tochter unbeeindruckt. So, als hätte er Ähnliches erwartet, blickte er unwirsch zu Julia, sagte jedoch nichts.

»Meinst du etwa, lesbische Frauen wie sie?«

»Mit solchen Themen verschwende ich nicht meine Zeit«, entgegnete er nüchtern. »Es ist schon genug, dass sie sich in Dinge einmischt, die sie überhaupt nichts angehen. So eine Schnapsidee, hier ein Baumprojekt starten zu wollen. Als ob wir nicht schon genug mit diesen Borkenkäfern zu tun hätten! Und sich dann auch noch mit dem Karpfenteich wichtigzumachen. Sie ist eindeutig hier, um

Radau zu machen. Eine dieser bezahlten Berufsrevoluzzerinnen.«

»Na, komm, Friedrich«, entgegnete jetzt auch Alexander Mühlthaler gereizt, »das geht aber langsam in Richtung Verschwörungstheorie. Und so etwas ist sicher keine Grundlage für einen Prozess. Aber ich verspreche dir, dass ich später bei ihr vorbeischaue.«

»Mach das! Lass dich aber nicht von ihr an der Nase herumführen, hörst du! Und am Montag fahren wir gemeinsam zu Eduard Waldstetten. Den werde ich mir dann höchstpersönlich vornehmen.«

Julia zeigte sich von der ablehnenden Reaktion ihres Vaters keineswegs überrascht, vielmehr bestätigt. Dieser alte Reaktionär! In seiner gesellschaftspolitischen Einstellung war er eindeutig im 19. Jahrhundert stehen geblieben. Und dafür verachtete sie ihn manchmal. Sie war froh, dass es Alex gab, der immer wieder ein Eskalieren der Situation zwischen ihnen beiden unterband. Sie lächelte ihn verhalten an und verließ das Büro ihres Vaters – ohne Gruß.

8. KAPITEL

Endlich war die Gruppe der neugierigen Passanten kleiner geworden. Viele von ihnen waren extra gekommen, um den abgesicherten Tatort in Walli Winzers Gemüsegarten zu sehen. Der war weiträumig abgesperrt, und zu sehen gab es mittlerweile nichts mehr.

Walli stieg aus dem Polizeiauto. Sepp Grubinger hatte sie gleich zur Einvernahme an Ort und Stelle gebeten. Nun ja, viel konnte Walli ihm nicht erzählen. Nichts, was Romy Steiner und Florian Wagner nicht auch bestätigen konnten. Bemerkt oder gar gehört hatte sie in der Nacht ebenso nichts. Und dann in der Früh dieser Schrecken. Sie war nur froh gewesen, dass die beiden Gärtner gerade bei ihr waren. So eine Leiche allein aufzufinden, wäre furchtbar gewesen.

Nein, sie hatte den Mann nicht gekannt. Sie hatte ihn nur, wie viele andere auch, am Vortag betrunken und aufdringlich im Dorfwirtshaus von Hannes Lechner erlebt.

Ja, dort war er vielen anderen wie ihr sehr unangenehm aufgefallen. Aber das jetzt hätte sie ihm auch nicht gewünscht.

Polizist Grubinger notierte sich alles genau und bedankte sich bei Walli Winzer. Romy Steiner und Florian Wagner hatten beide kurz vor ihr so ziemlich das Gleiche ausgesagt und standen jetzt mit einer kleinen Gruppe vor Wallis verwildertem Vorgarten.

»Scheiße! Dass der einmal so endet, mit einem eingeschlagenen Schädel«, sagte Matthias Stanzl, Vorarbeiter im

Zementwerk. Er wiederholte nur das, was er zuvor in der Runde gehört hatte. Harry Kain hatte als lokaler Berichterstatter bereits Details zusammengetragen und erörterte manche Information mit einem kleinen Insiderkreis. Er hoffte, Näheres von einigen der umstehenden Arbeiter des Zementwerks zu erfahren. Weiterführende Informationen blieben allerdings aus. Die Landarbeiter des an Wallis Grundstück angrenzenden Forstbetriebs lösten sich aus der Gruppe und verschwanden wieder im Wald.

»Das wäre nichts für dich gewesen, Patrick. Sei froh, dass du vorher nicht da warst und nichts gesehen hast«, versuchte Florian Wagner, einen jungen Mann zu beruhigen. Er war verängstigt, und es schien ihm der Tod des ehemaligen Zementwerkmitarbeiters nahezugehen. Patrick Burger zitterte am ganzen Körper und war blass.

»Geh jetzt nach Hause und versuch nicht mehr daran zu denken. Ändern können wir das eh nicht mehr.« Florian legte seine Hand beruhigend auf Patricks Schulter. »Schon gut, dass dich der Tod vom Stöger Franz trifft.«

»Habe ihn doch auch gekannt«, brachte Patrick Burger tränenerstickt hervor.

»Er war aber auch ein ganz schönes Arschloch!«, meinte Alice Mittner, die so viel Weihrauch auf das Ableben des Toten nicht mehr ertragen konnte. »Gestern hat er es ja allen noch einmal gezeigt, was er draufhat. Irgendjemandem hat es halt dann gereicht. Fast verständlich.«

»Also jetzt ist es genug!«, schaltete sich Romy Steiner ein. »Du bist zwar nie zimperlich gewesen, aber ein Toter hat seine Ruhe verdient. Reiß dich zusammen und lass die Ereignisse einmal so stehen.«

»Mach dich nicht schon wieder wichtig. Dich geht das hier nämlich einen Scheißdreck an! Wo du auftauchst, gibt's immer Scherereien. Und hör auf, dauernd nach Anna zu schielen. Glaubst du, ich merke das nicht? Für wie blöd hältst du mich eigentlich? Du wirst sie mir nicht wieder ausspannen wie damals die Eva.«

»Das war damals ganz anders, das weißt du. Und außerdem haben die alten Geschichten mit dem hier aber so etwas von gar nichts zu tun«, entgegnete Romy. »Wäre an der Zeit, dass du das aufarbeitest.« Romy Steiner wirkte wegen der für sie unangenehmen Situation verlegen. »Wie Sie merken, kennen wir uns von früher«, versuchte sie das Schweigen der umstehenden Personen zu brechen, was ihr auch gelang.

»Pass auf, du holdes Wesen, ich glaube auch, dass jetzt nicht der geeignete Moment ist, alte Geschichten aufzuwärmen. Außerdem interessiert uns das von euch Fotzen nämlich überhaupt nicht«, rüppelte Matthias Stanzl.

»Halt die Fresse, du Scheißer!«, konterte Alice Mittner, packte ihre fassungslose Freundin Anna am Arm und begab sich fluchend auf den Verbindungsweg zum Nachbarhaus.

»Sie sind wirklich das Letzte, Sie Macho! Na, und fühlen Sie sich jetzt besser? Geht Ihnen so richtig einer ab?«, brachte Romy Steiner schließlich nur stoßweise hervor, da sie Mühe hatte, ihren Zorn unter Kontrolle zu halten.

Matthias Stanzl grinste süffisant in sich hinein. »Hättest wohl gerne!«

»Verpiss dich!«, kam Florian seiner Mitarbeiterin zu Hilfe. »Ich hab immer schon gewusst, dass du a Arsch bist. Und jetzt bin i mir sicher«, ergänzte er in Richtung Stanzl.

Walli Winzer hatte die letzten Worte mitbekommen: »So, ich glaube, es verschwinden jetzt alle sofort. Der Mord hat bei jedem die Nerven strapaziert, und ich will endlich meine Ruhe. Guten Tag, alle miteinander!«

Die Gruppe begann, sich aufzulösen. Aus der Ferne hörte man Alice Mittner weiter schimpfen. Anna war inzwischen zurück ins Haus gegangen, während ihre Freundin auf der Forststraße, die aus dem Wald herausführte, einen Mountainbiker angehalten hatte. Sie diskutierte energisch mit ihm, und er gestikulierte wild. Man hörte ihn brüllen: »Und wie stellen Sie sich das jetzt vor? Sie haben mich mit Ihrem Nordic-Walking-Stock fast zu Fall gebracht und jetzt auch noch mein Vorderrad mit Ihrem Taschenmesser zerstochen! Das ist ja unerhört!« Der Biker machte Anstalten, auf Alice Mittner losgehen zu wollen. Sie hielt ihm die Spitze ihres Stockes entgegen, worauf er sich zurückzog.

Alice schrie: »Unerhört ist, dass Sie mit Ihrem Gefährt die Waldwege und damit die Waldtiere stören. Ich habe außerdem gesehen, wie Sie Ihren Abfall und die leere Plastikflasche einfach dort ins Kornfeld hineingeschleudert haben. Sind Sie noch bei Trost! Wie sollte ich Sie sonst stoppen?«

»Das wird Sie teuer zu stehen kommen. Ich möchte Ihren Ausweis sehen. Sie werden mir den Schaden ersetzen.«

»Das können Sie sich abschminken. Sie werden jetzt den Müll einsammeln und so rasch als möglich von hier verschwinden.«

»Da wirbt die Gegend für Mountainbiker und dann wohnen hier solche Verrückte wie Sie!«, entgegnete der etwa 40-Jähige ziemlich lautstark. »Ich wohne im Dorfwirtshaus und ich werde schon noch herausbekommen, wie Sie heißen!«

»Harry, kommen Sie. Mir reicht's. Ich muss jetzt unbedingt von hier weg! Meine Nerven stehen auch am Limit. Und irgendwann muss Schluss sein!«

»Was schlagen Sie denn vor?«

»Lassen Sie uns nach Krems fahren. Ich wollte Sie sowieso in den nächsten Tagen fragen, ob Sie mein Berater in einer speziellen Angelegenheit sein wollen.«

»Und die wäre?«

»Überraschung. Auf jeden Fall möchte ich zum Bauernmarkt am Dreifaltigkeitsplatz. Ach, vielmehr ist er ja heute auf dem Pfarrplatz im Altstadtzentrum. Ich war noch nie da, und Lena samt ihrer Family verkauft heute dort. Wäre doch ganz nett, ihnen Gesellschaft zu leisten.«

Walli Winzer ließ dem überrumpelten Harry Kain erst gar keine Möglichkeit, sich anders zu entscheiden. Sie packte ihn am Arm und zog ihn Richtung Audi, der auf der Hauszufahrt abgestellt war. Als hätte er tatsächlich keinen eigenen Willen, ging er dem Luxuscabrio entgegen. Walli eilte zum Haus, holte ihre Gucci-Tasche und ihre beige Jacke. Bevor sie die Haustür absperrte, öffnete sie Harry mit dem Funkschlüssel das Auto, das daraufhin mit einer wahren Lichterflut zu blinken begann. Danach folgte sie mit ihren Reebok-Tennisschuhen, ohne sich nochmals umzudrehen. Eigentlich wollte Walli heute ihre neuen High Heels ausführen, die so wahnsinnig gut zu ihrer schlichten Jil-Sander-Hose gepasst hätten. Aber die Suche nach ihnen hätte länger gedauert, und sie hatte keine Lust, noch einmal einem dieser Streithähne in die Arme zu laufen.

So schnell hatte Walli Winzer schon lange nicht mehr ihr Auto gestartet, den Rückwärtsgang eingelegt und war auf und davon gerauscht.

9. KAPITEL

Harry Kain traute seinen Augen nicht! Stand Walli Winzer doch tatsächlich vor einem dieser riesigen Motorräder und hatte es prompt gekauft. Dass sie unberechenbar war, das hatte die PR-Lady ihm mittlerweile schon öfter bewiesen, doch dass sie ihr Geld jetzt aus seiner Sicht auch noch für so ein Ungetüm aus dem Fenster warf, ließ ihn langsam an ihrem Gesamtzustand zweifeln. Ganz ehrlich. Was sollte eine mittelalte Frau, die zugegebenermaßen auch nicht mehr ganz schlank war, mit so einer Harley-Davidson anfangen?

Doch Harry entschied sich, am besten nichts zu sagen.

»Wann sollen wir Ihnen die Street-Bob zustellen, nächste Woche?«, fragte der Verkäufer des Motorradshops.

»Klar, so schnell wie möglich«, antwortete Walli und fuhr sanft mit der Hand über die blanke Karosserie ihrer silber-schwarzen Harley.

Während Walli noch den genauen Liefertermin aushandelte, schlenderte Harry an den anderen Teufelsmaschinen vorbei. Gigantisch, dachte er. Mindestens 300 Kilogramm hatte so ein Ding. Und darauf würde man gerade sitzen können? Auch wenn er es nicht glauben konnte, so hatte er Walli zuvor bei einer Probefahrt gesehen: Es ging!

Es dauerte nicht lange, bis sie mit dem Auto den Parkplatz am Stadttor bei der Fußgängerzone erreicht hatten. Walli war guter Dinge und beschwingt durch den Kauf ihrer Harley.

»So eine habe ich mir immer gewünscht, Harry! Und jetzt auch noch für mich verbunden mit diesem wunderbaren Lebensgefühl aus Südschweden. Ich habe das sehr genossen. Jetzt kann ich es Ihnen ja sagen: mit Björn.« Walli beobachtete, wie Harry darauf reagierte.

Der blieb allerdings cool. »Habe ich mir beinahe gedacht, dass es da jemanden gibt. Außerdem, ganz ehrlich, habe ich beim Hannes Ihr Gespräch mit Lena teilweise mitgehört. Unfreiwillig«, betonte er. »Und jetzt wollen Sie sich die Erinnerung durch das Motorrad hierher mitnehmen.«

»Na ja, nicht nur mitnehmen. Herholen!«, bekräftigte Walli ihre Absicht.

»Zuerst konnte ich mir ja nicht vorstellen, dass Sie diese Riesenkiste auch nur irgendwie bewegen können. Doch dann hat alles ganz einfach ausgesehen. Kompliment!«

»Also, wie soll ich Ihnen sagen: Das hängt natürlich auch vom Lehrer ab …«

»Und Sie hatten natürlich den besten, eh klar!«

»Selbstverständlich«, schmunzelte Walli vor sich hin, ohne Harry anzusehen. »Er hat mir auch wichtige Tipps mitgegeben. Zum Beispiel, dass nicht jedes Angebot, das mir ein Händler unterbreitet, automatisch das richtige für mich ist.«

»Eigentlich sollte Ihnen das als Marketing- und PR-Expertin ja bewusst sein«, sagte Harry und schüttelte übertrieben entrüstet den Kopf.

»Nona. Ist es natürlich. Das Gewicht der Maschine ist dabei nicht ausschlaggebend, sondern die Bequemlichkeit. Bei der Street-Bob sitze ich tiefer und bin deshalb überhaupt relaxed. Meine Beine reichen bequem bis zum Boden. Das gibt Sicherheit.«

»Und ist das nicht bei allen Maschinen so?«

»Björn hat mich darauf hingewiesen, dass Männer Frauen gern eine kleinere Harley einreden, wenn sie schon eine eigene haben wollen und nicht hinten auf dem Rücksitz der Männer sitzen möchten.«

Während sie erklärte, verdrehte Harry die Augen.

»Ja, schauen Sie ruhig. Ist doch so!«

Harry verkniff sich seinen Kommentar. Er wusste, dass er mit jeder Äußerung jetzt nur falschliegen könnte.

»Wie Sie wahrscheinlich bemerkt haben, bin ich gleich am kleinen Modell der Sporty vorbeigegangen.«

»Ich hatte mich schon gewundert und wollte Sie nach dem Grund fragen.« Einige Sekunden vergingen, dann fuhr Harry fort: »Als ich Ihnen dann zusah, wie Sie mit diesem Riesengefährt die Wende schafften, wusste ich, dass es doch etwas für Sie ist.«

Walli freute sich still und bog schnittig in die letzte Parklücke vor dem alten Kremser Stadttor ein.

Harry und sie schlenderten die Fußgängerzone in der Oberen Landstraße entlang. Walli steckte ab und zu ihre Nase in eine der Boutiquen und stimmte Harrys Wunsch zu, ihn in die Buchhandlung zu begleiten. Nach einem längeren Zwischenstopp musste ihn Walli zwar mit einigem Nachdruck wieder herauslocken, aber letztlich waren auch an ihr einige Krimis hängen geblieben.

Als sie über den Pfarrplatz gingen, sahen sie, dass die meisten Stände noch bis zum Kaffeehaus platziert waren. Viele von ihnen begannen allerdings bereits ihre Waren wegzuräumen, da kurz zuvor die Mittagsglocken ertönt waren.

Walli suchte nach Lenas markanter Erscheinung und fand sie umringt von ihrer Familie. Sie hatten alle Hände voll zu tun, um ihr prämiertes Ziegenkäsesortiment an die Kundschaft zu bringen. Für Käsekostbarkeiten gab es anscheinend eine eigene Klientel, die erst spät das Marktgelände betrat.

»Hallo, Lena!«, machte Walli Winzer sich bemerkbar.

»Ist ja schön, dass du noch gekommen bist und auch gleich Harry mitgebracht hast!« Lena reichte einem jungen Paar das Retourgeld und widmete sich dann ihrer Freundin.

»Und wie war's bis jetzt für euch?«, fragte Walli.

»Du, wir sind ja normalerweise jeden Freitag auf dem Dreifaltigkeitsmarkt, aber gestern hat unser Marek das Lieferauto für einen Transport nach Wien gebraucht. Daher haben wir beschlossen, heute hierherzukommen. Aber es ist auch ganz gut. Schau! Auch der Waldstetten mit seinen Karpfen ist heute da.«

Walli blickte Lena ziemlich auffällig über die Schulter.

»Also ein bisschen diskreter, wenn ich bitten darf. Walli, wie das aussieht, als würden wir über ihn stänkern. Du bist wie damals in der Schule unverbesserlich neugierig!«

Harry war der kurze Schlagabtausch zwischen den engen Freundinnen ein wenig peinlich. Zumindest wirkte es so.

»Ach, das ist doch der Typ, dem diese Aktivistin einen toten Karpfen auf die Brust geschleudert hat. Beim Fest vom Hannes.«

»Ja, das ist er«, bestätigte Lena und puffte die Freundin sanft an der Schulter.

»Übrigens: Stell dir vor, der Stöger Franz wurde in der Früh an meiner Vogelscheuche hinter dem Haus tot aufgefunden. Ich wollte mit dem Florian Wagner und einer Gartenplanerin den hinteren Gemüsebereich wegen der Neuplanung ansehen. Und dann das! Ich sag dir: Ich habe geglaubt, mich trifft der Schlag!« Walli erzählte Lena weitere Details vom makabren Morgenfund, während Harry es vorzog, nach einem kurzen Small Talk mit Lenas Ehemann Hans und den Kindern Lisa und Lukas weiter zum

Fischstand zu wechseln. Er besorgte für den Abend Karpfen, da er Besuch erwartete.

Einige Zeit später stand er wieder neben Lena und Walli. Er hatte Bekannte mitgebracht, mit denen er sich angeregt unterhielt.

»Harry hat mir soeben erzählt, dass sie heute einen Toten in Ihrem Garten gefunden haben?! Den Franz Stöger?«, fragte Julia Mühlthaler. »Äh, Julia Mühlthaler, und das ist mein Mann Alexander.«

»Walli Winzer.«

Sie schüttelten einander die Hände. »Ist ja grausig!«, konnte sich Julia Mühlthaler kaum beruhigen.

»War der Tote nicht der gekündigte Mitarbeiter vom Zementwerk?«, fragte Alexander nach.

»Ja«, antwortete Lena. »Der Franz hat ja ziemlich viel Pech auf einmal gehabt, wie's aussieht.«

»Scheint so. Hat man schon eine Spur?«, fragte Mühlthaler weiter.

»Sind Sie nicht der Anwalt, der den Fall zwischen Zementwerk und Karpfenteichbesitzer bearbeitet?«, warf Walli kurz ein.

»Also von einem Fall würde ich derzeit noch nicht sprechen. Vielmehr ist es eher ein Mediationsprojekt.« Mühlthaler blickte auf seine teure Rolex und ermunterte seine Frau mit einer Kopfbewegung zu gehen. »Entschuldigen Sie, aber wir haben im Restaurant ›Worineck‹ einen Tisch für 12.00 Uhr bestellt und sind schon ein wenig verspätet. Wir sehen uns sicher ein anderes Mal.«

Sie schüttelten Harry noch rasch die Hand und verabschiedeten sich von den anderen mit einer kleinen Geste.

»Bin ich froh, dass mein Hans kein Anwalt ist. Schon eine merkwürdige Spezies.«

»Na gut, aber ein ehemaliger Banker ist auch nicht wirklich besser«, unkte Walli. Als sie Lenas gequälten Gesichtsausdruck sah, ergänzte sie versöhnlich: »Der Hans ist natürlich eine Ausnahme, das meine ich ernst!«

Lena gab sich pikiert, um Walli gleich darauf zu fragen: »Von wem könntest du dir vorstellen, dass er dem Franz das angetan hat?«

»Du, ich habe mir darüber noch keine Gedanken gemacht. Ich war jetzt einmal froh, dass ich von dort weggekommen bin und –«, sie drehte sich Harry zu, der inzwischen erneut mit Hans plauderte, »– danke, Harry, dass Sie mit mir gefahren sind.«

Er ließ sich nicht weiter stören und war beschäftigt, mit Hans die Karpfen genau zu beäugen.

»Wenn wir den Wirtshausabend hernehmen, gibt's da nicht nur den Markus Strohmeier, sondern auch den Matthias Stanzl, mit dem er sich überwarf«, ließ Lena nicht locker.

»Ja, aber nicht nur. Erinnere dich: Der ganze Stammtisch war wegen seines Kartenspielgewinns ziemlich sauer«, ergänzte Walli.

»Du hast recht! Und dann waren da auch noch der Waldstetten, der Bürgermeister und diese Anwaltspartie«, grübelte Lena.

»Und nicht zu vergessen, diese Umweltaktivistin Alice Mittner. Die hat sich übrigens heute wegen eines Mountainbikers auch wieder ganz schön aufgeführt.«

»Aber dass die den Franz an die Vogelscheuche anbindet? Das kann ich mir, ehrlich gesagt, nicht vorstellen.«

»Meine Damen, auch bei mir regt sich langsam der Hunger. Ich wüsste da ein gemütliches Plätzchen, die Margarethenstraße hinauf bei der Gozzoburg. Na, wie wär's?«

»Ein anderes Mal«, erwiderte Lena. »Ich bleib bei meiner Family, und dann rauschen wir mit unseren Sachen gleich Richtung Großlichten. Jetzt liegen die eh schon stundenlang nicht optimal gekühlt. Damit nicht alles gleich verdirbt. Aber Walli, wir reden noch!«

Inzwischen befand sich der Verkaufsklapptisch im Lieferwagen, und Lukas plagte sich mit der letzten Kiste, die er schwungvoll auf die Ladefläche stellte.

Harry war indes ein paar Schritte vorausgegangen, während sich Walli noch liebevoll von Familie Breitenecker verabschiedete.

»Also das hätte ich mir nie gedacht: Sie und ein Motorrad!« Harry Kain schüttelte noch immer irritiert den Kopf.

»Ja, manchmal müssen verborgene Leidenschaften eben erst geweckt werden«, lachte Walli Winzer. »Wie soll man wissen, was in einem steckt, wenn man es nie ausprobiert.«

»Na ja, ich kann mir ja vieles bei Ihnen vorstellen, doch ausgerechnet so etwas Technisches für Sie als ausgewiesene Modeexpertin?«

»Nun halten Sie aber an. Heißt das, Sie trauen jemandem, der zugegebenermaßen über einen guten Modegeschmack verfügt, nicht zu, einige technische Handgriffe bei Motorrädern zu kennen?«

»Ich muss mich erst langsam an diesen Gedanken gewöhnen«, versuchte Harry noch rechtzeitig gedanklich die Kurve zu kriegen, bevor die Lenkerin des schwarzen Audi A6 eventuell unangenehm zu werden drohte.

»Ich habe mich immer auch schon für Technik interessiert, sonst hätte ich mir nicht dieses schicke Gefährt hier zugelegt.«

Harry schaute sich die geräumige und luxuriöse Ausstattung des Fahrzeuginnenraums an. Er hatte keine Ahnung davon, was man mit den vielen Knöpfen, die sich da vor ihm auftaten, tun konnte. Um sein Gesicht zu wahren, sprach er das sicherheitshalber vor Walli Winzer nicht an.

Er musste zugeben, dass sich diesbezüglich gerade in der letzten Frauengeneration einiges getan hatte. Witze über Frauen, die seinerzeit schlechte Einparkerinnen gewesen sein sollten, würde heute wohl niemand mehr wagen. Doch Vorbehalte gegenüber weiblichen Fähigkeiten bestanden bei vielen leider nach wie vor. Doch eine Debatte darüber zu führen, war das Letzte, was er wollte.

Walli Winzer verstand ihn immer wieder zu überraschen, dass sie doch einiges neben ihrem schrillen Modefimmel draufhatte. Harry ertappte sich, dass er selbst gerade wieder dabei war, Klischees heraufzubeschwören. Völlig unnötig, wie er zeitgleich befand. Er zog innerlich die Notbremse. Wieso machten es sich die Menschen untereinander tatsächlich so schwer, indem sie sich und andere ständig infrage stellten? Untereinander teilweise sogar bis aufs Messer konkurrierten?

Eigentlich könnte alles so leicht im Leben sein, wenn man jeweils den anderen mit seinen Fähigkeiten und Unterschieden so akzeptieren würde, wie er eben war! Und selbst über die eigenen Fehler und Unzulänglichkeiten schmunzelte.

Okay. Manchen gelang es, anderen wiederum nicht. Aber was brachte es, darüber nachzudenken? In Wien hatte Harry Kain als ehemaliger Topjournalist genug Erfahrung damit gemacht und war zur Erkenntnis gelangt: »Es ist, was es ist«, fiel ihm ein Zitat von Erich Fried ein. Er musste lächeln.

»Was ist mit Ihnen? Sind Sie schon eingeschlafen? Oder grübeln Sie, was die einzelnen Schalter bedeuten?« Walli Winzer sah ihren Beifahrer interessiert an. »Sie lächeln ja!«, fügte sie hinzu.

Harry richtete sich im Beifahrersitz auf und bemerkte, dass er mittlerweile darin eine fast embryonale Stellung eingenommen hatte. Er straffte daraufhin den Sicherheitsgurt. Das sanfte und ruhige Dahingleiten des Audi hatte ihn tatsächlich etwas eingeschläfert.

»Ach, mir ist nur etwas eingefallen, woran ich schon lange nicht gedacht hatte«, fand Harry wieder in den Augenblick zurück.

»Hm. Übrigens: Sie können ruhig ein bisschen Musik machen, wenn Sie wollen, und den blau leuchtenden Knopf da vorne drücken.«

Die Autofahrt war sowohl nach Krems als auch zurück sehr entspannt verlaufen. Walli und Harry hatten bewusst darauf verzichtet, über den Toten im Gemüsebeet zu sprechen. Der Vormittag hatte beiden zugesetzt und als Abenteuer vorerst gereicht. Mehr, als sie beide gesehen und am Vorabend erlebt hatten, war kaum möglich. »Den hier?« Harry zeigte auf einen Schalter links von ihm. »Ja. Ich habe eine CD mit Sergej Prokofjews Ballett ›Romeo und Julia‹ eingelegt, gleich den Beginn. Ahhh!«, schrie Walli hilflos drauflos. Wilde Dissonanzen gelangten an ihr Ohr. Sie konnte nicht weitersprechen, denn sie war damit beschäftigt, sich die linke Hand gegen ihr Ohr zu halten und ihr rechtes auf die Schulter zu pressen. »Was ist denn das! Stellen Sie sofort leiser, Harry. Das haut einem ja sonst die Ohren raus!«

Harry hatte auf den Knopf gedrückt und versehentlich auch den Lautstärkeknopf berührt. In der Kurve war er mit dem Finger abgerutscht.

Uff!

Der CD-Player zeigte im gleichen Moment, was er an Watt draufhatte. Aus voller Lautstärke tönte nach den wilden Anfangsdissonanzen der wohl berühmteste Tanz aus dem Ballett, der ›Tanz der Ritter‹, also das Kräftespiel der gegnerischen Familien von Romeo und Julia.

»Eingelegt, wollte ich sagen«, schrie Walli Winzer in voller Verzweiflung weiter.

Harry hatte nun statt des Lautstärkereglers den Knopf für das Radio erwischt, weshalb die Lautstärke unvermindert anhielt. Walli Winzer bremste scharf, stellte das Auto seitlich der Bundesstraße ab und machte sich über die wild leuchtende Hi-Fi-Anlage her. Kurz danach herrschte endlich Ruhe!

Stille.

Wipfelrauschen.

Parkeinbuchtung am Waldrand.

Durchatmen. Kein Auto war ihnen gefolgt.

Sie waren allein.

Nach einer verdienten Schweigeminute stützte Walli ihren Arm auf das Fenstersims und fuhr sich durch die Haare: »Harry, hat Ihnen schon einmal jemand gesagt, dass Sie manchmal ein richtiger Albtraum sind?«

»Nur zu. Heraus damit, was Sie über mich denken.«

»Harry, ich meine es nicht böse. Sie haben ja auch Ihre guten Seiten. Aber manchmal …«

»Sprechen Sie jetzt nicht weiter. Sie könnten es sonst bereuen.«

Walli wusste, dass die Situation nun mal war, wie sie war. Sie konnte nichts daran ändern und: Er hatte es ja nur gut gemeint. Und sie hätte dieses unselige Ding ja selbst anwerfen können.

»Harry!« Walli hörte auf zu sprechen und stieß plötzlich erneut einen furchterregenden Laut aus. »Haaarry! Nein! Sagen Sie nicht, dass es das ist, was ich sehe!« Außer sich vor Erregung presste sie jedes Wort abgehackt aus sich heraus.

Harry Kain wusste nicht, wovon sie sprach. Es signalisierte allerdings, dass ihm die exzentrische PR-Lady bei aller punktueller Wertschätzung jetzt langsam anfing, mächtig auf die Nerven zu gehen. Ihre Erholung dürfte bereits sichtlich im Eimer sein, befand er, oder sie hatte auch nie stattgefunden. Vermutlich Letzteres. Eh klar! Wie sollte sie auch? Wenn die Winzer sich in Südschweden – *statt sich zu erholen* – mit diesem Outdoor-Trainer herumtrieb. Kein Wunder also, dass sie wegen jeder Kleinigkeit wie lauter Musik gleich ausrastete.

»Harry, jetzt schauen Sie doch einmal!«, klang Walli Winzer jetzt wieder etwas bestimmter. Sie war inzwischen aus dem Cabrio gestiegen und starrte wie versteinert ins Halbdunkel des Waldes. Die mächtigen Stämme mit ihren ausladenden, breiten Ästen gaben den Blick frei in einen vom Unterholz befreiten Wald mit Fichten und einigen Laubbäumen. Walli wartete Harrys Reaktion nicht ab, sondern überquerte inzwischen langsam die Bundesstraße. Auf der anderen Seite angelangt, bewegte sie sich keinen Meter mehr weiter.

Harry Kain war inzwischen felsenfest davon überzeugt, dass Walli die Strapazen des Vormittags nicht gut überstanden hatte. Natürlich, wen nahm das nicht mit, eine Leiche im eigenen Garten zu finden. Daher war es klar, dass ihre Nerven jetzt mit ihr durchgingen. Wahrscheinlich war es überhaupt so, dass je näher sie nach Großlichten kamen, desto deutlicher ihr die üblen Bilder wieder durch den Kopf schossen.

Harry war bei dem Gedanken, in seine Mühle am Dorfrand zurückzukehren, zugegebenermaßen auch nicht wohl.

Aber sein Blick aus dem Schlafzimmer ging schließlich nicht auf den Fundort einer Leiche hinaus. Die Begeisterung hielt sich dennoch in Grenzen. Daher würde auch er jede nur denkbare Ablenkung begrüßen, um die Heimreise zu verzögern.

»Ich glaube, Harry, wir werden wieder etwas zu besprechen haben. Schauen Sie mal!«, kam es mittlerweile mit einer Art Grabesstimme aus Walli.

Harry stand mittlerweile neben ihr und versuchte, in die Richtung ihrer Vorgabe zu sehen. Doch er war noch geblendet vom samtigen Sonnenlicht, das sie bis knapp vor die Kurve durch den Wald begleitet hatte. Er konnte keine genauen Konturen im Zwielicht erkennen. Streng genommen rein gar nichts.

Das lag wohl auch an Harry Kains schwarz umrandeter Brille. Er bemerkte, dass auch die Geschehnisse des Tages die Brillentauglichkeit mittlerweile beeinträchtigt hatten. Kein Wunder also, dass er Entfernungen nur noch schemenhaft wahrnehmen konnte. Harry zog einen Zipfel des nicht mehr ganz weißen T-Shirts aus seinen Jeans und begann, die Brille zu putzen.

»Na, Sie haben Nerven!« Wallis Stimme hob sich wieder in gewohnter Lautstärke. Harry merkte, wie es ihn beruhigte, sich nicht wirklich Sorgen um das neue Gemeindemitglied von Großlichten zu machen. Sie war eben, wie sie war. Seine Augen hatten sich inzwischen an das Dunkel der Schattenseite am Waldrand gewöhnt. Nein, auch er konnte es nicht glauben, was er nun sah!

»Das muss eine Fata Morgana, ein Trugbild, sein!«

Im selben Moment spürte er, wie sich seine Magengrube zusammenzog und sein Atem stoßweise abging. Während er noch mit sich selbst beschäftigt war, das scharfe Würgen in seiner Speiseröhre zu unterdrücken, stampfte Walli Winzer mit eisernem Schritt auf die grausige Entdeckung zu: Eine Gestalt, an ihren Beinen festgebunden, mit zur Seite gestreckten Armen, hing vom Baum herab. Walli blieb etwa zehn Meter vor dem leblos schwankenden Körper stehen. Sie versuchte zu erkennen, ob es sich um einen Mann oder eine Frau handelte. Walli bebte innerlich. Kaum wagte sie, nach ihrer noch wenig erfolgreichen Identifizierung einige Schritte nach rechts zu machen. Dann würde sie das Gesicht sehen. Egal, in welchem Zustand es war, und egal, wer der Tote sein würde. Vorsichtig tastete sie sich auf Zehenspitzen an die Leiche heran. Ihr Herz pochte bis zum Hals. Walli umkreiste den Gehängten, bis sie in das dem Baumstamm zugewandte, aufgequollene Antlitz sehen konnte.

Nach einer Schrecksekunde schloss Walli Winzer ihre Augen. Das abgesenkte Blut der Gehängten hatte sich im Kopf gesammelt und angesetzt, sodass dieser zur Gänze dunkel eingefärbt war. Ein Schleier der Beklemmung begann sich über dem allmählichen Dunkel des Waldes auszubreiten.

Entsetzlich!

Walli wandte sich ab. Wie zur Beschwörung legte sie ihre Hände auf die Wangen und hob ihren Blick. Gerade so, als würde es dadurch möglich sein, dem Grauen zu entfliehen. Walli Winzer merkte, wie ihr Körper vor Aufregung glühte, ihr Pulsschlag rasant stieg. Sie torkelte. Hilfe suchend blickte sie zu Harry, musste aber im selben Moment feststellen, dass mit ihm derzeit ebenfalls nichts anzufangen war. Ihm reichte offenbar schon der weit entfernte Blick auf die für ihn immerhin noch namenlosen Leiche. Er war ihr keine Hilfe. Sie ließ ihn ungestört.

Ihr Handy hatte Walli Winzer nach dem letzten Telefonat in Krems in ihre hintere Hosentasche gesteckt. Sie zog es heraus, um Hilfe zu holen.

Aber, Mist! Wo befanden sie sich denn hier?

Die vor Kurzem nach Großlichten übersiedelte Wienerin hatte keine Ahnung. Also Harry fragen? Na ja, daran war jetzt besser nicht zu denken. Sie öffnete eine Karten-App und ließ sich den aktuellen Standort zeigen.

Ah, der Schneisser Wald war das also. Walli Winzer suchte die seit dem letzten Mordfall gespeicherte Telefonnummer der Polizeidienstaußenstelle von Großlichten heraus. Es dauerte, bis die Nummer gewählt wurde, sie hatte hier kaum Empfang.

Warten.

Es kam ihr wie eine gefühlte Ewigkeit vor.

10. KAPITEL

Sepp Grubinger war heilfroh, als endlich die Haustür hinter ihm ins Schloss gefallen war. Für heute hatte er wirklich genug von allem. Genug von den Sorgen und Nöten der Großlichtener. Genug vom Stress, den ihm der heutige Mord in aller Früh bereitet hatte. Und genug vom unnötigen Gezeter seines Chefs, Adi Platzer.

Der saß zwar sonst – Gott sei Dank – in der Polizeiinspektion in Gföhl. Aber heute war er auch am Tatort erschienen. Allerdings erst einige Zeit später. Gerade dann, als Grubinger mit den ersten Einvernahmen der drei Hauptzeugen fertig war und mit dem Streifenwagen losfahren wollte, musste er seinem Chef sämtliche Details nochmals erzählen. Obwohl er am Montag sowieso die Protokolle zu Gesicht bekommen würde. Ziemlich mühsam!

Es gab eben manchmal Tage, da wollte der Ärger einfach nicht aufhören. Und einer davon war eindeutig heute, grummelte er unverständlich, aber merkbar erleichtert vor sich hin.

Jetzt genug. Irgendwann war auch so ein Tag einmal zu Ende. Auch für einen Dorfpolizisten wie ihn, der allein in der kleinen Polizeidienstaußenstelle in Großlichten seinen Dienst versah.

Schluss – aus! Zumindest für heute.

Er mochte es, wenn er in sein Haus kam und den ganz eigenen Geruch von Leben einatmete. Seinem Leben. Und dem von seiner Resi. Nach dem kalten Rauch des mit Holz betriebenen Küchenherds, nach Sauberkeit und so wie jetzt: nach frisch gebackener Mehlspeise.

Es roch nach Gugelhupf. Sepp Grubinger hoffte, dass die Resi seine Leibspeise, einen Mohngugelhupf, gemacht hatte. Aber auch der normale Kaisermarmorgugelhupf würde ihm schon schmecken. Doch den mit Mohn, den war er halt gewöhnt. Von Kindheit an. Weil den schon seine Mama immer gebacken hatte. Der Mohn wächst eben hier auf den Feldern, und da gehört so etwas in die Mehlspeisen.

Die Resi war zwar nicht aus seinem Ort, sondern aus der Nachbargemeinde, dennoch kannte sie das Rezept vom Mohngugelhupf. Sie wusste, dass er sich darüber freuen würde. Und meistens konnte er sich auf sie verlassen.

Es war Samstagnachmittag, und da lud seine Frau gerne ein paar Leute zum Kaffeeplausch ein. Wer es heute war, wusste er nicht. Es waren immer andere. Meist besprach sie neben allerlei Getratsche die Aktivitäten der kommenden Woche. Denn die Resi war sehr umtriebig. Sie mochte die Dorfleute und half überall dort mit, wo weibliche Hände gebraucht wurden. So war sie auch bei allen im Dorf beliebt.

»Hab ich doch richtig die Tür zufallen gehört.« Resi Grubinger beugte sich aus der Stube in den geräumigen Vorraum. An den Türstock gelehnt, blickte sie zu ihrem Mann: »Hallo, Pippo!«, sagte sie sanft. »Wie geht's dir denn?«

Grubinger stöhnte. »Geht so. Heute möcht i ehrlich gsagt nimma viel machen«, fügte er hinzu.

»Ich hab schon vom Stöger Franz gehört. Den's bei der Winzer gfunden haben.«

Pippo nickte bejahend.

»Und weißt schon was?«

Grubinger verneinte und machte keinerlei Anstalten, weiterzusprechen. Er konzentrierte sich auf das Ausziehen seiner blank geputzten schwarzen Schuhe und fuhr nach einer kleinen Pause fort: »Bitte, net du a no! I red heut mit allen den ganzen Tag über nix anderes als über diesen Fall. Später dann. Aber jetzt is es mir einfach z' viel.«

Resi wusste, wenn ihr Mann sich derart weigerte, über seinen Beruf zu sprechen, dass dann die Angelegenheit ernst war.

Viele aus der Gemeinde waren am Nachmittag zu ihm gekommen oder hatten ihn angerufen, weil sie Angst vor dem Mörder hatten, der noch frei draußen herumlaufe, sagten sie. Als könnte er sofort etwas dagegen tun. Als müsste er nur auf einen Knopf drücken, und der Fall wäre im Nu gelöst. Wie sich die Leute das so vorstellten? Sie sahen einfach zu viele Krimis, war er überzeugt. Wo eineinhalb Stunden später die Lösung des Falles erfolgte und der Täter präsentiert werden konnte. Das war bei ihm nicht so. Er wusste im Moment nicht einmal genau, wo er zu ermitteln anfangen sollte!

Die eine Leiche hatte zwar dafür gesorgt, dass die Polizeistation im Dorf erhalten blieb, worüber er und alle anderen froh waren. Aber so knapp danach hätte nicht die nächste Leiche folgen müssen. Das haute sogar ihn um.

Der Adi Platzer, sein Chef, tat zwar wie immer cool. Doch sogar der war vom erneuten Mord überrascht. Grubinger sollte bis zum nächsten Tag auf die Laborergebnisse warten. Den Tatort hatten sie ja gemeinsam abgesteckt und nach Auffälligem durchforstet. Die Spurensicherung würde sicher mit manchem davon etwas anfangen können. Hoffentlich! Und ihn morgen über weitere Details aufklären. Er besänftigte daher alle Großlichtener. Alle, die sich an ihn wandten. Wahrscheinlich, weil er sich vorstellen konnte, wie innerlich aufgewühlt sie waren. Denn sogar er selbst musste nervlich wieder herunterkommen. Vieles hatte er mit dem Stöger Franz in seiner Jugend unternommen. Manches davon waren zwar Blödheiten gewesen, doch lustig war's allemal. Und jetzt das! Dass er ihm einmal ein Mädchen ausgespannt hatte, war dem Sepp Grubinger zwar heute egal, aber damals war er auf den Franz ziemlich sauer gewesen. Der konnte nämlich ein ziemlich geiler und unfairer Depp sein, wenn es um so etwas ging. Gestern hatte er es beim Markus Strohmeier wieder unter Beweis gestellt. Und abermals ist es um ein Weibsbild gegangen. Aber dass der Markus ihm daraufhin den Garaus gemacht haben könnte?

»Pippo! Hörst du mir eigentlich zu?« Resi Grubinger stand jetzt neben ihrem Mann und streichelte seine Wange. Sie umarmte ihn und lehnte ihren Kopf an seine Schulter. »Weißt was?«, sagte sie gütig. »Jetzt kriegst erst einmal zwei Schnitten vom Mohngugelhupf, den ich grad vorhin gmacht hab. Er is noch warm. So wie du ihn gerne hast.«

Sepp Grubinger erwiderte derweil die Umarmung seiner Frau und küsste sie sanft auf ihren nach hinten gebundenen Zopf, in dem gelockte silbergraue Haarsträhnen hervorlugten. Dabei durchströmte seinen Körper ein wohliges Gefühl.

Wie sehr er seine Resi mochte, wurde ihm wieder klar. Wie glücklich er war, dass sie bei ihm war. Bei ihm bleiben wollte! Und das, obwohl er manchmal auch nicht ganz einfach war und sein Beruf nun wirklich nicht zu den Traumjobs unter den Ehefrauen zählte. Nicht umsonst waren seine Kollegen oder Kolleginnen mehrfach geschieden und lebten allein. Gründe dafür waren nicht nur der unregelmäßige Nachtdienst und die seelischen Anspannungen, die man mit ins Privatleben nahm und nicht so schnell ablegen konnte, sondern auch die tägliche Angst um den Partner. Er selbst wusste auch nicht in der Früh, wenn er wegging, wie sich der Tag entwickeln würde. Doch daran wollte er jetzt nicht denken. Zumindest heute nicht.

»Ich freu mich schon so darauf. Es riecht das ganze Haus herrlich danach.«

Resi drückte ihren Körper noch schnell an den seinen. Dass er nach den vielen Jahren ihrer guten Hausmannskost etwas korpulenter als früher war, störte sie nicht. Auch sie war nicht mehr ganz die grazile Erscheinung von ehedem. Jaja, so war eben das Leben. Nichts blieb, wie es einmal war.

Nach einer Weile entwand sie sich allen weiteren Liebkosungen, bevor ihre Gäste noch etwas mitbekamen oder sich wundern würden, wo sie blieb.

Sie lachte noch im Gehen über sich und ihren Sepp. Was so ein Gugelhupfgeruch mit ihrem Mann alles anstellen konnte? Das hätte sie von ihm zumindest in seinem heutigen abgekämpften Zustand nicht erwartet. Aus der Wohnküche rief sie ihm in Gegenwart ihres Besuchs kokett zu: »Willst dazu auch einen Kaffee?«

»Bitte ja!«, antwortete er von draußen.

»Schau! Die Mizzi Troger, die Anna Szabo, der Patrick Burger, die Lena und die Lisa sind auch da. Wir bereiten gerade ein Herbst-Pfarrfest für nächsten Sonntag vor. Der alte Herr Pfarrer ist damit überfordert. Der schafft das nimma. Wir machen das selbst. Wäre ja schad, wenn's ausfallen tät.«

»Alles klar! Es freuen sich ja alle auf des Festl«, erwiderte der Sepp und war sich nicht ganz sicher, ob er sich noch zur Gruppe dazusetzen sollte und vor allem wollte. Nicht nur, weil es um den Tisch bereits ziemlich eng geworden war, sondern weil er die Unterhaltung nicht unterbrechen wollte.

»Geh, komm, setz dich!«, rief ihm Lena zu. »Wir rücken z'sammen. Geh, Lisa, setz dich zu mir und lass den Sepp auf den Sessel.« Die 16-Jährige machte bereitwillig Platz und wechselte die Tischseite.

»Wir haben schon ghört von der traurigen Gschicht. Die Walli war am Markt in Krems und hat mir erzählt. Sie war mit dem Harry Kain da. Gibt's was Neues?«

»Na«, entgegnete der Dorfpolizist bewusst knapp.

Lena verstand, dass er nicht weiterreden wollte, und lenkte das Interesse der Gesprächsrunde wieder auf die Vorbereitungen zum Pfarrfest.

Inzwischen hatte ihm seine Frau den Mohngugelhupf vor die Nase gestellt, den er genussvoll verschlang. »Willst noch was?«, fragte sie ihn nach seinem letzten Bissen.

»Wollen tät i schon, aber ich muass mi bremsen, sonst pass i nimma in mei Uniform hinein. Dann hat der Platzer wieder was zum Aussetzen. Des tät ihm so passen!«

Grinsen in der Runde. Auch dem schüchternen Patrick, der mehr der stille Zuhörer war, entlockten Sepps Worte ein Lächeln.

»Aber tuat's nur weiterratschen. I geh aufe und muass no a bissl wos mochn. Falls ma uns nimma sehen, pfiat euch!«

»Du, Pippo, nimmst bitte gleich die Wäsch mit rauf? Einsortieren, des moch dann i.« Resi zeigte auf einen vollen Wäschekorb, der auf einem Stuhl in der Ecke beim Kachelofen stand.

Grubinger hob ihn wortlos auf und ging damit ins obere Stockwerk.

Im Schlafzimmer stellte er den Korb ab und schloss von außen die Tür. Darauf hatte er sich heute den ganzen Tag gefreut: sein eigenes kleines Reich zu betreten. Er öffnete vom Gang aus die helle Vollholztür zum Nebenraum. Die Luft im Zimmer war ein bisschen stickig, worauf Pippo das Mansardenfenster öffnete. Ein angenehmer Luftzug kam ihm entgegen. Er atmete tief ein.

Geschafft.

Endlich daheim.

Grubinger ließ sich in den Armsessel fallen, der in der hinteren Ecke des Zimmers stand. Er schloss seine Augen. Kurze Zeit wollte er nur hier sitzen und sich dann etwas ganz anderem widmen, damit er abgelenkt sein würde. Der wunderbare Mohngugelhupf hatte ihn zufriedener gestimmt. Er merkte, wie sich langsam seine Anspannung zu lösen begann.

Hier, in seinem Mansardenzimmer, auch abseits des familiären Alltags, fand er Ruhe und Muße. Hier war er einmal für nichts anderes als nur für sich selbst verantwortlich. Nicht falsch zu verstehen: Er liebte seine Familie, seine Resi und seine zwei Buben, die mittlerweile ausgezogen waren. Er liebte auch seinen Beruf, obwohl in letzter Zeit die Konflikte zugenommen hatten und alles nicht mehr so einfach lief wie früher einmal. Er mochte auch die Menschen im Ort, die er bereits seit seiner Kindheit kannte und mit vielen von ihnen in die Schule gegangen war. Aber manchmal überkam ihn das Elend. Das Elend über die Entwicklung in der Welt. Das Elend darüber, dass sich auch immer mehr um ihn herum zuzuspitzen begann. Und beinahe hätten sie ihm seine geliebte Polizeistation geschlossen. Ihm wurde gleich wieder leichter ums Herz. Mit Hilfe dieser Winzer war das gelungen. Er erinnerte sich, dass ihm die ja am Anfang ziemlich auf die Nerven ging, als sie vor einigen Monaten aus Wien nach Großlichten übergesiedelt war. Ihre laute und besserwisserische Art – schrecklich! Sie war so, wie die Wiener eben waren: lästig!

Und das immer schrille Outfit von dieser Frau.

Pippo war froh, dass seine Resi eine ganz normale Hausfrau war. Nicht solche Spleens hatte und normal aussah. Wie eine Ehefrau eben. Und das, obwohl er auch schon eindeutig Schlimmere als die Winzer gesehen hatte. Viele von den Wienern und Wienerinnen schienen regelrecht auf der Flucht aus ihrer Stadt zu sein, so aufgescheucht, wie die waren, und wie sie zum Wochenende in Massen in Großlichten einströmten.

Die Woche über war meist Ruhe. Da gehörte Großlichten wieder den Großlichtenern. Aber seit der Hannes Lechner seine Kochshows im Wiener Fernsehstudio aufnahm und der Tourismusverband Werbung in ganz Österreich bei den Mountainbikern und Wanderern machte, war es aus mit der Ruhe. Auch beim Dorfpolizisten Grubinger.

Und den Reiterhof gab es ja auch noch. Dort lief ebenso eine ganz spezielle Klientel herum. Aber die kam – Gott sei Dank – sowieso kaum ins Dorf. Waren halt was Besseres, wollten unter sich bleiben.

Können sie auch, dachte der Grubinger verärgert, denn so Arrogante waren ihm sowieso nicht ganz geheuer.

Die Winzer war da anders. Die war nicht arrogant, sondern schräg drauf. Eben eine aus der PR-Welt. Die leben gedanklich halt in anderen Sphären, hat seine Resi ihm erklärt. Na, von ihr lässt er sich immer etwas sagen. Daher hat er auch angefangen, die Winzer mit anderen Augen zu betrachten. Also, nicht so, dass man was vermuten könnte. Woher denn? Nein! Aber sie hat ihm und allen Großlichtenern letztens geholfen. Das hätte ihr der Grubinger gar nicht zugetraut. Und der Platzer erst recht nicht. Aber der hat dann wirklich blöd dreingeschaut. Mit seinen Augen. Unbezahlbar. Allein, dass er diesen Augenblick hatte erleben dürften, machte sie für den Grubinger schon sympathisch. Wenn auch nicht ohne Wenn und Aber!

Gut, manche im Dorf warfen alle, die neu hierherzogen, in einen Topf. Die gaben sich keine Mühe, einmal genauer hinzuschauen und sich ein Bild von jedem Einzelnen zu machen. Der Sepp Grubinger machte das. Bei jeder und jedem.

Klar, musste er doch als Polizist. Zumindest stellte er selbst diesen Anspruch an sich. Wie sollte er denn sonst irgendwelche Veränderungen erkennen können, wenn er nicht zuvor genau die Gewohnheiten der Leute studiert hatte. Oft jedoch stellte sich heraus, dass das, was die Leute nach außen zeigten, nichts mit ihrem Innern zu tun hatte.

Was hatte denn der Stöger Franz eigentlich von sich preisgegeben? Grubinger dachte nach. Der hatte sich in den letzten Wochen ziemlich zurückgezogen. Eh klar! Die Trennung von der Claudia Staller. Seine Stimmung war entsprechend im Keller.

Gebrochenes Herz eben.

Dabei hatte sich Grubinger doch um ihn bemüht, als er sternhagelvoll an der Theke im Dorfwirtshaus herumgehangen war. Fast so wie gestern, fiel ihm ein.

Rückblickend konnte er sich nicht vorstellen, dass es nur der Schmerz um die Claudia gewesen war. Irgendetwas hatte ihn zusätzlich belastet. Aber er war bereits zu betrunken gewesen, als dass der Grubinger noch irgendetwas von ihm hätte erfahren können. Es war damals schon schwer genug, ihn im Polizeiauto mitzunehmen und ihn nach Hause zu bringen. Grubinger machte sich Vorwürfe, seinem Gefühl beim Stöger nicht weiter nachgegangen zu sein.

Er kannte ja alle und bekam es mit, wenn es bei einem irgendwann einmal nicht ganz rund ablief.

Jetzt aber fühlte er sich mutlos.

Was sollte dieser Mord bedeuten?

Der Tote, so grausig festgebunden an einer Vogelscheuche. Der Stöger Franz war sicher kein Einfacher gewesen. Das war er in der Schule schon nicht. Doch so ein Ende hatte er wahrlich nicht verdient. Vor allem war der Franz ein Gerechtigkeitsfanatiker gewesen. Immer schon. Und manchmal eben ein hitziger. Aber dass er so enden musste? Für Sepp Grubinger war das ein doppelter Schlag. Vielleicht hatte der Franz das eben mit der Claudia nicht verkraftet. Dass sie ihn wegen des Strohmeiers verlassen hatte. Grubinger überlegte kurz, ob für die Claudia Staller der Wechsel eine Verbesserung gewesen war. Sicher war er sich darüber nicht. Denn er hatte den Eindruck, dass der Markus dem Franz immer schon eins auswischen wollte. Pippo hatte nie verstanden, warum.

Meistens gab es irgendeine alte Geschichte zwischen den Streithähnen, an die sich einer von beiden oft gar nicht mehr erinnern konnte. Ein Wort ergab dann das andere. Zum Nachdenken blieb bei vielen keine Zeit mehr.

Irgendetwas gab's da noch, war sich Grubinger sicher. Morgen würde er sich gleich zur Claudia Staller auf den Weg machen. Und den Markus Strohmeier würde er auf die Polizeistation vorladen. Der sollte endlich einmal den Ernst der Lage erkennen. Hatte sich ja gestern Abend auch wirklich ziemlich deppert dem Franz gegenüber benommen. Das wollte er wenigstens im Angedenken an dessen Tod für ihn machen. Egal, ob der Strohmeier etwas auf dem Kerbholz hatte oder nicht.

Das Nachdenken machte ihn ruhiger. Er hatte jetzt für morgen einen ersten Plan gefasst. Das hob wieder seine Stimmung. Bis zum Abendessen würde noch ein wenig Zeit bleiben.

Sepp Grubinger stand auf und ging zu seinem Arbeitsschrank. Er zog ein pergamentartiges Papier, eine Feder und schwarze Tinte heraus. Fein säuberlich stellte er alles auf dem mittelgroßen Schreibtisch unter dem schrägen Fenster ab. Aus dem Bücherregal, das über dem Armsessel angebracht war, holte er ein Buch über chinesische Kalligrafie. Er schlug eine Seite mit einem kunstvoll geschwungenen Zeichen auf. Es erinnerte ihn stark an eine dieser barocken Verzierungen, wie sie da um den Altar in der Kirche herum angebracht waren. Tausende Male hatte er sie dort studiert. Als Kind war ihm während der langen Messen oft langweilig gewesen, und so hatte er sich alles genau angesehen. Da haben ihm die vielen Rosetten und Verzierungen besonders gut gefallen. Jetzt ging er allerdings kaum mehr in die Kirche. Und wenn, dann nur zu Ostern oder zu Weihnachten, zu den wichtigen Feiertagen eben. Das machte er seiner Frau, der Resi, zuliebe. Die war noch eher dafür zu haben. Aber auch eher mehr wegen des geselligen Beisammenseins, war er überzeugt.

Sepp Grubinger hegte außerdem eine andere Vermutung: Die Resi suchte einen Grund, auch einmal von zu Hause wegzukommen. Sie war eine fleißige Hausfrau und hatte immer viel zu tun. Aber die ganze Zeit nur zu Hause verbringen? Vor allem jetzt, wo die Buben draußen waren, war es auch tagsüber ruhig geworden. Er verstand, dass sie Abwechslung wollte – brauchte. Aber das behielt er lieber für sich. Sie sollte auch ihre Freude darüber haben, zu glauben, dass er sowieso nicht darüber nachdachte und das wüsste. Denn diese Dogmen und was so mit der Amtskirche zu tun hatte, was der Winkelbauer als Vorsitzender des Kirchengemeinderats immer einforderte, das interessierte auch seine Resi nicht. Und die Lena ja schon gar nicht.

Dass er über so etwas nachdachte, kam ihm meist erst bei der Kalligrafie. Wenn er eines dieser Zeichen nachmalte. Ganz in Ruhe, ganz konzentriert. Und gleich am Anfang war das. Erst später wurden seine Gedanken immer weniger, und er wurde durch die Schreibbewegung eins mit dem Zeichen. Konzentrierte sich nur noch darauf. Er reinigte seine Gedanken vom Ballast des Alltags und machte seinen Körper energetisch frei.

Die Erna Reisinger hatte ihn einmal auf die Kalligrafie aufmerksam gemacht. Als er sie in ihrem einsamen Wald besucht hatte. Dass die dort so allein lebte, verstand er nicht.

Deshalb besuchte er sie öfter. Sie brauchte die Stille, hatte sie ihm erzählt, um ihren Eingebungen nachzugehen. Für ihr kleines Häuschen hatte sie sich einen Kraftort, wie es viele im Waldviertel gibt, ausgesucht. Außerdem hatte sie ja ihre Kräuterbeete angelegt und kannte sich auch sonst supergut mit Energetik aus.

Sepp Grubinger rückte seinen Sessel zurecht und setzte sich. Er hoffte, in den kommenden Tagen diesen schrecklichen Fall aufzuklären. Allein dem Franz zuliebe.

Vielleicht würde ihn wieder diese Winzer unterstützen? Auch wenn sie ihm, ehrlich gesagt, lästig war. Doch sie traute sich einiges, was ihm zu tun nicht im Traum einfiele.

Der Impuls war wichtig, entscheidend war dann die Faktenlage. Die Vorstellung, diese aus verschiedenen, noch unbekannten Bereichen zusammenzutragen, verursachte ihm schließlich einen kräftigen Stich in der Magengegend. Also heute würde er ziemlich lange an seiner Kalligrafie sitzen müssen, um dieses schreckliche Bild vom toten Stöger unter der Vogelscheuche aus dem Kopf zu verdrängen.

Der schroffe Klingelton seines Festnetzanschlusses ließ ihn in seinem Mansardenzimmer bereits nach dem ersten Mal zum Telefonhörer greifen.

»Hallo, Grubinger, Walli Winzer hier. Kommen Sie zum Schneisser Wald. Die Mordserie geht weiter. Die Alice Mittner ist tot.«

11. KAPITEL

»Nein danke! Also ich esse bestimmt nichts mehr. Der Appetit ist mir heute gründlich vergangen«, wehrte Harry Kain mit beiden Händen einen an ihn weitergegebenen Brotkorb ab.

»Na komm, Harry, irgendetwas musst du schon einwerfen, sonst fällst du uns noch um«, drängte Lena Breitenecker in einer für sie sonst eher untypisch insistierenden Weise.

Walli Winzer schob eine dekorative Schale mit Oliven in Kräutersoße in seine Reichweite. »Zwingen wollen wir Sie nicht, aber kosten Sie mal. Die sind besonders gut. Ich habe sie beim Hannes besorgt, er hat gerade eine Speziallieferung aus Italien erhalten. Nächste Woche dreht er wieder eine ganze Reihe von Folgen für seine Kochshow. Da möchte er vorher in seinem Haubenlokal im Reiterhof noch ein bissl experimentieren. Als Vorkoster wird er einige ausgewählte Gäste einladen, die dazu ihre Expertise abgeben.«

»Und da bist du natürlich wieder mal dabei«, ergänzte Lena mit einer ihrer besten Freundin keck zunickenden Geste.

»Sei froh, sonst hättet ihr jetzt keine delikaten Antipasti-Vorspeisenteller vor euch liegen und müsstet zum Aperitif hungern«, entgegnete Walli.

»Du hast recht. Mir hat's ja gut geschmeckt, auch wenn ich unseren Ziegenkäse, den du so einladend aufgelegt hast, heute nicht mehr anrühren werde. Nach sechs Stunden Stehen am Markt habe ich davon genug. Das heißt aber nicht, dass nicht jemand anderer …«

»Okay. Ich nehme mir etwas.« Lisa schnappte sich schnell ein Stück davon.

Ihre Mutter schmunzelte.

»Ihr seid ja schon früher zurückgefahren. Als wir die vielen Autos und den Krankenwagen, der ja völlig unnütz bestellt worden war, am Waldrand stehen sahen, sind wir langsamer gefahren. Dann habe ich dich und dein Auto bemerkt, und wir haben sofort angehalten. Den Rest kennen wir ja.«

»Der Grubinger war schon zu Hause gewesen, als ich mit ihm telefonierte. Trotzdem ist er gleich hergekommen. Er hat Gföhl und die gesamte Einsatztruppe noch von unterwegs aus verständigt. Habe ich super von ihm gefunden.«

»Manchmal glaubt man ja, der döst nur vor sich hin …«

»Lisa!«, ermahnte Lena ihre Tochter, die sich nach dem Schrecken die ganze Zeit über wortkarg gegeben hatte.

»Ist doch wahr! Er ist überall mit dabei, sagt aber meistens kein Wort. Und wird's ein bissl lustiger, lässt er gleich den Polizisten raushängen.«

Lena Breitenecker schüttelte den Kopf. Lisa schnitt eine Grimasse gegen ihre Mutter: »Ist doch wahr!« Die Gruppe schmunzelte.

»Gut, dass wir uns wieder einigermaßen gefangen haben, nach diesem Schrecken mit der nächsten Toten.«

»Aber du wirst es nicht glauben: Ich hatte fast eine Vorahnung«, warf Lisa ins Gespräch ein. »Wie die da so aufgedreht hat gegen den Waldstetten wegen der Karpfen, da ist mir im ersten Moment richtig gruselig geworden.«

»Na ja, ganz einfach war die, glaube ich, wirklich nicht«, bekräftigte auch Lena.

»Was hat die da eigentlich gemacht?«, fragte Harry Kain.

»Ich glaub, die hat an einem Umweltprojekt gearbeitet. Schutz des Waldes und seiner Tiere vor dem Tourismus oder so ähnlich«, erinnerte sich Lena.

»Was du alles weißt?«, war Walli Winzer sichtlich erstaunt.

»Na, ich hab da etwas gehört, dass die Mittner Dozentin an irgendeiner Fachhochschule gewesen ist, und das war ihr Spezialgebiet.«

»Na ja, und da musste sie den Mountainbiker vom Fahrrad reißen und zu Fall bringen? Schon seltsame Art und Weise, seine Anliegen in die Öffentlichkeit zu bringen.«

»Wieso glaubst du das, Walli?«, fragte Lena nach.

»Weil ich es selbst hinter meinem Haus beobachtet habe.«

»Sie war halt a recht resche Person, der leicht die Nerven durchgegangen sind«, versuchte Harry den Gedanken weiterzuspinnen.

»Ja, aber deshalb bringt man doch niemanden um. Nur weil jemand lästig ist. Da müsste es allein in meinem Umfeld ziemlich viele Tote geben«, zog Walli Winzer einige Rückschlüsse auf manchen Nervbolzen, für den ihre Wiener Agentur schon gearbeitet hatte. Das erinnerte sie übrigens auch daran, dass sie sich seit ihrer Abreise nach Südschweden noch nicht bei ihrer Geschäftsführerin und seit Neuestem Miteigentümerin ihrer PR-Agentur, Silvia Manner, gemeldet hatte. Das sprach dafür, dass alles in Ordnung war, dachte Walli für sich. Seit ihrer Entscheidung für ein Sabbatical im Waldviertel führte Silvia die Firma allein.

»Du bist ja oft ebenso nicht zimperlich, Walli«, verdeutlichte Lena ihrer Freundin manch einen ihrer eigenwilligen Charakterzüge.

Lisa grinste.

»Also ich merk schon, die Runde wird jetzt makaberlustig. Ich glaube, es reicht für heute. Aber danke, Walli! Deine Martinis haben nach diesem Tag wirklich gutgetan.«

»Und ich hab jetzt auch einen Whisky gebraucht!«, stöhnte Harry.

»Sie können noch einen kleinen Nachschlag haben, wenn Sie wollen.« Walli Winzer stand auf, um die Flasche zu holen.

»Nein! Danke! Es ist schon genug. Es reicht. Sonst find i nimma nach Hause.«

»Wir bringen dich sowieso zu deiner Mühle«, bot ihm Lena Breitenecker an und trank ihren Martini aus.

»Also das wäre super. Nicht dass ich net eh noch gehen könnte«, alle lachten, »aber das nehm i gerne an.«

Beim Aufstehen hatte Harry tatsächlich leichte Gleichgewichtsprobleme, sammelte sich jedoch rasch. Er stützte sich auf seinen Sessel und peilte zielstrebig, ohne sich zu verabschieden, die kleine Seitentür von Wallis Terrassengarten an. Als er sie öffnete, hatte er nicht damit gerechnet, dass zur gleichen Zeit auch Filou hineinkommen wollte. Mit glühenden Augen fauchte er ihn hitzig an, worauf Harry fürchterlich erschrak. Neben einem Urlaut, den er beim Ausweichen im Affekt von sich gab, machte er auch noch einen großen Schritt nach hinten durch den Ligusterpfad und landete auf der Schräge des Zierteichs. Ein lautes Platsch war die Folge.

»Harry, ist Ihnen etwas passiert?«, vergewisserte sich Walli. Als lautes Fluchen aus dem Teich tönte, war sie sichtlich beruhigt. Allerdings waren die Abende im Waldviertel bereits kühl geworden. Deshalb hatte sie auf der Terrasse einen Feuerkorb angefacht und auch den dekorativen Heizstrahler eingeschaltet. Harry würde trotzdem frieren, war Walli überzeugt: »Da nehmen S' die Decke und ziehen Sie sie über.«

Harry reagierte nicht, lehnte nur den Überwurf ab.

»Ich glaube, für heute hat er wirklich genug.«

»Ehrlich gesagt, ich auch«, sagte Lena. Lisa nahm die Decke. Lena und ihre Tochter machten sich in Richtung Harry auf. Augenblicklich verschwanden sie hinter der schmalen Hecke, die den Weg zum rückwärtigen Garten markierte.

Nach einer Weile ging Walli Winzer ihnen nach und vergewisserte sich, dass alle, inklusive des bibbernden Harry, im Auto verschwunden waren. Dann sperrte sie die kleine seitliche Gartentür ab. Nachdem sie sich umgedreht hatte, blickte sie zum Haus der Karner hinüber. Es brannte noch Licht. Nachdenklich und niedergeschlagen von den dramatischen Ereignissen des Tages war sie froh, nicht im Nebenhaus, in dem derzeit große Trauer herrschen würde, zu wohnen. Abgesehen davon, dass sie sowieso immer heilfroh darüber war, nichts mit dieser kleinkarierten Wiener Idylle ihrer Nachbarin zu tun haben zu müssen, stimmte sie doch die Tatsache traurig, dass Nichte Anna ihre Lebensgefährtin verloren hatte.

Als sie zur Terrasse ging, bewegte sie der Gedanke, wie man überhaupt damit klarkommen konnte, einen geliebten Menschen zu verlieren und nicht darüber zu sprechen. Einfach stumm zu bleiben. Seinen Schmerz in sich zu vergraben und so zu tun, als wäre die Tote nur eine enge Freundin gewesen. Und das deshalb, weil die Umgebung nichts davon wissen durfte. Und nichts wissen wollte von einer lesbischen Liebe im Dorf.

Eine christliche Dorfgemeinschaft!

Weil man die Beziehung jahrelang vor der sogenannten

Gemeinschaft geheim halten musste, um nicht noch mehr von ihr ausgeschlossen zu werden. Denn als Sonderlinge galten zwei Frauen, die zusammenwohnten, immer.

Warum nur?, fragte sich Walli.

Was war das für eine Dorfgemeinschaft, in der jeder von jedem alles wusste? Denn getratscht wurde immer. Aber meist nur ausstalliert und weniger helfend, wenig erklärend, wenig die Ängste nehmend.

Ja gut, bei Umweltkatastrophen oder schweren körperlichen und familiären Schicksalsschlägen waren die Österreicherinnen und Österreicher nach wie vor Spendenweltmeister. Sie packten auch unter Körpereinsatz mit an. Räumten Schlammlawinen weg. Aber wer half in ganz Österreich tatsächlich, die gedanklichen Schlammlawinen aus den Köpfen zu räumen?

Ewiggestrige spielten ja gerne mit dem, was in den Köpfen mancher Menschen schlummerte. Weshalb war das bei diesem Thema gerade so gewesen? Warum hatten bisher 50 Jahre gesellschaftspolitische Aufklärung so wenig gebracht? Hatte eine solche hier in diesem Dorf je stattgefunden? Warum sperrten sich so viele Menschen dagegen? Warum fühlten sich so viele dadurch persönlich bedroht?, wunderte sie sich.

Alles auf die Kirchen zu schieben, wäre falsch, war sich Walli sicher. Wie sie auch in Großlichten beobachtete, gingen ja immer weniger Menschen am Sonntag in die Kirche.

Aber warum war Homosexualität in Österreich so sicher mit Ausgrenzung verbunden, wie das Amen dem Gebet folgte? Und im Dorf war das schlichtweg sowieso eine Katastrophe! Mutige, die ihr anderes Lebensprinzip deklarierten und nicht in die Stadt flüchteten, waren kaum vorhanden.

Dabei wusste Walli von ihrer einstigen Mentee Silvia Manner, dass fünf bis zehn Prozent einer Gesellschaft homosexuell veranlagt waren. Sie fragte sich deshalb, wo denn in dem 2.000-Seelen-Dorf Großlichten etwa die 100 bis 200 Menschen mit statistisch erhobenem anderem Lebenskonzept waren?

Für Walli war das alles kein Problem. Vielleicht deshalb, weil sie in ihrem Leben all das machte, wovon andere nur träumten. Sie hatte viele Liebhaber gehabt, die sie auch gut für ihre Top-Karriere nutzen konnte. Ganz ihrem Motto entsprechend: Warum nicht gleich das Angenehme mit dem Nützlichen verbinden. Und das ganz und gar nicht geheim. Der Ruf als Femme fatale war schließlich in der PR-Branche durchaus nützlich. Was die Leute dachten, war Walli stets egal. Immer schon.

Doch damit zählte auch sie zu einer gesellschaftlichen Minderheit und hatte dadurch, im Gegensatz zu anderen, keine sprichwörtlichen Leichen in ihrem Keller. Zumindest nicht solche, die die Seele und das Leben auf Dauer belasteten.

Walli Winzer dachte an die vielen schrecklichen Erlebnisse, die in den noch immer übervollen gedanklichen Kellern Österreichs schlummerten!

Okay. In Wallis altem Schulhaus gab's zwar keinen Keller des Grauens. Aber dafür hatte sich eine Leiche in ihrem Garten befunden. Und gleich noch eine im nahe gelegenen Wald.

Verdammt!

Walli Winzer seufzte, als sie die Stühle ihrer Gäste wegen des Taus und eines eventuellen frühherbstlichen Regengusses gegen die Tischkante kippte. Sie blickte nochmals zum Nachbarhaus hinüber. Inzwischen war in einem Fenster das

Licht erloschen. Sie stellte sich vor, dass es Sybille Karners Schlafbereich gewesen sein konnte. Für sie war der Tag zu Ende. Und für Anna?

Am liebsten wäre Walli Winzer noch zu einem Abschlussgespräch zu ihr hinübergegangen. In Liebessachen war sie für alle immer eine gute Gesprächspartnerin. Wenn andere verzweifelt waren, konnte Walli gut zuhören. Viele waren darüber oft überrascht, weshalb sie sich dann manchmal gekränkt fühlte. Nur weil Walli es sonst verstand, sich gut in Szene zu setzen, hieß das nicht, dass sie gefühlskalt war. Sie hasste dieses Schubladendenken.

Apropos. Silvia Manner fiel ihr wieder ein. Das sollte jetzt ihr letztes Gespräch an diesem Abend sein. Sie öffnete die Terrassentür und betrat das wohlig warme Wohnzimmer. Kaum hatte sie die Tür geschlossen, schoss vom Sofa her, wie vom Blitz getroffen, ein Bündel fein gezeichneter Haarbüschel hoch, um sie zu begrüßen.

»Filou, mein Süßer! Du hast auch schon auf mich gewartet«, freute Walli sich über die stürmische Begrüßung. Wenngleich sie wusste, dass ihr Erscheinen möglicherweise mehr der Vorfreude der Katze auf das bereits erwartete und schon längst überfällige Futterschälchen galt. Die Tigerkatze hüpfte vom alten Dielenboden wieder auf das Sofa zurück, und nach einem beeindruckenden Satz saß sie auf dem Ohrensessel nahe dem Kamin.

»Filou!«, rief Walli. »Bist du noch bei Trost! Du kannst doch nicht so wild herumspringen. Du hinterlässt überall Kratzspuren, wenn du so weiterhüpfst.«

Der Kater hielt inne. Er war auf dem höchsten Punkt des Sofas zu stehen gekommen. Jetzt saß er still, als würde er darauf warten, was ihm Walli als Nächstes vorhalten würde. Irgendwie war ihm klar geworden, dass ihre Stimmung heute nach dem ereignisreichen Vormittag mittlerweile in den Keller gerutscht war. Dass schlechte Stimmung bei ihr allerdings so lange hielt, konnte er in den vergangenen Wochen nicht beobachten. Doch hier, in Großlichten, war mit ihr nicht zu spaßen, das war eindeutig. Wahrscheinlich hing die Veränderung mit diesem rotschopfigen Typen zusammen. »Björn«, hatte sie ihn, soviel er sich erinnern konnte, genannt. Okay.

Es war eindeutig nicht mehr so langweilig wie im Hotelzimmer, und es gab jede Menge Neues zu beschnuppern und zu beobachten. Das erkor Filou auch zum Stichwort. Mit Argusaugen verfolgte er die Schritte seines Frauchens. Als sie, offenbar in Gedanken versunken, einiges im Zimmer hin- und herzuschleppen begann, beschloss er, sicherheitshalber doch weiter auf sich aufmerksam zu machen.

Er hüpfte von der Lehne des großen Ohrensessels und begann, wild um ihre Beine zu streichen.

»Gott, Filou! Du erschreckst mich. Ich liege ja gleich flach auf dem Boden, wenn du so weitermachst.« In einem lang gezogenen, tief gesetzten Stimmlaut fuhr sie fort: »Jaaaa, ich weiß schon, was du möchtest.«

Okay, wenn du das weißt, dann mach dich doch endlich auf den Weg, dachte der mittlerweile vor Hunger schon fast übel gelaunte Kater.

Es war immerhin schon spät am Abend. Normalerweise hätte er schon längst gefressen und läge irgendwo gemütlich dösend auf einer kuscheligen Decke. Am liebsten im Schlafzimmer auf dem Bett. Und da wollte er auch jetzt wieder hin. Um seinem Vorhaben näher zu kommen, wollte er ein bisschen nachhelfen.

Gedacht. Getan.

Seine Umkreisungen von Wallis Beinen wurden zu diesem Zweck immer enger, und er wählte einen so geschickten Schlingerkurs, dass Walli schon bald nicht mehr aus dieser ausgeklügelten Verstrickung herauskam.

Um diese Bedrängnis abzustellen, bückte sie sich und streichelte den sehnsüchtig nach ihr blickenden Kater. Lachend sagte sie: »Filou, du hast wieder einmal gewonnen.«

Der Kater streckte sich nach ihr und bestätigte dadurch liebevoll ihre Erkenntnis. Nach kurzer Zeit löste er sich aus der wohligen Umklammerung und wies seiner Betreuerin den Weg in die Küche.

Wallis zuvor bedrückte Stimmung schien wie verflogen zu sein, und Filous sanfte Schmatzgeräusche bestätigten sie darin, mit Huhn auf Karottengemüse eindeutig seinen Geschmack getroffen zu haben.

Walli Winzer ging danach zum offenen Kamin, der mit Flüssiggas hinter einer Glaswand betrieben wurde, und schaltete ihn mit einem Knopfdruck an.

Aus der gekühlten Minibar zog sie eine Martiniflasche hervor und füllte sich erneut einen Doppelten ein mit Eiswürfeln. Die Flasche ließ sie gleich draußen stehen, setzte sich in den Ohrensessel am Kamin und nahm einen Schluck. »Ah!«, stöhnte sie laut und erleichtert. »Das habe ich mir heute aber wirklich verdient.« Sie schloss die Augen und atmete tief durch. Anschließend starrte sie einige Zeit reglos in die orangegelben Flammen. Nach einer Weile stand sie auf und stellte ihr altes Bakelit-Festnetztelefon auf den Beistelltisch neben dem Ohrensessel. Sie wählte eine Nummer und wartete die Verbindung ab.

»Ja, hallo«, meldete sich die Stimme am anderen Ende der Leitung.

»Hallo, Silvia. Walli hier.«

»Walli, wie freu ich mich, dass du dran bist. Du kommst wie gerufen. Wie oft schon habe ich an dich gedacht und mir's dann doch verkniffen, dich anzurufen.«

»Um Gottes willen! Ist was mit der Agentur?«

»Du könntest ruhig zuerst mal fragen, wie's mir geht«, sprach Silvia Manner leicht pikiert über die Prioritäten ihrer einstigen Chefin und jetzigen Co-Geschäftsführerin. »Aber um deine Ängste zu beruhigen, es ist alles im Lot. Und sogar noch besser! Tobias und ich haben auch zwei neue Aufträge an Land gezogen.«

»Klasse!«, freute sich die andere Stimme am Telefon. »Und wer ist es?«

»Das neue Modelabel *Chantal* und die neueste Produktlinie des Kosmetikriesen *Myline*.«

»Wow! Das ist ja eine tolle Neuigkeit. Und wie seid ihr denn dazu gekommen?«

»Wie du weißt, treibt sich Tobias ja gerne auf allen neuen Produktpräsentationen herum. Da hat er seinen neuen Freund Julian kennengelernt. Der arbeitet für diesen Konzern. Er hat Tobias mit dem Marketingchef zusammengebracht. Wir haben einige Vorschläge unterbreitet und das war's.«

»Alles klar«, kam es aus der Leitung. Walli Winzer wusste aus eigener Erfahrung, dass die lukrativsten Aufträge immer durch persönliche Begegnungen und entsprechende Tipps zustande kamen. Das hatte sie auch ihren Mentees beigebracht. Eine gelöste Atmosphäre konnte viel bringen.

»Und die Geschäftsführerin von *Chantal* habe ich bei einer Vernissage von Nadja in der Galerie *Hürtle* kennengelernt.« Heftiges Schluchzen in der Leitung.

»Um Gottes willen, Silvia! Was ist denn los? Ich hoffe nicht, dass dir auch schon die Arbeit über den Kopf gewachsen ist?«

Schweigen am anderen Ende. Unter Räuspern begann sich Silvia Manner langsam zu fassen. Walli Winzer war irritiert, weil sie ihre neue Geschäftspartnerin nicht als weinselig kannte. Vielmehr war sie zielstrebig, durchschlagskräftig und nie um eine Lösung verlegen. Ihr strategischer Durchblick schloss emotionale Entgleisungen aus. Was war das dann eben?

»Verzeih, Walli, dass es so aus mir herausbricht, aber es ist alles noch so frisch.«

»Also komm! Lass dir nicht alles aus der Nase ziehen. Was ist passiert?«

»Ich habe mir nicht gedacht, dass mir das einmal so nahe gehen könnte.« Neuer großer Gefühlsausbruch am anderen Ende.

»Ist etwas mit Tobias?«

»Nein! Aber wenn ich dir das sage, lachst du mich wahrscheinlich aus. Tobi hat das auch gemacht.«

Walli war erleichtert. Langsam wurde sie allerdings wirklich neugierig. Was konnte eine blendend aussehende Mittdreißigerin, die offensichtlich auch beruflich eine Glückssträhne fuhr, so aus der Bahn werfen?

»Also, jetzt lass es endlich raus. Ist etwas mit Nadja?«

Keine Antwort, aber großes Gefühlskino am anderen Ende! Herzergreifend.

Da Walli Silvia zuvor mehr oder weniger versprochen hatte, egal was kommen würde, am Boden zu bleiben, fasste sie sich ein Herz und sprach mit beruhigender Stimme. »So schlimm kann's doch nicht sein. Ist sie dir etwa davongelaufen?«

Erneutes Aufschluchzen. He, das war's also!

Walli dachte nach, wann ihr denn so etwas das letzte Mal passiert war. Der große Weltschmerz der Liebe wegen? Sie musste zugeben, dass das schon ziemlich lange her war. Ihre Erinnerung war so verschüttet, dass sie alle Mühe hatte, einen Funken Wahrnehmung daran hervorzukramen. Komischerweise war es auch nicht eine unglückliche erste Liebe bei ihr gewesen oder die Trennung von ihrem Exmann Thomas, die sie todtraurig gemacht hatte. Vielmehr waren es Beziehungen, die ruhig und harmonisch verlaufen waren. Wo die emotionale Übereinstimmung und gegenseitige Ergänzung sich tief in ihre Seele graviert hatten. Wo sie den Verlust der stillen Zufriedenheit, soweit sie solche überhaupt ertragen konnte, als schmerzlich und unerträglich zu empfinden begann. Bei ihren vielen Affären der letzten Jahre waren solche Begegnungen selten geworden. Nach solch innigen Phasen, in denen sie sich selbst besser kennengelernt hatte – zumindest glaubte sie das –, folgten Jahre der Einsamkeit. Die Bedeutung, die Liebe im eigentlichen Sinn für Walli hatte, verdrängte sie. Sich auf jemanden einzulassen, erforderte Mut, erkannte Walli jetzt. Und Zeit. Beides hatte Walli Winzer schleichend verlassen. Nur Lena erinnerte sie manchmal daran, nicht davonzulaufen, sondern sich neu zu stellen.

Meine liebe Lena!, dachte sie. Doch wie sollte sie das anstellen? Die letzten Jahre hatten dem Aufbau ihrer PR-Agentur gegolten. Dazwischen zehrten massenhafte Events und Dates an ihren Kräften und Nerven. Und dann: aus – Schluss!

Erschöpfung. Walli seufzte ins Telefon.

»Weinst du jetzt auch?«, klang es vom anderen Ende.

»Schätzchen, es tut mir zwar leid für dich, aber so gefühlsduselig bin ich nun auch wieder nicht. Seit wann weißt du, dass es vorbei ist?«

»Seit zwei Tagen. Morgen Vormittag kommt sie mit ihrer Neuen und holt ihre Sachen aus unserer Wohnung. Ich halte das nicht aus.«

»Du bist dann einfach nicht in der Wohnung. Sie wird ja nicht so unfair sein und deine Sachen mitnehmen?«

»Und wenn, dann ist mir das auch egal.«

»Ist die Trennung unwiderruflich?«

»Ja. Nach dem Vertrauensverlust geht es von meiner Seite aus nicht mehr weiter.«

»Bist du dir sicher? Immerhin wart ihr mehr als zehn Jahre zusammen.«

»Das ist es ja. Ich kann mir nicht vorstellen, was da passiert ist. Ich glaube, es war wie bei dir diese höllisch viele Arbeit, die irgendwann wie ein Krake Besitz von einem ergreift. Es fällt schwer, sich aus der Umsetzung wichtiger Projekte abzuziehen. Ich habe sie zu lange hingehalten. Ihr zu lange bloß versprochen, mehr Zeit mit ihr zu verbringen.«

»Willst du nicht doch um sie kämpfen?«, ermutigte Walli Winzer.

»Ich bin völlig fertig. Muss ständig weinen. Dann bin ich erschöpft und lege mich nieder. Dann geht es wieder weiter.«

»Ich würde sagen, du brauchst dringend einen Tapetenwechsel. Einfach weg aus Wien. So ein verlängertes Wochenende eventuell? Du könntest ja hierherkommen? Mich besuchen.«

Walli hatte viel Zeit mit Silvia und Nadja verbracht. Sie waren ein wundervolles Paar gewesen. Auch ihr würde die sensible Herzlichkeit der jungen Künstlerin fehlen. Aber so war eben das Leben – ein ständiger Fluss.

»Ich werd's mir überlegen. Im Moment bin ich einfach

nur leer und verzweifelt. Aber es tat jetzt gut, mit dir zu reden. Danke, Walli!«

»Ach komm! Das wird schon wieder.« Walli Winzer verkniff es sich, ihrer Vertrauten von den grausigen Ereignissen des Tages zu erzählen. Auch damit musste für heute Schluss sein, beschloss sie. »Wann immer du mich brauchst, melde dich«, beschwor Walli ihre einstige Mentee.

Walli Winzer legte den Hörer auf und starrte ausdruckslos in die Flammen des Kamins. Dann stand sie auf und ging zur Terrassentür. Sie sah, wie die letzten Kerzenlichter, die sie hatte brennen gelassen, im kühlen Dunkel der Nacht verloschen. Mit einem Mal wurde es so finster, dass sie nichts mehr erkennen konnte. Sie zog die Vorhänge über die gesamte Fensterfront samt Terrassentür ihres Wohnzimmers. Walli nahm wieder im Ohrensessel Platz und nippte am Martiniglas.

Entspannung.

Müdigkeit.

Abermals läutete das Telefon.

»Gibt's noch etwas?«, fragte sie ruhig.

»Ja, dich zu hören.«

Oh Gott, diese Stimme! Es war Björn. Augenblicklich hatte alles, mit dem sie sich heute beschäftigt hatte, für sie keine Bedeutung mehr. Die Welt wurde mit einem Mal eine andere.

Eine ganz andere!

Eine, die sie ohne ihn nicht mehr missen wollte.

12. KAPITEL

Es war ein beeindruckender Wiesenblumenstrauß, den Patrick Burger an die seitlichen Abstellflächen des barocken Altars stellte. Wie jeden Sonntag war er früh losgegangen, um die herbstlichen Astern, die die Bauersfrauen am Vorabend in die Kirche gebracht hatten, durch ein Potpourri der schönsten blühenden Gräser und Blumen der Felder und Wälder rund um Großlichten zu veredeln.

Er liebte es, einsam durch die Landschaft zu streifen. Die Sonne ging nun bereits etwas später auf, und langsam stellten sich im südlichen Waldviertel auch Morgennebel ein. Das geschah zwar nur an wenigen Stellen, wo der Waldrand in einer kleinen Wiesensenke endete, aber es waren die ersten Anzeichen dafür, dass der Sommer bald vorbei sein würde.

Patrick ging jeden Morgen seinen Weg. Er fühlte sich so eins mit der Natur und mit Gott. Dabei war es noch nicht lange seine Aufgabe, Blumen auf den Altar zu stellen. Als ihm Friedrich Winkelbauer und der Herr Pfarrer dies angeboten hatten, konnte er es vorerst nicht glauben. Er würde dieses herausragende Amt übernehmen dürfen? Er würde verantwortlich sein für den gesamten Blumenschmuck in der Kirche, der die ganze Gemeinde erfreuen würde. Und nur er allein dürfte ihn zusammenstellen.

Er trug doch für nichts sonst Verantwortung. Und hier glaubte man an ihn? Der Herr Pfarrer und der Kirchengemeinderatsvorsitzende zählten zu den angesehensten und wichtigsten Leuten im Ort. Patrick fühlte sich geehrt. An diesem Ort brauchte man ihn, obwohl die übrige Welt da draußen ihn übersah. Aber was war sie denn eigentlich vergleichsweise dem Reich Gottes gegenüber?

Patrick hatte Augen für die Schönheiten des Lebens. Nicht nur für Blumen, auch für anderes. Er sah vieles im Stillen und Verborgenen, was anderen nicht auffiel. Vielleicht war das so, weil auch er selbst nicht auffiel. Weil er still und zurückgezogen lebte. Die Regelmäßigkeit liebte.

Seine Welt und der damit verbundene Alltag blieben immer die gleichen. Darauf achtete er. Und das fiel ihm nicht schwer, weil in Großlichten sowieso immer alles beim Alten blieb. Deshalb war er auch zufrieden hier und würde nie weggehen wollen. Gott sei Dank musste er das nicht, denn durch die Familie Winkelbauer durfte er in Großlichten arbeiten. Er half Frau Dr. Winkelbauer im Garten, im Haus und erledigte manchmal sogar für den berühmten Anwalt in der Kremser Kanzlei Boten- und Hilfsdienste oder kleinere Reparaturen. Die Familie Winkelbauer empfand er, als wäre sie die seine. Da *seine eigene* wenig von ihm wissen wollte. *Seine eigene*, die nichts für seinen Schönheitssinn übrighatte. *Seine eigene*, die ihn zu einem robusten Burschen erziehen wollte, damit er einmal die Kraft haben würde, den kleinen Hof, der fast nichts mehr einbrachte, weiterführen zu können. *Seine eigene*, die ihn einmal fast totschlug, damit er endlich mit dem Stottern aufhörte.

Viel zu lange, viel zu oft hatte er das alles geduldet.

Patrick wollte immer schon ins Kloster gehen, dem Orden der Paulus-Bruderschaft beitreten. Bei Gott sein, Gott dienen. Doch der Vater hatte es ihm verboten: »Gott will, dass du mir bei der Arbeit hilfst«, hatte er ihm damals gesagt.

»Aber ich fühle meine Berufung dazu!«, hatte er ihm geantwortet.

»Das würde dir so passen, dich davonzuschleichen und deine Mutter und mich zurückzulassen.«

Patrick gehorchte, wie es sich für einen guten Sohn gehörte. Nach der Arbeit bei den Winkelbauers ging es für ihn zu Hause weiter. Die morgendlichen Spaziergänge waren daher die einzige Zeit am Tag, in der Patrick mit seinen Gedanken allein sein durfte, niemand ihm irgendetwas dreinreden oder anschaffen konnte.

Nur seine Blumen waren da. Und die beruhigten seine Seele.

So wie Gott.

Und wie Friedrich Winkelbauer, der alles tat, damit die Menschen Gott auch im Alltag nicht vergaßen. Viele waren ihm dafür dankbar.

Auch er, Patrick.

Es war noch sehr früh am Morgen. Die Heilige Messe würde erst in ein paar Stunden beginnen. Auch der Herr Pfarrer saß wahrscheinlich noch beim Frühstück, denn eine Grundlage brauchte er, wenn er in mindestens drei Gemeinden bei der Messe symbolisch Wasser zu Wein verwandelte und diesen auch austrank. Durch das laute Geräusch, das die Kirchentüre beim Öffnen hinterließ, wurde Patrick aus seinen Gedanken gerissen. Er drehte sich um und sah Friedrich Winkelbauer, wie er mit lautem Schritt und einer Aktentasche den Seitengang zur Sakristei nach vorne eilte. Rasch warf er Patrick einen stummen Gruß zu und verschwand hinter der schweren alten Holztür zu einem der Nebenräume der mehr als 400 Jahre alten Kirche. Patrick freute sich, Winkelbauer zu sehen. Er gab ihm immer das

Gefühl, gut aufgehoben zu sein. Er beschützte ihn. Wie der liebe Gott. Bei ihm war er überzeugt, dass er für die Menschen da war. Vor allem für die Anständigen. Die, die sich an die Gebote Gottes hielten und dabei der Kirche treu verbunden waren. So wie Patrick auch. Mit den schwarzen Schafen der Justiz verdiente Winkelbauer als Anwalt zwar sein Geld, aber er wusste, dass das nicht für alle Fälle gottgewollt war. Gottgewollt war nur sein Talent, Menschen den Weg aus der Gesetzeshölle zu weisen. Gott gab ihm die Eingebung, welche es wert waren, ungeschoren wieder aus ihrer Misere herausgeholt zu werden. Er, Winkelbauer, fand den geeigneten Weg dazu und verdiente damit Geld. Sehr viel Geld.

Das war auch gottgewollt.

Patrick hatte mittlerweile sämtliche Seitenaltäre mit geeigneten Sträußen geschmückt. Er war heute früher als sonst damit fertig geworden. Die Dorffrauen hatten ihm ihre Blumensträuße bereits so stilvoll vorgefertigt, dass er nur noch einige Gräser und Blattgrün hinzufügen musste.

Da er nicht nur herumstehen wollte und Friedrich Winkelbauer die Tür zur Sakristei hinter sich geschlossen hatte, fiel ihm ein, noch einige Handgriffe in dem unterirdischen Gewölbe der Kirche vorzunehmen. In den alten Seitennischen hatte sich im Laufe der Zeit so viel Gerümpel und Unrat angesammelt, dass mittlerweile sogar der Hauptgang in einigen Bereichen unzugänglich geworden war. Patrick mochte die Dunkelheit dieser friedlichen Ewigkeit. Der Unendlichkeit. Gott war auch hier da für ihn. Er war immer und überall für ihn.

Bei allem, was er dachte.

Bei allem, was er tat.

Patrick drehte den Schalter an der Treppe auf, und eine

Glühbirne, die frei vom Auslass herunterschwebte, breitete ihr dumpfes Licht bis in die Weite des Gewölbes aus.

Fast eine Stunde lang hatte Patrick Burger in abgeschiedener Dunkelheit gearbeitet. Seine Hände waren schmutzig geworden. Der schwarze Ruß der einstigen Kohlelagerung fürs Pfarrhaus und jener der vielen Petroleumlampen, mit denen früher hier gearbeitet worden war, wurde seit den Kriegsjahren einfach liegen gelassen. Niemand nahm sich die Zeit und das Herz, hier sauber zu machen. Patrick hatte sich freiwillig dazu bereit erklärt. Herr Pfarrer Aigner und Dr. Winkelbauer hatten nichts dagegen. Vielmehr hofften sie sogar, dass er noch einiges finanziell Verwertbare aufstöbern würde. Irgendjemand fände sich mit Sicherheit, der das alte Stück abnähme. Nur eine Auflage hatte er zu berücksichtigen: Er durfte die Weinbestände der Pfarrei nicht berühren. Und die konnten sich tatsächlich sehen lassen. Neben jungen Messweinen, die immer neu aufgefüllt wurden, gab es weiter hinten auch einen Bereich mit sehr alten und kostbaren Weinen. Sie wurden seit langer Zeit gesammelt und nur zu besonderen Anlässen hervorgeholt. Friedrich Winkelbauer führte darüber genau Buch. Der Messdiener musste einst die gesamten Bestände auflisten.

Als Patrick den mittlerweile von einigen Sonnenstrahlen erleuchteten Kirchenraum betrat, wandte er sich nochmals um, um den Lichtschalter im Gewölbe auszuschalten. Patrick war mit sich zufrieden. Es war zwar noch immer viel zu tun, doch einiges hatte er bereits erledigt.

In der Sakristei wollte er sich die Hände waschen. Es gab da ein Becken. Er wusste es, weil er als Ministrant unzählige Male die kostbaren Gefäße über dem alten Metallbecken mit dem abgeschlagenen weißen Email gereinigt hatte. Damals kam es ihm so vor, als gäbe es keine wichtigere Aufgabe in der Welt. Nein. Es war keine Aufgabe. Berufung war es. Er zählte eindeutig zu den Auserwählten. Und Gott wollte es. Manchmal erledigte Patrick so etwas heute noch. Für ihn war es eine Gewohnheit. Er brauchte vielmehr die geheime Mystik, die seinen Körper dabei durchströmte: Er hielt die heiligen Schalen in seinen Händen und schloss die Augen, um diesen Moment richtig genießen zu können. Es gab ihm Kraft. Die Kraft, Gott dadurch näher zu sein.

Die Tür zur Sakristei stand offen. Das sah Patrick von der gegenüberliegenden Seite aus. Er sperrte schnell die Tür zum Kirchengewölbe ab und ging hinüber. Durch die Öffnung sah er Friedrich Winkelbauer im Gespräch mit Eduard Waldstetten. Patrick sah den Anwalt im Profil, während der Schloss- und Karpfenteichbesitzer ihm den Rücken zugewandt hatte. Sie schienen sich zu zanken. Patrick war noch zu weit weg, als dass er etwas hätte verstehen konnte. Winkelbauer regte sich ziemlich auf und gestikulierte wild. Er sprach leise, wenn auch mimisch deutlich, weshalb der Eindruck entstand, dass es sich um ein sehr konkretes, ernstes Thema handeln würde. Waldstetten hingegen schien das alles nicht zu tangieren. Vielmehr machte es den Anschein, als wäre ihm die Situation bereits lästig geworden. Er wechselte seine Position, als wollte er Winkelbauer dadurch signalisieren, dass er in Kürze den Raum verlassen würde. Dieser schien sich darüber zu ärgern.

Was konnte den Anwalt an einem Sonntagmorgen nur so aus der Fassung bringen?, fragte sich Patrick Burger. Und das in der Kirche? Er war doch immerhin der Kirchengemeinderatsvorsitzende. Warum verstörte Waldstetten ihn derart? Patrick Burger sah es in diesem Moment nahezu als göttlichen Willen an, dass ihn seine Schuhsohlen lautlos über den alten Steinboden des Kirchenraums trugen. Er versteckte sich hinter einer der seitlichen Säulen und beobachtete das weitere Treiben. Nähergekommen, verstand er bereits einige Wortfetzen, deren Sinn immer deutlicher wurde. Winkelbauers Gesicht war vom Ärger inzwischen rot geworden. Seine Augen funkelten. »Willst du, dass noch die restlichen 200 Leute ihren Arbeitsplatz verlieren? Ist dir dieser tote Stöger nicht schon genug?«

»Das könnte dir so passen, mich für den Stöger verantwortlich zu machen.«

»Natürlich steckst du da auch drin, wenn du dich weigerst, die Entschädigung für deine toten Fische anzunehmen.«

»Wie kommst du eigentlich darauf, dass ich auf diesen hirnrissigen Vorschlag eingehen könnte?«

»Weil die Situation des Zementwerks finanziell angeschlagen ist. Stöger musste aus diesem Grund gekündigt werden. Er wird nicht der Einzige bleiben. Das verunsichert die Belegschaft.«

»Da musst du dich an die Geschäftsführung wenden. Die sind für die Firma verantwortlich. Ich habe damit nichts zu tun.«

»Sei doch einsichtig. Die Leute müssten absiedeln. Jeder von ihnen hat für sein Häusl einen Kredit laufen, den er dann nicht mehr zurückzahlen kann. Einen neuen Arbeitsplatz in der Gegend zu finden, können die meisten vergessen.«

»Glaubst du, ich habe dich nicht durchschaut? Tu nicht so scheinheilig! Dir ist doch alles recht, um die Aktionäre des Werks samt der Umgebung einschließlich des Herrn Bürgermeisters gnädig zu stimmen. Vielleicht hast du ja dort auch etwas finanziell laufen?«

»Eduard, treib's nicht auf die Spitze!«, grollte Winkelbauer.

Unbeirrt und mit sichtlicher Genugtuung sprach Waldstetten weiter: »Das bringt mich auf eine Idee. Der Stöger war doch ein Hitziger. Vielleicht wollte er einfach nicht mehr seine Klappe halten? Vielleicht wusste er einfach zu viel, was da oben im Werk alles ablief? Frag doch einmal bei seinen Spezis nach!«

Die Geduld des Anwalts war sichtbar ausgereizt. »Bring mich nicht noch weiter in Rage«, drohte er.

»Was du mir finanziell anbietest, kannst du dir sonst wohin stecken. Das ist viel zu wenig. Wenn das auch in Zukunft wie bisher weitergeht, sind meine Teiche bald komplett ruiniert.«

»Herrgott, Eduard. Was willst du denn noch?«, versuchte Winkelbauer seinen mittlerweile fast ausfallenden Tonfall zu zügeln.

»Ich will die Entschädigung in voller Höhe, wie sie mir zusteht, und die Garantie, dass die Ursachen behoben werden.«

»Hat dir das diese Umwelttante in den Kopf gesetzt? Das Werk kann dann zusperren! Die Ausgaben wären viel zu hoch. Willst du das verantworten?«, flüsterte Friedrich Winkelbauer und kanalisierte seine Anspannung, indem er einen weiteren Schritt auf Waldstetten zumachte. Die smarte Zurückhaltung des Top-Anwalts war brüchig geworden.

Patrick Burger lehnte immer noch reglos an der Säule. Er mochte keinen Streit. Er mochte es auch nicht, wenn Winkelbauer sich aufregte. Er, der immer auf der Seite des Gesetzes stand. Der gottesfürchtige Mann, der für andere eintrat. Warum lenkte dieser Waldstetten nicht endlich ein? Dann wäre auch er, Patrick, zufrieden. Stattdessen verschränkte der junge Mann seine Arme vor der Brust und wechselte die Beinposition, mit der er noch immer an der Säule lehnte. Im selben Moment drehte er sich instinktiv um und sah in das hübsche Gesicht von Anna Szabo.

»Hi, Patrick. Keine schöne Geschichte da.« Sie deutete ansatzweise in Richtung der beiden Streithähne.

Der Messdiener fühlte sich ertappt. »Nein, iiich wwwollte …«, stotterte er und zog den Kopf ein.

»Ganz blöde Geschichte. Ich steh auch schon eine Weile da und höre mir das an«, sprach sie unbeeindruckt weiter. Ihre Miene hatte sich verfinstert, und sie beobachtete die weitere Auseinandersetzung der Männer.

»Wenn du nicht vernünftig wirst, könnte ich noch dein ganz spezielles Geheimnis unter die Leute bringen«, setzte Winkelbauer fort.

»Na, da steht der Super-Anwalt mittlerweile ganz schön unter Druck, wenn Mister Saubermann und Moralapostel zu solchen Mitteln greifen muss. Was du meinst, ist schon Jahre her, und das wirst du nicht wagen. Vor allem jetzt, wo Gertrud schon lange tot ist, ist das ohne Belang.«

»Zumindest ruiniert es im Ort dein Image als Geschäftsmann und Forstbetriebswirt. Willst du das? Überleg's dir.«

»Mir reicht's. Ich gehe jetzt. Was bist du nur für ein armseliger, profitsüchtiger Winkeladvokat geworden. Oder warst du je ein anderer?« Eduard Waldstetten ging ohne Gruß aus der Sakristei. Mit forschen Schritten verließ er den vorderen Bereich der Kirche und schlängelte sich nach hinten durch.

Die Kirchenreihen hatten sich inzwischen mit einigen Gemeindemitgliedern gefüllt. Auch Walli Winzer war früher gekommen. Sie saß in der fünften Reihe gleich am Eckplatz. Normalerweise setzte sie sich immer zielstrebig in die erste Reihe, doch in der Kirche wollte sie es nicht übertreiben. Sie war zwar stets überwältigt von den historischen Kunstschätzen, die so ein Gotteshaus bot. Doch für Heuchelei hatte sie wenig übrig.

Hineingehen – Bußablass – hinausgehen.

Sie dachte: Es war schon gut, wenn man sein Gewissen erleichterte. Nur manche nahmen das bloß zum Anlass, vor aller Augen mit Gottes Segen so weiterzumachen wie vorher. Von Nächstenliebe war da wenig zu spüren. Und wenn sie Richtung Sakristei schaute, nervten sie bereits einige der Wortfetzen. Die beiden hatten sich immerhin erdreistet, im Türrahmen zu stehen und sowohl vor Gott als auch vor den ersten Besucherinnen und Besuchern ihre ganz und gar weltliche Habgier auszutragen.

Walli und andere hatten diesen Teil der Unterredung deutlich mithören müssen. Ihnen war, besser gesagt, gar nichts anderes übrig geblieben, auch wenn die Männer versucht hatten, den Grundton der Kontroverse leise zu halten. Emotionen ließen sich auf Dauer nicht unterdrücken.

Walli blickte zu Patrick und Anna Szabo. Beide standen immer noch nahe der Säule. Sie sprachen miteinander. Patricks Mimik war entspannt. Walli glaubte seine Bewunderung für Anna zu erkennen. Kein Wunder: Sie war einfühlsam, ruhig und konnte gut zuhören. Und hübsch war sie auch. Dass sie diese Alice im Schlepptau gehabt hatte, war wohl mehr diesen Charaktereigenschaften zuzuschreiben. Doch Walli erinnerte sich, dass Liebe und Leidenschaft oft auf Gegensätzen beruhten. Anscheinend auch in Liebesbeziehungen zwischen Frauen.

Bei ihr hingegen war das nicht immer so. Ihr Exmann Thomas war ganz anders als Björn, der sie mit seinem hinreißenden Temperament zu allerlei zu verführen verstand. Sie fühlte sich einfach toll mit ihm und von seiner gedanklichen Wendigkeit inspiriert. Und der Sex mit ihm hatte es auch in sich. Walli fühlte sich danach um mindestens 20 Jahre jünger. Das entsprach, wie sie meinte, auch ihrem äußeren Erscheinungsbild. Vor allem, wenn sie an die astronomischen Summen dachte, die sie in den vergangenen Jahren in diverse Kosmetikstudios getragen hatte.

Beim letzten Telefonat hatte ihr Björn erzählt, dass er einen Termin in Wien extra vorverlegt hatte, um sie früher zu besuchen. Es ging um eine Reihe von Motivationsseminaren für einen großen Konzern, dessen Kontakt Walli ihm bereits in Schweden vermittelt hatte. War ja nur ein Anruf für sie. Er hatte sie darum gebeten. Den Konzernboss kannte sie seit Jahren. Einmal sogar näher. War also kein Aufwand für sie gewesen.

Sie würden einander in Wien treffen, Wien genießen.

In der Sakristei fiel etwas laut zu Boden. Walli sah wieder hin. Winkelbauer kramte in einigen Laden herum. Irgendetwas schien er zu suchen. Pfarrer Josef Aigner hatte sich inzwischen seinen Ornat umgelegt, und Patrick half ihm dabei, noch einige Knöpfe zu schließen. Friedrich Winkelbauer schenkte den beiden keine Aufmerksamkeit. Das laute Poltern war ein alter Aktenordner gewesen, der ihm wohl seines Gewichts wegen aus der Hand gefallen war. Er hob ihn auf.

Inzwischen war Lena Breitenecker mit einigen Frauen des Dorfverschönerungsvereins von Mizzi Troger aus dem Pfarramt in die Kirche gekommen. Mizzi hatte als Koordinatorin des Pfarrfestes Lena gebeten, den kulinarischen Teil zu verantworten. Viele Frauen aus Großlichten würden Selbstgemachtes beisteuern. Lena wollte dafür sorgen, dass alles zeitgerecht und frisch bereitgestellt würde. Dabei hatten sie und ihr Mann Hans vor, auch einiges aus ihrer eigenen kleinen Biolandwirtschaft mit exklusiven Premiumprodukten beizusteuern. Was sie nach Wien und in andere Städte zu marktgerechten Preisen exportierten, erhielten alle Einheimischen zum Freundschaftspreis. Darauf legten sie Wert. Und an Festen für soziale Zwecke beteiligten sie sich regelmäßig.

Die Bevölkerung verteilte sich in der Kirche. Lena war gleich auf ihre Familie zugesteuert und hatte danach nach Walli Ausschau gehalten. Da Hans und die Kinder erst ziemlich knapp vor Messebeginn gekommen waren, suchten sie nach freien Plätzen, die Walli ihnen in ihrer Nähe zuwies.

»Super, dass du gekommen bist, Walli!«, lobte Lena sie, als wäre Walli eben eine ihrer einstigen Wiener Schülerinnen. Nach der Wirtschaftskrise hatten Hans und sie beschlossen, Lenas elterlichen Bauernhof zu übernehmen. Sie und Walli kannten einander seit der gemeinsamen Schulzeit.

Lena legte ihre Hand zur Begrüßung auf Wallis Schulter: »Es ist heute auch die Seelenmesse für beide Verstorbenen. Kommst du nachher zu uns nach Hause zum Essen?«

Walli hörte Essen und ihre Stimmung hellte sich merkbar auf. »Klar, gerne«, flüsterte sie und ließ die Breiteneckers nacheinander in die Kirchenbank trippeln. Als sich Walli Winzer schließlich als Letzte setzen wollte, stellte sie fest, dass das Mittagessen keineswegs üppig für sie würde ausfallen dürfen, denn obwohl sie die Breiteneckers von Herzen mochte, war ihr dieses physisch dichte Gedränge einfach zu viel. Walli raffte ihre Gucci-Tasche, flüsterte Lena etwas ins Ohr und machte sich auf den Weg in den hinteren Kirchenbereich.

Sie stellte ihre Tasche in der letzten Reihe auf den Boden und schob sich auf den letzten freien Platz.

Patrick läutete die Glocke, und Pfarrer Josef Aigner mit Ministrantinnen und Ministranten betrat das Kirchenschiff. Walli schloss ihre Augen. Dass sie noch hier war, machte sie vor allem Lena zuliebe. Ihre Gedanken kreisten nämlich jetzt um ganz anderes: diesen überheblichen Winkelbauer.

In welchem Verhältnis standen er und Waldstetten eigentlich zueinander? Was verursachte den Konflikt zwischen dem Zementwerk und dem Besitzer des Karpfenteichs? Stöger hatte im Werk gearbeitet, und Alice hatte im Wirtshaus mit toten Karpfen auch nach Waldstetten geworfen.

Jetzt waren beide tot.

Was sagte Grubinger eigentlich dazu? Wo blieb er heute?

Walli drehte sich suchend um und sah ins ernste Gesicht des Polizisten.

13. KAPITEL

Sie hatten sichtlich im selben Moment das Gleiche gedacht, überlegte Walli Winzer, als Sepp Grubinger seiner Frau etwas ins Ohr flüsterte. Resi Grubinger nickte ruhig, ohne ihn dabei anzusehen, daraufhin verließ er die Kirche. Walli folgte ihm still und unauffällig. Der Dorfpolizist wartete bereits auf dem Pfarrplatz auf sie, tat jedoch so, als läge es im Bereich des Möglichen, dass er auch rein zufällig am Sonntagvormittag mitten auf dem Platz auf und ab ginge. Seine Unbeholfenheit interessierte Walli Winzer nicht und so marschierte sie forschen Schritts auf den Dorfpolizisten zu. Betont ruhig tat er im ersten Moment so, als würde er das Geklapper von Wallis Schuhen nicht hören. Er wollte weder aufdringlich wirken noch ihr seine Gegenwart aufzwingen. Sepp Grubinger gab ihr die Möglichkeit, das Gespräch mit ihm zu suchen oder eben nicht.

Mit ihren High Heels verursachte Walli auf dem Kopfsteinpflaster einen Höllenlärm und optisch bot sie dazu einen wenig eleganten Eindruck. Sie bewegte sich reichlich gestelzt dahin, da sie ständig darauf bedacht war, nicht in einer der kleinen Rillen einzuknicken oder darin hängen zu bleiben. Erst als sie fast vor ihm stand, wandte sich Grubinger der PR-Lady zu.

»Hallo, Grubinger. Schönes Spätsommerwetter heute, nicht? Sonnig und mild. Ich habe ja eigentlich gehofft, Sie hier zu treffen. Wie geht's mit der Arbeit voran?«

»Die ersten Obduktionsergebnisse liegen jetzt vor. Also

der Stöger wurde erschlagen. Mit einem abgerundeten, harten Gegenstand.«

»Einem Ast oder einem Metallgegenstand?«

»Die Gerichtsmedizinerin meinte, für einen Metallgegenstand seien die Wundkanten nicht scharf genug. Und für einen Astschlag fehlten Spanteile in der Wunde.«

»Da bleiben dann ja nur noch Kunststoff oder Glas übrig?«

»Und Glas scheidet ebenso definitiv aus, da sich auch keine Glaspartikel erkennen lassen.«

»Und wie soll das mit einem Kunststoffteil gehen? Hat man etwas Brauchbares in der Nähe gefunden, was darauf schließen lässt?«

»Nein. Bisher gibt es noch keine Anhaltspunkte.«

»Aber ich habe gedacht, die Polizei ermittelt mit hoch entwickelten Suchmethoden und speziellen Labors, wodurch sich die Aufklärungen fast von allein erledigen?«, zeigte sich Walli erstaunt.

»Liebe Frau Winzer, ich glaube, Sie schauen zu viele TV-Serien. Aber das sind eben Geschichten, die mit der Realität oft nur wenig zu tun haben.«

»Na gut, Grubinger, aber es kann ja darin nicht alles erfunden sein, und langsam müssen doch auch solche Techniken in Österreich angekommen sein.«

»Sind sie auch. Trotzdem ersetzt das nicht die klassische Ermittlungsarbeit. Und da stehen wir erst am Anfang.«

»Sagen Sie, wollen Sie sich da drinnen noch weiter erleuchten lassen, oder gehen Sie mit mir einen heben?«, fragte Walli Winzer entschieden, weil sie Sepp Grubinger erst gar keine Wahl lassen wollte.

Grubinger hasste solch einen bestimmenden Tonfall. So etwas brachte ihn in Gegenwart von Bezirksinspektor

Adi Platzer regelrecht in schlechte Stimmung. Dass Chefs immer glaubten, mit einem markigen Befehl mehr zu erreichen als mit einer klaren Botschaft in sachlicher Tonlage. War eh klar, dass man den Auftrag würde ausführen, aber warum mit solchem Nachdruck? Vielleicht waren solche Leute gar nicht so selbstsicher, wie sie vorgaben? Die Chefs. Sonst müssten sie nicht befehlen, sondern wüssten, dass ihre Mitarbeiterinnen und Mitarbeiter sowieso auf Hinweise, die sie ihnen geben würden, angewiesen waren. Also hörten sie ihnen sowieso zu. Und in Wien war die Winzer ja auch so eine, die den Ton angab. Aber Sepp Grubinger war eben bei der Polizei und nicht im sozialen Dienst tätig. Dort würde man zu Menschen möglicherweise nicht so schroff sein. Obwohl er auch hier im Ort mit allen umsichtig umging. Um Verbrechen möglichst schon im Vorhinein zu verhindern. Deshalb sprach er anders als der Platzer mit den Bewohnern. Fürsorglicher. Freundschaftlicher. Er kannte sie doch alle, interessierte sich für sie. Wieso sollte er sie dann mit forschem Tonfall befragen? So wie er das tat, erzählten sie ihm eindeutig mehr. Mehr Details. Weil sie keine Angst vor ihm hatten. Weil er einer von ihnen war. Noch bevor Sepp Grubinger etwas darauf antworten konnte, fügte Walli Winzer in einer sonst ihm eigenen sanften Stimme hinzu: »Ich würde mich darüber freuen, wenn ich beim Hannes nicht allein an der Theke herumlehnen müsste. Ich warte nämlich auf die Breiteneckers. Die kommen später zum Aperitif ins Dorfwirtshaus, und dann fahren wir gemeinsam zu ihnen zum Mittagessen nach Hause.«

Sie hatte ihm den Wind aus den Segeln genommen. Es überraschte ihn, dass sie anfing, seine Gedanken erraten zu wollen. Oder sich zumindest mit ihnen befasste. Er schätzte diesen Versuch. Nur wenige bemühten sich diesbezüglich.

Er nickte, und sie gingen ein Stück bergauf, zum Eingang des Wirtshauses. Es war noch wenig los, deshalb fanden sie schnell Platz.

»Schon seltsam, dass an einem Tag zwei Morde passieren?«, stellte Walli Winzer eher mehr für sich fest und sprach es nur deshalb laut aus, um das Gespräch mit dem Dorfinspektor erneut in Gang zu setzen.

»Aussuchen kann man sich das nicht. Jahrelang hat es nichts in diese Richtung in Großlichten und Umgebung gegeben. Alles war ruhig gewesen.«

»Na ja, vielleicht hängt das doch mit uns Zuagreisten zusammen, die die Unruhe in den Ort mitbringen?«, meinte Walli Winzer. Eigentlich stellte sie es eher mit einer gewissen Unbekümmertheit fest. »Zumindest das alte Gefüge wird dadurch schon ein bissl durcheinandergebracht. Oder?«

Grubinger überlegte genau, was er sagen sollte. Denn das, was Walli Winzer eben angeführt hatte, war genau seine Erklärung zu Hause bei der Resi dafür gewesen, dass er mehr Arbeit hatte als die Jahre zuvor. Und das wiederum, das musste er ehrlich zugeben, machte ihm oft weniger Spaß als früher. Aber er musste es wohl oder übel als Segen ansehen, dass sich in letzter Zeit in Großlichten etwas für die Polizeistatistik tat. Auch, wenn es gleich etwas so Dramatisches war.

Mit der Winzer jetzt darüber zu sprechen, tat ihm ganz gut. An ihre Affektiertheit würde er sich zwar nie ganz gewöhnen, doch sie hatte nicht diese herablassende Art wie andere Städter. Das konnte er nämlich überhaupt nicht leiden. Allerdings dieses Überkandidelte, mit dem die Winzer die neueste und teuerste Mode ausführte, empfand Grubinger als ziemlich übertrieben. Dabei fand er sie eigentlich gar nicht so unhübsch, sie hatte das gar nicht nötig. Aber was wusste er schon von den Stadtmenschen. Nur so viel, dass er das alles nicht brauchte! Er war froh, dass seine Resi nicht solche Modeflausen im Kopf hatte. Sie gefiel ihm, so wie sie war. Und vor allem: dass sie dadurch seine Geldbörse schonte.

»Ja, es ist schon so, dass vieles nicht mehr so ist wie früher«, formulierte es Sepp Grubinger knapp.

»Aber schauen S', es würde hier sonst kaum noch Arbeitsplätze geben, wenn's nicht den Reiterhof, dem Hannes seine Haubenküche mit den Gästezimmern oder das Zementwerk gäbe.«

»Ja, es gibt auch noch die Karpfenteiche und Gott sei Dank einiges andere mehr. Es müssen sich halt alle erst an ein neues Miteinander gewöhnen. Aber darum geht's mir jetzt nicht so«, gab er sich besorgt.

»Sie denken an die Täter, stimmt's?« Walli Winzer setzte sich zeitgleich auf einen der Barhocker und winkte dem Kellner. »Für mich einen trockenen Martini. Aber bitte den echten. Und geschüttelt, nicht gerührt!«

Alle lachten.

»Na, da schauen Sie? James Bond lässt grüßen«, grinste Walli Winzer. »Zum Auftakt unserer Ermittlungen brauchen wir in der Tat einen kleinen Spirit.«

Grubinger schmunzelte gelöst. Er war erleichtert, dass Walli Winzer ihn auch diesmal bei seinen Ermittlungen nicht im Stich lassen würde. Obwohl er das sicher nie zugeben würde. Ihre Offenheit und ihr ungewöhnlicher Umgang mit den Gegebenheiten waren eindeutig anders, als er es auf der Polizeischule gelernt hatte. Manchmal war er sogar schockiert darüber! Außerdem beobachtete und entlockte sie den Leuten manchmal anderes, als er es wiederum konnte.

»Und mir bring bitte a großes Bier«, legte er nach.

»Dabei trinkt James Bond seinen Martini ja mit Wodka, wie man das im Film so macht. Aber das Original besteht aus zwei Teilen Gin, einem Teil Wermut. Außerdem wird er in der Regel gerührt und nicht geschüttelt.«

»Und was macht da den Unterschied?«, fragte Grubinger.

»Schüttelt man Martini im Cocktail-Shaker, wird er durch das Crushed Ice zwar schneller kalt, aber im Glas bleibt er zunächst trüb. Erst langsam klärt sich der Drink. Erinnert jetzt doch irgendwie auch an unsere ungelösten Mordfälle«, freute sich Walli über ihren Einfall. »Übrigens toll, dass der Kleine das schon weiß«, blickte sie dem jungen Kellner interessiert nach.

»Was mich irritiert, ist, dass die Tatwaffen bisher nicht gefunden werden konnten. Beide wurden erschlagen und danach in eine höchst ungewöhnliche Position gebracht.«

»Hm. Na gut, diese Alice Mittner war eine nicht gerade einfache Zeitgenossin, aber wer könnte Interesse haben, sie aus dem Weg zu räumen?«

»Das ist eben die Frage. Auch der Stöger Franz konnte eine ganz schöne Nervensäge sein, und seine letzte Aktion war bestimmt nicht ohne. Aber ein wirklich unguter Kerl, dem man den Tod wünscht, war er nicht.«

Inzwischen kamen Martini und Bier. Letzteres eindeutig geschüttelt und nicht gerührt. Der junge Kellner grinste, als Walli bestätigend nickte. Obwohl beides von der klassischen Etikette her nicht dazu einlud, hob Walli ihr Glas und stieß mit Grubingers Bierglas volltönend an. Der erste Schluck entspannte beide sichtlich.

»Wissen Sie, manchmal regt mich so ein kleiner Schluck auf besondere Weise zu neuen Sichtweisen an.«

»So? Ich darf das nicht laut sagen, aber wenn ich ratlos bin, gibt's nach einem Bier auch meist mehrere Perspektiven. Aber das geht natürlich nicht im Dienst. In diesem Sinne: Prost!«

»Also nochmals: Worin ähneln sich die Fälle Mittner und Stöger noch? Sie war Umweltprojektleiterin, die hier einige Zeit verbringen wollte, und er arbeitete im Zementwerk, das ihn vor wenigen Tagen gefeuert hatte.«

»Mir kam es damals bei der Party vom Hannes seltsam vor, dass das keinen seiner ehemaligen Kollegen wirklich kümmerte.«

»Na, da finde ich nichts Besonders daran. Es dürfte so eine Eigenart von Menschen sein, dass in dem Moment, wo einer aus einer Gruppe ausscheidet, er eben nicht mehr dabei ist. Und es ist zwar traurig, wenn einer seinen Job verliert, aber jeder ist froh, dass nicht er es war«, erklärte Grubinger.

»Ja, da gibt es noch viel verhaltensmäßige Prägung aus der Steinzeit in uns, die unser Zusammenleben heute mehr hindert als fördert.«

»Ja, und dass der Stöger dann auch noch beim Kartenspiel gewonnen hat, hat vielleicht noch bei den Letzten die Sicherungen durchknallen lassen.« Grubinger zog einen kräftigen Schluck.

»Aber seine ehemaligen Kollegen waren nicht die Einzigen: An dem Abend hat er ja mit fast allen angedreht. Da waren auch die Exfreundin und ihr Verehrer, sein Exboss, diese Anwalts-Clique und eben diese Alice.«

»Mit ihrer Freundin, die sich darüber auch nicht gerade erfreut gezeigt hatte«, schärfte der Polizist nach.

»Was soll denn die Anna Szabo damit zu tun haben?«, zeigte sich Walli Winzer erstaunt.

»Es war ja kein Geheimnis, dass die … also, dass die beiden … ähm, wie soll ich sagen … dass sie zwei …«

»Also Grubinger, ist Ihnen in Ihrem Leben noch nie ein Frauenpaar untergekommen?«, fragte Walli nach dessen Herumdruckserei genervt.

»Ehrlich gesagt: nein. Und was ich da mit der Alice Mittner und der Anna Szabo so miterlebt habe, kann ich mir nicht vorstellen, dass ich mir das für irgendwen in der Umgebung wünschen oder auch nur vorstellen könnte.«

»Also Grubinger, hören S'! Kommen S' im Heute an! Oder tickt bei Ihnen auch noch so etwas wie die Urkeule der Neandertaler?«

Auf Sepp Grubingers Gesichtszügen breitete sich eine gewisse Anspannung aus. Das musste er sich wirklich nicht sagen lassen. Er war ja dazu da, die Leute im Dorf zu beschützen. »Ich glaube, so etwas ist nichts fürs Land. Die fangen da vielleicht noch an, unsere Kinder zu verführen.«

»Jetzt hören S' aber auf, bevor ich böse werde. Ich habe noch von keinem oder keiner gehört, dass er oder sie von jemand Gleichgeschlechtlichem verführt und festgehalten wurde. Wenn jemand nicht will, dann löst er die Beziehung ganz einfach wieder und hat eine Erfahrung gemacht.«

»Ganz einfach! Na, Sie sind gut. Und wie geht's den Eltern und der Familie, wenn die Nachbarn und die ganze Gemeinde das wissen?«

»Grubinger, dann wär's zum Beispiel auch an Ihnen als Person der Öffentlichkeit, zu einem entspannten und fürsorglichen Klima im Ort beizutragen.«

»Super, so etwas immer nur von anderen zu erwarten und selbst nichts zu machen«, fühlte sich Sepp Grubinger von Walli Winzer emotional ins Eck gedrängt.

Walli schüttelte sanft den Kopf. »Grubinger, meine engste Mitarbeiterin und mein engster Mitarbeiter, und ich kann mir keine besseren vorstellen, sind beide homosexuell. Ich kann Ihnen versichern, es ist nicht ansteckend, und ich bin meilenweit davon entfernt.«

Dem Polizisten war das Gespräch darüber sehr unangenehm geworden, weshalb er das Thema wieder zum Ausgangspunkt zurückführte. »Trotzdem müssen wir auch die … also die Lebensgefährtin zum Tatzeitpunkt vernehmen. In der Beziehung war nämlich, wie Sie das nennen würden, meiner Einschätzung nach auch der Wurm drin.«

»Tun Sie, was Sie für richtig halten. Man kann Menschen aber auch unnötig das Leben schwer machen. Jetzt, wo sie sowieso in Trauer ist.«

»Falls sie es ist«, ließ er nicht locker.

»Mein Instinkt sagt mir eher, dass da irgendetwas mit dem Zementwerk nicht stimmt.«

»Das schaue ich mir auch noch genauer an.«

»Und dann gibt's ebenso diesen Anwalt Winkelbauer und den Karpfenteichbesitzer. Warum hatten die sich in einem Hinterzimmer des Wirtshauses mit dem Bürgermeister getroffen? Und dann dieser Eklat. Das alles kommt mir seltsam vor.«

»Also wissen Sie, Frau Winzer, ich glaube, Sie müssen sich da gar nicht darum bemühen. Ich werde sowieso Kollegen anfordern, die mir bei meinen Ermittlungen helfen. Sie haben sicherlich anderes zu tun, denn die Morde sind ja meine Aufgabe.« Sepp Grubinger fühlte sich auf den Schlips getreten und war bemüht, vor Walli wieder seine Autorität und Kompetenz hervorzukehren.

Dieses hilflose Männergehabe war Walli Winzer von vielen beinharten Verhandlungen mit weit überlegeneren Verhandlungspartnern als Grubinger gewohnt. Da war es dann am besten, das Thema zu wechseln und dem Gegenüber ein neues Kompetenzfeld zu eröffnen. Walli entschied sich, das Gespräch mit einem harmlosen Small Talk über Bauerngärten ausklingen zu lassen. Zugegeben, kein sehr männlich dominiertes Thema, aber für sie war's auch nicht gerade eine Spielwiese.

Über Wallis Schwenk war Sepp Grubinger tatsächlich überrascht. Er hatte sein Krügel Bier inzwischen fast zur Gänze ausgetrunken und warf einige Gedanken ein, gab sich aber weitaus zurückhaltender als zuvor.

Walli merkte, dass er das vorherige Thema noch nicht abgeschlossen hatte.

Und das war gut so.

14. KAPITEL

»Danke, Frau Reisinger, dass Sie sich Zeit für mich genommen haben.«

»Ich habe eigentlich schon viel früher mit dir gerechnet.«

Die alte Frau hörte auf zu reden, wandte sich von der jungen Frau ab und stellte einen vollen Wasserkessel auf den Herd.

Obwohl es tagsüber noch nicht sehr kühl war, hatte sie ihren Holzofenherd auf kleine Flamme gestellt. Es war still. Nur die Schlurfgeräusche ihrer alten Filzpantoffel waren zu hören, wenn sie durch die Stube ging. Die Frau öffnete das Glasfenster ihrer weißen Küchenkredenz und nahm eine Dose mit Keksen heraus. Sie stellte sie auf den alten Küchentisch aus Fichtenholz, den sie mit einer kleinen Vase, in der sich ein Wiesenblumenstrauß befand, dekoriert hatte.

Gemächlich, als hätte sie noch keinen Besuch, holte sie zwei Teeschalen aus einem Kästchen, goss das heiße Wasser in eine Kanne und stellte beides neben die bereits beim Tisch wartende junge Frau.

Sie saß ruhig da und vermittelte den Eindruck, als stünde ihr in diesem Moment alle Zeit der Welt zur Verfügung. Sie beobachtete interessiert die Handlungen der alten Frau und blickte ihr, nachdem sie sich gesetzt hatte, offen und erwartungsvoll in die grauen, traurigen Augen.

Nach einer Weile hob Erna Reisinger ihre Tasse, nahm einen Schluck und umfasste sie auch mit der zweiten Hand. Es wirkte fast so, als müsste sie sich an irgendetwas festhalten. Und sei es an der vagen Hoffnung, durch das Enthüllen dieser Geschichte endlich Frieden unter alles zu bringen.

»Romy, du bist ein sauberes Mädl geworden«, versuchte Frau Reisinger die angespannte Stimmung aufzulockern.

Romy Steiner wusste, was sie damit meinte, ging aber nicht näher darauf ein, dass ihre Mädl-Zeiten bereits einige Jahre hinter ihr lagen. Sie hatte Erna Reisinger das letzte Mal vor vielen Jahren gesehen.

»Du hast mich oft mit deiner Mutter hier in meinem Wald

besucht. Ich freu mich immer, wenn meine Kinder zu mir kommen und ich dann sehen kann, was aus ihnen geworden ist. Und d' Maria, die hab i sehr gerne ghabt.«

Die Worte der alten Frau entlockten Romy Steiner ein bescheidenes Lächeln.

»Jetzt warst aber lange Zeit nicht in Großlichten«, setzte Erna Reisinger nach einer Weile fort.

»Ja, stimmt. Aber ich hab den Abstand ›braucht, eine Zeit lang nicht da zu sein«, erwiderte Romy Steiner.

»Und wie ist es jetzt für dich?«

»Ich weiß es selbst noch nicht so genau. Ich arbeite seit einigen Wochen beim Florian Wagner in der Gärtnerei.«

»Da bin i aber überrascht! Wie bist denn auf die Idee ›kommen?«

»Als Landschaftsarchitektin. Zumindest einige Zeit lang. Auf selbstständiger Basis. Und sonst helfe ich auch bei Gartenpflegearbeiten mit.«

»Ja, es gibt ja da die Wiener, die wahrscheinlich a bissl a Hilfe brauchen können.«

Romy nickte.

»Des is es aber net wirklich des gwesen, weshalb i wieder da bin.«

»I hab's mir schon dacht«, antwortete Erna Reisinger ernst.

»Wie die Mama vor ein paar Jahren so plötzlich gstorben ist, hat sie mir ins Kuvert von ihrem Testament auch einen Brief glegt, wo sie gschrieben hat, dass mein Vater nicht tot ist, sondern hier im Ort lebt. Und Sie sollten's wissen, wer's ist. Sie selber konnte es mir nicht sagen und auch nicht schreiben.«

Erna Reisinger überkam das Gefühl von schwerer Verantwortung. Sie blickte kurz zur Seite, ganz so, als würde sie erst nach den rechten Worten suchen. »Die arme Maria. Für sie war's wichtig, nicht mehr daran zu denken, denn geändert hätt's sowieso nix.«

Gefühlte Minuten der Stille.

»Ich hab daraufhin auf die Mama im Nachhinein so einen Zorn ›kriegt, dass ich Ihnen des gar net beschreiben kann. Mein ganzes Leben lang hat sie mich angeschwindelt. Mir alle möglichen und unmöglichen Geschichten über den angeblichen Tod von meinem Vater erzählt. Dabei lebt der da irgendwo. Und ich bin ihm vielleicht schon viele Male über den Weg gelaufen, ohne es zu wissen und ohne ihn zu erkennen.«

Erna Reisinger sah, wie sich die Augen der jungen Frau mit Tränen füllten. Romy versuchte, dagegen anzukämpfen, um weitersprechen zu können. Nach einer Weile ging's wieder.

»Warum hat sie das gemacht? Mir das geschrieben. Warum konnte sie das dann nicht einfach für sich behalten? So wie auch die vielen Jahre zuvor?«

Die alte Frau ließ Romy Steiner ihren Schmerz. Die Tränen wurden heftiger, und sie weinte infolge hemmungslos.

Die Erinnerung an Maria Steiners Unglück wurde auch bei Erna Reisinger wieder lebendig. Nachdenklich und besonnen versuchte sie die Situation zu begleiten. »Deine Mutter ist damals, wie sie's erfahren hat, so wie du jetzt auch bei mir in der Küche gsessen und war erst einmal verzweifelt.«

Sie strich der jungen Gartenarchitektin sanft übers Haar. Die Anteilnahme und der Beistand beruhigten Romy Steiner. Sie bemerkte erst jetzt, dass die letzten Tage sie viel stärker mitgenommen hatten, als sie es für möglich gehalten hätte. Sie öffnete ihre Umhängetasche und holte ein Taschentuch hervor.

Stille.

»Warum hat sie mir nie die Wahrheit erzählt? Und warum sollte ich sie erst nach ihrem Tod erfahren?«

»Manchmal gibt's Erlebnisse, an die man sich besser nicht mehr erinnern möchte.«

Romy verstand nichts.

»Vor allem nicht, wenn dann daraus ein Mensch entsteht, den man liebt und der ein Teil von einem selbst ist. Den anderen Teil versucht man dann durch Erziehung wettzumachen.«

»Was soll das wieder heißen? Mir wird das ja richtig unheimlich!«

»Deine Mutter kann für die Situation nichts. Sie hat genug gelitten. Damals – und leider später auch.«

Romy Steiners Gesichtszüge spannten sich voll Erwartung an. Sie versuchte, sich seelisch auf ein schmerzliches Geheimnis vorzubereiten. Erna Reisinger beschloss, nicht weiter herumzureden, sondern die Situation beim Namen zu nennen: »Deine Mutter wurde vergewaltigt.«

Beide Frauen schauten einander eindringlich an, ohne ein weiteres Wort zu sagen.

Romy blieb wider Erwarten ruhig. So, als würde sie immer noch auf die Antwort warten.

Die alte Frau streckte ihre Hand nach der jüngeren aus. Sie griff nach ihrer Schulter. Doch es war, als würde sie ein lebloses Stück Holz berühren. Romy hielt ihren Körper fest angespannt. Als könnte sie alles, was sie gehört hatte, wieder ungehört machen. An ihr abprallen lassen. Wie an einem Panzer, den sie sich im Laufe der Zeit umgelegt hatte, um sich vor den unerwarteten Angriffen des Lebens zu schützen. Vor den vielen Erniedrigungen, die sie seit ihrer Kindheit hatte über sich ergehen lassen müssen.

In Großlichten, in Wien.

Sitzen.

Einfach nur sitzen.

Still sitzen.

Wie beim Yoga.

Eine Welt um sich herum aufbauen, zu der in diesem Moment niemand anderer Zutritt erhielt. Die nur die ihre war. Worin sie alles Schöne festhielt. Alles, was ihr Leben bereicherte. Sie beglückte. Gefühle, Gedanken, Erinnerungen. Eine Festung, in der sie ihren inneren Reichtum, den Schatz ihres Lebens aufbewahrte. Einen Schatz, der sich durch Erfahrungen, Erkenntnisse und Handlungen ständig vermehrte. Einen Schatz, dessen Fülle zu spüren, sie glücklich machte.

Sie verstand es, nur nach und nach, in kleinen Dosen, jenes unausweichliche Gift des Alltags hereinzulassen, das sich mit den Momenten des Glücks in ihrer Erinnerung letztlich zu verwässern begann. Das Toxische dieser unwillkommenen Mischung lähmte sie nicht. Vielmehr löste sie sich in Verbindung mit Musik, Natur und Literatur, die Romy liebte, in ein diffuses Gebilde auf, das sie durch einen Atemstoß wieder loszuwerden verstand. Ein kraftvoller Schwung, der schließlich jenen, die das verursachten, und allen anderen, die mitmachten, die Luft zum Atmen nehmen sollte. Ihnen einmal kräftig um die Ohren pfiff. Sie plätten sollte. Und um jene, die das anging, wollte sie sich nicht mehr kümmern. Nie wieder kümmern.

Sie ignorieren.

Sie einfach vergessen!

Erna Reisinger war inzwischen aufgestanden. Sie war ans Fenster getreten und beobachtete ein Reh, wie es seelenruhig Gräser auf der vom Haus weiterführenden Waldlichtung genoss. Es war heller Tag. Und es wunderte sie, was sie sah. Rehe begaben sich üblicherweise nur während der Dämmerung auf Futtersuche außerhalb des Waldes. Doch dieses Tier fühlte sich wohl und sicher. Frau Reisinger lächelte. Der Ort verströmte offensichtlich trotz der derzeit bedrückenden Stimmung im Haus Zuversicht. Es war Ernas kleine Welt, deren Spielregeln sie selbst festlegte. Abseits vom Dorfleben. Hier würde Leben immer beschützt werden. Und das bliebe auch, solange sie hier wohnte. Niemand wurde verfolgt, es gab nur Schutz. Für Menschen und für Tiere.

»Ich bin also das Kind aus einer Vergewaltigung? Das ist es, was Sie mir sagen sollten?« Romy stützte ihren Kopf mit den Händen und vergrub ihr Gesicht darin. Minuten waren ohne Worte vergangen. Romy Steiner konnte sich nur langsam aus ihrer Versteinerung lösen. Sie wandte sich Frau Reisinger zu und sah sie so zweifelnd an, als könnte sich dadurch irgendein Umstand ereignen, der den vorherigen Worten ihre Bedeutung nahm.

Die alte Frau setzte sich wieder an den Tisch. Romy gegenüber. Aus ihrem nach hinten gekämmten schlohweißen Haar hatte sich in der Zwischenzeit eine Strähne herausgelöst und war ihr ins Gesicht gefallen. Sie schien es nicht bemerkt zu haben, da sie keine Anstalten machte, sie aus der Stirn zu streichen.

»Deine Mutter hat dich von Anfang an geliebt. Du warst das Zentrum ihres Lebens.«

»Wie sollte das möglich sein?«

Erna Reisinger argumentierte vorerst ins Leere. Sie fühlte den großen Schmerz, der Romy Steiner überwältigte. »Sagen Sie mir wie? Unter diesen Umständen? Wie sollte so etwas gehen?«

»Maria Steiner hatte es geschafft, weil sie in ihrem Innersten gespürt hat, dass du auf die Welt kommen wolltest. Und dass du ihr Leben bereichern würdest.«

Romy entgegnete schroff: »Das klingt ja geradezu pastoral, was Sie mir da sagen. Aber das interessiert mich jetzt nicht. Ich will wissen, wie es dazu kommen konnte. Wer trägt dafür die Verantwortung?« Voller Verachtung blickte sie der Hebamme in die Augen. Sie stand auf und ging nervös in der Küche einige Schritte auf und ab. Die Antwort abwartend lehnte sie sich schließlich an die Seitenwand der Kredenz.

»Ich habe in meinem Leben so viele Kinder auf die Welt gebracht, aber du warst mir sofort besonders nah. Ich weiß nicht, woran das gelegen hatte, aber es war etwas in deiner Ausstrahlung, das mich gefangen nahm. Ich habe dich sofort in mein Herz geschlossen. Deine Mutter musste übrigens auch nicht lange auf dich warten. Du warst eine leichte Geburt.«

»Ja, so leicht, dass ich später zu einer Cousine meiner Mutter und deren Mann abgeschoben wurde und später ins Internat.«

»Das war doch nicht anders möglich und durchaus üblich. Deine Mutter musste dich allein großziehen. Wie sollte sie denn für dich sorgen, wenn sie den ganzen Tag über arbeiten musste? Damals ein lediges Kind in Kost und Logis zu einer Verwandten zu geben, war für eine Alleinerziehende nichts Ungewöhnliches. Ich habe deiner Mutter später geholfen, deinen Vater zu Zahlungen zu bewegen. Auch wenn er sich nie offiziell zu dir bekannt hatte. Ich machte Druck, und Maria verwendete die im Geheimen überwiesenen Alimente für dein Internat. Sie wollte dir die besten Möglichkeiten für dein Leben mitgeben.«

Romy schloss die Augen und verschränkte die Arme. Sie erinnerte sich an die ständige Geschäftigkeit ihrer Mutter, ihre Ruhelosigkeit als Landarbeiterin, die gerade dort Arbeit erhielt, wo es welche gab. Ungeschützt. Von Sozialleistungen ausgeschlossen. Von der Willkür der Vorgesetzten abhängig. Die meisten Frauen im Waldviertel, aber nicht nur da, waren damals Hausfrauen oder Bäuerinnen gewesen. Jedenfalls blieben sie zu Hause. Ihre Mutter zählte zu jenen, die regelmäßig draußen, außer Haus, bei anderen arbeiten mussten. So war Romy auch während der Sommerferien oft allein zu Hause. Allein in Großlichten.

Sie hatte später ihre Mutter immer bewundert, wie sie das alles geschafft hatte. Allein. Ohne Mann.

Ihre regelmäßigen Besuche bei der Tochter im Internat und ihre Warmherzigkeit, mit der sie Romy ihr Leben lang begleitete, spürte sie in diesem Moment innerlich wieder aufsteigen. Meine Mutter, meine liebe, arme Mutter, flackerte es wie Blitzlichter in ihren Gedanken auf. Tränen flossen über ihre Wangen.

»Wer war's?«, rang sie sich mit gedämpfter, zitternder Stimme ab.

Erna Reisinger drehte sich ganz langsam zu ihr um. Sie erzählte die genauen Ereignisse und nannte den Namen des Peinigers. Danach sah sie in das erschütterte Gesicht einer jungen Frau, die glaubte, nicht richtig begriffen zu haben.

Blackout.

Sie hatte ein Motorengeräusch gehört. Doch als sie aus dem Fenster sah, konnte sie niemanden sehen. Vielleicht hatte sie sich getäuscht. Oder hatte Romy etwas bei ihr vergessen? Nach einer Weile beschloss Erna Reisinger, nach draußen zu gehen, um nachzusehen. Sie öffnete die Haustüre und machte einige Schritte in den an manchen Stellen mit weichem Moos bewachsenen vorderen Bereich des Rasens. Sie atmete die milde Waldluft tief ein, die nach Fichtennadeln und Baumharz roch. Sie war froh, dass sie seinerzeit beschlossen hatte, sich hier im Wald anzusiedeln. Weit weg vom Unfrieden, den ein Dorf mit sich bringen konnte. Hier war sie allein, nur im Schutz der hohen und dichten Bäume rund um sie herum. Freunde und Bekannte besuchten sie täglich. Und solche kamen, die mehr über ihr spezielles Kräuterwissen, um Wunden und Krankheiten zu heilen, erfahren wollten. Erna Reisinger war nicht nur Hebamme gewesen. Sie würde sich selbst als moderne Hexe bezeichnen.

Sie dachte wieder an Romy. Hätte sie die Identität ihres Vaters weiterhin verschleiern sollen? Ihr weiter die Illusion vom verstorbenen Supervater, den sie sich ihr Leben lang in der Fantasie ausgemalt hatte, belassen sollen? Eine schwere Entscheidung. Aber Maria wollte es so. Sie kannte ihre Tochter besser, als es ihr jemals würde möglich sein. Die alte Frau hoffte nur, dass dadurch keine bösen Geister wachgerufen wurden. Welche, die die Vergangenheit nicht würden ruhen lassen, sondern deren Schatten in der Gegenwart weiter sichtbar waren.

Sie lauschte.

Nichts.

Also musste sie sich getäuscht haben. Vielleicht war es bloß jemand in der Ferne, irgendwo weiter weg. Der Wind hatte das nahe Geräusch zu ihr hergebracht.

Gerade als Erna Reisinger zurück ins Haus gehen wollte, trippelte ihre schwarz-weiß gefleckte Katze aus dem Hühnerstall heraus und strich um ihre Beine. Sie bückte sich nach ihr und streichelte den jungen schlanken Katzenkörper bis zum Schweif.

»Guter Mambo, brave Katze«, flüsterte sie liebevoll.

Die Katze genoss diese Liebesbezeigungen, hielt aber plötzlich inne und versteckte sich blitzartig hinter dem Holzstoß an der Hauswand. Als Erna Reisinger sich umdrehte, um nach dem Grund für Mambos Erschrecken zu schauen, traf sie unvorbereitet ein massiver Schlag im Gesicht. Völlig benommen von der Wucht, fiel sie zu Boden. Ihre Schulter schmerzte. Sie lag seitlich und hatte ihre Brille verloren. Sie konnte nur noch Umrisse erkennen. Schemenhaftes.

Ach, dieser Schmerz! Blut floss ihr aus der Nase. Sie war sicher gebrochen, befürchtete sie. Doch sie wollte sie nicht berühren. Nur sich schützen. Schnell! Ihr Gesicht bedecken. Die Hände davorhalten. Um nicht –

Im selben Moment traf sie ein heftiger Tritt in die Magengegend. Ein stechender Schmerz. Sie schrie auf. War denn wirklich niemand da, der sie hören konnte? Der nicht die Ursache dieser verzweifelten Schreie, die durch den Wald hallten, ergründen wollte?

Weiße kleine Punkte blitzten vor ihren Augen. Sie spürte, dass sie einer Ohnmacht nahe war. Wenn es kein Entkommen gab, war das zumindest die Lösung. Eine Lösung, nach der sie nur wenig würde mitbekommen müssen. Von diesem Überfall. Von diesem Mord?

Benommen erkannte sie die dunklen Beine einer Hose. Er hielt kurz inne. Warum? Wollte er, dass sie nicht ohnmächtig wurde? Wer war er? Und warum war er zu ihr gekommen?

Seine Stimme! Sie wollte sich auf seine Stimme konzentrieren. Auf die Art, wie er etwas sagen würde. Aber er blieb stumm. Sprach kein Wort. Sie bewegte sich leicht. Öffnete ihre gekrümmte Seite. Sie wollte sein Gesicht sehen. In diesem Moment setzte er zu einem Schlag mit einem harten Gegenstand an. Er traf zuerst die schützenden Hände der alten Frau, danach ihren Kopf. Danach spürte Erna Reisinger nichts mehr.

15. KAPITEL

Die Kirchenglocken läuteten noch, als Lena samt Familie im Dorfwirtshaus ankam. Sie hatte Walli versprochen, nach dem Kirchgang dorthin zu kommen. Einige Großlichtener hielten die Tradition hoch, nach der Messe einen zu heben. Man erfuhr so ein paar Neuigkeiten oder spielte am Stammtisch Karten. Lange schon ging Lena nicht mehr regelmäßig zur Sonntagsmesse, anders als in ihrer Kindheit. Aber nachdem sie mit Mizzi Troger und anderen Frauen aus dem Dorf das Pfarrfest vorbereitet hatte, ließ sie sich wieder einmal dazu bewegen. Auf halbem Weg über den Hauptplatz traf sie Resi Grubinger. Sie war dabei, ihren

Mann aus dem Wirtshaus abzuholen. Den Schweinsbraten mit Waldviertler Knödeln und Kraut hatte sie bereits am Vorabend gekocht und brauchte ihn für heute nur noch aufzuwärmen, erzählte sie auf dem kurzen Weg.

Walli Winzer und Sepp Grubinger sprachen noch eifrig über Bauerngärten, als sie die ihnen vertraute Gruppe ins Wirtshaus kommen sahen.

»Na, wie schaut's bei euch aus? Fall gelöst?« Lena versuchte, sich mehr small-talk-mäßig als wirklich interessiert in das Gesprächsthema der beiden einzuklinken.

»Na ja, wir sind zwar jetzt schon bei der Planung von Bauerngärten gelandet, haben aber vorher gedanklich einige interessante Fakten zusammengetragen.«

»Zuerst brauchen wir eine Stärkung.«

Lena, ihr Mann Hans und die Kinder Lisa und Lukas bestellten jeweils etwas gegen den Durst. Mizzi Troger und ihre Tochter Sandra hingegen waren nur mitgekommen, um sich auch gleich wieder zu verabschieden.

»Mein Mann wartet zu Hause, und ich muss noch das Mittagessen fertig kochen«, entschuldigte sich die Obfrau des Dorfverschönerungsvereins und zugleich ursprüngliche Besitzerin von Walli Winzers Kater Filou. Sie hatte die Idee gehabt, Walli das Haustier als Einstand in ihrem alten Schulhaus vorbeizubringen. Immerhin trieb sich der Kater sowieso gern dort herum. Er stammte aus dem jüngsten Wurf ihrer Katze Minki. Er war in der Regel ruhig und überlegt, somit das ideale Gegenstück zur quirligen Walli.

Was anfänglich gar nicht danach ausgesehen hatte, entwickelte sich schon nach wenigen Wochen zu einer innigen Freundschaft. Walli und Filou waren wie füreinander geschaffen. Sie selbst hatte mittlerweile den Eindruck, dass ihr Kater mehr über sie wusste als sie selbst. Er half ihr nicht nur bei der Lösung des letzten Falls in Großlichten, in den Walli unfreiwillig hineingeschlittert war, sondern sorgte mittlerweile oft für Entspannung. Wobei das mit dem Kater auch so eine Sache war. Denn eine Katze blieb eben doch Katze. Und da konnte Walli machen, was sie wollte, Filou hatte seinen eigenen Kopf. Selten machte er, was sie von ihm wünschte. Das ärgerte sie zeitweise sehr. Seine Geschicklichkeit, was ihr teures Wohnmobiliar betraf, ließ auch manchmal zu wünschen übrig. Walli hatte schon überlegt, eine eigene Katzenversicherung abzuschließen, um seinem zeitweise wilden Jagdtreiben entspannter zusehen zu können. Aber was sollte es? Er sorgte für jene Lebendigkeit, die ihr in dem Sabbatical von ihrer Wiener PR-Agentur doch ein wenig fehlte. Großlichten lag für sie doch irgendwie am A… der Welt. Also abseits vom großen Weltgetriebe.

Mizzi Troger meldete sich wieder zu Wort. Sandra und sie interessierten sich für den Ermittlungsstand in beiden Mordfällen.

»Ich kann und darf nix sagen«, erklärte Dorfpolizist Grubinger schroff.

»Das ist aber wirklich fad, Herr Grubinger«, sagte Lisa. »Die Bevölkerung kann doch bei der Suche nach den Mördern mithelfen und darf nicht blöd gehalten werden.«

»Könnt ihr ja auch, aber nicht mit Detailwissen, das ihr von mir habt. Das ist nämlich etwas ganz anderes. Sonst ist der oder die Mörder, wenn wir es mit mehreren zu tun haben, am Ende noch gewarnt. Und das wollen wir bei der Polizei nicht.«

»Aber uns können Sie doch was sagen«, bettelten die Teenager Lisa und Sandra. Sie waren beste Freundinnen, gingen gemeinsam zur Schule und teilten eine gewisse Neigung zum Konspirativen, das sie allerdings auch gut zu entflechten verstanden. Zumindest hatten sie schon einige Erfahrungen gemacht, was das Aufdecken von schulinternen Intrigen betraf, und hatten mitgeholfen, den Pferdemörder vom Reiterhof zu stellen. Eines wussten beide daher: Das Leben war definitiv kein Ponyhof.

»Also irgendetwas wollen wir schon von Ihnen hören. Sonst wäre das echt gemein. Wie sollen wir sonst unseren Spürsinn weiter ausbauen und später vielleicht einmal zur Polizei gehen?«

Sepp Grubinger seufzte und schaute Lena an. Sie grinste und nickte bestätigend. Grubinger wusste jetzt, dass er in dieser Runde keine Unterstützung für seine redlich gemeinte Arbeitsethik finden würde. Sogar seine Resi warf ihm einen auffordernden Blick zu und meinte: »Sepp, irgendetwas wirst doch den Mädels und uns sagen dürfen. Zumindest das, was du mit der Frau Winzer auch besprochen hast.«

Walli presste ihre Lippen etwas missmutig zusammen. Sollte das etwa heißen, dass Resi Grubinger ihre Unterredung mit dem ermittelnden Polizisten von Großlichten als simples Damenkränzchen abstempelte? Also nicht ernst zu nehmend und daher an quengelige Teenager ruhig weitergebend? Walli Winzer rollte mit den Augen, was Frau Grubinger keineswegs verborgen blieb.

»Also du wirst doch was loslassen können. Es müssen ja keine Details sein. Aber ein paar Sachen, womit die Mädels etwas anfangen können. Worüber sie sich Gedanken machen dürfen«, bat Resi.

»Also gut. Meiner Meinung nach wird es sowieso wieder einmal auf den Klassiker hinauslaufen. Wie sagen wir von der Polizei: Mit an Sicherheit grenzender Wahrscheinlichkeit wird wie üblich eine Beziehungstat herauskommen. Das ist ja meistens so: der Nebenbuhler, der aus Eifersucht ausrastet. In den meisten Kriminalfällen findet sich der Täter im engsten Umfeld des Opfers.«

»Na, urarg«, entsetzte sich Lisa. »Das hätt ich nie gedacht.«

»Und ich hab immer gedacht, dass es jemand ist, der eben nix mit dem Opfer zu tun hat. Sonst tät er ihm ja auch nix an, weil er ihn ja kennt«, war auch Sandra über die Information des Polizisten überrascht.

»Schaut's, deshalb muss ich den Markus Strohmeier noch genauer unter die Lupe nehmen. Das soll aber nicht heißen, dass er automatisch mein Verdächtiger ist.«

»Und bei der Alice? Wer kann die auf dem Gewissen haben? Vielleicht auch der Strohmeier«, fragte Lisa weiter.

»Möglich wär's schon«, antwortete Grubinger. »Immerhin ist er sie genauso angegangen, wobei sie dann allerdings ganz schön ausgezuckt ist. Wenn er sowieso schon schlecht drauf war, kann ihn das zusätzlich provoziert haben.«

»Und dabei haben ihnen recht viele zugeschaut«, warf Walli Winzer ein. »Vielleicht wollte der Mörder, dass wir das alle denken und der Strohmeier Markus unter Verdacht kommt. Mir fällt aber auch ein, dass die Alice am Feldweg mit einem Mountainbiker gestritten hat, weil er sie fast niedergefahren hätte. In ihren Augen war er ein Gewalttäter gegen Schwächere. Und die mochte sie nicht. Sie wollte Anzeige gegen ihn erstatten.«

»Das finde ich auch gut, denn die bringen die Tiere im Wald in Gefahr und fahren sogar über sie drüber. Ich habe schon einige überfahrene Igel neben der Bikerroute liegen sehen. Und ihren Müll schmeißen sie einfach überall hin«, empörte sich Lisa.

»Und wir alle sagen dazu nichts, weil die den Tourismus ankurbeln und Geld bringen«, nahm Lena sich und alle Umstehenden in die Pflicht.

»Warte! Wohnt der Typ nicht sowieso beim Hannes im Gasthof?«, erinnerte sich Walli.

Sandra nahm das zum Auftrag und schwirrte los, um sofort Näheres beim jungen Kellner in Erfahrung zu bringen.

»Na, das nennt man ein engagiertes Rechercheteam, Grubinger«, lachte Walli Winzer.

Der Polizist grummelte und lächelte dabei.

»Was ist eigentlich mit ihrer Freundin, der Nichte von ihrer Nachbarin Karner? Die beiden haben ja, wie besprochen, auch nicht gerade das beste Einverständnis miteinander gehabt.«

»Wie meinen Sie das?«, fragte Walli.

»Damals, beim Fest vom Hannes, hat die Alice Mittner der aber ganz schön eingeschenkt. Irgendwann hat die vielleicht auch einmal genug davon gehabt.«

»Also, Grubinger, lassen Sie endlich ab oder geht die Fantasie mit Ihnen durch. Wie soll eine Frau eine andere Frau auf einen Baum ziehen können?«

»Das geht einfach. Mit Hebelwirkung. So hätte sie sie am Seil hochziehen können.«

»Hm«, kommentierte Walli Winzer den Gedanken. Ob sie ihn für plausibel hielt oder nicht, ließ sie damit offen.

Resi Grubinger und die Breiteneckers unterhielten sich inzwischen miteinander. Sie sprachen offensichtlich bereits über etwas ganz anderes. Hans Breitenecker lachte herzhaft und gluckste dabei: »Das kann natürlich immer vorkommen, dass einen das Glück verlässt.«

Nochmals auflachen.

Sandra war gerade von ihrer Erkundung zurückgekommen und erzählte aufgeregt: »Den gibt's hier nicht mehr. Der hat gestern Abend ausgecheckt.«

»Danke für die Mitteilung«, entgegnete Grubinger nachdenklich. War also doch eine gute Idee, nachzufragen. Diese Information wäre ihm sonst mit Sicherheit entgangen. Recht amtlich legte er fest, dass sein nächster Besuch den ehemaligen Kollegen und Mitarbeitern des Zementwerks gelten würde, in dem der Tote bis vor Kurzem gearbeitet hatte. Vielleicht könnte er dort mehr über die Vorkommnisse der letzten Monate erfahren. Er musste herausfinden, was die wirklichen Gründe für Stögers Kündigung gewesen waren.

Walli Winzers Gedanken ratterten. »Weshalb hat sich überhaupt der Geschäftsführer des Werks mit dem Karpfenteichbesitzer getroffen? Und zufälligerweise waren der Anwalt und der Bürgermeister auch dabei?«, fragte sie Grubinger.

Lena hörte nur das Wort »Bürgermeister« und ihr Interesse galt sofort wieder der nebenstehenden Gesprächsgruppe. »Seid's ihr noch immer bei euren Mordfällen? Und jetzt ist der Bürgermeister auch schon ein Tatverdächtiger?«

»Geh, Mama, nur weil du ewig mit dem im Clinch liegst, kannst ihn doch nicht gleich zum Mörder machen«, amüsierte sich Lisa über ihre Mutter.

Etwas unüberlegt erwiderte Lena: »Wenigstens wäre er dann endlich ein für alle Mal aus dem Verkehr gezogen.«

»Das musst du dann schon anders machen, wenn du das wirklich möchtest«, ermahnte Walli ihre ehemalige Schulkollegin.

»Ist ja einfach nur blöd vor mir hingesagt. Aber irgendwie möchte ich mir in diese Richtung wirklich etwas einfallen lassen. Jetzt, wo unser Projekt mit dem Elektroauto für die Frauen in der Gemeinde so toll ankommt und er es mit allen Mitteln verhindern wollte. Er hält immer nur zu den Reichen und Einflussreichen«, ärgerte sich Lena.

»Mach's auf demokratischem Weg. Wähl ihn einfach ab«, stachelte Walli ihre Freundin an.

»Vielleicht. Aber das ist Zukunftsmusik. Nix für jetzt. So, dazwischen gibt es aber auch andere Verpflichtungen, die ich habe. Nämlich euch zu Hause ein Mittagessen fertig zu kochen.«

»Geht's, wartet noch ein bissl«, warf Walli Winzer ein, bevor jemand anderer etwas sagen konnte. »Grubinger, ich habe im Auto ein Buch über besondere Tathergänge, das ich schon länger vorhab, Ihnen zu geben. Sie müssen das unbedingt lesen und mir sagen, was Sie davon halten. Ob das alles wirklich stimmen kann?«

Sepp Grubingers Mimik spannte sich im selben Moment an und verriet, dass er sich für seinen Sonntagnachmittag Besseres vorgestellt hatte, als sich über das Buch einer Amateurermittlerin zu setzen. Da er die gegenwärtige Runde mochte und daher niemanden enttäuschen wollte, bekundete er Walli gegenüber geheucheltes Interesse. Na ja, schräg für einen Berufspolizisten, so etwas zu lesen, amüsierte es ihn dann doch. Irgendwie war er auch neugierig auf den Ermittlungsansatz, den das Buch aufweisen würde. Vielleicht erhielt er dadurch sogar Impulse. Obwohl er wusste, dass er in seiner Ermittlungsarbeit selbstverständlich ganz den Leitlinien der österreichischen Polizei folgen würde. Weshalb solche Bücher im Umlauf waren, verstand er ehrlich gesagt überhaupt nicht. Dass es Leute wie diese Winzer gab, die so etwas schließlich kauften, erst recht nicht.

»Walli, beeile dich. Wir wollen langsam weg«, sagte Lena zu ihrer Freundin.

Weil Hans und die Kinder noch im angeregten Gespräch mit den Eltern eines Schulfreundes von Lukas waren, wusste Lena, dass es noch dauern würde, bis sich alle voneinander verabschiedet hätten.

Walli schnappte ihre Tasche und schwang sich vom Barhocker. Im selben Moment merkte sie, dass ein Schuhabsatz abbrach. Sie humpelte mit den ungleichen High Heels zur Wirtshaustür. Als sie die paar Stufen zur Straße hin überwunden hatte, war ihre Geschicklichkeitsübung noch keinesfalls zu Ende. Sie konzentrierte sich auf das Kopfsteinpflaster des Hauptplatzes, das bis zum Auto, das nahe der Kirche stand, vor ihr lag. Aus dem Augenwinkel heraus sah sie eine Gestalt am Seiteneingang ins Gotteshaus laufen. Sie wandte ihren Kopf kurz in diese Richtung. »Ach, du Scheiße!« Die Folge war, dass sie zur Seite kippte und fast den Halt verlor. Ihren ganzen Unmut über die Mühsal richtete sie jetzt gegen das unzulängliche Schuhwerk. Nie mehr würde sie von der Firma Rana ein Schuhmodell kaufen. Es war ein für alle Mal Schluss damit. Für so einen Mist auch nur einen Euro zu verschwenden! Einmal hatte sie es mit einem No-Name-Produkt versucht, und dann so eine Pleite! Voller Zorn zog sie sich das lästige Ungetüm aus und warf es in Richtung ihres abgestellten Autos. Da sie jetzt erst recht hinkte, fasste sie den Entschluss, ebenso den zweiten Schuh auszuziehen, behielt diesen aber jetzt doch lieber in der Hand. Beim Auto angelangt, bückte sie sich nach dem ausgemusterten Schuh. Als sie wieder hochkam, sah sie die Nichte von Nachbarin Karner nur wenige Meter an ihr vorbeigehen.

Peinlich!, dachte Walli schließlich über ihre Schuhwurfaktion gerade eben. Sie hatte zuvor niemanden bemerkt. Und jetzt tauchte Anna Szabo plötzlich auf. Aber irgendwo stand ja immer jemand versteckt in so einem Dorf und sah zu. Oder beobachtete einen vom Fenster aus, war Walli ganz sicher. Sie hoffte nur, dass dieses Phänomen sie bei ihren privaten Nachforschungen unterstützen würde. Vor allem dass die wortkargen Waldviertler nicht nur beobachteten, sondern auch darüber sprechen würden.

Aber was sollte es? Warum dachte sie überhaupt darüber nach? Sie hatte mit ihrem Schuh ja niemanden getroffen! Ihr fiel ein, dass sie Anna Szabo noch nicht kondoliert hatte. Immerhin hatte sie ja die tote Alice Mittner gefunden, als sie mit Harry Kain aus Krems zurückgefahren war. Der Anblick war schrecklich gewesen. Betroffen rief Walli Annas Namen. Die junge Frau drehte sich um und ging denselben Weg wieder ein Stück zurück, Walli entgegen.

»Wie geht es Ihnen?«

Anna Szabo sah ziemlich mitgenommen aus. Von dem liebenswert-gewinnenden und strahlenden Wesen, das Walli Winzer noch vor ein paar Tagen eingenommen hatte, war jetzt nichts zu bemerken. Sie war bleich und ihre Augen rot umrandet. Vom Weinen zudem geschwollen und zu einem engen Schlitz geformt. Der Blick wirkte leer.

»Was soll ich Ihnen antworten?«

»Gar nichts. Dumme Frage von mir. Ich wollte Ihnen nur mein Beileid aussprechen, weil ich bis jetzt noch nicht dazu gekommen bin«, entgegnete Walli.

Da sie keine Reaktion erhielt, fuhr sie fort: »Ich hoffe, dass Sie wenigstens seelische Unterstützung von Ihrer Umgebung, von Ihrer Tante erhalten?«

Anna atmete tief ein, als würde sie versuchen, ihre Batterie damit wieder aufzuladen. »Geht so. Aber ich will im Moment sowieso eher allein sein und spreche daher nicht viel mit Leuten.«

»Verstehe ich.« Walli Winzer dachte an die unbändige Tratschsucht ihrer Wiener Nachbarin und bedauerte Anna für das Martyrium solch permanenter Tortur. Zumindest könnte Walli, wäre sie in einer ähnlichen Situation, diese Person nicht eine Minute lang ertragen.

Böse, böse Walli!, dachte sie für sich. Aber was wahr war, musste ihrer Meinung nach auch gesagt oder wenigstens gedacht werden. Aber vielleicht versteckte Sybille Karner eine Seite an sich, die Walli nicht kannte? Wäre ja möglich. Okay, immerhin hatte die Karner ihr Faible für den neuen Postboten entdeckt. Manche Menschen wuchsen in besonderen Momenten über sich hinaus. Vielleicht ließ das zwischendurch einige Rücksicht ihrer Nichte gegenüber zu und ein paar aufmunternde Worte. Zumindest wünschte das Walli Winzer der sympathischen jungen Frau.

Es erinnerte sie auch daran, dass sie noch einige Bücher von Lena Breitenecker zu Hause hatte, die ihr dabei helfen sollten, ihr inneres Gleichgewicht wiederzufinden. Sie hatte tatsächlich kurz hineingestöbert, zog es aber vor, ihre Unruhe anderweitig zu kompensieren. Na ja, dass es die Aufklärung von Gewaltverbrechen sein würde, hatte Walli nicht unbedingt vorgehabt. Aber jetzt war es nun mal so. Die Beschäftigung mit den Morden aus der Umgebung hatte sie voll abgelenkt. Sie musste sich ebenso eingestehen, dass sie sich trotz der Anstrengung und Aufregung eindeutig frischer als zuvor fühlte. Nur laut sagen durfte sie das selbstverständlich nicht, weil man sie sonst für nicht ganz dicht halten mochte. Auch Lenas Nachsicht wäre vermutlich ausgereizt gewesen, wüsste sie darüber Bescheid.

Doch die Mordermittlung belebte Wallis Sinne und erfüllte sie mysteriöserweise mit Eifer. Oder war es nicht doch nur die Wirkung der frischen Landluft? Egal. Der

Nichte ihrer Nachbarin würde sie das im Moment sowieso nicht verraten, da sie schlecht drauf war und wirklich andere Sorgen hatte.

»Anna, wollen Sie sich nicht von mir einige Bücher zur Entspannung ausborgen?«

»Was sind das für Bücher?«

»Gute-Laune-Bücher, Anleitung zur Selbstreflexion und solche, die sich mit Eso-Kram beschäftigen. Man kann sich damit ganz gut ablenken, ohne Trübsal zu blasen«, verriet Walli Winzer.

Wegen der Unverblümtheit von Wallis Angebot musste Anna sogar schmunzeln. »Sie sind oft so herzerfrischend. Es bleibt mir nichts anderes übrig, als mich in die Trauer um Alice hineinfallen zu lassen. Sie fehlt mir. Aber vielleicht ist doch etwas dabei, das mir irgendwie besser darüber hinweghilft. Ich komme gerne und suche mir ein paar davon aus.«

»Dann schauen Sie doch am späteren Nachmittag vorbei. Ich bin jetzt zum Mittagessen bei den Breiteneckers eingeladen. Wir können ja später noch ein bisschen plaudern?«

Anna Szabo verstand Wallis Hinweis, das Gespräch beenden zu wollen, und setzte ihren Fußweg zum Haus Karner fort.

Walli schnappte ihr Buch für Grubinger, nahm ein Paar Reserveschuhe aus dem Gepäckraum des Wagens, zog sie rasch an und lief damit zum Wirtshaus zurück.

Lena kam eben mit ihrer Familie und weiteren Personen heraus: »Walli, jetzt war's aber wirklich schon zu lange! Wir fahren halt einmal vor, damit wir nicht erst am Nachmittag etwas zu essen bekommen. Du kannst dir ja noch Zeit lassen und später vorbeikommen.«

»Ich zeig dem Grubinger nur schnell das Buch. Er soll ein bisserl hineinschauen. Dann komme ich gleich nach.«

Das Gespräch mit Anna Szabo hatte Walli nachdenklich gestimmt. Diese arme junge Frau und ihr Schmerz. Wer hatte ihr das angetan? Wer steckte hinter der Mordserie?

Beweise oder Anhaltspunkte gab es bisher nicht. Noch nicht. Seltsam.

Das musste sich ändern, dachte Walli Winzer – und zwar schon bald.

16. KAPITEL

Es war ein schöner, milder Sonntagnachmittag geworden. Das Mittagessen bei Lena war wie immer exzellent. Sie tischte als Vorspeise geräucherte Karpfenmousse auf, gefolgt von Pilzbouillon mit Eierfleck und Schnittlauch und schließlich Waldviertler Karpfenfilet in Kamptalweißweinsoße, Wurzelgemüse und Petersilienkartoffel. Als Nachspeise gab es Crème brûlée. Walli war randvoll abgefüttert. Denn solchen Köstlichkeiten konnte sie unmöglich widerstehen. Da sie selbst *die* Anti-Köchin par excellence war, liebte sie Lenas Einladungen umso mehr, und diese wusste das. So lockte Lena nach jedem Gang mit einem kleinen Nachschlag, der für Walli das kulinarische Erlebnis erst so richtig abrundete und auf den sie bereits aus Gewohnheit begierig wartete. Die Neo-Biobäuerin und Feinschmeckerin hingegen erkannte daraus im Gegenzug, ob sie ihre Einladung als gelungen annehmen konnte oder nicht.

Auch die traumhaft angerichtete Käseplatte, garniert mit feinem Nusssortiment, das die Breiteneckers kürzlich von ihrer Burgundreise mitgenommen hatten, sowie Feigen- und Traubenarrangements wurden schließlich zur letzten Genussfalle, in die Walli Winzer natürlich prompt hineintappte. Ihr Resümee: Also Käsemachen konnten die Breiteneckers mittlerweile wirklich. Nicht umsonst hatten sie dafür bereits einige Preise eingeheimst. An den Folgen solcher Verlockung trug Walli Winzer allerdings schwer. Spätestens, wenn sie an ihre Linie dachte.

Uff!, stöhnte sie auf dem Weg zum Auto. Auch der abschließende Mohnschnaps konnte am Völlegefühl Wallis nichts ändern. Und wenn sie an Björn dachte, überkam sie geradezu Panik.

Björn! Hatte er ihr am Telefon nicht gesagt, dass er vorhatte, bei ihr vorbeizukommen?

Extra aus Schweden! Na ja, er wollte es mit seiner Dienstreise nach Wien verbinden. Und er wollte sie unbedingt sehen.

Walli kam, wenn sie nur daran dachte, tatsächlich außer Atem. Männer aus dem Süden schätzten zwar ein gewisses Maß an weiblichen Rundungen, ihrer Meinung nach an den falschen Stellen. Doch Männer aus dem Norden?

Sie wollte dringend etwas an sich ändern. Walli beschloss daher, nachdem sie ihren Wagen in der Einfahrt zu ihrem Haus abgestellt und ein neues Paar Schuhe angezogen hatte, einen kleinen Verdauungsspaziergang zu unternehmen. Da die Tour für sie auch nicht zu groß sein sollte, entschied sie sich für den Feldweg hinter dem Haus, den Wald entlang. Den Rückweg nahm sie durch die längst abgeernteten Getreide-, Sonnenblumen-, Mohn- und Kartoffelfelder. Walli spürte, wie sie sich entspannte und ihre Augen diese freundliche Umgebung genossen. Es war mitten am Nachmittag und hell, zwei Hasen hoppelten munter über eines der Felder. Walli lächelte. Diese Idylle! Das war einer jener Augenblicke, in dem sie glücklich darüber war, in Großlichten gelandet zu sein. Auch wenn sie zugeben musste, dass sie die Stadt noch nicht vergessen hatte und sie ihr zeitweise richtig fehlte.

Während Walli so vor sich hin trottete und ein wenig von Björn träumte, spürte sie plötzlich einen leichten Sog und daraufhin einen gellenden Schmerz. Instinktiv griff sie sich sofort an die Schulter, konnte aber keine Ursache ertasten.

An ihr war im selben Moment ein Mountainbiker in einem Wahnsinnstempo vorbeigefahren und nebelte sie zusätzlich von oben bis unten mit aufgepeitschtem Staub ein.

Er musste sie angerempelt haben!, schoss es ihr durch den Kopf. Als wäre nichts geschehen, war er einfach weitergefahren, ohne sich nach Walli umzudrehen. Sie brachte vor Überraschung keinen Ton hervor. Walli griff nach ihrer Schulter und versuchte, sie sanft zu bewegen. Der Schmerz wurde nicht weniger. Erst durch das langsame Weitergehen und die daraus entstandene Bewegung lockerte sich die Verspannung.

Der Fahrer war längst wie vom Erdboden verschwunden. Walli überkam ein Heidenzorn. Solche verbissenen

Typen waren unerträglich. Wenn sie daran dachte, dass die Radfahrer einst aus der Friedensbewegung hervorgegangen waren, konnte sie sich darüber nur wundern. Es stiegen ihr die Grausbirnen auf.

Irgendetwas wollte sie sich für die Zukunft einfallen lassen, damit solch rücksichtslosen Rasern ein für alle Mal das Handwerk gelegt würde. Wahrscheinlich verhielten diese sich mit ihren Autos im Straßenverkehr auch nicht anders.

Nachdem Walli Winzer auf die Landstraße eingebogen war, sah sie in der Ferne nahe ihrem Haus ein fremdes Auto stehen. Es war silberfarben. Von Weitem hätte sie auf einen BMW getippt. Und der war es dann auch. Mit Wiener Kennzeichen. Wer sollte zu ihr kommen? Es hatte sich niemand angekündigt, überlegte sie. Oder war ihr etwas im Trubel der Ereignisse entgangen?

Als sie näher kam, sah sie jemanden im Auto sitzen. Die Scheiben waren allerdings getönt, sodass sie nichts Genaueres erkennen konnte außer Umrissen. Erst als Walli Winzer auf der Höhe des Autos war, öffnete sich die Fahrertür und Silvia Manner stieg heraus.

»Hallo, Walli! Na, da bist du aber überrascht!«

»Das kannst du laut sagen«, war die PR-Lady tatsächlich verblüfft, freute sich aber überaus, ihre Geschäftspartnerin wiederzusehen.

»Du hattest mir am Telefon gesagt, ich könnte jederzeit zu dir kommen, und ich sollte einmal ein paar freie Tage einlegen, um Abstand zu gewinnen.« Silvias Augen füllten sich mit Tränen.

Ach, ja! Walli erinnerte sich an die Trennung von Silvia und Nadja. Es tat ihr leid.

»Na komm, lass dich umarmen«, zog sie Silvia an sich und streichelte ihr fast mütterlich über den Kopf.

»Es wird schon nicht so schlimm sein«, fügte sie hinzu, was bei Silvia aber genau die gegenteilige Wirkung zeigte. Eine Schleuse öffnete sich und Tränen rannen über ihre Wangen.

Was war Wallis vorheriges Erlebnis gegenüber solchem Weltschmerz, der sich da eben vor ihr auftat. Sie umarmte Silvia während des Gehens und drückte sie an sich. Silvia schloss mit der Fernbedienung ihren Wagen.

»Willst du einen Kaffee?«, fragte Walli Winzer, während sie in die Küche ging.

»Gerne«, sagte Silvia Manner und sammelte sich einigermaßen.

»Wie war die Fahrt hierher?«, versuchte Walli sie abzulenken.

»Einigermaßen. Mit der Autobahn und der Schnellstraße geht es jetzt sehr rasch. Ich hoffe, ich habe dich nicht zu sehr überrumpelt, weil ich dich beim Wort genommen habe?«, fügte Silvia hinzu.

»Aber nein!«, schwindelte Walli. Eigentlich hatte sie sich für den Nachmittag vorgenommen, dem Karpfenteichbesitzer Waldstetten einen kleinen Besuch abzustatten. Immerhin war er auch bei dieser Geheimsitzung beim Hannes damals dabei gewesen und er war mit diesem Winkelbauer befreundet, dem Walli obendrein nichts Gutes abgewinnen konnte. Sie hatte vor, ihn in ein Gespräch zu verwickeln und sich danach ihren Reim darauf zu machen. Irgendetwas würde schon dabei herauskommen, war sie sicher.

»Ich schäme mich ja fast ein bisschen vor dir, Walli«, fuhr Silvia fort.

»Warum?«

»Na ja, du musst mich ja für einen Teenager halten, so wie ich mich anstelle mit Heulen und meiner Flucht aus Wien.«

»Wenn dir dann leichter ist? Du kannst bei mir machen, was du willst. Nur bitte nicht das Mobiliar auseinandernehmen. Da mussten wir nämlich lange nach alten Bauernmöbeln suchen.« Walli zeigte stolz auf den alten Jogltisch, den Esstisch im Raum. »Und auf meine designte Wittmann-Sitzbank wartete ich auch ziemlich lange.«

Jetzt musste sogar Silvia lachen. »Deinen exklusiven Markenfimmel wirst du wohl nie ablegen. Nicht einmal in deiner Freizeit.«

Walli kniff die Augen zusammen und freute sich darüber, dass es ihr gelungen war, Silvia wenigstens für kurze Zeit von ihrer Trübsal abzulenken. Sie stellte zwei Caffè Latte auf den Couchtisch. Beide nahmen auf Wallis Edelgarnitur Platz.

»Jetzt erzähl mir alles der Reihe nach. Wieso hat sich Nadja so plötzlich vertschüsst?« Walli Winzer hob ihr Kaffeeglas, zog ihre Schuhe aus und kauerte sich mit seitlich angezogenen Beinen auf die Sitzbank. Den einen Ellbogen legte sie dabei locker auf die Armlehne, in der anderen Hand hielt sie ihren Kaffee. Sie saß entspannt und wollte Silvia das Gefühl geben, ganz für sie da zu sein.

»Es war so, wie es meistens ist: Ich hatte zu viel gearbeitet und sie offenbar zu viel Zeit.«

»Sicher ist das ein gewisses Beziehungsungleichgewicht, aber ehrlich gesagt, wirklicher Trennungsgrund wäre das keiner«, versuchte Walli, das Problem gleich auf den Punkt zu bringen.

»Natürlich nicht. Aber wenn sie zu viel Zeit hat und zu viel nachdenkt, dann findet man immer etwas, was einen an einer Beziehung stört. Man denkt seltener darüber nach, was einen freut. Sonst hat sie mit mir immer über alles gesprochen oder es in ihrer Malerei verarbeitet. Aber diesmal war es anders.«

»Wie lange wart ihr noch mal beisammen?«, fragte Walli.

»Mehr als zehn Jahre. Eine so lange Zeit, die man doch nicht einfach so wegwirft.«

»Hm. Und wer ist es?«

»Einmal darfst du raten?« Silvia Manner überlegte, ob Walli es tatsächlich wusste.

Diese hatte natürlich keine Ahnung, weshalb sie auch erwartungsvoll den Kopf schüttelte und wartete, bis das Geheimnis gelüftet wurde.

Nach einigen Sekunden sagte Silvia: »Die Galeristin.«

»Blöde Geschicht«, rutschte es Walli Winzer recht unkontrolliert heraus.

»Wieso?«, fragte Silvia Manner erstaunt.

»Na, weil sie sich von ihr möglicherweise eher verstanden gefühlt hat. Sie hat sich mit ihrer Kunst beschäftigt, und da kommt man sich schon emotional näher.«

»Das habe ich doch auch immer gemacht. Ich bin mit ihr alle Bilder durchgegangen, bei denen sie unsicher war, ob sie sie öffentlich zeigen sollte. Ich habe sie vor den Vernissagen beruhigt und motiviert.«

»Das war sicher wichtig für sie. Doch die verborgenen Sehnsüchte, Botschaften und die Verzweiflung, die Künstler in ihren Arbeiten verbergen, haben sie dir etwas bedeutet?«

Silvia presste ihre Lippen zusammen und schaute zu Boden. Walli beobachtete ihre Betroffenheit.

Sie atmete schwer. Stille.

Walli beschloss, kein Wort mehr nachzufragen und nur noch Silvia sprechen zu lassen. Es war zu früh, um die Ursachen herauszufiltern. Jetzt galt es erst einmal, die frischen Wunden zu versorgen und den Schmerz zu lindern, der aus jedem Wort und jeder ihrer Gesten sprach. Sie brauchte erst einmal jemanden, der ihr zuhörte, der zu ihr stand. Ihr

Gefühl nach dem alten Sprichwort stärkte: Geteiltes Leid ist halbes Leid.

Einen tröstlichen Gedanken wollte Walli Winzer noch anbringen: »Vielleicht ist vieles bei euch in letzter Zeit zur Routine geworden, und es bleibt nur bei einer Affäre.«

»Nein. Sie hat für heute angekündigt, ihre Sachen abzuholen. Es ist ihr ernst. Wir haben schon die letzten Wochen über vieles gesprochen. Sie sagte, diesmal sei es für sie die große Liebe.«

»Hm«, war das Einzige, was Walli dazu sagen konnte. Die sonst toughe junge Frau glich einem Häufchen Elend. Tränen rollten ihr wieder übers Gesicht. Eine Zeit lang sprachen sie kein Wort. Walli Winzer stand schließlich auf und holte eine kleine Schale mit Schokoladenkonfekt.

»Ein bisschen was für die Nerven.«

Silvia Manner lächelte traurig und griff zu.

Inzwischen polterte Filou an der Katzenklappe. Als er im Innenraum stand, nahm er einen fremden Geruch wahr. Neugierig schlich er näher. Er umkreiste Silvia Manner und musterte sie, bis er friedlich ihre Beine umschmeichelte.

Silvia war entzückt von dem kleinen Hausgenossen: »Wer ist denn das? Du hast mir ja gar nicht erzählt, dass du eine Katze hast.«

»Ja, das war auch so etwas, was man nicht einplanen kann. Er wurde mir einfach aufgeschwatzt«, beschwerte sich Walli schmunzelnd und verdrehte dabei ihre Augen.

»Dir etwas aufschwatzen? Wer hat denn das geschafft?« Darüber musste sogar Silvia Manner lachen.

»Es gibt hier Gepflogenheiten, denen man sich nicht entziehen kann. Und wenn die Obfrau des Dorfverschönerungsvereins meint, jeder Waldviertler Haushalt braucht eine Katze, dann gilt das eben auch für Zuagroaste wie mich.«

»Die ist ja niedlich.« Silvia setzte sich an die Kante ihres Polsterstuhls und beugte sich zum Kater. Sie streckte ihm die Hand entgegen, an der er kurz schnüffelte, um sie gleich weiter zu seinem Köpfchen gleiten zu lassen.

Filou genoss es sichtlich, indem er die Augen zusammenkniff und ihr das Gefühl gab, als wäre Silvia die einzige wirkliche Katzenversteherin auf der ganzen weiten Welt. Sein Schnurren konnte sogar Walli hören, die inzwischen wieder auf ihrem Sofa Platz genommen hatte.

»Und wie heißt denn die Kleine?«

»Ein Er, Filou«, antwortete Walli Winzer knapp.

»Wie kannst du ein so niedliches Tierchen bloß so nennen?« Silvias Stimmung hatte sich seit Filous Erscheinen merklich gebessert. Er nahm ihre gesamte Aufmerksamkeit in Anspruch, die sie ihre Zerbrechlichkeit zumindest kurzzeitig vergessen ließ. Wie schön so eine Katze war. Dieser grazile Körper, diese ebenmäßigen Gesichtszüge mit den großen freundlichen Augen. Silvia schaute Filou genau an und stellte fest, dass das weiße Mäulchen der Tigerkatze zwei kleine braune Fellmaserungen umspielten. Es war ihr nie zuvor aufgefallen, dass Katzen wirklich individuelle Gesichtsmerkmale hatten und sie dadurch unverwechselbar wurden. Filou würde sie jetzt unter Tausenden Katzen wiedererkennen, so deutlich, wie sich sein hübsches Katzengesicht ihr eingeprägt hatte. Diese hohe Emotionalität, die von ihm ausging. Seine schlichte Eleganz und Einfühlsamkeit taten ihr gut.

Knapp bevor sie sich noch in ihn zu verlieben begann, stellte sein sanfter Kniff in ihre Hand das Streicheln ab.

»Autsch!« Silvia zog sie erschrocken zurück, rieb den

Handrücken mit der anderen und lachte. »Jetzt weiß ich, warum dich dein Frauchen Filou genannt hat.«

»Ja, so ging ich ihm anfangs auch auf den Leim«, schmunzelte Walli Winzer. »Aber so sind sie eben, die Männer – unberechenbar.«

»Oh!«, fügte Walli hinzu. »Umgekehrt scheint es ja auch nicht anders zu sein.« Sie nickte Silvia behutsam zu.

Filou war inzwischen zu Walli gewechselt und hatte sich neben ihr auf einer Decke auf dem Sofa niedergelassen. Er hatte sie mit einigen Schmeicheleien begrüßt und begann jetzt sorgsam sein Fell zu putzen. Danach blickte er um sich, ob sonst alles noch beim Alten geblieben war, rollte sich ein und schlief – so schnell konnte man gar nicht schauen.

Silvia faszinierte dieses kleine Schauspiel. »Wunderbar, wie fest so eine Katze ihr Leben im Griff hat. Und dieses Vertrauen, das sie in ihre Umgebung setzt.«

»Das kannst du laut sagen«, antwortete Walli. »Denn bei den vielen Kratzversuchen an meinen neuen Möbeln, die er in den letzten Monaten gestartet hat, grenzt es wirklich an ein Wunder, dass wir ein funktionierendes Walli-Filou-Team geblieben sind.«

»Eine Katze bleibt eben eine Katze«, philosophierte Silvia. »Eine Katze lässt sich nichts anschaffen, sondern lebt rein aus ihren Impulsen heraus. Aber anscheinend hat sie mit deiner Reaktion nur gute Erfahrungen gemacht«, gab sich Silvia Manner als vermeintliche Kennerin Filous aus. Der stellte daraufhin interessiert ein Ohr auf und blinzelte aus seiner sonst relaxten Position. Als er festgestellt hatte, dass sich sowieso alles nur um ihn drehte, entspannte er sich mit einer erneuten Schnurrorgie und setzte seinen Nachmittagsschlaf fort.

»Na, das könnte ich jetzt nicht. Mich so entspannen, dass ich wegkippe.«

»Bist du nicht müde nach der Anreise aus Wien?«, fragte Walli Winzer leicht verunsichert. Sie hatte nämlich nach ihrem aufregenden Spaziergang vor, sich noch ein wenig auszuruhen, bevor sie zu Waldstetten weiterfahren würde.

»Weißt du was? Ich hole meine Sachen aus dem Auto, und du legst dich inzwischen hin. So einfach machen wir das«, konnte Silvia den eigentlichen Beweggrund von Wallis Frage erkennen.

»Nur ein halbes Stündchen, zum Durchschnaufen«, sagte Walli Winzer. Sie lächelte und freute sich, dass die Wellenlänge zwischen ihr und Silvia dieselbe war und hoffentlich immer auch bleiben würde. Natürlich nicht, was ihren jeweiligen Geschmack in Sachen Liebe betraf, aber sonst eben. Sie fühlten Übereinstimmung.

»Na, dann gehe ich mal«, kündigte Silvia an. Sie stand auf und schenkte Filou noch einen letzten Blick, der sie beseelte. Walli griff nach den beiden Latte-Gläsern und schwirrte damit in die Küche.

Als Silvia Manner die alte, schwere Eingangstür öffnen wollte, fuhr sie im gleichen Moment zurück und erschrak heftig. »Oh! Sorry!«

Gerade noch konnte sie den Zusammenstoß mit einer jungen Frau verhindern. Instinktiv griff Silvia nach deren linker Schulter, um sie vor einem eventuell nachfolgenden Sturz zu schützen.

Die Frau bedankte sich mit einem Lächeln und wich danach einen Schritt zurück.

Nachdem Walli Winzer die Stimmen im Außenbereich gehört hatte, kam sie ebenso zur Tür.

»Ah! Hallo, Anna. Sie wollen sicher das Buch abholen. Bitte kommen Sie rein.«

Anna Szabo nickte Silvia zu und ging an ihr vorbei in den kleinen Vorraum zum Wohnzimmer.

»Darf ich Ihnen meinen Besuch vorstellen: Silvia Manner, meine Agenturmiteigentümerin. Und jetzt, wo ich mein Sabbatical eingelegt habe, ist sie die alleinige Geschäftsführerin von *Firebird*.«

Beide Frauen begrüßten einander erfreut. Es entspann sich sofort ein unverfängliches Gespräch über die Schönheiten des Waldviertels. Welch andere Welt einen da sofort gefangen nahm. Die Ruhe und Stille. Die ausladenden Nadelwälder …

Walli verfolgte das Gespräch der beiden und hatte schließlich bald das Gefühl, fehl am Platz zu sein. Sie machte sich Richtung Bücherregal auf den Weg und begann, nach den versprochenen Exemplaren zu suchen. Die waren rasch bei der Hand, weil sie Walli noch nicht einmal einsortiert hatte. Sie war überzeugt, sie jetzt jemandem geben zu können, der mehr damit anfangen konnte als sie. Sie ließ sich daher mehr Zeit als nötig, um den munteren Small Talk nicht zu unterbrechen. Das mit dem Powernap dürfte sie sich wohl heute auch abschminken können, dachte sie. Walli beschloss daher kurzerhand, gleich hinauf zum Karpfenteich zu fahren, um mit Eduard Waldstetten zu sprechen. Und es kam ihr noch eine Idee: Sie würde ein paar frische Karpfen mitbringen. Vielleicht hätte ja noch jemand Lust, mit ihnen Abend zu essen …?

17. KAPITEL

Bereits jetzt kündigte sich ein herrlicher Spätsommertag an. Das weiche, warme Sonnenlicht würde sich aber erst seinen Weg durch den leichten Morgennebel bahnen müssen. Als stummer Zeuge der Nacht hing er noch tief über den abgeernteten Feldern.

Romy Steiner, die junge Gärtnerin, die am Vormittag vorbeischauen wollte, trug deshalb über ihrem T-Shirt noch eine Weste. Sie hatte mit der Gartengestaltung begonnen. Der Wildwuchs, der sich mit der Zeit im vorderen Bereich vor Wallis altem Schulhaus gebildet hatte, musste umgegraben werden. Die Schädlinge des Gartens fischte sie einzeln samt Wurzeln heraus und warf sie auf einen kleinen Haufen zusammen. Als sie sich umdrehte, lehnte Walli Winzer, bisher von ihr unbemerkt, im Türrahmen. Sie hatte ein Häferl Kaffee in der Hand und wärmte daran ihre Hände.

»Guten Morgen, Frau Winzer! Ist ab bissl frisch am Morgen gworden, nicht wahr?«, versuchte die Gärtnerin, Wallis verkniffenen Blick zu deuten. Es war unschwer zu erkennen, dass diese absolut kein Morgenmensch war. Daher verstand sie Romys Drive um diese Tageszeit ganz und gar nicht.

Walli Winzer nickte deshalb verhalten und bemühte sich, die Konversation eher durch sparsame Gesten am Laufen zu halten: »Wenn ich da in der Sonne stehe, geht's halbwegs. Aber wenn ich mein gesamtes Frühstück nach draußen verlegen müsste, das wär nix für mich«, gluckste sie über diese abstrusen Gedanken amüsiert. »Ich freue mich aber, dass Sie heute wirklich gekommen sind.«

»Ist doch klar. Hatten wir doch so ausgemacht«, stützte Romy ihre Arme nach dem letzten Spatenstich auf den Griff der Schaufel und schnaufte ein wenig von der Anstrengung. »Es ist jetzt die beste Zeit, den Garten frühjahrsfit zu machen. Später, wenn der Boden teilweise schon gefroren ist, wird es schwierig, und das ist für die Pflanzen auch nicht mehr gut.«

»Aha. Und weshalb?«, fragte Walli Winzer tatsächlich interessiert.

»Weil sich ihre Wurzeln aufgrund der Kälte nicht mehr mit der Erde verbinden können und daher im Winter absterben. Wäre ja schade um die Mühe, wenn daraus nichts wird«, klang die Erklärung der Gärtnerin auch für Walli durchaus nachvollziehbar.

»Und wie ist das mit den Knollen, die Sie da vor sich liegen habe? Da sehe ich ja keine Wurzeln daran.«

»Versteckt sieht man recht kleine. Die können sich vor dem Frost auch noch besser in die Erde eingegraben. Sie legt sich dann enger an die Knolle an und schützt sie im Winter vor Frost. Im Frühjahr wird dann durch die ersten milden Sonnenstrahlen das Wachstum stimuliert.«

Walli war beeindruckt. Hatte sie doch in nur wenigen Minuten die Grundlagen des Gärtner-Einmaleins erfahren. Und das in aller Herrgottsfrüh! Sie war daher mit sich zufrieden, gerade rechtzeitig den Entschluss zur Gestaltung ihres Waldviertler Bauerngartens gefasst zu haben.

»Und welche Blumen werde ich dann im Frühjahr bei mir sehen?«, fragte sie neugierig. Bisher hatte sie keine Ahnung und überhaupt kein Interesse an »Gartenkram« gehabt, wie sie das nannte.

Nur, nach dem toten Franz Stöger in ihrem Gemüsebeet wollte sie, dass sie wirklich nichts mehr an dieses grausige Ereignis erinnerte. Gemüse im hinteren Gartenbereich daher – auf keinen Fall!

»Ich möchte Ihnen auch einige sogenannte Winterblüher setzen, damit Sie, wenn es kalt wird, trotzdem etwas Grünes zu sehen haben. Der Buchsbaum, der natürlich kein Baum, sondern ein Strauch ist, bleibt fix gepflanzt und blüht die nächsten Jahre weiter. Ich werde Ihnen sechs Stück zu jeder Seite des Vorgartens setzen und zu Kugeln fassonieren. Nach außen hin werden sie immer höher. In der Mitte bleibt der Weg ins Haus frei.«

Walli stellte sich das bildhaft vor, und es gefiel ihr. »Okay. Und die blühen also im Winter?«

»Na, das nennt man so, weil sie auch da grün bleiben. Aber im Bauerngarten blüht im Winter sonst leider nix. Außer sie wollen, dass ich Ihnen Sträucher wie Schneeball oder Winterjasmin setze.«

»Ja, hätte ich gerne.«

»Ein Bauerngarten richtet sich nach den Bedürfnissen seiner Besitzer und ist daher immer individuell ausgerichtet. Natürlich mit einigen Fixpunkten an Nutz- und Dekorationspflanzen, die nicht fehlen dürfen. Sonst wäre es ja kein Bauerngarten. Man soll ja Gemüse und Blumen das Jahr über verwenden können.« Romy Steiners Begeisterung ging auf Walli über, die sich darüber wunderte, wie aufwendig das Drumherum zur Errichtung einer Gartenanlage war.

»Je besser wir den Boden jetzt aufbereiten, desto einfacher wird es in den nächsten Jahren entweder für Sie oder für uns. Je nachdem, wer den Garten dann betreut.«

»Klar!«, entgegnete Walli emotionslos. »Auf jeden Fall bin ich schon neugierig, wie's später aussieht.«

»Vielleicht wollen Sie sogar einen Bereich selbst übernehmen?«, lachte Romy.

»Eigentlich bin ich eine typische Wiener Stadtpflanze. Aber wir werden sehen«, meinte Walli darauf. Eine ausweichende Antwort dieser Art erwies sich meistens als Gesprächskiller, weshalb sich auch ein neues Themenfeld auftat.

»Ich habe die letzten Jahre übrigens auch in Wien studiert und dort gearbeitet.«

»Ah, und wieso hat es Sie dann nach Großlichten verschlagen?«

»Weil ich hier geboren wurde. Sogar direkt in Großlichten. Ich war eine Hausgeburt.«

»Mit Hebamme?«

»Natürlich. Anders geht's sonst nicht.«

»Ich bewundere das, wenn sich eine Frau so etwas traut«, warf Walli Winzer ein.

»Mit Mut hatte das damals aber nichts zu tun. Es gab nur wenige Ärzte. Und die konnten nicht bei jeder Geburt dabei sein. Es wurde erst dann einer geholt, wenn man ihn brauchte. Und das war bei mir Gott sei Dank nicht der Fall.«

Walli bemerkte, dass sie noch nicht voll auf der Höhe war, und drosselte daher das Gesprächstempo. Es blieb ihr aber nicht verborgen, dass Romy Steiner ein besonders gewinnendes Wesen besaß, und sie freute sich darüber, dass die junge Frau jetzt für ihren Garten verantwortlich sein würde.

Als sie kurz aufblickte, bemerkte sie Silvia – und siehe da: wieder entspannt im Gespräch mit Anna Szabo. Dabei hatten beide gestern schon bis in den Abend hinein recht angeregt über Themen wie Trauer, Verlust und höhere Mächte philosophiert. Walli Winzer war froh darüber, dass Silvia ihren Kummer wegen der Trennung von ihrer Freundin mit jemandem besprechen konnte, der sie aus eigenem traurigem Erleben heraus wirklich verstand.

Annas Schmerz über den Verlust von Alice Mittner wirkte echt, auch wenn sie irritierenderweise gestern den ganzen Abend recht gefasst schien. Walli glaubte während des gemeinsamen Abendessens auch viel über den nicht ganz einfachen Charakter von Alice herausgehört zu haben. Die Beziehung der beiden schien ihrer Einschätzung nach am Ende gewesen zu sein. Aber so ein Abschluss? So etwas hatte sich wirklich niemand verdient!

»Na, ihr beiden?«, rief Walli Winzer in die Richtung der Frauen. Silvia drehte kurz den Kopf und winkte Walli zu, sprach aber unbeirrt weiter. Walli stand viel zu weit weg, um auch nur erahnen zu können, worüber sie sprachen. Aber es war jedenfalls gut, dass sie sich verstanden, fand sie.

Walli beschloss daher, noch ein wenig mehr über ihre Gärtnerin zu erfahren. Es interessierte sie tatsächlich, warum jemand freiwillig wieder in so ein Kaff zurückkehrte.

»Und wie ist es für Sie, so von der Stadt wieder aufs Land zu ziehen?«

»Entspannt«, antwortete Romy kurz und bündig.

»Ja, so kann man es auch sagen«, schmunzelte Walli und dachte an das Kribbeln, das in ihr hochstieg, wenn es um sie zu ruhig wurde. Beide schwiegen eine Zeit lang. Romy grub weiter.

Nach einer Weile hörte sie auf. Sie stieß den Spaten tief in die Erde hinein und sagte: »Ich bin auf der Suche nach meinem Vater.«

»Okay?«, entkam Walli eine mehr oder weniger fragende Bestätigung.

»Meine Mutter starb vor einger Zeit und hinterließ mir die Botschaft, dass mein Vater noch lebt.«

Walli hatte es zwar darauf angelegt, mehr über ihre Gärtnerin zu erfahren, doch über so viel persönliche Offenheit war sie überrascht.

»Glauben Sie zu wissen, wer es sein könnte? Oder haben Sie schon nähere Informationen von den Leuten aus dem Dorf?«

»Nein. Ich möchte es langsam angehen. Es ist so lange her, und ich will niemanden verschrecken. Ich möchte ja auch nur wissen, wer er ist, und sonst nichts. Wahrscheinlich hat er längst eine andere Familie. Die will ich sicher nicht zerstören.«

Walli war gerührt von der Nachsicht der jungen Frau. Wer war schon bereit, seine eigenen Bedürfnisse dermaßen in den Hintergrund zu stellen? War es nicht oft besser, wenn man seinen Vater erst gar nicht kannte? Dann konnte man sich in der Fantasie einen idealen ausmalen. Zumindest hätte Walli gerne auf den ihren verzichtet. Sie war nicht wirklich stolz auf ihn. Er war Schwermetallarbeiter in einer Lokomotivfabrik, der in den 1970er-Jahren dem Alkohol recht zugetan war und der sie und ihre Mutter mehr nebenbei laufen gelassen hatte. Oft war es für Walli unerträglich gewesen, wenn sie seine tobenden Ausbrüche schon von der Straße her hören musste, während er vom Eckwirtshaus am Ende der Gasse heimtorkelte. Ein tiefer Graben tat sich da für sie auf. Der sie oft erschauern ließ. Auch jetzt noch. Lange danach. Im Rückblick.

Romy merkte Wallis gedankliche Abwesenheit und holte sie mit einer Frage zur Farbzusammenstellung des Frühlingsbeetes wieder in die Gegenwart zurück.

Walli Winzers Kaffeebecher war inzwischen leer, das Glas

kalt. Sie spielte angespannt mit dem Henkel des Gefäßes, auf das sie mit ihren Fingen trommelte. »Ja, ich möchte es bunt und freundlich. Mehr Gelb und Rot im Frühling. Immerhin war's dann den Winter über genug trist und düster.«

Apropos. Walli dachte an Harry Kain. Der würde auch mittlerweile düster auf sie zu sprechen sein. Sie hatte sich den ganzen Sonntag über – entgegen ihrer Abmachung – nicht bei ihm gemeldet. Doch jeder weitere Gedanke an ihn wurde sofort wieder unterbrochen, denn Silvia und Anna kamen näher zum Haus. Nach einer Vorstellungsrunde zwischen ihnen und Romy Steiner samt ein bisschen Small Talk läutete Wallis Telefon, das sie vorher aufs Handy hatte umleiten lassen. Es war Harry.

»Wenn man von der Sonne spricht«, übertrieb Walli Winzer wieder einmal nahezu schamlos.

»Nun tun Sie nicht so«, entgegnete Harry kühl am anderen Ende der Leitung. Walli erwartete irgendeine Art Vorwurf, weil sie sich nicht gemeldet hatte, stattdessen bekundete Harry ganz spezielles Interesse: »Was macht Ihr Motorrad? Haben Sie's schon?«

»Das nicht. Die haben ja gemeint, irgendwann am Vormittag würden sie es liefern.«

»Na, da kann's ja nicht mehr lange dauern. Wie wär's dann mit einer Spritztour? Oder müssen Sie vorher noch Übungsfahrten machen?«

Walli wandte sich von den drei Frauen ab und ging ein paar Schritte. Abseits ächzte sie schroff ins Telefon: »Was glauben Sie eigentlich, Sie Witzbold! Dass ich mir ein Motorrad kaufe, aber damit nicht fahren kann? Also, wenn Sie Manns genug sind, dann kommen Sie her, und wir legen gemeinsam eine Runde ein.« Walli war tatsächlich auf Harrys verdutztes Gesicht gespannt, wenn er sie in ihrer lässigen Motorradkluft sehen würde. Denn es war für sie selbstverständlich, bei der Montur nicht nur auf Sicherheit zu achten, sondern sie musste auch optisch etwas hergeben. So in die Richtung wilde Rockerbraut.

Walli träumte kurz von ihrer demnächst geplanten Motorrad-Zweisamkeit mit ihrem Björn, in einer der einsamen Regionen des Waldviertels. Ach, welch erbauliche Aussicht!, dachte sie. Ihre durch die überbordenden Ereignisse gedämpften Liebessensoren begannen sich wieder bemerkbar zu machen.

Harrys nervende Stimme holte sie wieder in die Realität zurück: »Was ist nun?«

Walli überlegte, entschied sich aber dafür, lieber ihn abzuholen. »Ist ja schließlich nur halblustig, wenn Sie da extra kommen und dann bei mir herumlungern müssten, bis dieses Ding endlich da ist.«

»Ich bin sowieso wieder an einer Geschichte dran. Diesmal im tschechischen Krumlov, also dem ehemalige Krumau. Sie werden das sicher von den Bildern Egon Schieles kennen.«

»Der Maler? Der mit den vielen Nackten auf seinen Zeichnungen?«

»Also, manchmal formulieren Sie wirklich drastisch, Frau Winzer. Ja, *der* mit den vielen Nackten, dessen Bilder bei Sammlern mittlerweile Millionen wert sind – genauso wie die von Gustav Klimt.«

»Okay. Fahren Sie irgendwann dorthin?«, fragte Walli Winzer weiter.

»Ja, in den nächsten Tagen.«

»Wie lange wird das dauern?«

»Nur eine Tagesreise. Sie können gerne mitkommen.«

»Wäre eine Überlegung wert. Aber ich werde mal sehen,

was meine Zeit zulässt.« Walli erinnerte sich, dass sie noch mitten in den Vorbereitungen bezüglich des Treffens mit Björn steckte. Sie wollte alles so gediegen und perfekt haben, wie man es sich nur denken konnte. Ihr beider Gefühlsrausch sollte absolut nichts im Wege stehen. Für die kommenden Tage hatte Björn Johansson ja ein gemeinsames Treffen in Wien vorgeschlagen. Er wollte mit einigen Firmen Verhandlungen wegen neuer Seminarreihen führen. Danach plante er, mit Walli die österreichische Landeshauptstadt für einige Zeit unsicher zu machen und sie danach eine Weile nach Großlichten zu begleiten.

Die Gruppe junger Frauen lachte laut. Romy Steiner erzählte von einer Begebenheit, die sich kürzlich in Wien zugetragen hatte. Sie und Anna Szabo schienen sich näher zu kennen. Es ging offensichtlich um eine gemeinsame Bekannte. Walli freute sich, dass die bedrückte Stimmung der letzten Tage langsam nachließ. Zuerst die beiden Toten, dann das Liebesunglück von Silvia. Ziemlich viel, das Ganze!, seufzte sie lautlos. Eigentlich wollte sie ursprünglich nur eines, und der Wunsch galt noch immer: ihre Ruhe. Doch zurück zu Harry, der nun schon weniger geduldig in der Leitung hing.

»Sind Sie noch da, Walli?«

»Klaro, ich war nur kurz abgelenkt. Also, ich melde mich, wenn mein heißes Eisen da ist. Dann schwirre ich gleich ab zu Ihnen in die Mühle.«

»Sie wissen aber schon noch, dass wir keine reine Lustfahrt vor uns haben? Wir wollten uns doch das Zementwerk vornehmen. Erinnern Sie sich?«

»Sicher. Aber es ist sowieso unauffälliger, wenn wir nicht mit dem Auto düsen. Das Motorrad stellen wir dann irgendwo hinter einem Holzstoß ab, wo man es nicht gleich sehen kann.«

»Vergessen Sie aber nicht, ein bisschen Werkzeug mitzunehmen, Hammer, Zange und so weiter.«

»Warum denn das?«

»Man weiß nie, was einem am Weg dorthin so alles passieren kann, beziehungsweise, was wir eventuell dort brauchen könnten, um hineinzukommen.«

»Harry, Sie planen doch nichts, was uns in Schwierigkeiten bringen könnte? Der Grubinger macht uns die Hölle heiß, sag ich Ihnen!«

»Also, besser wir können aus dem Vollen schöpfen, als dass wir blöd aus der Wäsche schauen«, motzte Harry Kain.

»Na gut. Aber erst einmal schauen wir uns dort nur unverbindlich um. Vielleicht erfahren wir ja sowieso jetzt schon etwas«, wollte Walli das Gespräch abkürzen. Sie spürte bereits den mahnenden Blick Silvias auf sich ruhen.

»Ja, und wir sollten diesen Matthias Stanzl, diesen Vorarbeiter vom Zementwerk, näher unter die Lupe nehmen. Ich hab den Eindruck ghabt, dass der nicht gerade ein Freund vom Stöger war.«

»Machen wir später, aber nicht jetzt«, sagte Walli Winzer und legte auf.

»Na, bei euch scheint's ja inzwischen lustig herzugehen«, brachte sie sich wieder ins Gespräch ein und steckte dabei ihr Mobiltelefon in die Seitentasche ihres eleganten weinroten Hausanzugs.

»Harry?«, fragte Silvia.

»Ja, ich hole ihn ab, sobald mein Motorrad geliefert ist. Das müsste bald sein, und wir fahren dann eine gemeinsame Runde.« Vom Zementwerk sagte sie nichts.

»Was? Sie fahren Motorrad?«, zeigte sich Romy interessiert.

»Seit Kurzem«, antwortete Walli lapidar. »Ich habe da jemanden auf meiner Schwedenreise kennengelernt, für den das Lebensgefühl und noch viel mehr ist. Wir sind letzten Monat gemeinsam auf einer Riesenmaschine herumgedüst, und wie man sieht, hat seine Begeisterung auf mich abgefärbt.«

Silvia Manner sah Walli wissend an, grinste, sagte jedoch kein Wort. Unschwer konnten sich die anderen ihren Reim auf die Art der Urlaubsausflüge mit Motorrad machen.

Walli blickte in die freundliche, erwartungsvoll lächelnde Runde und ließ sich aufgrund dessen zu einem Bekenntnis breitschlagen: »Nach Wien werde ich mit dem Ding sicher nicht fahren, aber Björn werde ich dort in den nächsten Tagen wiedersehen.«

»Was gibt's Schöneres, als das Leben zu genießen«, jubelte Romy Steiner als Erste. »Das sollten wir uns alle hier zum Vorbild nehmen«, legte sie nach. »Auch wenn es manchmal Lebensabschnitte gibt, die das zu verdecken suchen.« Sie dachte dabei auch an ihr Vorhaben, ihren Vater zu finden und damit zu konfrontieren, was er ihrer Mutter seinerzeit angetan hatte.

Bei Anna und Silvia schien sich ihre jeweilige seelische Last ein wenig zu lockern. Sie lächelten. Die Gespräche gestern und heute schienen beiden gutgetan zu haben.

Während die anderen über gemeinsame Bekannte und über Romys Kindheitserfahrungen in Großlichten sprachen, schlich Walli sich ins Haus zurück und begann ihre Morgentoilette.

Sie hatte vor, die Burschen, die das Motorrad lieferten, noch einiges zu fragen und sich auch vieles zeigen zu lassen. Dabei wollte sie bereits in professioneller Motorradkluft erscheinen.

Wem das alles ziemlich egal schien, war Kater Filou. Er rekelte sich behaglich auf dem Sofa im Wohn-Essraum und schaute noch vom Schlaf benommen ins Leere. Kurze Zeit später streckte er sich ganz lang, sprang hinunter und vergrub seine Vorderpfoten tief in Wallis flauschigem, handgeknüpftem Teppich.

Ah, war das ein Lebensgefühl!, schien er entspannt vor sich hin zu träumen. Sein genüssliches Kratzen rief allerdings seine Besitzerin auf den Plan, die wie von der Tarantel gestochen plötzlich neben ihm stand.

»Du kleines Ungetüm«, schrie sie ihm entgegen, als sie ihn mit ihrer Rechten an der Katzenfalte hochzog und mit der Linken seine Hinterläufe stützte.

Kacke!, dachte der Kater, denn er hatte nicht einmal mehr Zeit gehabt, loszulaufen. *Die* hat mir noch gefehlt! Jetzt würde er sich wieder eine ellenlange Predigt von ihr anhören müssen, dass das ein teures Stück sei und bla, bla, bla …

»Filou, du weißt doch, dass …«

Ja, eben! Habe ich es nicht gerade gesagt? Jetzt war wieder einmal gute Miene zum bösen Spiel angesagt. Da das Ganze zwischen beiden bereits irgendetwas von eingespielter Routine zu haben schien, nahm Filou seine etwas unbequeme Position gelassen in Kauf. Seine Krallen blieben eingezogen, auch sonst wehrte er sich nicht. Denn je schneller er seine treuherzigen, großen Kulleraugen einsetzte, desto schneller würde er auch wieder herunten sein. Das lehrte ihn die Erfahrung.

Gedacht – getan.

Plumps.

Er landete mit allen vier Pfoten auf dem Boden.

Na das ging ja ziemlich rasch. Irgendwie fast ein neuer Rekord, murmelte er für sich. Aber was ist denn überhaupt heute mit ihr los?

Er blickte Walli nach, als sie, nur in Unterwäsche, wieder ins Bad flitzte.

Offensichtlich ein Zeitproblem, ging es durch seinen Kopf.

Trotzdem fand er sich in seiner Lebensphilosophie bestätigt: Sind doch alle gleich, die Menschen. So manipulierbar! Ein bisschen nett sein, und alles ist sofort vergessen, waren die letzten Gedanken, die er der Situation widmete. Denn vor der Tür hörte er Stimmen, die seine Aufmerksamkeit auf sich zogen. Er hüpfte auf die Fensterbank mit ihrer weichen und weiß-rot karierten Ablage, um sich einen genaueren Überblick zu verschaffen. Eben, als Filou das einfahrende Auto näher ausnehmen wollte, stellte sich eine Gestalt auf die andere Seite des Fensters und verstellte ihm so die Sicht. Er sah ins Gesicht einer jungen Frau. Sie zwinkerte ihm zu, und mit ihrem gebogenen Zeigefinger strich sie sanft übers Glas, gerade so, als würde sie ihn damit meinen.

Der Kater freute sich und erwiderte die Freundlichkeit, indem er sein Köpfchen ausgiebig an der Innenseite des Fensters rieb. Als das Auto samt Anhänger am spärlich bewachsenen Grünstreifen vor dem Haus stehen blieb, wandte sich die Gärtnerin mit einem Lächeln von Filou ab. Sie lehnte ihre Schaufel gegen die Hauswand und ging den Männern, die ausgestiegen waren, entgegen.

Auch Walli Winzer öffnete die Tür und trat hinaus. In ihrer lässigen Motorradkluft sah sie auch für Silvia völlig ungewohnt aus. Sonst kannte ihre einstige Mentee sie nur in eleganter Robe. »Wow! Da hast du dir aber ein steiles Outfit zugelegt«, pfiff sie ihr beeindruckt entgegen.

Walli lächelte und wartete, bis die Männer die Befestigungen am Anhänger gelöst und das Motorrad langsam die Schräge herabgerollt hatten. Das waren also ihre 86 PS, die sie auf ihrem Weg in die Freiheit begleiten sollten, dachte Walli, als sie ungläubig wie ein Kind vor dem Weihnachtsbaum vor der wuchtigen Maschine stand. Doch warum lange fackeln? Sie setzte sich auf die Street-Bob und stützte sich mit beiden Beinen ab.

»Sie können gleich starten«, sagte einer der Männer. Er löste noch einige Transportklammern und erklärte Walli auf ihren Wunsch hin noch letzte Details.

Inzwischen hatte sich bereits eine kleine Menschentraube um das Motorrad gebildet. Neben Romy und Anna standen weitere Nachbarn. Auch einige Fremde, welche die Autoansammlung um das Anwesen der Wienerin gesehen hatten, kamen neugierig hinzu.

Während die Männer noch herumwerkelten, sah Walli die Nachbarin Karner. Sie redete auf ihre Nichte Anna ein. Armes Ding, gestraft mit so einer Tante, dachte Walli Winzer. Annas Gesicht, das vorher so fröhlich gewesen war, verdüsterte sich. Silvia beobachtete die Szene ebenfalls mit Sorge. Walli sah jetzt auch Julia Winkelbauer, die sich mit Patrick Burger gerade durch die Gruppe vorgearbeitet hatte. »Hallo, Frau Winzer! Mutig, dass Sie sich mit so etwas zu fahren getrauen.«

»Grüß Sie! Das wollte ich schon von Jugend an. Nur fehlt einem manchmal der Mut dazu, wobei's bei mir eher das Geld war.«

»Ja, Mut ist so eine Sache. Wenn man den irgendwo kaufen könnte.«

Die Gruppe lachte. Offenbar dachten das einige. Romy Steiner schaute auf. Sie hatte sich indessen wieder der Gartenarbeit gewidmet. Als sie Julia Mühlthaler sah, kam sie näher. Irgendetwas hielt sie allerdings davon ab, sich in die Gruppe einzugliedern.

Sie ließ die Anwaltsgattin keine Minute aus den Augen. Auch Patrick hatte sich aus der Menschenansammlung gelöst. Romy beobachtete ihn, wie er in den hinteren Bereich des Gartens ging. Vor der abgetragenen Erde, die seitlich des Tatorts aufgeschüttet lag, blieb er stehen. Zum ehemaligen Gemüsebeet zog es ihn nicht. Es war nur ein kurzer Blick, den er darauf warf. Anna Szabo war ihm nachgegangen und legte ihm ihren Arm beruhigend um die Schulter. Er löste sich und ging, ohne seine Emotionen zu zeigen, wieder zu Julia Winkelbauer zurück. Walli hatte inzwischen das Motorrad unter dem Gegröle der umstehenden Menge gestartet. Sie ließ den Motor einige Male aufheulen.

»Das klingt ja sehr zufriedenstellend«, freute sich der Anninger Loisl, der am oberen Ende der Straße wohnte.

»Die Street-Bob soll auch eine super Straßenlage haben«, zeigte sich ein anderer informiert.

Nur Sybille Karner giftete wieder einmal aus heiterem Himmel: »Ja, wenn man so viel Zeit hat, in der Gegend herumzufahren. Andere haben das leider nicht!« Um Bestätigung ringend, lehnte sie sich gegen Anna, die wieder neben ihr stand und keine Miene verzog.

Walli Winzer war der Seitenhieb der Nachbarin nicht entgangen. Sie überlegte kurz nach einer treffsicheren Pointe, entschied sich aber dagegen. Sie winkte Silvia zu sich und bat sie, ihr die Motorradjacke aus dem Haus zu bringen. Danach drehte sie eine kleine Runde die Straße entlang und zurück. Auf einer baugleichen Maschine hatte sie das Fahren gelernt, weshalb alles wie am Schnürchen lief.

Als sie zurückkam, hatte sich die Gruppe fast aufgelöst. Walli öffnete ihr Visier und unterschrieb rasch die Lieferbestätigung. Dann hieß es tatsächlich für sie: freie Bahn.

Julia Mühlthaler und Romy Steiner waren mittlerweile im vertrauten Gespräch. Walli kam daher ein Gedanke. »Wie wär's, wenn wir meinen Motorradeinstand heute mit einem Abendessen in kleiner Runde feiern würden?«, fragte sie Silvia.

»Keine schlechte Idee«, freute sie sich.

»Wie wär's mit Romy, und vielleicht hat ja auch Frau Mühlthaler Lust dazu?«

»Ich werde sie mal fragen.« Silvia nickte überrascht und lächelte.

»Also an Wein, Sekt und Snacks als Vorspeise habe ich noch einiges«, überlegte Walli, ganz Frau der Tat. »Aber was essen wir als Hauptspeise?«

»Wieder Fisch wäre nicht schlecht. Den wollen die meisten«, schlug Silvia vor.

»Na, frag mal, ob es so ist?«, forderte Walli Silvia auf und deutete Richtung Romy.

Gleich darauf hörten sie ein »Gerne«. Romy Steiner hob bestätigend ihre Hand. »Wenn Sie wollen, besorg ich frische Karpfen vom Schloss. Ich muss heute sowieso dorthin, da nehme ich welchen mit.«

»Klar. Warum nicht«, antworte Walli und erwiderte die Geste. Sie hatte zwar mit Harry vor, dem Karpfenteich und seinem Besitzer erneut einen kleinen Besuch abzustatten, aber so würden sie zeitlich unabhängig bleiben. An Silvia gewandt meinte sie: »Und vielleicht möchtest du ja auch Anna Szabo dazu einladen? Könnte mir vorstellen, dass sie lieber einen Abend mit uns verbringen würde als da drüben.«

Wortlos lächelten die beiden Frauen einander zu. Walli prüfte die Benzinzufuhr, rückte ihren Helm zurecht und brauste los.

18. KAPITEL

Es war ein lässiges Gefühl, mit der Harley auf der Landstraße dahinzugleiten. Der Motor schnurrte leise und die Straßenlage war einfach perfekt. Im Fahren fühlte sich Walli unmittelbar der Natur verbunden. Und das nicht nur, weil der Wind ihr über den offenen Kragen der Lederjacke hinein in die Bluse flatterte oder sie die Geschwindigkeit zu sehr berauscht hätte. Nein, all diese Erklärungen brachten es nicht auf den Punkt und griffen zu kurz.

Es war etwas anders.

Man spürte sich wieder, fühlte sich viel stärker am Leben teilnehmend, irgendwie gestaltend. Für alles zuständig. Irgendwie war man überprüfbarer Teil eines funktionierenden Kreislaufs geworden. Ob es an der eigenen besonderen Wachheit lag, am Duft der Fichtenwälder oder an der wunderbar abwechslungsreichen Herbstlandschaft, Walli wusste es nicht.

Sie fuhr nicht besonders schnell. Mätzchen probierte sie erst gar nicht. Das hing wohl damit zusammen, dass Leichtsinn nie ihr Ding gewesen war. Abenteuer schon, doch das Risiko musste absehbar sein. Wäre es anders gewesen, hätte sie nicht ihre erfolgreiche Agentur aufbauen können. Und das ohne familiäre Hilfe im Hintergrund. Hotel Mama, Papa oder wie man will, das gab's bei ihr absolut nicht. Sie war eine richtige Selfmade-Woman. Und darauf war sie stolz.

»Sagen Sie, können wir nicht langsam eine kleine Pause einlegen?«, jammerte Harry Kain auf dem Rücksitz.

»Wir sind doch gleich dort. Das Zementwerk liegt ein wenig außerhalb des Orts, an der Bundesstraße.«

»Wie lange noch?«

»Ich glaube, es sind noch zwei Ortschaften bis Altenstein, wenn ich die Straßenkarte richtig im Kopf hab. Auch das Schloss müsste jetzt gleich von der Kuppe aus zu sehen sein. Ah! Da ist es schon«, staunte Walli, als sie den höchsten Punkt des hügeligen Straßenzugs erreicht hatten und sich vor ihnen ein völlig neues Landschaftsbild auftat. Als wäre sie bloß die Animation in einem Werbefilm, ließ die Weiterfahrt die Sehenswürdigkeit langsam hinter den immer näher kommenden Dächern der neu erbauten Reihenhauskette an der Dorfeinfahrt versinken.

Da Harry bis zum Ziel nichts mehr sagte, nahm Walli an, dass auch er mittlerweile die gemächliche Fahrt durchs Grüne genoss. Dass er sich stattdessen krampfhaft an der Seitenhalterung der Harley-Davidson festhielt, damit rechnete Walli Winzer wirklich nicht.

Sie waren von der Landstraße aus den Seitenweg nach rechts abgebogen und hatten sich auf den am Samstagvormittag nicht mehr so dicht besetzten Parkplatz gestellt. Harry Kain brauchte einige Sekunden, bis er seine Worte wiederfand. »Warum tue ich mir so etwas eigentlich an! Immer wieder komme ich mit Ihnen in irgendwelche abstrusen Situationen«, jammerte er wankenden Schritts und mit bleichem Gesichte vor sich hin.

Walli tat so, als hätte sie hinter ihrem Helm noch nichts gehört, und verzog belustigt mehr für sich die Miene. Doch Harry buhlte weiter um eine Runde Mitleid: »Ich glaube, Spaß hat nur derjenige, der selbst mit so einer Kiste fährt. Als Harley-Davidson-Kopilot stehe ich Ihnen jedenfalls nicht mehr zur Verfügung, das sage ich Ihnen jetzt schon.«

»Also kommen Sie. Immer haben Sie was zu nörgeln. Ich weiß gar nicht, warum ich Sie überhaupt mitgenommen habe«, polterte Walli Winzer richtig sauer darauf los und zog ihren Helm herunter.

Auch Harry löste seinen Klappverschluss und legte den Kopfschutz beiseite. Er atmete kräftig durch und schaute sich um. »Ich meine ja nur. Wenn man Boden unter den Füßen hat, dann geht's ja wieder.«

Walli zog auch ihre Lederjacke aus und legte sie in den Bauch der Harley. Harry Kain war inzwischen Richtung Eingang unterwegs, kehrte aber bereits nach nur wenigen Metern um. »Da gibt es einen Wachposten. Der wird uns sicher nicht auf eine Stippvisite einfach so hineinlassen.«

»Ich werde ihn einfach ablenken und nach dem Weg zum Schloss fragen. Ich verstelle ihm dabei die Sicht, und Sie huschen hinter mir ins Areal. Am besten drücken Sie sich dann gleich an seinem Bewachungstrakt vorbei und schleichen sich den Zaun entlang. Ich folge ihnen von außen, und Sie machen mir irgendwo von innen auf.«

»Klingt nicht schlecht. Wird sich sicher etwas finden.«

»Aber machen Sie auch mal Ihr Mobiltelefon aus. Wäre blöd, wenn das im unpassenden Moment losginge.«

»Keine schlechte Idee«, murmelte er und machte sich sogleich ans Werk.

Auch Walli stellte ihr Smartphone lautlos.

»Falls es nicht gleich möglich ist, Sie reinzulassen, melde ich mich per SMS und lotse Sie«, gab Harry noch die letzte Direktive und folgte Walli zum Eingangsbereich. Es war weit und breit kein Mitarbeiter des Zementwerks zu sehen, was für Harry die Situation erleichterte. Er bückte sich und kroch in Wallis Kniehöhe an ihr vorbei. Es dauerte nur wenige Sekunden und Harry befand sich im Innenhof des

Werks. Er stand gleich wieder auf. Harry wollte es, falls ihm jemand vom gegenüberliegenden Fenster aus zugesehen haben sollte, so aussehen lassen, als wäre er beinahe gestürzt, hätte sich aber wieder gefangen. Aus der Ferne hörte er inzwischen Wallis durchdringende Stimme, wie sie sich im wahrsten Sinne des Wortes so dumm stellte, dass er es fast nicht glauben konnte.

Das Areal war riesig. Hinter dem mächtigen Bürokomplex ragten hohe Zementsilos empor, durch Brücken und Transportröhren miteinander verbunden. Einige von ihnen waren von Metallgerüsten umgeben, an denen Treppen hoch führten. Harry fragte sich, ob, würde man nur eine dieser Röhren beschädigen, der gesamte Kreislauf des Herstellungsverfahrens unterbrochen wäre. Oder gab es ausreichend Warn- und Sicherheitssysteme?

Irgendwie hatte er das dumpfe Gefühl, er müsse sich beeilen, bevor ihn noch jemand auf dem Areal entdeckte.

Den Eingangsbereich hatte er bereits verlassen und war in einen der weitläufigen Zwischenhöfe gelangt. Ein lautes Dröhnen ließ Harry hochfahren. Er drehte sich um. Hinter ihm waren mehrere Lastwagen dabei, sich in Position zu stellen, um offenbar mit Zement befüllt zu werden. Einige Männer halfen den Fahrern, indem sie ihnen die genauen Einweisungen zubrüllten.

Harry hatte Walli aus den Augen verloren. Sie wartete mit Sicherheit bereits draußen auf ihn. Nur wo sollte er sie hereinlassen?

Harry schlich an der Toilettenanlage entlang und entdeckte seitlich davon einen der Notausgänge. Er hoffte, dass er auch ohne akutes Signal als seitlicher Ausgang von innen nach außen benutzt werden konnte. Wie sollten sonst die Hunderte von Mitarbeitern alle zugleich täglich durch den

Haupteingang ihren Ausgang finden? Oder war das durch die Schichtdienste und flexiblen Arbeitszeiten sowieso bereits in der Praxis anders geworden?

Er drückte auf die Türschnalle. Sie ließ sich tatsächlich öffnen. Sicherheitshalber schloss er sie gleich wieder, bevor noch ein Impuls dadurch ausgelöst würde.

Nachdem er eine SMS losgeschickt hatte, stand Walli Winzer in der nächsten Minute vor ihm. Er sah sie durch die längs gerichteten Gitterstäbe und ließ sie hinein. In diesem Moment öffnete sich die Klappe von einem der Rohre, und unter dadurch verursachtem Höllenlärm wurden die davor stehenden Lastwagen befüllt. Eine Staubwolke breitete sich zusätzlich über der Ladezone aus. Walli und Harry suchten das Weite und flüchteten vor deren stickiger Ausbreitung in den nebenan liegenden Hof.

»Also, gesund kann so ein Job echt nicht sein«, stellte Walli fest. Sie sah besorgt auf ihr teures Outfit. »Meine Frisur und meine neue Lederhose. Die sind jetzt von der weißen Staubschicht überzogen«, ließ Walli unschwer erkennen, dass sie nie und nimmer in solch einem Job würde arbeiten wollen.

»Das wäre allerdings das Wenigste«, ergänzte Harry. »Wir atmen das auch noch ein. Und stellen Sie sich vor: Die Arbeiter hier müssen das täglich.«

»Also, Harry, dann machen wir schnell. Wir wollen uns doch nur ein wenig umsehen, und bevor man uns schließlich rauswirft, nach dem Stanzl, diesem Vorarbeiter, fragen.«

»Also der Staub ist so leicht und fein, dass er sich sogar über die Silos hinweg bis hierher ausbreitet«, entrüstete sich Harry. Er versuchte wie Walli zuvor, den feinen Staub von seinem dunkelblauen Blouson zu streifen. »Ja, ich habe

Ihnen zugehört. Wir gehen noch ein Stück weiter und fragen dann nach dem Limbacher *und* dem Stanzl.«

Ein Schild mit Aufschrift »Büro« wies ihnen den Weg durch die graue, schmutzige Industrieanlage.

In einem von kaltem Neonlicht beleuchteten Bürobereich fanden sie den Geschäftsführer Alois Limbacher. Er stand am Fenster, umringt von Matthias Stanzl und einigen seiner Mitarbeiter.

Limbacher war keineswegs überrascht, die beiden Betriebsfremden zu sehen. »Ich habe Sie schon kommen gesehen. Wie sind Sie eigentlich hier hereingekommen? Unbefugten ist der Eintritt strengstens untersagt. Schon die Ladetätigkeit allein ist hier gefährlich! Also, was wollen Sie?«, pfauchte er beide an.

»Also, mocht's as, wie ma besprochen ham«, hörte man Matthias Stanzl letzte Direktiven ausgeben. Die Gruppe löste sich auf. Stanzl blieb im Büro.

»Der Stöger Franz hat doch hier bei Ihnen gearbeitet?«, fragte Walli Winzer.

»Ja, sicher. Das weiß doch jeder. Warum fragen Sie danach?«

»Bei mir im Gemüsebeet ist er tot aufgefunden worden.«

»Das tut mir leid, aber warum kommen Sie damit zu mir? Die Polizei ermittelt sowieso. Der Grubinger war schon bei mir und hat mich dazu befragt.«

»Ich dachte nur, Sie kannten ihn ganz gut, und es hat vor seinem Tod hier Troubles mit ihm gegeben. Was war denn los?«

»Hören Sie, ich kann doch nicht jeder Auskunft geben, die daherkommt«, entrüstete sich Limbacher.

»Frau Winzer ist etwas traumatisiert durch den Toten auf ihrem Grundstück. Sie ist gerade dabei, das zu verarbeiten«, schaltete sich Harry Kain dazwischen.

Walli schaute ihn schroff an, verhielt sich aber ruhig.

Alois Limbacher biss sich kurz auf die Lippen und entspannte sich sofort. »Also gut. Wenn Ihnen das hilft«, klang er fast einfühlsam. »Der Stöger war, man soll zwar über Tote nichts Böses sagen, immer schon ein Querulant. Eine Zeit lang schaut man ja zu, aber irgendwann reicht's. Man will schließlich den Betrieb am Laufen halten. Ist ja der Sinn der Sache, nicht wahr? Immerhin hängen viele Leute dran. So wird's der Stöger in seinem Privatleben auch gmacht haben. Lästig eben. Dann hat halt einer durchgedreht. Irgendwie fast verständlich.«

Für ihn schien damit der Fall gelöst zu sein.

»Oder? Matthias, was sagst du?«, fügte er hinzu.

»Sie werden es nicht glauben, aber der Stöger war auch bei seinen Kollegen nicht sehr beliebt. Er hat bei allem ein Haar in der Suppe gefunden. So etwas nervt auf Dauer. Trotzdem, von den Kumpels war's sicher keiner. Für meine Mannschaft leg ich die Hand ins Feuer«, antwortete Matthias Stanzl ganz im Sinne seines Chefs.

»Was hat ihn denn so gestört?«, fragte Walli nach.

»Also, das ist jetzt wirklich nicht so von Belang für Ihre Aufarbeitung. Außerdem ginge das zu sehr in die Betriebsinterna«, blockte Limbacher die Frage ab.

»Anders gefragt: Hat es für sein Problem keinen Betriebsrat gegeben?«

»Selbstverständlich«, schaltete sich Matthias Stanzl wieder ein. Er ergänzte bedächtig: »*Ich* bin der Betriebsrat. Sogar dessen Vorsitzender.«

Walli wurde langsam Stögers eventuelle Ausweglosigkeit bewusst. »Wie ist es, wenn einem aus Ihrem Werk gekündigt wird? Findet er dann anderswo in der Umgebung noch einen Job?«

»Ganz einfach wird es hier im Waldviertel nicht«, erklärte Stanzl und war bereit, weiterzusprechen.

»Was redst denn da«, unterbrach ihn Limbacher forsch. »Wieso nicht? Wenn einer gut ist, findet er überall einen Job. Oder?« Der Vorarbeiter und Betriebsrat verstummte. Alois Limbacher schaute ihn fordernd an. Daraufhin lachten beide Männer übereinstimmend.

»Fragen S' besser seine Exfreundin mit ihrem neuen Gschamsterer. Da werden S' wahrscheinlich fündiger«, ergänzte Limbacher grinsend.

»Aha, und sagen Sie, was ist Ihr Problem mit dem Waldstetten, dem Karpfenteichbesitzer?« Auf diese Antwort hatte Walli es eigentlich abgesehen gehabt.

»Na, das kann ich Ihnen schon sagen: Er behauptet, wir würden das Wasser für seine Karpfenzucht verschmutzen. Tut mir auch leid für ihn, falls das tatsächlich irgendwer tut. Wir sind's jedenfalls nicht. Wir halten alle Umweltauflagen ein. Mein Anwalt Winkelbauer kümmert sich bereits um die Vorwürfe.« Alois Limbacher stellte sich in Pose, als würde er sich in Kürze von ihnen abwenden: »Wenn Sie mich jetzt entschuldigen wollen. Ich hab noch einiges zu tun. Herr Stanzl wird Sie hinausbegleiten.«

Walli und Harry verstanden und wollten die Situation nicht weiter ausreizen. Matthias Stanzl öffnete ihnen die Tür. Sie stiegen die kurze Metalltreppe in den Hof hinab und gingen dem Schild »Ausgang« nach.

Im Verladehof kam ihnen ein junger Mann entgegen. Es schien, als hätte er bereits auf sie gewartet. Sie hatten ihn zuvor im Büro in der Gruppe um Stanzl herum gesehen. Er winkte sie herüber zum Toilettenbereich, der neben dem Aufenthaltsraum lag.

»Kommen Sie kurz mit«, flüsterte er.

Allerdings ging er an ihnen vorbei, als er Matthias Stanzl mit forschem Schritt sah. Er bog rasch in eine der nahe liegenden Werkshallen ein.

»Ich dachte schon, dass Sie sich verlaufen könnten. Sicherheitshalber begleite ich Sie zum Ausgang«, rief ihnen Stanzl entgegen. »Wenn ich bitten darf.« Er wies mit seinem rechten Arm Richtung Exit, verdeutlichte dadurch nachdrücklich seine Einladung und begleitete die ungebetenen Gäste.

19. KAPITEL

»Ah, tut das gut, sich hinzusetzen.«

»Na, kommen Sie, so schlimm war's jetzt aber auch wieder nicht«, entgegnete Walli amüsiert.

»Ich will ja nicht sagen, dass die Fahrt keinen Spaß gemacht hat, aber für schwache Nerven ist das absolut nichts.«

»Und die sind ja offenbar schon ziemlich angegriffen bei Ihnen?«, konterte Walli Winzer süffisant.

»Na, Sie sind gut! Das Fahren lenkt Sie ab. Aber ich muss mich festhalten, mitschauen und alles erst gedanklich nacharbeiten, was Sie da so an Strecke vorgeben. Wissen Sie, wie anstrengend das ist?« Harry Kain blickte im Moment tatsächlich gezeichnet.

»Kommen Sie, Harry, ich lade Sie auf eine Stärkung ein. Die haben wir uns jetzt wirklich verdient.«

Walli Winzer hatte ihre Street-Bob Harley-Davidson zuvor mitten auf dem Hauptplatz von Pöggstall abgestellt. Zur Konditorei waren sie dann nur wenige Schritte gegangen. Vor dem Eingang gab es zwar eine Terrasse, auf der einige Kaffeehaustischchen standen, doch sie entschieden sich, hineinzugehen. Die im Sommer eindeutig zu wenig gegossenen Buchsbaumtöpfe, die mit teilweise bereits braunem Gestrüpp den Außenbereich umrahmten, wirkten auf sie nicht gerade einladend.

Walli zog ihre schwarze Motorradjacke aus, hing sie über die Lehne des Nachbarsessels und setzte sich neben den erschöpften Harry Kain. Auch sie spürte Erleichterung, als sie ihren Rücken entspannt gegen die Sessellehne drückte. Walli schloss sogar kurz die Augen und atmete bewusste tief durch.

Die Zeit war wie im Flug vergangen, und sie waren doch einige Zeit unterwegs gewesen. Walli wollte schließlich das Nützliche mit dem Angenehmen verbinden und hatte Harry Pöggstall mit seiner frisch renovierten Burg für einen Konditoreibesuch vorgeschlagen. So etwas hatte sie noch nie gesehen: Um diesen mächtigen Bau aus dem 13. Jahrhundert hatte man direkt den Ortskern angebaut. Natürlich erst viel später, denn jahrhundertelang waren die hohen und dicken Burgmauern, wie es sich für eine Wehrburg gehörte, von einem tiefen Wassergraben umgeben.

Die Aufforderung der Kellnerin zur Bestellung unterbrach ihre Ruhe. Walli nahm wie gewöhnlich einen Caffè Latte. Harry Kain überlegte kurz, hörte auf das Knurren seines Magens und entschied sich für einen kleinen Brunch, der aus Ham and Eggs (vom Waldviertler Mangalitza-Schwein) mit handgemachten Kaisersemmeln, einem Glas Orangenjuice, einem Großen Braunen und einer Kanne Stillem Wasser bestand.

Klar doch! Walli Winzer hätte darauf schwören können, dass Harry die Gelegenheit für einen Snack nützen würde. Immerhin lud sie ihn ja ein. Walli hätte sich mächtig getäuscht, wenn er es nur bei einem Kaffee belassen hätte. Harry Kain schlug tatsächlich wie die meisten Journalisten, die die PR-Expertin kannte, keine Einladung aus. Sie selbst dachte lieber an ihre Linie und blieb beim Kaffee. Zumindest vorläufig.

»Was halten Sie von unserem Ausflug ins Zementwerk?«, unterbrach Harry Kain ihre Gedanken.

Walli rückte ihren Stuhl zurecht und versuchte, ihre Eindrücke zu sammeln. »Verkehrt war es nicht, dass wir dort waren. Ich finde sogar, dass wir einige Anhaltspunkte sammeln konnten.«

»Welche meinen Sie damit?«, bohrte er nach.

»Na, zum Beispiel diese ablehnende Haltung der Geschäftsführung unseren Recherchen gegenüber.«

»Also, Hand aufs Herz: Wären Sie erfreut, wenn Ihnen irgendwelche selbst ernannten Ermittler lästige Fragen stellten? Noch dazu, wenn Ihr Zementwerk mit betrieblichen Schwierigkeiten zu kämpfen hätte?«

Walli musste zugeben, sie hätte in dieser Situation sogar

Polizisten abgewimmelt. Ohne konkreten Verdacht käme bei ihr niemand über die Büroschwelle.

»Und die Baubranche ist ja auch nicht gerade bekannt dafür, über besonders charmantes Personal zu verfügen«, ergänzte Harry.

»Das stimmt, wobei einige ganz gut aussehen«, murmelte Walli.

Harry rollte mit den Augen und überging die seiner Meinung nach unpassende Bemerkung.

»Die waren über unser Erscheinen ziemlich verblüfft, finden Sie nicht auch? Mein Instinkt sagt mir, dass da irgendetwas im Busch ist. Der Limbacher hat gemeint, dass der Stöger ein Querulant war. Das heißt, etwas hat den offensichtlich auf die Palme gebracht.«

»Harry, in Zeiten wie diesen kann das alles gewesen sein. Zeigen Sie mir derzeit einen Großbetrieb in Österreich, in dem die Mitarbeiter mit Enthusiasmus arbeiten?«

»Na kommen Sie, Sie pauschalisieren aber jetzt. Machen Sie sich nicht zu einer Nestbeschmutzerin. Es kann ja jeder gehen, dem es nicht passt.« Harry stockte kurz und fuhr fort: »Die Frage ist nur, wohin? Sie haben recht. Wir sind an den Grenzen umringt von Billiganbietern aus dem Osten, wo man dieses Zeug bloß auf Lkws und Waggons aufladen muss und ab – es befindet sich schon überall in Europa.«

»Sie vereinfachen jetzt aber zu sehr, Harry. Das ist eben für viele auch ein Vorteil. Aber warum das Werk tatsächlich schlecht gehen soll, wo an allen Ecken und Enden gebaut wird, leuchtet mir wirklich nicht ganz ein. Es soll ja nicht selten sein, dass in der Bauwirtschaft mafiöse Geschäftsbedingungen vorzufinden sind. Sicher nicht bei allen. Aber bei den vielen Bauvorhaben und der Konkurrenz ist es sicher nicht leicht, am Ball zu bleiben.«

»Und die Politik hat bei Großvorhaben meist auch ihre Finger mit im Spiel. Sie haben ja selbst im Wirtshaus gesehen, wie eingebunden unser Herr Bürgermeister dort in die Runde der gesellschaftlich vermeintlichen Best-of von Großlichten war«, erinnerte Harry Walli an ihre Rückkehr und Hannes' Feier als Österreichs beliebtester TV-Koch.

Inzwischen kam die Kellnerin mit einem Tablett voller Köstlichkeiten. Walli beobachtete Harrys leuchtende Kinderaugen, als sie ihm das Bestellte nacheinander servierte.

Walli empfand aufgrund dieser kleinen kulinarischen Opulenz plötzlich eine selbst gewählte Benachteiligung und orderte nun doch noch eine Mohnschnitte, die sie bereits beim Hineingehen im beleuchteten Schaukasten auffordernd angelächelt hatte.

Als sie sich umgedreht hatte, um sicherzugehen, dass noch ein Stück davon da war, nahm sie wahr, dass die Konditorei mittlerweile ziemlich voll war. Viele schienen den Vormittag zu nutzen, um Bekannte auf einen Kaffee zu treffen und dabei gleich frisches Brot und Gebäck mitzunehmen. Die Stimmung war wohltuend. Alle waren gut gelaunt.

Auch der Geruch von frisch zubereitetem Kaffee und das regelmäßige Surren der Maschine machten Walli Winzer ihre vorherige Anspannung vergessen.

»Ich darf schon beginnen?«, fragte Harry, denn er hatte bereits den ersten Bissen im Mund.

Walli machte ein nichtssagendes Handzeichen und schloss an ihre vorherigen Überlegungen an. »Der Vorarbeiter, dieser Matthias Stanzl, den hätte ich, wenn ich der Stöger gewesen wäre, auch nicht um mich haben wollen. Überhaupt: Diese ganze Mannschaft hat etwas Verdächtiges an sich. Einige von denen, die im Büro waren, saßen damals auch am Stammtisch, als der Stöger so viel gewonnen hat. Er hat doch gedroht, dass er irgendwas erzählen wollt, bevor er diese Wettscheine eingesteckt hat.«

»Ja, ich erinnere mich dunkel. Sie haben recht. Da war was. Trotzdem: Diese Alice Mittner und die Tochter ihrer Nachbarin, die Anna, sind mir auch nicht egal. Das waren alles Überreaktionen. Fast so, als spielten die da etwas.«

»Harry, ich glaube, Sie schauen vielleicht zu viele Krimis. Die Alice ist tot. Ihre Freundin scheint völlig neben der Spur zu stehen, und Sie machen sich solche Gedanken. Ich denk da auch an diesen aggressiven Mountainbiker, den wir bisher völlig aus den Augen gelassen haben.«

»Stimmt! Aber mit dem Stöger kann der wieder nix zu tun haben. Außer der hat diesen Typen bei irgendwas im Wald beobachtet und ihn deshalb abgemurkst. Und dann auch gleich diese Alice. Das scheint aber an den Haaren herbeigezogen zu sein, ganz ohne richtigen Anhaltspunkt«, widerlegte Harry Kain sich selbst.

»Trotzdem müssen wir uns auch um den kümmern.«

Wallis Mohnschnitte wurde inzwischen gebracht. Sie nahm einen Schluck von ihrem Kaffee und genoss das erste flaumige Stück. Es schmeckte zart nussig und zerging wohltuend auf der Zunge. Sie musste sich unbedingt ein weiteres Stück für zu Hause mitnehmen. Es sah auch anders aus als die sonst typischen Waldviertler Graumohn-Strudel, die sie kannte. Warum das so war, würde sie später noch nachfragen wollen, nahm sie sich fix vor.

»Die Anna von Ihrer Nachbarin und diese Mittner hatten keine mehr so innige Beziehung miteinander, wenn Sie mich fragen, und falls man so etwas überhaupt so nennen möchte. Beim Fest vom Hannes stieß die Mittner sie ja regelrecht zur Tür raus«, versuchte Harry sich an Einzelheiten zu erinnern.

»Hallo, wie wollen Sie denn das sonst nennen?«, fragte Walli kopfschüttelnd nach.

Harry wurde verlegen und winkte ab.

»Also, ich weiß von Silvia, dass Männer eine weibliche Partnerschaft oft nicht ernst nehmen wollen, was die betroffenen Frauen meistens sehr kränkt.«

Harry Kain schaute ertappt zur Seite, fuhr aber offenbar unbeeindruckt fort: »Sie hat dann dem Limbacher und dem Waldstetten die toten Karpfen fast ins Gesicht geknallt. Und das vor allen Leuten. Es waren auch einige von dieser Schickeria aus dem Reiterhof da. Und bei vielen ist diese Aktion echt nicht gut angekommen!«

»Mit dem Winkelbauer hat sie sich dann ebenso angelegt«, rekonstruierte Walli den Ablauf weiter.

»Sie war eine echte Aktionistin. Hat ja auch durchaus seine Wirkung gehabt. Jeder hat hingeschaut. Sie wollte die Bevölkerung auf das Fischsterben aufmerksam machen. Das ist ihr gelungen. Es dauert noch an. Das Gemauschel der Herren hinter verschlossenen Türen hat bis jetzt nichts geändert«, versuchte Harry Kain die Fakten ordnen.

»Emotionen können sich zwar hochschaukeln, enden aber nicht gleich automatisch mit Mord, falls Sie darauf hinauswollen«, überlegte Walli.

»Okay, aber denken S' auch dran, dass der besoffene Stöger die Alice vorher begrapscht hat. Die hat ihm daraufhin eine ordentlich verpasst. Vielleicht ist danach jemand auf die Idee gekommen, ihr alles Spätere in die Schuhe zu schieben?«, sagte Harry.

»Was wollen Sie damit sagen, dass jemand den Stöger umgebracht hat, um das der Alice Mittner anzuhängen?«

»Vielleicht. Um sie eventuell mit Sicherheit aus dem Verkehr zu ziehen? Um sie einfach loszuwerden?«, legte der Amateurdetektiv nach.

»Harry, jetzt glaube ich, dass Ihre Fantasie mit Ihnen durchgeht. Wir wollen noch einmal alle Fakten durchgehen: Der offenbar lästige Stöger wurde ermordet. Viele schienen darüber erleichtert. Ich denke da nicht nur an manchen seiner Kollegen aus dem Wirtshausstammtisch und dem Zementwerk, sondern auch an den Stanzl, den Limbacher und den Waldstetten. Die haben doch alle etwas auf dem Kerbholz.«

»Und wieder kommt die Alice Mittner ins Spiel, die Aufgebrachte, die Wütende.«

»Was? Soll sie, nachdem sie ihre Freundin zur Karner gebracht hat, wieder rausgegangen sein und den Stöger bei mir herumlungern gesehen haben? Daraufhin hat sie sich gedacht: Den murkse ich ab und dann hänge ich ihn an die Vogelscheuche? Das glauben Sie ja wohl nicht selbst!«

»Zugegeben: Das klingt nicht wirklich überzeugend. Was ist, wenn sie das aber mit dieser Anna Szabo gemeinsam gemacht hat? Gemeinsam wären sie kräftig genug gewesen, den Stöger …«

»Harry, bitte! Das glauben Sie wohl selber nicht. Auch die Gruppe der Honoratioren des Dorfes hat sich bald, nachdem sie gegangen waren, aufgelöst. Sogar seine Exfreundin und ihr neuer Freund waren an diesem Abend aufgebracht gewesen. Es kann also wirklich fast jeder gewesen sein. Wir kommen so nicht weiter«, stöhnte Walli.

Harry schwieg. Er schob den letzten Krümel Semmel in den Mund und kaute bedächtig. Vor ihm stand der mittlerweile leere Teller. Er nahm einen Schluck Orangensaft und fuhr fort: »Die Mittner kann ja auch mit ihrem Aufdecker-Wissen irgendjemanden erpresst haben. Zum Beispiel den Waldstetten.«

»Und warum sollte sie?«

»Na, weil er scheinbar das Spiel mit den toten Fischen und dem Zementwerk schon öfter gespielt hat und das möglicherweise für ihn eine ganz gute Einnahmequelle für einen Überschuss seiner Karpfen-Population war. Denken Sie daran, dass wenige Kilometer weiter Richtung Osten der Kilo Karpfen immer noch ein Minimum vom Waldviertler Karpfen kostet. Im Wiener Fischgeschäft zahlen sie dann allerdings fast das Gleiche. Also, nach Adam Riese, diesem Mathematikgenie: Wo greifen die Supermarktketten dann lieber hin und erwirtschaften höhere Gewinne? Sie brauchen gar nicht zu antworten. Ich sage nur: richtig!«

»Harry, manchmal sind Sie schrecklich nüchtern.«

Walli Winzer griff zum Wasserglas. Sie schaute Harry an und wischte sich dabei einige Brösel vom Mundwinkel. Ihre Zunge glitt die Zähne entlang, auf der Suche nach unerwünschten Mohnresten. Harry Kain nützte währenddessen die Gelegenheit, sein Besteck unmissverständlich in die Abservierposition zu legen.

»Das erinnert mich daran, dass Sie doch demnächst nach Krumlov in Tschechien fahren wollten. Ist das noch aufrecht?«, fragte Walli Winzer.

»Ich hätte das in den nächsten Tagen vor. Wenn Sie wollen, können Sie ruhig mitfahren«, ermunterte Harry seine Gesprächspartnerin. »Aber ehrlich gesagt, mit dem Motorrad möchte ich da weniger gern hinauffahren. Ich denke vor allem an mein armes Sitzfleisch und muss mich erst langsam an den Harley-Hintersitz gewöhnen, falls Sie mich überhaupt nochmals mitnehmen wollen«, grinste Harry.

Walli lehnte sich in ihrem Stuhl zurück und sah Harry amüsiert kopfschüttelnd an: »Dann fahren wir halt mit Ihrer Pupperlhutschen.« Sie war neugierig, ob er diesen wienerischen Ausdruck überhaupt verstand.

»Wir haben zum 2CV früher immer Affenschaukel gesagt, weil die Karosserie so leicht war, dass bei jeder Bodenunebenheit der ganze Aufsatz mitschwang. Da man damit auch heute sowieso nicht schneller als 100 Stundenkilometer fahren kann, besteht keine ernste Gefahr. Aus eigenem Interesse fahre ich die Landstraße nur mit 80 entlang. Ich hatte mir den Citroën, nachdem ich aus Wien weggezogen war, gekauft. Ein Oldtimer als Reminiszenz an meine Jugend.«

Walli grinste. Sie dachte daran, dass der Kauf ihrer Harley-Davidson in eine ähnliche Richtung ging und mit Jugenderinnerungen verbunden war. In ihrem Fall wohl eher mit Jugendsehnsüchten, denn keiner ihrer Freunde konnte sich damals so ein heißes Eisen leisten. Man kannte es bloß von Fotos diverser Heavy-Metal-Bands, die sich subversiv an diese Luxusdinger anlehnten. Es wurde darüber gesprochen. Es war ein Lebensgefühl. Abenteuer. Freiheit. Revolution. Gedanklich besaß jeder so eine Harley. Jetzt erst stellte sie fest, dass sie im Vergleich zu den spritzigen, sportlichen italienischen Maschinen mehr einer Limousine unter den Motorrädern glich. Die Harley hatte eine komfortable Straßenlage, während sich die Geschwindigkeit in Grenzen hielt. Doch Walli reichte das. Sie glitt mit mäßigem Tempo über die Landstraße und hatte daher auch mit überraschenden engen Kurven keine Probleme.

»Jetzt erzählen Sie mir noch, wie Sie überhaupt auf die Idee gekommen sind, sich eine Harley anzuschaffen?«, fragte Harry und tat bereits so, als würde er nach seiner Geldbörse suchen.

Walli sah ihm abwartend zu, und als er erwartungsgemäß nichts hervorholte, was er meistens tat, weil er hoffte, dass sein Gegenüber die Rechnung beglich, fuhr sie fort: »Also, lassen Sie es, Harry. Ich habe Ihnen ja gesagt, ich lade Sie ein«, setzte Walli seinem Schauspiel ein Ende. »Wie Sie ja schon mitbekommen haben werden, hatte ich in Schweden eine sehr bewegende Bekanntschaft. Björn ist ein Harley-Davidson-Spezialist. Wir sind gemeinsam durch die Landschaft gefahren, und er brachte mir das Fahren sogar auf der Großen bei. Da er ein begnadeter Coach ist, war dann die Führerscheinprüfung ein Klacks für mich.«

»Wenn ich mir bei Ihnen ja vieles vorstellen kann und konnte, aber das mit Sicherheit nicht.«

»Da kann ich Ihnen gleich einen der Standardsätze vom Meistercoach Björn Johansson nennen: Man soll nie jemanden vorschnell beurteilen! Harry, auch wenn wir uns jetzt schon einige Monate kennen.«

»Glauben Sie, dass der Grubinger mit Einsatzkommando auch die Mannschaft im Zementwerk im Visier hat?«, wechselte Walli Winzer wieder zum Ausgangsthema.

»Die Polizei geht ja immer von einer Beziehungstat aus und ermittelt daher zuerst im direkten Umfeld der Opfer. Und da liegen sie meistens richtig.«

»Apropos. Wir hatten vorhin noch nicht zu Ende gesprochen. Ich begleite Sie gerne nach Krumlov. Soll ja ein hübsches Städtchen in Südböhmen sein. Bin schon neugierig.«

»Klar doch«, antwortete Harry erfreut. »Ich habe mir diese Stadt diesen Monat als Titelgeschichte für ›Griaß di‹ vorgenommen. Sie erinnern sich sicher: die Zeitschrift, für die ich arbeite. Die Gegend da oben ist eine wahre Fundgrube, auch für historische Techniken.«

»Dazwischen muss ich allerdings auch nach Wien fahren, da ich mich dort mit Björn treffe. Er hat einige geschäftliche Termine und dann Zeit für gemeinsame Erkundungen.«

»Und die werden garantiert sehr persönlich ausfallen«, witzelte Harry mit auffordernder Miene.

Obwohl Walli ja alles andere als prüde war, ging Harry das wirklich nichts an. Sie rollte gelangweilt, aber gewitzt die Augen und suchte nach ihrer Gucci-Handtasche. Die aufmerksame Kellnerin schloss daraus, dass sie bezahlen wollte, griff nach ihrer digitalen Kassa und legte die Rechnung auf den Tisch. Walli bezog großzügig Trinkgeld ein. Das machte sie immer, denn sie wusste aus eigener Erfahrung durch Gelegenheitsjobs in ihrer Jugend nur zu sehr, was es bedeutete, sein Leben zum Großteil aus Trinkgeldern zu bestreiten. Überhaupt empfand sie es als Unart, dass immer noch viele davon abhängig waren. Noch dazu, wo die Menschen mit Teilzeitjobs immer weniger verdienten und daher knauseriger mit Trinkgeld waren.

Die Geste tat ihre Wirkung. Die junge Frau bedankte sich überschwänglich. Walli nahm das gleich zum Anlass, nach der wunderbaren Mohnschnitte zu fragen.

»Man nennt das Weißmohn«, erklärte die junge Frau. »Der Graumohn ist typisch Waldviertel und aus vielen Gerichten der österreichischen Küche gar nicht wegzudenken. Den Weißmohn dagegen gibt es noch nicht so lang. Er bleibt bei der weiteren Verarbeitung hell und wird auch gerne in der indischen Küche verwendet. Die ist ja sehr gesund und die jungen Leute fragen danach. Man verwendet ihn dort für viele Soßen. Ja, und der Blaumohn hat einen kräftigen Geschmack. Deshalb wird er gerne gepresst und als Öl verkauft. Er schmeckt super zu Salaten und zu Kürbisgerichten.«

»Das klingt ja sehr vielversprechend«, gustierte Walli. »Dass es verschiedene Mohnarten gibt, war mir gar nicht bewusst. Man befasst sich meistens nur mit dem, was man kennt, und nimmt das andere oft nicht wahr. Da gibt es Diversität bei den Mohnsorten.« Walli merkte, wie die junge Kellnerin und Harry sie beide verdutzt ansahen. »Das erinnert mich, dass man im Leben den besonderen Fähigkeiten und unterschiedlichen Herangehensweisen von Menschen mehr Bedeutung schenken und auch darüber nachdenken sollte.«

»Ja, sicher«, entgegnete die Frau unverbindlich freundlich, nickte Harry zu und begann die leeren Tassen auf ihr Tablett zu stellen.

Walli war klar, dass keiner von beiden die Bedeutung des Gesagten erfasst hatte, aber das machte nichts. Ihr waren gerade die von der Liebe enttäuschte Silvia und ihre kleine Damenrunde, die sie heute Abend zum Essen eingeladen hatte, eingefallen. Sie freute sich darauf. Ja, und das wäre doch eine super Idee, eine ganze Kollektion von diversen bunten Mohnmehlspeisen aus der Konditorei mitzunehmen. Zum Nachtisch. Silvia würde es mit Sicherheit gefallen, das wusste sie schon jetzt. Den anderen hoffentlich auch.

20. KAPITEL

Noch nie hatte sie eine Autofahrt in einer so unruhigen, aufgewühlten Gemütslage unternommen. Sie konnte sich kaum konzentrieren, fühlte sich emotional völlig neben der Spur, ertappte sich dabei, wie sie regelrecht gedankenverloren durch die Gegend fuhr. Wälder und Felder rauschten von ihr unbeachtet vorbei. Daher versuchte sie zwischendurch immer wieder ganz bewusst auf die Wegweiser zu achten. Oftmals hielt sie sogar davor an, um sie so besser lesen zu können. Nie war sie diese Strecke gefahren. Sie war ihr fremd. Wie auch Schloss Waldstetten.

Stille.

Vorbeirauschen.

Eigentlich würde sie das jetzt auch für ihren derzeitigen Seelenzustand wünschen, alles einfach nicht zu beachten. In der Ungewissheit verharren. Weiterhin nicht zu wissen, wie ihr biologischer Erzeuger war, auf seine Existenz verzichten wollen. Er ließ ihr keine Ruhe, seitdem sie den Brief ihrer Mutter gelesen hatte und bei Erna Reisinger gewesen war.

Scheiße! Warum nur? Warum tat sie sich das an? Warum konnte sie den Umstand nicht einfach akzeptieren, dass Waldstetten ihr Vater war? Abhaken und ihn aus ihren Gedanken streichen. Das wäre das Beste. Sie hatte ihn doch nie vermisst, und er hatte sich nie um sie gekümmert. Damit war doch alles klar.

Stille.

Wut.

Warum nur musste ihre verstorbene Mutter gerade jetzt, so viele Jahre später, wortlos ein Geheimnis enthüllen, das ihr, Romy Steiner, den Seelenfrieden raubte?

Wortlos? Nein, nicht wortlos – *gesprächslos*.

Ohne ihr dabei in die Augen zu schauen, ließ sie die Tochter mit dem späten Wissen allein zurück. So, wie sie selbst die Jahre über allein mit ihrem Schicksal zurückgeblieben war.

Romy spürte vor Anspannung Trockenheit in den Augen und blinzelte mehrmals schnell hintereinander.

Atmen, ganz bewusstes Atmen!, ermutigte sie sich selbst.

Die Gedanken kamen zurück.

Gibt man immer nur das weiter, was man selbst erlebt hat? Nur die eigenen Erfahrungen? Nicht immer, aber ihre Mutter schon.

Tiefe Traurigkeit überkam sie. Romy Steiner starrte angestrengt nach vorn. Einiges Laub wirbelte durch die Luft. Herbstböen trieben es spielerisch vor sich her und damit Romy vor die Windschutzscheibe. Ihr Zeitgefühl vernebelte. Wie lange war sie nun schon unterwegs?

Die letzten Worte der Mutter im Brief hatten ihr Leben ins Wanken gebracht, ihm eine andere Wendung gegeben.

Schmerz.

Rastlosigkeit.

Mit dem Gedanken, ihr Vater sei gestorben, damit konnte sie all die Jahre gut leben. Besser als jetzt zu wissen, wer er war und dass es ihn noch gab.

Aber sie kannte ihn nicht. Er: ein Fremder. Ein Unbekannter. Ein Scheusal.

Wut stieg abermals in ihr hoch.

Brennen.

Dieses andauernde Brennen im Hals.

Immer wieder musste sie sich räuspern, da die Enge sie quälte und jeden neuen Gedanken in ihr zu ersticken drohte.

Warum tat sie sich das alles nur freiwillig an? Warum suchte sie ihn auf?

Er hatte ihrer Mutter nachgestellt. Wieder und wieder! Regelmäßig.

Alle hatten es gewusst, doch niemand außer Erna Reisinger hatte ihr geholfen.

Aber auch sie tat dies viel zu spät.

Eduard Waldstetten hatte damals nicht lange gefackelt. Er zählte schon immer zu den Mächtigen im Dorf. Seine Familie besaß seit vielen Generationen große Waldflächen, in denen das zugehörige Schloss und auch die Karpfenteiche lagen. Wahrscheinlich glaubte er, dass Frauen sich geehrt fühlen mussten, wenn der Herr Baron sich für sie interessierte. Und das, obwohl er nicht mehr ganz jung gewesen sein konnte und überdies verheiratet war, wie Romy von einigen Klatschmäulern im Ort erfahren hatte.

Man erzählte auch, dass es jetzt mit seinem Wald finanziell gar nicht mehr so gut liefe. Viel zu billig war das Holz aus Finnland und aus Russland. Nicht mehr alle Sägewerke kauften daher bei ihm. Personal musste er bereits reduzieren. Auch die massiven Baumschäden durch den gefrierenden Eisnebel vor wenigen Jahren verursachten irreparable Schäden an den Waldrändern. Daher war jetzt so viel Brennholz im Umlauf, dass sich zusätzliche Schlägerungen gar nicht lohnten.

Seit Romy Steiner gestern von Frau Reisinger weggefahren war, hatte sie viel nachgedacht. Nachgedacht über alles, was ihr die Mutter je über Großlichten, ihre Kindheit und ihre Jugend erzählt hatte. Über die Armut der Menschen hier im Waldviertel, die kargen Bedingungen, unter denen sie alle leben mussten. Erst langsam, ab den 1980ern, verbesserte sich die Situation für die meisten von ihnen. Doch nicht für ihre Mutter. Nicht für eine mit einem unehelichen Kind. Niemand hatte damals Verständnis dafür. Für eine mit einem Kind, über das auch noch gemunkelt wurde, wer der Vater sein konnte. Die Schande für sie und nicht für den Kindsvater.

Na, hätte sie sich ihm eben nicht angeboten, verurteilten manche Frauen und Männer im Ort vorschnell, das hatte ihr die Reisinger gesagt.

Diese Klatschmäuler, diese Intriganten.

Wenn sie gewusst hätten, was wirklich geschehen war. Wollten sie es denn überhaupt wissen? Oder hatten sie es nicht ohnehin gewusst?

Durchatmen.

Romy Steiner fixierte die Straße, die jetzt in einer Kurve mündete und hinab durch den Waldbereich verlief.

Ihr Herz pochte.

Unruhe.

Sie würde jetzt erst mal sehen, wo ihre Mutter bis zu ihrer Abreise aus Großlichten gearbeitet hatte: als Mädchen für alles im Schloss. Als dienstbarer Geist. Froh musste man damals sein, als junges Mädchen überhaupt einen Job zu ergattern, und das auch nur, bis man heiratete. Und was, wenn nicht?

Romy dachte an ihre eigene Situation. Nie würde sie einen Mann heiraten. Auf keinen Fall. Bisher hatte sie nicht einmal bei ihren Langzeitfreundinnen daran gedacht. Was wäre eigentlich damals mit einer Frau wie ihr passiert? Sie wusste es nicht. Sie ahnte es aber.

So wie damals im Sommer, als ihre Mutter in ihrem neuen Job in Wien keinen Urlaub bekam, um gemeinsam mit ihr wegzufahren. Sie brachte Romy für zwei Monate zu einer ehemaligen Nachbarin gegen Kost und Logis nach Großlichten. Es war eine liebenswerte ältere Frau, die keine Regeln aufstellte und Romy einfach sein ließ, wie sie war.

Zugegeben, Romy hätte sich im damaligen Alter Spannenderes vorstellen können. Doch es wurde ein wunderbarer Sommer. Ein Sommer mit großen Überraschungen und ihrer ersten großen Liebe.

Sie war damals 17 Jahre jung. Na gut, jetzt zählte sie auch erst 32 Lenze.

Ihre Erinnerungen an diesen Sommer wurden wieder lebendig. Details fielen ihr ein.

Und vor allem *sie*.

So lange hatte sie nicht mehr an *sie* gedacht. Bis *sie* gestern plötzlich vor ihr stand. Sie hatte *sie* sofort wiedererkannt, den ernsten Blick, ihre Eleganz. Verändert hatte *sie* sich kaum. *Sie* war noch immer so apart und so einnehmend wie früher. Romy empfand nach Jahren immer noch Gefühle für *sie*, obwohl diese in keiner Weise mit jenen, die sie früher einmal für *sie* hatte, zu vergleichen waren.

Komischerweise beruhigte sie jetzt der Gedanke an damals. An ihren glücklichen Sommer. Es war eine Zeit, die sie ausgeblendet hatte und die sie nun einzuholen schien.

Romy Steiner stellte ihr Auto auf dem Parkplatz unter Fichten und Buchen ab. Sie stieg aus, schloss die Autotür und blickte sich in aller Ruhe um. Sie bemerkte jetzt, dass ihr Auto keineswegs das einzige war, und erkannte jenes von Florian Wagner, dem Inhaber des Gärtnereibetriebs, in dem sie arbeitete. Sie drehte sich nochmals um, weil sie dachte, ihn vielleicht irgendwo zu sehen. Es war aber alles ruhig. Wahrscheinlich hielt er sich auf der Rückseite des Schlosses auf und schnitt um die Terrasse herum Sträucher.

Sie erinnerte sich plötzlich, dass er am Morgen irgendetwas in diese Richtung erwähnt hatte, als sie für den neuen Bauerngarten der Winzer noch schnell die richtigen Gartenwerkzeuge eingepackt hatte.

Ein schönes Areal, dachte sie. Riesengroß. Mit mächtigem altem Baumbestand. Wunderbar musste es sein, hier zu leben.

Alles gehörte ihrem Vater. Wie sich das anhörte – Vater. Eigentlich verbanden die meisten mit diesem Namen etwas anderes, was sie selbst nie erlebt hatte. Was sie mit ihm auch nie erleben wollte.

Dicke alte Mauern umgaben den Schlosspark. Mauern, die sie auch innerlich aufgebaut hatte und die sie spürte. Sie schützten sie. Doch sie musste sie ablegen, sonst würde sich kein klärendes Gespräch zwischen ihnen entwickeln können.

Romy atmete tief ein und blieb stehen. Sie genoss die frische, würzige Waldluft, die sie beruhigte. Die Natur war ihr Freund, ihr Berater, ihr Verbündeter, rief sie sich in Erinnerung. Sie hatte sich auch deshalb den Beruf der Gärtnerin ausgesucht, um draußen zu sein. Das Ausatmen fiel ihr nach diesem Gedanken bereits leichter.

Es wird schon, ermutigte sie sich. *Sie* würde es nicht nur für sich, sondern ihrer Mutter zuliebe tun: den Täter nach so langer Zeit mit seinem Verbrechen konfrontieren.

Sie wollte wissen, wie er sein Vergehen heute sah, jetzt, da es verjährt war. *Sie* wollte wissen, was für ein Mensch dieser Waldstetten war. Immerhin war *sie* ein Teil von ihm. Der Gedanke daran ließ sie erzittern.

Romy Steiner verstand noch immer nicht, warum ihre Mutter ihr diese Situation nicht hatte ersparen wollen. Wie konnte sie ihr dies antun? Wieso jetzt? Nach all den Jahren? Und nach ihrem Tod?

Sie kannte ihre Tochter und hatte gewusst, dass sie sich auf die Suche nach ihrem Erzeuger machen würde. Warum diese Tortur?

Romy ging am schmiedeeisernen Gatter vorbei. Geschlossen wurde das massive Tor offenbar nie, da es durch Eisenstangen und Ketten stabil fixiert war. Auch ein Sturm würde dem nichts anhaben können, war sich Romy Steiner sicher. Sie war selbst über den konfusen Gedanken überrascht, an dem sie sich unter dem seelischen Druck festkrallte.

Die Gärtnerin ging den Weg zum Schloss zu Fuß. Sie würde das Gespräch mit Eduard Waldstetten ganz unverbindlich beginnen, nahm sie sich vor. Die Art, wie er ihr begegnete und wie er sich verhalten würde, wenn er erfuhr, wer sie war, das wollte sie genau beobachten, um einschätzen zu können, welcher Typ Mensch er war.

Romy hatte sich Walli Winzer am Vormittag ganz bewusst angeboten, frische Karpfen vom Schloss holen zu wollen. Dass sie hierherkommen wollte, hatte sie zu diesem Zeitpunkt bereits fix geplant.

Als sie jetzt vor den Wirtschaftsgebäuden des Schlosses stand, war natürlich kein Mensch mehr zu sehen. Der Vormittagsverkauf war längst zu Ende. Trotzdem standen noch immer mehrere große Plastikbehälter herum, die mit Wasser gefüllt waren. Fische befanden sich allerdings keine mehr darin. Romy ging daran vorbei und betrat eines der Gebäude, dessen Tür weit offen stand. Die Wärme des Sommers, die noch in den alten Mauern gehalten war, strömte ihr entgegen. Ende September war die Luft draußen nachmittags schon frischer geworden, stellte sie fest.

Doch anstatt nach der Fischaufbewahrung zu suchen, überkam sie der unbändige Drang, den langen Gang weiterzugehen: Sie wollte feststellen, wohin er führte. Doch bevor sie nach der alten Türklinke greifen konnte, hörte sie hinter sich eine Stimme.

»Wohin wollen Sie?! Die Öffnungszeit ist vorbei. Wir haben jetzt geschlossen.«

Romy Steiner drehte sich um und sah in der Ferne einen kleinen schlanken Mann im Türrahmen stehen. Sie sah nur seine Silhouette, da die Sonne sie blendete. Sie konnte auf diese Entfernung weder sein Gesicht noch dessen Kleidung erkennen.

»Das dachte ich mir schon«, rief sie. »Könnten Sie eine Ausnahme machen? Ich würde noch zwei Karpfen heute fürs Abendessen brauchen.«

Auf mittlerer Strecke kam es ihr vor, als hätte die Gestalt ein sehr ernstes, beinahe unerschrockenes Gesicht. Die Mimik des Mannes, den sie als Vater vermutete, blieb starr. Fast so, als könnte überhaupt nichts auf der Welt ihn je erschüttern, ihn aus seinen Gepflogenheiten reißen oder sein fixes Weltbild ins Wanken bringen. Haltung, nannten das manche. Grundsätze, andere.

Doch welch fragliche Grundsätze konnte jemand haben, der eine wehrlose Frau gegen ihren Willen bedrängte? Ihr sogar Gewalt angetan hatte. Und dafür nie die gerechte Strafe verbüßt hatte. Ja, deshalb nicht einmal angeklagt worden war.

Ihre Mutter hatte ihre Pein verheimlicht: vor ihrer Familie, ihren Freunden, der Dorfgemeinschaft. Bis zuletzt! Wohl aus Scham. Aus falsch verstandener Scham.

Romy wollte nicht mehr daran denken. Sie wollte nicht daran denken, wie Frauen heute noch immer von Widerlingen genötigt wurden, ohne dass sie es wollten. Welchen Spaß hatten solche Typen nur daran, Frauen zu erniedrigen? Nie im Leben würde ihr so etwas einfallen.

Romys Schritte wurden schneller. Der Gedanke an die Ereignisse der Vergangenheit brachte sie in Rage. Sie konnte jetzt sein Gesicht genau sehen. Sah, wie er dastand mit einer umgebundenen grünen Plastikschürze. Sie war nass. Es tropfte von ihr nieder. Direkt aus der Mitte. Es sah fast skurril aus: als würde er sich vor ihr anpissen. Dieses Bild machte ihr die Situation augenblicklich leichter.

»Wissen Sie denn nicht, dass wir nachmittags immer geschlossen haben?«, polterte er.

»Nein. Ich wohne erst seit Kurzem wieder in Großlichten. Ich war seit meiner Jugend nicht mehr da und muss mich erst daran gewöhnen, dass es jetzt auf dem Land feste Öffnungszeiten gibt. Früher konnte man ausnahmsweise ja auch außerhalb der Kernzeiten Vergessenes einkaufen.«

»Das ist aber schon lange her. Übrigens, mein Name ist Waldstetten«, nickte er der Neuangekommenen zu.

Romy erwiderte, ohne ihren Namen zu nennen.

»Normalerweise wäre ich jetzt gar nicht mehr da. Ich habe nur noch eine Lieferung für den Abend fertig zu machen, die an den ›Grauen Mohn‹ geht. Ich bin gerade beim Filetieren.« Er drehte die Handinnenflächen nach außen. Sie waren blutig.

Romy ekelte das, und sie drehte ihren Kopf weg.

»Ja, kein schöner Anblick. Aber Karpfen haben eben rotes Blut im Gegensatz zu anderen Fischen.«

Romy stöhnte. Das hatte sie sich immer schon gewünscht, mit ihrem Vater über diverse Blutkreisläufe von Fischen zu sprechen. Shit!, dachte sie über den Gesprächsverlauf.

Romy hielt kurz inne, blieb aber bei seinem Thema, den Karpfen. »Wie viel Kilo haben zwei Stück?«

»Gemeinsam in der Regel etwa zwischen zwei bis drei Kilo. Unfiletiert, versteht sich«, antwortete er kurz.

Romy war sich sicher, dass weder Walli Winzer noch Silvia Manner Interesse am Filetieren von toten Fischen hatten, und bestellte daher lieber gleich vier Filets. Sie folgte Waldstetten dazu in den Nebenraum, wo zwei Aquarien voller Karpfen standen. Er nahm ein Netz und fischte einen heraus. Der wehrte sich durch gewaltige Schläge seiner Schwanzflosse. Offenbar wusste jedes Lebewesen instinktiv, wann seine letzte Stunde geschlagen hatte, war sich Romy Steiner augenblicklich sicher.

Waldstetten achtete nicht auf sie. Seine Handlung schien ihn völlig kalt zu lassen. Routine eben. Er nahm ein Stück Holz und schlug auf den Kopf des Karpfens. Danach nahm er ein Fleischerbeil und hackte ihn ab. Nur der Rumpf blieb übrig. Der Karpfen zuckte unentwegt weiter. Fast so, als wollte er das so lange tun, bis er den abgetrennten Teil seines Körpers zurückbekäme. Die Illusion stirbt zuletzt, dachte Romy und schauderte beim Anblick des sich windenden Torsos.

Waldstetten schnitt ihm den Bauch auf, holte die Eingeweide mit bloßer Hand heraus und warf sie in einen eigens dafür vorgesehenen Bottich, der neben ihm stand. Dieser war bereits halb voll.

Er musste viele Tiere vor diesem ausgehöhlt haben, überlegte Romy Steiner. Sie starrte wie hypnotisiert auf seine Hände. Sie waren noch blutiger als zuvor. Mittlerweile wischte er sie nicht mehr mit dem neben ihm liegenden und bereits vollgesogenen Tuch ab. Romy widerte das an. Mit diesen Händen hatte er auch damals ihre Mutter zu Boden gedrückt. Damals in der Nacht. Als sie allein auf dem Heimweg war. Romy Steiner stand mit weit geöffneten Augen da – starr.

»So, fertig!« Waldstetten nannte einen Betrag und stellte

ihr den Sack mit den Filets auf das Ende des Seziertisches, neben eine analoge Waage, die das digitale Zeitalter überlebt hatte.

Seine baritonale, gar nicht unangenehme Stimme brachte sie ins Bewusstsein zurück. »Warum haben Sie meine Mutter vergewaltigt?«

Waldstetten erstarrte. »Ich weiß nicht, was Sie meinen«, stammelte er.

»Maria Steiner«, sagte Romy. »Erinnern Sie sich?«

Eduard Waldstetten sah sie fassungslos an. »Nein, kann ich nicht«, antwortete er in emotionslosem Stakkato.

»Dann will ich Ihrer Erinnerung einmal auf die Sprünge helfen: Es war an einem Sommerabend nach einem Discobesuch. Sie stellten meiner Mutter schon lange nach. Dabei hatte sie Ihnen immer wieder deutlich zu verstehen gegeben, dass Ihre Annäherungsversuche unerwünscht waren. Aber Sie haben das ignoriert. Haben einfach weitergemacht. So wie auch in der Disco. Sie hatte es offenbar abgelehnt, mit Ihnen zu tanzen, geschweige denn mehr zu unternehmen. Sie sind ihr daraufhin gefolgt, haben sie überfallen und ihr Gewalt angetan. Warum?« Romy trug ihre Vorwürfe derart schnell und eindringlich vor, dass sie Waldstetten damit regelrecht überrumpelte.

»Hören Sie auf! Das ist eine alte Geschichte«, versuchte er, die Gespenster von einst zu vertreiben. Sein Blick war voller Angst. Er lehnte sich an den schmutzigen Verkaufstisch an und hielt sich daran fest. Sein Körper schien in eine defensive Haltung zu verfallen, fast so, als stünde er mit dem Rücken zur Wand. Waldstetten rang nach Luft. Er entgegnete den Vorwürfen nichts. Blieb stumm. Fassungslos. Voller Angst. Seine Vergangenheit hatte ihn nun eingeholt, war ihm mit einem Mal klar geworden.

»Sie haben meine Mutter mit Gewalt genommen. Gegen ihren Willen! Und ich bin das Produkt dieser Gewalt. Ich bin Ihre Tochter«, schrie Romy Steiner ihren Vater aus Leibeskräften an.

Waldstettens Blick verfinsterte sich und sein Gesicht überkam ein Ausdruck von bitterer Gewissheit: Nie würde er zulassen, dass diese Person sein Leben zerstörte. Er, der hier im Ort unabkömmlich war, der allem erst seine Bedeutung verlieh, der die besten Kontakte zur Wirtschaft hatte. Nein! Nie und nimmer würde er seine Tat eingestehen. Nie und nimmer dafür die Verantwortung übernehmen. Diese dumme Urschl von damals! Hätte sie ihn nicht so gereizt. Ihn nicht abblitzen lassen, wo es doch sowieso jede im Ort auf ihn abgesehen hatte. Jede hätte er haben können. Er hatte damals gedacht, dass sie sich eben nur zierte und dass sie es auch wollte. Als er dann angetrunken war, ihr beim Tanzen mit anderen zugesehen hatte und sie später aus der Disco gehen sah, war er ihr gefolgt. Er wollte endlich mit ihr alleine sein. Sie wollte es nicht, fing an zu laufen. Schließlich holte er sie am Ende des Dorfs beim Waldrand ein. Sie schrie und wehrte sich kurz, dann aber nicht mehr. Danach hatte sie geweint. Ihm war leichter gewesen. Dann hatte er sie davor gewarnt, auch nur irgendjemandem etwas davon zu sagen. Das hätte sonst schlimme Folgen für sie. Genauso für ihre Eltern und ihre Freundinnen und Freunde. Sie sollte sich das also gründlich überlegen. Auch, ob sie damit zur Polizei ginge. Dort würde ihr sowieso keiner glauben. Und darüber hinaus hätte er einflussreiche Freunde, die ihn deckten, und solche Anwälte, die er hätte, würde sie sich niemals leisten können.

Sie weinte weiter. Er ließ sie liegen.

»Scheren Sie sich zum Teufel!«, brüllte er jetzt Romy

an. »Wenn Sie mit diesen ungeheuerlichen Anschuldigungen nicht sofort aufhören, werde ich Sie dafür Länge mal Breite verklagen.« Er sah sich unsicher um.

»Mir geht es nicht darum, Ihnen Ihre Existenz zu zerstören, sondern ich möchte wissen, warum Sie das einer jungen, zurückhaltenden Frau angetan haben«, schrie ihm seine Tochter ins Gesicht.

»Das geht Sie gar nichts an«, entgegnete er sichtlich in die Enge getrieben und weniger lautstark als vorher.

Inzwischen waren einige Bedienstete des Schlosses, die das Wortgefecht gehört hatten, zu den Wirtschaftsgebäuden geeilt. Auch ein schwarzer BMW parkte inzwischen direkt neben den noch vom Ab-Hof-Verkauf herumstehenden Plastikbehältern. Ein junger Mann stieg auf der Fahrerseite aus und öffnete Friedrich Winkelbauer die hintere Autotür. Der Anwalt stieg aus, begleitet von seinem Schwiegersohn Alexander Mühlthaler, und versuchte, die Situation rasch einzuordnen.

Romy Steiner kannte auch den Älteren, aus dem Sommer ihrer Jugendzeit. Ein Kotzbrocken, wie sie fand. Klar doch, dass solche Typen unter einer Decke steckten.

»Natürlich geht mich das etwas an«, wiederholte Romy Steiner vor versammelter Runde. »Ich bin Ihre Tochter.«

Keiner der Umstehenden wagte, sich in die Unterhaltung einzubringen, geschweige denn, sich von seinem Platz zu bewegen. Alle erstarrten, nachdem sie den letzten Satz gehört hatten.

Der Erste, der zu Worten fand, war Rechtsanwalt Winkelbauer: »Ich glaube, Sie hören jetzt sofort mit dieser aufgesetzten Nummer auf!« Er stellte sich in voller Größe neben Romy Steiner. »Und verlassen sofort dieses Privatgrundstück, da ich Ihnen gegenüber stellvertretend für den Hausherrn hiermit das Haus- und Betretungsverbot ausspreche. Außer Baron Waldstetten verfügt anders.« Er blickte zu ihm.

Eduard Waldstetten bestärkte Winkelbauers Verwarnung an Romy Steiner, indem er seinen Kopf schüttelte.

»Da ich Ihnen gegenüber diesen Verweis im Auftrag meines Mandanten und vor Zeugen ausgesprochen habe, ersuche ich Sie, das Gelände sofort zu verlassen.«

Winkelbauer richtete sich neben ihr auf und legte dadurch noch einige Zentimeter an Bedrohung zu. Patrick Burger, der als Chauffeur die beiden Anwälte gefahren hatte, stand dicht neben ihm. Mit einem Kopfzeichen forderte Winkelbauer ihn auf, den zuvor von Romy fallen gelassenen Einkaufsbeutel mit den Karpfenstücken aufzuheben und ihr zu reichen. Patrick zögerte, fügte sich jedoch seiner Anweisung.

Romy Steiner lächelte betroffen und schüttelte fassungslos den Kopf. Unbeirrt fuhr sie fort: »Warum hatte ich mir bloß nichts anderes von Ihnen erwartet. Jetzt weiß ich wenigstens, was für ein Typ Mensch Sie sind: ein wahrer Unmensch, ohne Unrechtsbewusstsein. Und dazu noch ein Feigling«, richtete Romy das Schlusswort an ihren Vater. Mit tränenerstickter Stimme schrie sie: »Aber Sie werden mit Sicherheit Ihrer gerechten Strafe nicht entgehen, dafür werde ich noch sorgen. Sie werden sich mit Ihrer Tat auseinandersetzen müssen: freiwillig oder unfreiwillig.«

»Jetzt ist es genug!« Winkelbauer eskortierte die Unruhestifterin nun selbst ein Stück des Wegs, indem er sich bedrohlich dicht neben sie stellte und sie mit seinem rechten Arm Richtung schmiedeeisernes Gitter führte.

Romy blieb nichts anderes übrig, als zu gehen. Auf dem Weg drehte sie sich noch einmal um und rief: »Sie sehen mich wieder!«

Waldstetten tat so, als habe er das nicht gehört, und wies seine Mitarbeiter an, wieder an ihre Arbeit zu gehen. »Was gibt's noch zu glotzen! Das Schauspiel mit dieser Verrückten ist zu Ende. Das Fischfüttern übernehme ich heute. Also, Abflug mit euch.« Er unterstrich seine Worte mit einer abwehrenden Geste. Eduard Waldstetten hoffte, dass der freigegebene Abend seine Truppe wieder auf Linie bringen und sie der eben erlebten Szene keine weitere Bedeutung schenken würde. Die Männer gingen, und er blieb mit den Anwälten zurück.

21. KAPITEL

Serpentinen konnte Walli Winzer mit ihrer schweren Street-Bob mittlerweile ganz gut nehmen. Sie genoss das elegante Dahingleiten inmitten der Natur. Dafür hatte Walli auch die richtige Geschwindigkeit gewählt, die nicht zwangsläufig schnell sein musste, um das besondere Lebensgefühl einer Harley auskosten zu können. Sogar Harry Kain hatte es sich zwischenzeitlich auf dem Rücksitz bequem gemacht. Zumindest bildete sich das Walli Winzer ein, denn sein Gejammer war in der letzten Viertelstunde eindeutig weniger geworden. Sie spürte auch, dass er nicht mehr starr vor Angst und steif wie ein Klotz auf der Maschine saß, sondern sich durch die sanften Bewegungen langsam instinktiv in die richtige Richtung leiten ließ. Das machte es für Walli leichter, da sie das Gewicht nicht so stark ausgleichen musste.

Die Harley-Davidson nahm die leichte Steigung zum Schloss ohne Schwierigkeiten. Walli fuhr am Parkplatz vorbei, unter dem großen Gitterbogen durch und blieb direkt auf dem Platz zwischen Schloss und dem Wirtschaftsgebäude stehen. Sie stieg ab, löste den Helm und schloss ihn gemeinsam mit Harrys an einer Kette um das Vorderrad ab. Ihre Lederjacke zog sie aus, knüllte sie zusammen und stopfte sie in den Bauch des Motorrads. Kein Mensch war zu sehen.

Als wäre jemand bei den Aufräumarbeiten gestört worden, standen noch allerlei große Gefäße herum. Unschwer war zu erkennen, dass offenbar zuvor darin die Karpfen gehalten worden waren. Auf einer schlichten Holzbank neben dem Eingang zum Wirtschaftstrakt saß eine schwarze Katze und vergnügte sich genüsslich mit den Schwanzflossen und Innereien der zuvor zerlegten Fische.

»Bäh, das ist ja ekelig.« Walli Winzer musste sich beinahe übergeben, als sie die schleimige Masse vor der Katze liegen sah.

»Viele verwenden diese Teile für eine Fischsuppe. Die essen Sie doch auch«, versuchte Harry zu relativieren.

»Eben! Da ist sie schon fertig gekocht, und ich muss mir das nicht vorher ansehen«, entgegnete Walli und wandte ihren Blick ab. Als sie einen Schritt zurück machte, stieß sie gegen einen Bottich. Sie versuchte, sich an dessen Rand festzuhalten, griff aber versehentlich hinein und hatte plötzlich eine Ladung Fischfutter in der Hand.

»Das ist eine Trockenmischung und besteht großteils aus Fischmehl, Vitaminen, Fischöl und Pflanzlichem.«

»Danke, mir graust so schon genug. Harry, Sie sind wirklich manchmal richtig grindig. Wo kann man sich denn hier mit Seife die Hände waschen?«, fuchtelte Walli hysterisch mit den Händen durch die Luft, als hätte sie in eine toxische Mischung gegriffen.

»Na, ich würde es mal in einem der Waschräume probieren. Gehen Sie da rüber ins Schloss. Ich glaube, da gibt's gleich rechts außen welche. Ich mache mich inzwischen auf den Weg zu den Teichen hinter dem Schloss. Vielleicht finden wir den Waldstetten dort. Sie können ja nachkommen.« Harry Kain wollte sich jetzt jedenfalls keinesfalls weiter mit Wallis überzogenem Auftritt befassen.

Walli machte sich auf den Weg und hielt ihre vom Fischfutter staubigen und durchtränkten Hände vom Körper weg. Sie wusste, dass sie sich nur zu leicht von Spinnen, Nachtfaltern und anderem herumfliegenden Getier schrecken ließ, ja mitunter sogar übertrieben darauf reagierte. Auch Ekeliges an ihren Händen machte ihre Stimmung nicht besser. Das änderte sich allerdings schlagartig, nachdem sie ihre Hände abgetrocknet und sich vor dem Spiegel die Haare zurechtgemacht hatte. Mit einigen Handgriffen prüfte sie ihre Wimperntusche und stellte zu guter Letzt fest, dass sich der kurze Aufenthalt im schwedischen Kosmetikstudio ausgezahlt hatte. Sie hatte heute Morgen nur wenig Make-up aufgetragen und fand, dass sie frisch und erholt aussah. Da niemand im Waschraum stand, konnte sie sich genauer betrachten und war mit ihrem Spiegelbild zufrieden. Ihre weiße Bluse, die sie dekolletiert trug, rückte sie noch zurecht und ging danach ins Freie. Sie stand im Hof, blickte auf die glatte weiße Fassade des gegenüberliegenden Wirtschaftsgebäudes und wusste nicht, wohin sie gehen sollte. Das Gelände war so groß. Sie suchte nach jemandem, den sie fragen konnte. Nicht nur nach ihrer Ausgangsposition, sondern auch nach Eduard Waldstetten. Weit und breit war niemand zu sehen.

Wie ausgestorben, dachte sie. Doch dann war ihr plötzlich, als hörte sie ein Schürfen. Es war leise, aber regelmäßig. Sie ging dem Geräusch nach. In einiger Entfernung sah sie Florian Wagner, den Chef ihrer Gärtnerin. Er hob unter gewichtigen Schlägen eine Grube aus. Der Erdhaufen neben ihm verzeichnete bereits eine beachtliche Höhe, stellte Walli Winzer fest. Wagner war auch bei ihr gewesen und hatte bei der Konzeption ihres Bauerngartens mitgeholfen. Sein ruhiges, aber überaus präsentes Wesen hatte Walli gefallen. Vor allem hatte sie seine Gefasstheit bewundert, nachdem der tote Stöger an ihrer Vogelscheuche gehangen war. Sie mochte gar nicht mehr daran denken. Stattdessen beobachtete sie Florian Wagner bei der Arbeit. Er war darin so vertieft, dass er sie noch nicht bemerkt hatte. Mit heftigen Stößen rammte er seine Schaufel in den Boden, lud die locker gewordene Erde auf und legte sie gezielt auf dem Erdhügel ab. An der Schlossmauer hinter ihm stand ein kleiner Baum mit großem Wurzelballen, der sich verschnürt in einem Jutesack mit etwas Erde befand.

Walli Winzer lehnte sich daneben und schaute dem Gärtner bei der Arbeit zu. Ihr gefielen seine Konzentration, seine Genauigkeit, mit der er jeden Spatenstich setzte, und der stete Rhythmus, mit dem er seiner Tätigkeit nachging. Walli merkte, wie sie sich beim Zusehen entspannte und diese

Monotonie sie in eine Art Wachtraum steuerte. Darin faszinierte sie plötzlich die athletische Gestalt von Florian Wagner, die nur wenige Meter von ihr entfernt stand. Sie konnte deutlich den Schweiß auf seiner Stirn erkennen, den er sich regelmäßig nach nur wenigen Hauen mit seinem Unterarm wegwischte. Sein Keuchen war unüberhörbar. Er arbeitete mit freiem Oberkörper, nur bekleidet mit einer elastischen Sporthose. Walli konnte ihre Augen nicht von ihm lassen. Ihr fielen viele Situationen in ihrem Leben ein, die sie nach harten Verhandlungen mit ein wenig Entspannung hatte ausklingen lassen. Dafür war sie immer zu haben gewesen. Warum nicht auch jetzt?

Als sie mit Romy Steiner die letzten Details zum Bauerngarten besprochen hatte, hatte sie immerhin auch seine Blicke auf sich gespürt. Und die waren eindeutig nicht nur am Gesprächsverlauf interessiert gewesen. Walli Winzer lächelte.

Florian Wagner war inzwischen tief in die Grube vorgedrungen. Offenbar genügte es nun. Er stellte sich direkt an deren Rand und warf noch einen prüfenden Blick hinein. Als er sich umdrehte, um den Baum zu holen, sah er Walli Winzer.

»Hallo! Was machen Sie denn da?«, fragte er sichtlich erstaunt. Er lächelte sie dabei in einer Weise an, die zu ihrer augenblicklichen Gedankenwelt passte. Walli hatte eindeutig das Gefühl, dass er sich freute, sie zu sehen.

»Ich wollte mir immer schon das Schloss ansehen und jetzt habe ich die Gelegenheit einfach genützt.« Mehr zu sagen, hielt sie in diesem Moment nicht für notwendig.

Florian Wagner hob sein T-Shirt auf und kam Walli einige Schritte entgegen. »Sind Sie schon länger da?«, fragte er amüsiert.

»Weil ich unter die Hobby-Gärtnerinnen gehen werde, nütze ich die Gelegenheit, Erfahrungen aller Art zu sammeln.«

»Die Arbeit an Bäumen ist sicher die anstrengendste«, keuchte er noch etwas außer Atem.

»Das sehe ich«, grinste Walli. »Kommen Sie her, Sie haben einiges an Erde abbekommen. Ihre Schulter ist noch ganz voll.«

Florian griff instinktiv danach und versuchte etwas davon abzuklopfen.

»Warten Sie, da ist noch etwas«, bemerkte Walli, streckte die Hand nach ihm aus. Sie sah sich dabei um, ob niemand in der Nähe sein würde.

Florian Wagner folgte ihrer Anweisung und stellte sich knapp vor sie. Walli änderte ihre vorherige Position und strich ihm mit ihrer Hand sanft über seine Schultern. Als sie merkte, dass sein Blick weiterhin auf ihr ruhte, grub sie ihre Finger sanft in seinen Bizeps. Sie spürte, wie sein Körper relaxte. Allerdings gleich darauf richtete sich Florian Wagner auf und spannte seine Muskeln in einer für Walli betörenden Weise an.

Sie sprach kein Wort. Ihre Hände glitten langsam über seine Brust, wobei ihre Finger es spürbar genossen, seinen makellosen Körper zu berühren. Sie arbeitete sich bis in die Gegend seiner Lenden vor, als er sie mit einem Ruck an sich zog. Walli wehrte sich nicht und erwiderte sein Drängen. Er küsste sie. Sie spürte die Kraft, die sich augenblicklich in ihm bemerkbar machte. Mit jeder körperlichen Berührung wurde beider Verlangen größer. Walli lockerte die Umarmung und arbeitete sich mit ihrer Hand weiter an seiner Sporthose entlang. Schließlich verhüllte diese noch ein verlockendes Geheimnis. Florian stöhnte auf und begann

Walli langsam Richtung Umkleidekammer zu drängen. Als sie ankamen, schloss er ab. Er küsste sie heftiger. Währenddessen begann er, in Windeseile ihre Motorradkluft zu öffnen, und half ihr, sie abzustreifen. Sie wunderte sich darüber, wie viel Übung er darin hatte. Dann legte er sie behutsam mit dem Rücken auf den Pausentisch und zog seine Hose aus. Walli sah ihm dabei zu und konnte sein Kommen kaum noch erwarten. Endlich beugte er sich über sie. Sie spürte ihr Herz klopfen und wusste eines ganz genau: Kein Fitness- oder Kosmetikstudio würde je für ihre körperliche und geistige Belebung besser sorgen können als solche glücksbringenden Momente. Sie ergaben sich zwar nicht mehr so oft wie früher, deshalb genoss sie die wenigen umso mehr.

Während Walli Winzer schließlich vom Umkleideraum in den hinteren Bereich des Schlosses wechselte, griff sie gekonnt nach ihrer Frisur und versuchte, sie wieder einigermaßen in Form zu bringen. Sie schüttelte dabei ihre langen blonden Haare und fuhr mit den Fingern mehrmals ordnend dazwischen. Sie war sichtlich gut gelaunt. Florian war ein toller Mann, wie sie fand, und konnte es zumindest diesbezüglich leicht mit Björn aufnehmen.

Ach, du meine Güte, Björn!

Walli erschrak bei diesem Gedanken. Was hatte sie sich nur bei dieser Spontanaktion gedacht? Oder besser: nicht gedacht? Wie konnte das nur passieren? Nein, nicht passieren: Sie selbst hatte es eindeutig darauf angelegt gehabt. Und Florian spielte mit. Oh Gott! Aber der half ihr in dieser Situation jetzt auch nicht. Wie konnte sie sich nur dazu hinreißen lassen?

Gut. Björn und Florian kannten einander nicht und würden einander wohl auch so bald nicht kennenlernen. Dafür würde sie schon sorgen. Und dazu war der eine zu weit entfernt und der andere hinter seinen Bäumen im Garten versteckt, das hoffte sie im Augenblick zumindest. Nein, wirklich. Was dachte sie sich dabei nur? Wie konnte sie Björn einfach so vergessen?

Na, vergessen hatte sie ihn ja offensichtlich nicht. Es war eben nur die Situation so verlockend gewesen. Und überhaupt: Ursache für diesen Quickie war eindeutig ihr in den vergangenen Wochen völlig in Unordnung geratener Hormonhaushalt, war sie sich jetzt sicher. Klar doch! Zuerst bei jeder Gelegenheit und dann die letzten Tage diese Flaute. So schnell ging das natürlich nicht, das Ganze einfach zurückzufahren. Da musste schon ein sanfter Übergang her.

Shit! Was das Unterbewusstsein einem da so diktierte.

Und wenn schon, dachte Walli nüchtern.

Es war jetzt mit Florian gerade megageiler Sex gewesen, den sie auf keinen Fall bereute. Sie hatte Björn ja nicht betrogen. Er war ja gar nicht da, legte sie sich zurecht. Und überhaupt: Sie wusste jetzt auch nicht, was Björn im Augenblick machte. Sie würde ihm nicht nachstellen wollen.

Why?

Walli hatte immer schon nach dem Motto gelebt: Was ich nicht weiß, macht mich nicht heiß. Je mehr man wusste, desto mehr belastete es einen, davon war sie überzeugt. Warum also sich oder jemand anderen in künstliche Unruhe versetzen. Dafür hatte sie keine Zeit. Vor allem jetzt nicht, wenn sie an das bevorstehende Gespräch mit Eduard Waldstetten dachte. Doch dafür mussten sie ihn erst einmal finden, und das war in diesem riesigen Areal mitunter gar nicht so leicht.

Harry würde schon auf sie warten. Wo, hatte er schnell gesagt, würden sie sich treffen?, versuchte sie sich zu erinnern. Ach ja, richtig!, fiel ihr ein. Beim Karpfenteich.

Walli merkte, dass sie eindeutig durcheinander war. Sie beschloss daher, sich wieder verstärkt dem Vorhaben zu widmen, weswegen sie überhaupt hergekommen waren: in den beiden Mordfällen zu recherchieren.

Sie hoffte nur, dass Harry Kain ohne sie inzwischen nicht das Weite gesucht hatte.

Na gut, so lange war sie auch nicht weggeblieben, und ein bisschen eigenen Grips konnte der ehemalige Chefredakteur einsetzen, von dem sie noch immer nicht wusste, weshalb er nicht mehr bei seiner Zeitung in Wien arbeitete, sondern die Landidylle von Großlichten und ein Regionalblatt vorzog.

Sie unterbrach ihre Gedanken, da sie ihr Ziel erreicht hatte: Ein großer Teich breitete sich vor ihr aus. Fast erinnerte er an die riesigen Wasserflächen Kanadas. Die letzten Meter vom Schloss hatte sie ein mit Fichtennadeln ausgelegter Waldweg zum See geleitet. Links und rechts davon wuchs ein dichter, höchst gepflegter Wald.

Wunderbar!, stellte Walli augenblicklich fest. Ein idyllisches Bild. Und diese Ruhe! Sie blieb stehen, um die vom Harz der Fichten angereicherte Luft zu genießen.

Jetzt erst hörte sie in einiger Entfernung aufgeregtes Stimmengewirr. Sie versuchte, ihm nachzugehen. Da das Ufer des Sees unregelmäßig verlief und die Promenade auch dessen Verlauf folgte, musste Walli weitere 100 Meter zurücklegen, bis sie in einiger Entfernung drei Männer nahe der Fischfutteranlage bemerkte. Sie konnte nichts verstehen. Dazu war sie noch zu weit weg.

Wo war Harry? Er stand nicht bei ihnen.

Wer waren die Männer überhaupt? Waldstetten glaubte sie bereits erkannt zu haben. Aber wer waren die anderen?

Verdammt noch mal, Harry! Wo war er?

»Pst! Pst!«, hörte Walli Winzer ein Zischen seitlich des Wegs. »Frau Winzer«, pfauchte es jetzt deutlich hörbar hinter einem Holzstoß hervor.

Walli sah zwar noch nichts, aber sie war davon überzeugt, Harrys Stimme vernommen zu haben.

»Hierher!«, tönte es wegweisend.

»Wo bleiben Sie denn nur so lang«, maßregelte Harry die Nachzüglerin.

»Ja, bis ich die Waschräume gefunden hatte und dann den richtigen Weg genommen …«, stotterte Walli gegen ihre sonstige Art geradezu verlegen. Sie musste sich nicht mit weiteren Ausreden herumplagen, da Harry Kains Aufmerksamkeit zur Gänze der Männergruppe galt.

»Ich höre denen schon eine ganze Weile zu und ich sag Ihnen: Da geht's um das Zementwerk!«

»Das haben wir ja vermutet«, stieg Walli Winzer augenblicklich in die neue Situation ein und war erleichtert, so unversehens die Erklärungskurve kratzen zu können. Sie bemerkte, dass Harry das Gespräch mit seinem iPhone aufzeichnete und somit ihrer Person kein weiteres Interesse entgegenbrachte. Walli beobachtete ihn mit großen Augen.

»Fotos habe ich auch schon von allem gemacht«, sprach er weiter. »Ich nehme die Burschen noch für den Grubinger auf, damit er sich ein ordentliches Bild von der Situation machen kann«, setzte er fort.

»Zahlt sich das wirklich aus? Oder machen wir uns damit nicht eher lächerlich?«

»Falls der Sepp nicht sowieso schon alles weiß, hat er zumindest dann einigen Informationsvorsprung und kann seine Fragen gezielter stellen.«

Das Wortgefecht in der Gruppe wurde lauter.

Walli holte jetzt auch ihr Mobiltelefon heraus und fotografierte eine beginnende Handgreiflichkeit zwischen Waldstetten und Winkelbauer.

»Unterstehe dich! Das wirst du nicht wagen!« Er zog sich aus der Schusslinie. Waldstettens Faustschlag glitt ins Leere. »So lange ist das schon her. Und wem soll dein unnötiges Gerotze jetzt etwas nützen?«, ärgerte sich Eduard Waldstetten weiter.

»Na, eben. Dann mach das, was ich dir gesagt habe, und komm endlich dem Limbacher entgegen«, forderte Winkelbauer eindringlich.

»Wie lang soll das noch so weitergehen?«, schnaubte Eduard Waldstetten.

»Du warst doch nie zimperlich. Was hat diese Umwelttante Mittner gegen dich in der Hand gehabt, dass du plötzlich so bockig uns gegenüber bist? Warst doch sonst nicht so. Denk an unsere gemeinsame Jugend.«

Waldstetten wandte sich von Winkelbauer und Alexander Mühlthaler ab. Er schien nachdenklich.

»Der Alex wird morgen mit dem Vertrag zu dir kommen«, insistierte der Anwalt und versuchte, ihm amikal die Hand auf die Schulter zu legen.

Waldstetten wich angeekelt dessen Vorhaben aus. »Ich möchte, dass endlich eine Ruh ist mit dem Ganzen. Ich will von der alten Gschicht nix mehr hören. Und jetzt lass mich allein und geht's alle miteinander.«

Harry stellte die Diktierfunktion aus und steckte sein Smartphone in die Hosentasche. »Ich glaube, da waren schon ein paar gute Anhaltspunkte dabei«, freute er sich.

Das Anwaltsduo verabschiedete sich. Waldstetten verweigerte den Handschlag, was Winkelbauer aber keineswegs daran hinderte, ihm jovial dennoch auf die Schulter zu klopfen. Die Anwälte machten sich auf den Weg Richtung Uferpfad und gingen unverfänglich plaudernd zurück zu ihrem Auto.

Die Amateurdetektive kamen jetzt aus ihrem Versteck hervor und überraschten den Karpfenteichbesitzer. Ohne sich vorher abzusprechen, waren Walli und Harry die Informationen, die sie gehört hatten, nicht genug. Es war ein Anfang gewesen, aber sie wollten mehr erfahren.

Wortlos stellten sie sich Eduard Waldstetten gegenüber. Er schien nicht überrascht, sie beide hier zu sehen, und sie hatten den Eindruck, dass er ihnen gegenüber in diesem Moment mehr zu sagen bereit war.

22. KAPITEL

Das war heute wieder ein Tag gewesen. Einer von denen, die einfach nicht enden wollten. Sepp Grubinger trank einen Schluck aus seinem Kaffeehäferl, schaute freudlos in die Ferne, sammelte sich schließlich und tippte die letzten Sätze in seinen Dienstcomputer. Den ganzen Tag schon verbrachte er mit einer Tätigkeit, die ihm mehr als lästig war: Zeugenaussagen protokollieren.

Einen nach dem anderen hatte er befragt und mit seinem Diktiergerät aufgenommen. Er war dabei sehr konzentriert vorgegangen. Mitdenken und bei der richtigen Gelegenheit nachhaken. Das hatte ihn erschöpft.

Wenn's nach ihm gegangen wäre, dann wäre es anders gelaufen. So wie er auch sonst die weniger spektakulären Fälle im Ort behandelte. Dazu setzte er sich nämlich an den Stammtisch im Wirtshaus vom Hannes und plauderte einfach mit den Leuten drauflos. Dann erfuhr er, was es so Neues gab und was den Leuten auf der Seele brannte. Ihm konnte keiner etwas vormachen. Was einer zu viel oder zu wenig sagte, daraus machte sich der Dorfpolizist seinen Reim. Oft dachten die meisten Leute aus Großlichten nicht mehr daran, dass sie gemeinsam mit einem Polizeibeamten am Tisch saßen. Für sie war er der Sepp, der schon das Richtige aus dem, was sie gesagt hatten, herausfiltern würde. Auch wenn immer einige dabei waren, die in ihrem Rausch den größten Blödsinn gestammelt hatten. Am nächsten Tag bogen sie so schnell als möglich in die nächstliegende Gasse im Dorf ein, wenn sie Grubinger von Weitem sahen, und hofften, dass er sie nicht gesehen hatte. Doch Dorfinspektor Sepp Grubinger beobachtete alles, und ihm entging nichts.

Dass er sich dies nicht anmerken ließ, machte ihn bei seinen Dorfbewohnern beliebt. Schließlich lebte er ja auch hier und war einer von ihnen. Und seine Resi war eine geachtete Frau im Ort. Nicht nur, weil sie jetzt den schon etwas klapprigen Herrn Pfarrer bei der Planung des Herbstfestes unterstützte. Nein, vielmehr war die Resi überall dabei, wo es etwas für die Dorfgemeinschaft zu organisieren galt.

Darin war sie wirklich gut. Na ja, und da war sie auch mit anderen Frauen beisammen, wo sie sich erzählten, was so alles in den vergangenen Wochen im Dorf vorgefallen war. Und das wiederum erfuhr dann beim Abendessen der Sepp oder besser der »Pippo«, wie sie ihn liebevoll nannte. So schloss sich also die Informationskette von Männern und Frauen in Großlichten am Esstisch der Grubingers.

Pippo kannte seine Frau genau und wusste daher, wie er manche ihrer Auslegungen zu deuten hatte. Wo er allerdings aufhörte zuzuhören, war, wenn es um Schönheitsmittel ging. Denn die interessierten ihn absolut nicht. Im Gegenteil: Dass sie sich seit einiger Zeit mit einer dicken glänzenden Creme im Gesicht schlafen legte, gefiel ihm ganz und gar nicht. Nein, er konnte sich auch nicht daran gewöhnen. Ja, vielmehr: Es störte ihn sogar mächtig.

Na ja, beim –

Also – beim Sowieso.

Sepp Grubinger fühlte Zorn in sich hochsteigen, wenn er nur daran dachte.

Er beruhigte sich wieder.

Denn seine Frau gefiel ihm ja, deshalb tat sich bei ihnen auch immer noch etwas. Was man so hörte, war das bei vielen Paaren nach so langer Ehezeit keine Selbstverständlichkeit mehr. Aber bei ihnen. Na ja, so ab und zu halt. Das war dann eben schon schön.

Und jetzt? Wenn er an diese ekelige Gesichtsmaske dachte, an dieses klebrige Zeug, das sich in seinen Bartstoppeln verfing – pfui Deibel! Da verging's ihm wieder. Grubinger beschloss, nicht weiter daran zu denken, sonst würde gleich wieder seine Galle bitter aufstoßen.

Ähnlich bitter, als würde er an den Platzer denken. Das wollte Grubinger nun gar nicht.

Er fasste sich an den Bauch. Aber da spürte er jetzt eher Hunger. Bis auf eine Wurstsemmel mit einem Gurkerl, die er sich zu Mittag schnell aus dem Lebensmittelgeschäft geholt hatte, hatte er heute noch nichts gegessen. Und zu essen würde er vermutlich auch noch die nächste Stunde nichts bekommen. Er musste die restlichen Protokolle in den Computer eingeben. Das war ja nun schon länger so, dass man das alles selbst in dieses Ding eingeben musste. Eigenes Personal gab es dafür nicht mehr.

Früher schon.

Da hatte es Sekretärinnen gegeben. Denen hatte man das gegeben, sie nett angelächelt, und die hatten das, ohne zu murren, ganz schnell hinuntergetippt. Aber nach der Polizeireform und dieser Digitalisierung musste er alles selber machen.

Nix wird leichter, alles wird nur noch mehr Arbeit.

Im Schreiben war der Sepp Grubinger nie gut gewesen. Deshalb dauerte das jetzt auch so lange bei ihm. Aber die Bezirksinspektion Gföhl brauchte das. Er kam also nicht umhin. Der Platzer und die anderen mussten das auch lesen können und eventuell weiterschicken. Nach Bedarf.

Sein Chef würde das an die Bezirkshauptmannschaft nach Krems weiterleiten und die vielleicht sogar nach St. Pölten! Also wollte sich der Grubinger lieber bei der Sache konzentrieren, um beim Tippen nicht so viele Fehler zu machen. Da war's schon gut, dass sein Computer ein eigenes Rechtschreibprogramm hatte. Er verwendete das immer. Seitdem ging es besser. Aber mühsam war's für ihn weiterhin.

Die Polizeikollegen, an die der Platzer die Protokolle später weiterleiten würde, ließen seine Texte durch ein eigenes Erkennungsprogramm laufen. Täterprofile wurden erstellt und miteinander verglichen. Manchmal gab es dadurch vorab schon sinnvolle Hilfestellungen. Die Erkennungsprogramme waren ziemlich ausgeklügelt. Die meiste Spezialcomputersoftware kam ja aus Amerika. Die hatten bei so etwas immer die Nase vorn. Eh klar. Sonst wären wir in Europa ja schon früher draufgekommen, dass viele von uns illegal abgehört werden. Okay. Das war wieder eine andere Geschichte.

Was der Grubinger allerdings nach den Zeugenaussagen brauchte, waren die genauen Untersuchungsergebnisse der Gerichtsmedizin und der Spurensicherung. Dann würde er noch auf das Täterprofil der Computerspezialisten warten. Das ging allerdings verhältnismäßig schnell. Zwischendurch dachte er sehnsüchtig an das saftige Reisfleisch seiner Resi, das am Abend auf ihn warten würde. Er beschloss, jetzt besonders eifrig in die Computertasten zu hauen, damit sich alles vorher noch gut ausginge.

23. KAPITEL

Walli Winzer öffnete gerade den Helm und stieg vom Motorrad, als ihr auch schon Silvia Manner aus dem Haus entgegenkam.

»Es ist hier so ruhig, dass man dich schon von Weitem kommen hört«, empfing sie ihre Co-Geschäftsführerin bestens gelaunt. Sie hatte sich bereits für den Abend umgezogen und ihrer lässigen Karobluse eine schwarze Strickjacke übergeworfen. Ihre Armani-Jeans saßen wieder einmal wie angegossen, und Walli wurde sich angesichts dieser gewinnenden Erscheinung wieder einmal bewusst, dass Fisch mit wenigen Kalorien für sie auch in nächster Zeit genau das Richtige sein würde.

»Romy war schon vor einiger Zeit da gewesen und hat uns die Karpfenstücke gebracht. Unheimlich war das schon, sag ich dir.«

»Wieso?«, fragte Walli nach. Dabei hob sie einen Tray mit Mineralwasser vom hinteren Gepäckträger und stellte ihn neben sich auf den Boden.

»Sie hat mir den Plastiksack mit den Filets in die Hand gedrückt, ohne mir vorher zu sagen, dass diese Teile fangfrisch sind und sich noch eine ganze Weile darin bewegen würden.«

»Was?«, quietschte Walli Winzer angeekelt und verzog ihr Gesicht.

»Das ist völlig normal, wenn man es weiß«, ergänzte Silvia, mittlerweile auch einigermaßen belustigt. »Wenn der

Karpfen gerade geschlachtet und sofort filetiert wurde, stehen seine Nerven noch unter Hochspannung und brauchen ein bisschen, bis sie sich abgefunden haben, nicht mehr Teil des Ganzen zu sein.«

»Also Silvia, so genau wollte ich das gar nicht wissen«, wehrte sich Walli gegen eventuell noch weitläufigere Ausführungen ihrer Lieblingsmitarbeiterin.

»Aber keine Sorge, du wirst den Karpfen vorher nicht sehen, sondern bekommst ihn fix und fertig auf deinem Teller serviert.«

Walli Winzer war darüber sehr beruhigt, denn mit dem Kochen hatte sie es sowieso nicht, und vor rohen Zutaten grauste ihr generell. Wäre sie darauf angewiesen, selbst kochen zu müssen, würde sie sich sicher vegetarisch ernähren. Allein um dieses tote Zeug nicht selbst anfassen zu müssen. Sonst war sie Stammgast bei Hannes Lechner und fühlte sich von seiner Exklusivküche gut versorgt. Es war bei ihm alles bio, denn das meiste kaufte er von Lena und Hans Breiteneckers Bauernhof. Walli ging zwar das Wort Nachhaltigkeit schon ein wenig auf die Nerven, aber als gelernte PR-Expertin wusste sie, dass es genügend Zeit brauchte, bis auch beim unwissendsten Konsumenten die Botschaft vom gesunden Essen angekommen sein würde. Dann konnte dieser genmanipulierte Unsinn unverrichteter Dinge an ihnen vorüberziehen.

Silvia ging bereits ins alte Schulhaus vor und nahm das Mineralwasser mit, während Walli ihre Harley im dahinterliegenden Holzschuppen abstellte. Beim Absperren des Schlosses fiel ihr wieder Florian Wagner ein und ihr verrücktes kleines Abenteuer. Sie musste grinsen. Das hätte sie sich auch nicht gedacht, mit 50 noch so töricht zu sein. Immerhin lagen ihre Teenagerjahre schon einige Jährchen zurück. Aber wie hieß es: Die Seele altert nicht. Das konnte sie bestätigen. Und alles andere natürlich auch nur rudimentär, also verzögert. Das war ja klar. Immerhin, bei den Beträgen, die sie regelmäßig dafür ins Kosmetikstudio trug.

Florian war ein merkbar gesunder junger Mann, der die kurze Abwechslung sichtlich ebenso genossen hatte wie sie – und hoffentlich sich auch weiterhin nichts darüber dachte.

Denken würde.

Und die Angelegenheit auf sich beruhen ließe. Denn es gab ja Björn. Und den würde Walli bald wiedersehen. Morgen schon. Wie konnte sie das nur vergessen? Mehr darüber nachzudenken, schien jetzt nicht der geeignete Moment zu sein. Sie hatte Gäste zum Abendessen eingeladen. Kochen wollte zwar Silvia, aber sie würde immerhin für ein ansprechendes Ambiente sorgen. Doch vorerst musste sie selbst endlich einmal aus dieser engen Motorradkluft herausfinden. Sie hätte sich zwar nie gedacht, dass man sich darin sogar wohlfühlen und ganz gut bewegen konnte, aber sie freute sich darauf, sich wieder in bequemerer Kleidung zu finden.

Als sie das Haus betrat, hörte sie Stimmen aus der Küche. Anna Szabo schien bereits hier zu sein und Silvia bei den Vorbereitungen zu helfen. Walli Winzer beschloss, gleich in ihr Schlafzimmer weiterzugehen, und gab daher im Vorübergehen einen kurzen Gruß ab, der ebenso beiläufig erwidert wurde. Offenbar unterhielten sich die beiden Frauen recht gut miteinander, schienen vertieft in ein Gespräch.

Walli beschloss, die beiden allein zu lassen und sich noch ein wenig hinzulegen, um die jüngsten Ereignisse setzen zu lassen. Auch bei Harry hatte sie das Gefühl gehabt, dass er froh war, in seiner alten Mühle angekommen zu sein. Sie lag etwas außerhalb des Orts und stand unter Denkmalschutz. Sie war ein wahres Baujuwel, dessen altes Gemäuer zugleich für jeden, der sie betrat, eine wahre Oase für die Seele bedeutete und die Zeit stillstehen ließ.

Walli Winzer war ohne jegliches Zeitempfinden, als sie lautes Gelächter aus dem Schlaf riss. Sie war kurz benommen, fühlte sich aber eindeutig besser. Dafür sorgte auch ihr kleines flauschiges Kuckucksei, das sich unbemerkt neben ihr niedergelassen hatte. Filou lag dicht an sie gekuschelt und sah sie mindestens ebenso verschlafen an, wie sie es in diesem Augenblick war. Benommen kniff er die Augen und schnurrte genüsslich vor sich hin.

»Na, mein Kleiner! Wo warst du denn heute schon überall unterwegs?«, fragte sie das Fellknäuel neben sich.

Filou hob sein Köpfchen und war sichtlich nicht für etwaige Konversation bereit. Er sah ins Leere und vermied den Augenkontakt mit seiner Besitzerin. Dass sich Walli vor Kurzem noch gar nicht vorstellen konnte, sich für irgendeine Art von Tier verantwortlich zu fühlen, schien angesichts dieser Situation nahezu unmöglich. Trotzdem hatte sie vor wenigen Wochen noch keine Ahnung, was sie mit Filou anfangen sollte. Der kleine Bengel schaffte es allerdings in Rekordzeit, nicht nur ihr Herz, sondern auch ihr Leben mehr oder weniger umzukrempeln. Was Walli von ihm verlangte, interessierte ihn wenig, dafür hatte er binnen kürzester Zeit deren Gewohnheiten durchschaut.

Woran sie das merkte?

Er durchbrach ihre Gewohnheiten und machte sie erst dadurch darauf aufmerksam, dass sie ihrer Meinung nach zu viele davon hatte. Das brachte Walli dazu, darüber nachzudenken, ob ihr Beruf als eine der führenden PR-Managerinnen Österreichs sämtliche Kreativität aus ihrem Privatleben abzog. Oder ob ihr Berufsleben schon über zu viel Routine verfügte.

Na gut. Das herauszufinden, dazu war sie ja da. In Großlichten. Einem kleinen Dorf im hintersten Winkel des südlichen Waldviertels. Doch seit Walli ihr renoviertes Schulhaus bezogen hatte, konnte sie die Mär mit dem ruhigen Landleben keineswegs bedingungslos bestätigen. Hinter der Dorfidylle brodelte es. Zeitweise beträchtlich. So wie mit der Vogelscheuchenleiche im Gemüsebeet.

Ekelhaft! Es schüttelte sie, wenn sie nur daran dachte. Walli sprang aus dem Bett. Aus war's mit der Gemütlichkeit. Sie ließ Filou allein zurück, den das allerdings keineswegs irritierte, denn er legte sein Köpfchen wieder ab.

Walli Winzer machte sich auf ins Badezimmer. Auf dem Weg dorthin nahm sie sich für heute Abend noch vor, mit den Frauen einige Details zu den Mordfällen behutsam besprechen zu wollen. Auch wenn sie bei Annas labilem Seelenzustand vorsichtig sein musste. Aber Silvia würde ihr schon helfen, deren Befindlichkeit nicht zu überfordern. Doch über Alice musste sie noch mehr erfahren. Über diese wussten sie bis jetzt wenig.

Sie alle wussten wenig. Auch über einander. Das sollte sich ändern. Und sie würde mit gutem Beispiel vorangehen.

Als Walli Winzer in einer mit Pailletten bestickten Valentino-Jeans und einem schwarzen, dekolletierten Sweatshirt die Bauernstube betrat, war das ein Auftritt ganz nach ihrem Geschmack: Die kleine Frauengruppe, die jede einen Aperitif in der Hand hielt, freute sich über ihr Erscheinen und war bereits gut gelaunt. Romy Steiner hatte sie so rasch gar nicht erkannt, da ihre kurzen dunklen Locken burschikos ins Gesicht fielen und nicht mehr wie im Gärtnerinnenlook vormittags durch ein gebundenes Kopftuch chic nach hinten gebunden waren. Sie strich sich gerade einige davon aus dem Gesicht.

»Walli, was dürfen wir dir in deinem eigenen Haus anbieten?«, fragte Silvia und ging zur zur Bar umfunktionierten Bauernkredenz.

»Einen echten Dry Martini, bitte. Du weißt, wie für James Bond: geschüttelt und nicht gerührt, aber mit Gin und nicht mit Whisky«, antwortete sie lachend.

»Klar! Weiß ich doch. Ich habe den Cocktail-Shaker und das Eis schon für dich bereitgestellt, und dein Glas ist gefrostet, wie's sich gehört.«

Die Frauen waren verblüfft über den Kult, den die beiden da betrieben, und schauten Silvia fasziniert dabei zu, wie sie den Shaker schwang.

»Ja, doch, so ein Drink wird durchs Shaken schneller kalt. Mit einem feinen Sieb seie ich ihn danach ab und leere ihn ins eiskalte Martiniglas.« Silvia dekorierte den fertigen Dry Martini noch mit einer Zitronenspirale und reichte ihn ihrer Chefin.

Walli lachte. »Klar, mein Drink ist trüb, so wie der Blick auf unsere aktuellen Kriminalfälle: Wir fischen derzeit noch immer im Trüben, was sich hoffentlich bald ändern wird. Also, in diesem Sinn: cheers!«

Jede erhob ihr Glas auf die Gastgeberin, doch die Blicke aller blieben ernst. Der von Walli erhoffte Heiterkeitserfolg blieb sichtlich aus. Romy rettete die Situation, indem sie ergänzte: »Ich habe einmal gelesen, dass James Bond seinen Dry Martini allerdings mit Wodka statt mit Vermouth trinkt. Auch ein Schuss Kina Lillet kommt dazu. In ›Casino Royale‹ nennt Autor Ian Fleming diese Cocktail-Variante dann ›Vesper‹, nach Bonds getöteter Geliebter. Bond will sich den sogar patentieren lassen«, schmunzelte Romy.

Walli Winzer gab sich zunächst interessiert, lenkte das Gesprächsthema dann doch noch einmal gekonnt auf die

Mordserie. »Also, ich könnte mir übrigens vorstellen, dass beide aktuelle Morde von verschiedenen Tätern oder Täterinnen ausgeführt wurden.«

»Und was führt Sie auf diese Spur?«, fragte Romy Steiner verdutzt.

»Sosehr ich mir den Kopf darüber zerbreche, ich finde keinen gemeinsamen Bezug zwischen den Taten«, sprach sie fast beiläufig und stellte ihren Martini auf den bereits einladend gedeckten Tisch.

»Wie war sie eigentlich so, die Alice?«, wandte sich Walli an Anna Szabo. »Sie schien ja ziemlich genau zu wissen, was sie will.«

»Wie meinen Sie das?«, fragte Anna sichtlich betroffen nach.

»Na ja, ich hatte den Eindruck, dass sie ihre Ideen mit besonderem Nachdruck vertrat.«

»Das schon. Wenn sie sich etwas in den Kopf setzte, war sie kaum davon abzuhalten«, antwortete Anna.

»Jaja, das kann ich mir gut vorstellen«, sinnierte Walli vor sich hin.

Silvia begriff die Situation und bat Romy, ihr in der Küche zu helfen. Ihren Aperitif nahmen beide mit. Bald darauf hörten sie gediegene Jazzmusik, von Sarah Vaughan gesungen.

»Was, glauben Sie, ist passiert?«, fragte Walli Winzer weiter.

»Ich habe mir wirklich Gedanken darüber gemacht, aber sie hatte so viele offene Konfliktbaustellen, dass ich wirklich überfordert bin, Ihnen nur eine daraus zu nennen. Am ehesten irritiert hat mich noch die aggressive Handgreiflichkeit von dem Mountainbiker. Vielleicht sollte man den mal aufsuchen.«

»Und könnten Sie sich vorstellen, dass Alice so zornig über die plumpen Annäherungsversuche vom Stöger Franz im Wirtshaus vor ein paar Tagen gewesen ist, dass sie ihm einen Denkzettel verpasst hat? Und aus ungeklärten Gründen endete das mit Mord?«

»Wieso glauben Sie, dass der Mord mit ihr zu tun hat? Es gibt dafür keinerlei Anhaltspunkte, und es wurden von ihr keine Fußspuren gefunden.«

»Woher wissen Sie das?«, fragte Walli Winzer überrascht, da sie nicht glauben konnte, dass Sepp Grubinger Details in aller Öffentlichkeit verbreiten würde.

»Der Walter Pöcksteiner hat mir das erzählt.«

»Wer ist das?« Walli Winzer runzelte nachdenklich die Stirn.

»Der Postbote. Der hält natürlich jetzt seine Ohren offen, wo er doch mit meiner Tante so gut ist.«

»Ah ja, alles klar«, nickte Walli. »Und – fehlt Ihnen Alice sehr?«

Annas Gesicht errötete, und es begannen Tränen über die Wagen zu rollen. Sie sah verschämt zur Seite und wischte sie mit dem Handrücken weg. »Es war nicht immer leicht mit ihr. Ehrlich gesagt, habe ich mir in den letzten Tagen immer öfter überlegt, mich von ihr zu trennen. Sie konnte einfach mit dem Druck, der sich in den letzten Jahren wieder verstärkt feministischen Frauen gegenüber aufgebaut hat, schwer umgehen. Sie wollte nicht in geschützten politischen Projekten arbeiten, sondern so behandelt werden wie alle anderen auch. Gemessen an ihrer Leistung. Aber bis dahin ist das offenbar noch ein langer Weg.«

»Hm!«, murmelte Walli.

»Es waren die psychischen Verletzungen im beruflichen Umfeld, die Zurücksetzung, die ihr zu schaffen machten.

Aber sie wollte immer allen beweisen, dass sie es schaffen konnte.«

Walli schwieg und umarmte Anna. »Es ist mir unbegreiflich, warum man Menschen, die einander lieben oder die einfach nur andere Zugänge zu Lebensmustern haben, nicht einfach ihren Weg gehen lässt und sie dabei sogar unterstützt.«

»Tja, das sind Muster, die unsere Gesellschaft seit Jahrhunderten geprägt haben. Die lassen sich nicht so schnell beseitigen. Aber wir sind froh, dass es auch Menschen wie Sie gibt, die damit keine Probleme haben.«

»Ehrlich gesagt, die hatte ich nie. Ich weiß, dass ich auf Männer stehe, und wenn's anders wäre, wär's mir auch egal.« Walli lachte, während sie eine DVD mit Kaminfeuer aus der Lade zog und in den Player einlegte: »Wäre sogar manchmal besser!«

Das entlockte Anna Szabo ein mildes Lächeln, und sie bewunderte das stimmungsvolle Bild am Monitor samt Knistern aus den Lautsprechern.

Ein wunderbarer Geruch nach gebratenem Fisch hatte sich inzwischen im ganzen Haus ausgebreitet. Walli und Anna nippten weiter an ihren Gläsern und stellten sie erst beiseite, nachdem Silvia und Romy mit vollen Händen die Stube betraten. Köstlich sah das Karpfengericht aus.

»Na, was sagt ihr zu meinem ersten Waldviertler Blauen Karpfen mit Petersilkartoffel?«, heischte Silvia nach Anerkennung, die sie sofort bekam.

»Einmalig!«, freute sich Walli.

Silvia hatte auf eine Vorlegeplatte von Villeroy & Boch die Filetstücke sorgfältig drapiert, passend zum Service, und die Petersilerdäpfel in einer Extraschüssel daneben gestellt. Romy legte noch schnell eine andere Jazz-CD in die Hi-Fi-Anlage und alle nahmen rund um den Tisch Platz.

Walli holte den eisgekühlten Weißwein aus dem Weinkühlschrank und begann einzuschenken.

»Was ist das für eine Sorte?«, fragte Romy interessiert.

»Ich dachte mir, wir verkosten zu eurem tollen Karpfen ein Spitzenprodukt der Region: einen besonderen Riesling aus dem Waldviertler Kamptal DAC Reserve.«

»Das hört sich ja exklusiv an. Jetzt wollen wir aber auch überprüfen, ob er tatsächlich so gut schmeckt.« Silvia hob als Erste ihr Glas und blickte in Richtung Walli, die inzwischen an der schmalen Seite des Tisches Platz genommen hatte. Die anderen Frauen taten es ihr gleich. »Wir wollen auf unsere wunderbare Gastgeberin anstoßen, die in ihrer unnachahmlichen Art nicht nur das Herz am rechten Fleck hat, sondern in ihrer unorthodoxen Beurteilung der Lage meist den Nagel auf den Kopf trifft, auch wenn es manchmal heftig ausfällt.«

Allgemeines Gelächter.

»Ich spiele da vor allem auf meine manchmal doch einigermaßen schräge private Situation an. Und dafür danke ich dir, Walli. In diesem Sinne: Prost – auf uns alle.«

Walli beschloss, Silvias kleine Ansprache unkommentiert zu lassen, zog belustigt ihre Augenbrauen hoch und blickte aufmunternd in die Runde. Der Qualitätsriesling entsprach schließlich allen Erwartungen, und es wurden im Laufe des Abends noch weitere Flaschen geleert.

Trotz der privat schlimmen Zeit für Anna und Silvia blieb die Stimmung heiter und die Gesprächsthemen waren vielfältig. Es entwickelte sich sogar so etwas wie Vertrauen aller zueinander.

Zu fortgeschrittener Stunde wurde Silvia schließlich nachdenklicher und erinnerte sich an die letzte Reise mit ihrer Ex, Nadja. Diese lag noch gar nicht lange zurück. Sie erzählte, wie zauberhaft das Kennenlernen war und dass sie ihr fehlte. Wortlos stand Romy auf und legte eine neue CD ein. Sie erwies sich mittlerweile als wahre Musikexpertin. Denn an diesem Abend brachte sie für Wallis wild zusammengewürfelte Musiksammlung so etwas wie einen roten Faden zustande. Das meiste davon waren offenbar Geschenke gewesen, wie Romy für sich feststellte. Sie kannte das Album ›Drag‹ mit einer stimmigen Balladenauswahl der Singer-Songwriterin K.d. lang.

»Die K.d. höre ich immer gerne, wenn ich nicht gut drauf bin«, bekundete Romy ihr Mitgefühl für Silvia.

Ein mattes Lächeln folgte.

»Aber warte, auch das geht einmal vorbei«, setzte sie fort.

»Oft gibt's dann auch gleich den großen Weltschmerz, der einen verfolgt«, ergänzte Anna leise.

»Hm? Was meinst du damit?«, fragte Walli ahnungslos.

Alle sahen sie an, ohne etwas zu sagen. Silvia wandte sich an Walli: »Zu wissen, dass man anders tickt, ist das eine. Aber die Last, nie zur Mehrheit zu gehören, das andere.«

»Also, irgendwie verstehe ich da offenbar gar nichts«, war Walli Winzer wirklich verblüfft. »Warum will man zu einer Mehrheit gehören? Ich weiß mir da schon was Sinnvolleres. Jeder von uns ist in vielerlei Hinsicht anders als die anderen.«

»Ja, das ist schon klar. Aber es geht um Chancen, die man sich offenbar nimmt. So hat es beispielsweise noch nie in Österreich eine öffentlich deklarierte lesbische Ministerin gegeben. Übrigens auch keinen schwulen. Auch die Frauenministerin der 1970er-Frauenbewegung versteckte sich medial hinter ihren Kindern und einer Ehe, obwohl es alle anders wussten. Ebenso die Wissenschaftsministerin der damaligen Zeit, sagt man. Oder eine Bildungsministerin vor nicht allzu langer Zeit hielt sich heute noch bedeckt«, erinnerte Silvia. »In Deutschland ist das kein so großes Problem wie in Österreich.«

»Offenbar ging's auch ohne medienwirksamen Conchita-PR-Gag«, ergänzte Walli.

Silvia setzte ihren Geschichtsvortrag unbeirrt fort: »Napoleon kam mit seiner fortschrittlichen Gesetzesänderung, dem Code civil, dem Zivilrecht, seinerzeit sogar bis nach Bayern. Die Grenzen nach Österreich blieben den sozial-liberalen napoleonischen Gesetzen verschlossen. Trotz einiger Abänderungen im Laufe der Zeit hat das großteils die deutsche Gesellschaft in ihrem gelebten Umgang miteinander stimmungsmäßig beeinflusst.«

»Und weshalb, meinst du?«, fragte Anna nach.

»Meiner Meinung nach hat man in Deutschland auch die NS-Zeit sachlicher und für die breite Bevölkerung vielfältiger aufgearbeitet, als das in Österreich der Fall war. Denn viele Österreicherinnen und Österreicher sehen sich heute noch als von Deutschland überfallene NS-Opfer, was zu einem Teil stimmt, zum anderen eben nicht. Auch die extreme Tatsache, dass viele KZ-Wächter aus Österreich stammten, interessiert wenige. Dass so etwas seine Auswirkungen sogar bis heute haben kann, glaubt kaum jemand. Sogar im Fall Fritzl spielt das eine Rolle. Ein Vater, der ungestört archaisches Recht jahrzehntelang an seiner Tochter praktizierte, sie in den Keller sperrte und mit ihr Kinder zeugte. Bis heute soll er angeblich dafür kein Unrecht empfinden. Dass seine Mutter das NS-Stigma der Asozialen und Kriminellen führte, die die letzten Wochen ihrer Haft im Konzentrationslager Mauthausen verbrachte, viele Gräuel erlebte und beobachtete, liefert mir dafür keine weitere Erklärung.«

»Wow, starker Tobak! Vielleicht sollten wir doch wieder das Thema wechseln, sonst muss ich mir noch einen Blackout antrinken«, stöhnte Romy, zog die Weinflasche aus dem mit Eiswürfel befüllten Weinkübel und nippte anschließend an ihrem Riesling.

»Ja, was soll man darauf antworten. Mich gruselt's richtig, wenn ich mir diesen Psychopathen vorstelle.« Walli stand auf, holte aus der Küche eine Käseplatte mit Weintrauben und Walnüssen. Sie stellte sie in die Mitte des Tischs. »Das bringt uns hoffentlich wieder auf andere Gedanken«, stellte sie lapidar fest und machte mit der rechten Hand eine auffordernde Geste, sich selbst zu bedienen.

Während Romy als Erste zugriff, ging Silvia in die Küche, um noch ein paar Teller samt einem Berg von Wallis aus der Konditorei mitgebrachten Mohnschnitten zu holen. Walli hatte sich inzwischen niedergesetzt und rang noch kurz damit, von ihrem heutigen Erlebnis zu erzählen. Schließlich siegte ihre Mitteilungsseligkeit und ihre Gäste blickten sie infolge einigermaßen verdutzt an.

»Was? Der Florian?«, fragte Romy belustigt.

»Warum denn nicht?«, fragte Walli zurück.

»Na, weil der eher ein zurückhaltender Mann ist und man bei ihm sonst nichts von solch entfesselter Leidenschaft merkt. Im Gegenteil: Seine Frau starb vor zwei Jahren an Leukämie. Seither gibt es für ihn nur noch seine Arbeit.«

»Oft sind stille Gewässer tief«, lachte Walli. Silvia hatte bloß die letzten Worte gehört und hakte ein, während sie den Nachtisch servierte.

»Apropos entfesselte Leidenschaft. Das erinnert mich an eine Geschichte von zwei Freundinnen: Eine war verheiratet und stimmte schließlich widerwillig dem Wunsch ihres Mannes nach einem flotten Dreier mit einer Frau zu.

Was war das Resultat? Ihr wahres sexuelles Empfinden kam durch. Sie brannte daraufhin mit der Frau durch und ließ ihn mit zwei Kindern zurück.«

»Das ist aber jetzt nicht wahr, oder?«, fragte Anna verblüfft.

»Doch, und die sind heute noch zusammen, stellt euch das vor! Eine andere Geschichte, die auch wahr ist: Eine Kunststudentin, die Geld brauchte, stellte sich einer Turnusärztin nach einem Aushang an der Uni zur Übungsmassage zur Verfügung. Die Ärztin wollte sich lediglich in Richtung Heilmassage weiterqualifizieren. Nach der Ausbildung verließ die Ärztin ihren Mann, nahm ihre drei Kinder, wobei das letzte noch ein Säugling gewesen war, und zog mit der Kunststudentin zusammen. Sie ließ sich unter dramatischen Umständen vom Ehemann scheiden. Ich sage euch: Das war ein Rosenkrieg. Und mit welch Untergriffen der vor Gericht um seine Kinder gekämpft hat. Bis er die Richterin anbrüllte und schließlich so beschimpfte, dass sie daraufhin die Kinder der Mutter und deren neuer Partnerin zusprach.«

»Das ist ja alles kaum zu glauben.« Anna, die den ganzen Abend über wenig geredet hatte, interessierten diese Episoden sehr. Dafür wurde Romy jetzt stiller.

»Ich bin froh, dass ich nicht auf dem Land leben muss. Hier eine Gemeinschaft mit einer Frau und vielleicht noch mit Kindern zu leben, ist praktisch unmöglich. Wer würde zu einem halten? Das ist ja schon in einer Großstadt wie Wien schwierig. Man muss sich dann geeignete Schulen und die passenden Freundinnen und Freunde suchen, die diese Konstellation von Familie unterstützen«, setzte Anna fort. »Aber die Welt wird dann schon sehr klein und eng, stelle ich immer wieder fest. Kein Vorteil ohne Nachteil.«

»Na ja, aber ich habe bisher in meinem Leben noch keine wirkliche Diskriminierung erlebt. Außer irgendwelche Deppen, die blöd geglotzt haben, wenn man Zärtlichkeiten austauscht«, erinnerte sich Silvia. »Wobei ich sage, dass Frauen in ihrem Zugang da keineswegs besser sind als Männer. Viele verhalten sich ziemlich homophob und glauben, dass ich eventuell auch an ihnen Interesse hätte, wenn ich höflich und freundlich bin«, setzte sie fort. »So ein Schmarrn!«

»Du vielleicht nicht an ihnen, aber sie an dir«, lachte Walli daraufhin schallend. »So attraktiv, wie du bist, kann ich mir das schon lebhaft vorstellen.«

»Ich habe natürlich auch ein mordstrumm Glück, Walli, dass ich meinen Job bei dir habe. Du bist super in Ordnung. Die PR-Branche schafft ja fiktive Welten wie die Kunst. Auch in der Galerie von Nadja traf ich zusätzlich auf viele weltgewandte, neugierige Menschen, die offen für alle Lebensformen sind.«

Anna beobachtete Silvia und bemerkte, dass ihr Schmerz über den Verlust der Freundin immer noch tief saß. K.d. lang stimmte den Song ›Smoke Rings‹ an, der von der Trennung der Freundin und dem damit verbundenen Schmerz handelte. Walli Winzer nahm das zum Anlass, ihre Zigarrenschachtel zu holen und den Frauen ihre exklusiven Kostbarkeiten anzubieten. Silvia und Romy griffen zu und zündeten sich nach stilvollem Prozedere jeweils eine an.

»Aber hier, in Großlichten? Das stelle ich mir wirklich schwierig vor«, sinnierte Silvia. »Aus Angst heiraten auch viele Lesben und Schwule Hetero-Partner. Dass solche Ehen oft nicht die glücklichsten sind, kann man sich ja lebhaft vorstellen. Oft weiß der Partner nicht, was er oder sie ständig falsch macht. Sucht's bei sich, weil es nicht klappt. Irgendwie bleibt da immer eine Barriere um dieses Geheimnis. Oft finden manche erst im fortgeschrittenen Alter den Mut zum Outing. Es muss für den Partner oder die Partnerin eigentlich dann eine Erleichterung sein.«

»Oder manche tun es nie. Das Leben zieht an ihnen vorbei, und die vor allen geheim gehaltene Partnerin geht seelisch dabei fast zugrunde, wenn sie nicht vorher die Kraft hat, sich zu trennen«, ergänzte Romy mit Grabesstimme.

»Ja, solche Versteckspiele sind die Hölle und kosten viel Kraft. Man sollte sich aus Eigenschutz nicht darauf einlassen. Aber wie heißt es: Wo die Liebe hinfällt.« Silvia und die anderen Frauen blickten unauffällig zu Romy. Gesprochen wurde für eine Weile nicht.

Sie schwiegen.

Als hätte jede von ihnen mindestens schon einmal solch eine Situation durchgemacht.

Die Musik tat gut. Ließ Gedanken schweifen und die Seele an einem fiktiven Ort rasten. Ein wenig Atem schöpfen.

»Wie schön, dass sich diese Runde heute so kurzfristig zusammengefunden hat«, freute sich Walli Winzer. Eigentlich hatte sie die Einladung ja nur Silvia zuliebe angesetzt, damit sie auf andere Gedanken kam. Aber sie war ebenso auf Romy neugierig gewesen. Immerhin vertraute sie der Gärtnerin ihren Bauerngarten an und hatte nie zuvor weder etwas von ihr gesehen noch gehört. Sie wollte sie besser kennenlernen und fand, dass sich der Abend auch diesbezüglich gelohnt hatte.

Alle hatten ausgiebig vom köstlichen Kamptal-Riesling getrunken.

Sie fühlten sich in diesem Augenblick, unterstützt vom gemächlichen Blues K.d.s, den Anforderungen, die das Leben sonst an jede stellte, enthoben.

Das war schon einmal gut!, freute sich Walli. Sie merkte auch, dass es inzwischen recht spät geworden war, und Romy sich langsam darauf vorbereitete, aufzustehen: »Es ist immer unangenehm, die Erste zu sein, die eine gemütliche Runde verlässt«, sagte sie. »Aber ich muss morgen wieder früh raus. Es wird ein anstrengender Tag.«

»Klar«, antwortete Silvia und machte sich bereit, für Romy noch einige Häppchen in Alufolie einzupacken. Sie lächelte darüber. Anna und Walli erhoben sich ebenso zur Verabschiedung, als es plötzlich an der Tür läutete.

»Ah! Das wird Sybille Karner sein, Anna. Sie will Sie sicher abholen«, mutmaßte Walli Winzer.

Anna schüttelte erstaunt den Kopf. Sie wusste zwar, dass ihre Tante fürsorglich war, aber das konnte sie sich nicht vorstellen. Denn um 23.00 Uhr lag Sybille Karner meist schon im Bett. Außerdem hätte sie sie ja anrufen können.

»Na ja, das haben wir gleich.« Walli ging zur Haustür und öffnete. Sie staunte nicht schlecht, als sie Dorfpolizist Sepp Grubinger, dessen Chef Adi Platzer und ein ganzes Bataillon an polizeilicher Entourage vor der Tür sah. Das grelle Blaulicht blendete sie.

»Ja, Grubinger, was wollen S' denn um diese Zeit da? Und mit diesem Aufgebot? Geht das nicht auch morgen, oder is schon wieder was passiert?«

»Frau Winzer, wir kommen zu Frau Szabo. Von Frau Karner haben wir erfahren, dass Sie bei Ihnen ist«, erwiderte Grubinger in recht amtlichem Deutsch.

»Ja, na und? Ist ja kein Geheimnis. Was wollen Sie denn von ihr?«, fragte Walli weiter.

Auch Anna Szabo war in der Zwischenzeit zur Tür gekommen.

»Frau Szabo, wir müssen Sie mitnehmen. Sie stehen unter

Verdacht, Ihre Lebensgefährtin Alice Mittner umgebracht zu haben.«

»Was?« Walli Winzer war daran, die Beherrschung zu verlieren. »Grubinger, wie kommen Sie denn darauf? Sind Sie von allen guten Geistern verlassen? Oder geht mit Ihnen oder Ihrem sauberen Herrn Chef die Fantasie jetzt völlig durch?«

Anna setzte sich, bleich vor Schreck, in den nahe stehenden Ohrensessel und rang erst einmal nach Luft. Silvia reichte ihr ein Glas Mineralwasser und nahm sie anschließend schützend in die Arme.

»Frau Winzer, gehen Sie aus dem Weg und erschweren Sie jetzt nicht noch die Situation. Wegen möglicher Fluchtgefahr sind wir verpflichtet, Frau Szabo sofort mitzunehmen.« Bezirksinspektor Adi Platzer machte sich den Weg ins Wohnzimmer frei und stellte sich fordernd und abwartend neben Anna, die immer noch nach Luft rang. Sie sprach kein Wort. Erst nachdem sie sich gefasst und ihre Wollweste samt Tasche von der Tischstuhllehne geholt hatte, brüllte sie laut los: »Ich war's nicht!«

Adi Platzer erschrak, packte im Affekt Anna Szabos rechten Oberarm und zerrte sie bis zur Tür, wo er sie schroff einem Wachebeamten übergab. »Geht doch! Warum nicht gleich!«, polterte er schließlich bestätigend und zog seine Zivilkleidung zurecht.

Sepp Grubinger schien peinlich berührt und hatte sich zwischen den Polizeikollegen und der in Gewahrsam Genommenen gedrängt. Er wollte Anna offensichtlich weitere Unannehmlichkeiten ersparen.

»Platzer, sind Sie jetzt völlig verrückt geworden!«, empörte sich Walli. »Wie gehen Sie mit Frau Szabo um?« Sie rang damit, Haltung zu bewahren. »Warten Sie, das wird ein Nachspiel haben.«

»Es hat alles seine Ordnung.« Adi Platzer zog seine Oberlippe hoch und kratzte mit dem rechten Zeigefinger an seinem Vorderzahn entlang, um lästige Essensreste loszuwerden. Er machte eine abwertende, kleine Handbewegung, worauf sich das Großaufgebot an Sicherheitskräften zurückzog. Anna stieg in den Polizeiwagen, der daraufhin unter Knirschen auf der Schotterstraße losfuhr.

»I glaub, i träum! Was war das jetzt?« Silvia starrte den Rücklichtern der Autokolonne nach.

»Reine Willkür«, antwortete Walli und wunderte sich, wie Grubinger auf diesen Bockmist gekommen war.

»Ein Albtraum!«

24. KAPITEL

»Ich sage dir, es war reine Willkür, das mit der Anna«, empörte sich Walli Winzer. »Ich konnte nur danebenstehen und nichts tun.« Walli saß am Küchentisch in Lenas Haus und nahm einen Schluck Kaffee aus ihrer Tasse.

»Aber das war ja schon was, dass du sie gegen diese Polizeiübermacht verteidigt hast«, versuchte Lena Breitenecker, die Freundin zu beruhigen.

»Wie eine Schwerverbrecherin haben die sie behandelt. Weißt du, bei solch überzogenen Aktionen beginne ich langsam daran zu zweifeln, ob der Staat tatsächlich bei allen die gleichen Maßstäbe anlegt. Oder ob manche eben früher auf der Verdächtigenliste stehen.«

»Geh, Walli, wälz keine Verschwörungstheorien und komm wieder runter. Ohne stichhaltige Beweise können sie die Anna sowieso nicht ewig festhalten.«

»Das hoffe ich. Denn sonst reißt auch mir der Geduldsfaden.« Durch ihre nachdrückliche Geste wirkte Walli unfreiwillig komisch, weshalb Lisa, die neben ihrer Mutter Lena saß, und deren Freundin Sandra kichern mussten. Walli liebte diese jugendliche Unbeschwertheit der Mädchen.

Jetzt musste sogar Walli lachen. »Na, sag ich's nicht?« Mit den Kids fühlte sie sich augenblicklich entspannter. Lena schenkte Kaffee nach.

Auch Mizzi Troger wollte noch eine Tasse. »Aber dass der Grubinger da plötzlich so mitmocht, des is scho komisch«, schüttelte sie den Kopf.

»Ja, auch wenn es ihm irgendwie peinlich war«, fügte Walli ihrer ausführlichen Schilderung den kleinen Nachsatz zu.

»Ich hab übrigens schon vorher mit dem Sepp telefoniert«, sagte Lena. »Er wird gleich bei uns vorbeischauen und uns alles erklären.«

Mizzi wurde in ihren Bewegungen wieder lebendiger: »Du, irgendwie hab ich das Gefühl, dass es mit ihm und der Resi grad net besonders gut läuft«, trug sie das kleine Gerücht aus dem Dorf weiter.

»Wie kommst denn darauf?«, fragte Lena.

»I hob da was mitkriegt. Besser gsagt, der Walter hat's mir erzählt, als er mir die Post in die Hand gedrückt hat.«

»Wie kommt denn der darauf? Der Sepp red't doch nie über so was«, versuchte Lena wieder einmal die Großlichtener Gerüchtebörse bereits in ihren Anfängen abzuwürgen.

»Also beim Bier im Wirtshaus hat der Sepp kürzlich so was angedeutet«, tat Mizzi geheimnisvoll.

»Angedeutet? Na, hat er auch eine bissl mehr gesagt?« Lena gab sich unbehaglich.

»Na ja, die Resi geht woi öfter ois sonst zum Friseur und hot si noch längerem wieder amoi in Zwettl wos Neichs zum Anziehen kauft.«

»Was? Und das irritiert ihn, statt dass er sich darüber freut?« Walli schnappte sich einen von Lenas Haselnusskeksen und stopfte ihn in den Mund.

»Der Sepp ist ein Landmensch. Wenn der an die Stadt denkt, wird er schon ganz nervös. Allein die Vorstellung, seine Resi könnte in Zwettl unterwegs sein, sorgt bei ihm für einen unruhigen Nachmittag. Stellt euch vor, der gefällt das dann auch.«

»Das ist aber nicht dein Ernst.« Walli schien langsam genervt. »Ich hab gedacht, nachdem er seine Polizeiaußenstelle im Dorf behalten darf, wäre das Thema vom Tisch.«

»Er sagt, seit sich die Reiterhofschickeria im Ort herumtreibt und du, Walli, da bist, hat die Resi plötzlich ihren Schönheitsfimmel entdeckt.«

»Na gut, aber das hält sich aber wirklich in überschaubarem Rahmen«, stellte Walli Winzer kurz und bündig fest.

»Geh, Walli, sei nicht a so«, schubste Lena die Freundin an.

Sandra und Lisa fanden die Erwachsenengespräche

höchst amüsant. »Eigentlich habe ich gedacht, dass nur wir uns über Styling Gedanken machen, weil in eurem Alter is eh …« Lisa sprach kichernd den Satz lieber nicht zu Ende, wollte sie doch Wallis Aufmerksamkeit noch für den Kauf des Reiterhofs erhalten.

»Ich bin nicht von gestern, Lisa. Ich weiß, was du im Schilde führst«, lachte Walli und widmete sich ab jetzt den Mädchen. »Lena hat mir schon am Telefon von eurer Frage erzählt.«

»Und? Sag schon! Was ist?« Die Girlies zappelten vor Aufregung auf ihren Plätzen.

Walli steigerte die Spannung, indem sie jetzt besonders langsam sprach: »Ich hab's mir auch im Urlaub überlegt und …« Walli hielt inne und wiederholte: »… und ich sage: Ja, ich werde den Reiterhof kaufen.«

»Hurra, Walli, du bist die Beste«, ging das Freudengeheul der Pferdefreundinnen los. Sie umarmten die künftige Besitzerin stürmisch, verabschiedeten sich und liefen zur Tür hinaus, wohl um die Neuigkeit gleich unter die Leute zu bringen.

»Also, i werd mi a glei verabschieden«, nutzte Mizzi die Gelegenheit aufzubrechen. »I hab no so viel zu tun. Leider macht das niemand anderer für mi«, lachte sie matt, drückte Lena und Walli zum Abschied die Hand und versuchte, einen letzten Blick auf die Mädchen zu werfen, die bereits nur noch als kleine Punkte erkennbar waren.

»Toll, Walli, dass die Wahlberg-Witwe jetzt nicht an den windigen Immobilienhai Kuntner verkaufen muss. Der wollte ja eine Wellnessanlage auf dem Areal bauen.«

»Das kann er sich jetzt abschminken. Die Pferde und das Gestüt bleiben erhalten, und die Fläche wird nicht verbaut. Dafür sorge ich«, nickte Walli ihrer Freundin zuversichtlich zu.

»Auf jeden Fall wird sich unser Bürgermeister Brunner darüber ärgern«, ließ Lena ihrer Schadenfreude freien Lauf. »Der ist immer auf seinen Vorteil bedacht. Leider auch privat. Nur beweisen kann man's ihm halt nie, so geschickt, wie der das macht«, ärgerte sie sich.

»Irgendwann wird er über die eigenen Beine stolpern. Das sag ich dir«, beruhigte Walli.

»Und es gibt ja noch den Sepp«, ergänzte Lena.

»Na, ich weiß nicht, ob das so viel hilft«, entgegnete Walli.

»Nichts über den Sepp Grubinger! Er ist zwar nicht der Schnellste beim Kombinieren. Aber man muss ihm nicht besonders viel erklären, er schnallt es irgendwann. Er hat das Herz am rechten Fleck und kennt alle im Dorf so genau, dass er weiß, was er wem zutrauen kann.«

»Mag sein«, grollte die Freundin.

»Tu jetzt nicht so, Walli.« Lena meinte es diesmal ernst. »Mit deiner Findigkeit bist du ihm natürlich überlegen. Aber er muss ja auch nicht alle in der großen, weiten Welt austricksen, wie du das in deiner Werbebranche machst.«

»Hm«, raunte Walli Winzer halb geschmeichelt, halb angewidert.

»Dem Sepp erzählen die Leute meist freiwillig alles. Er braucht dann bloß eins und eins zusammenzählen, um auf ein brauchbares Ergebnis zu kommen.«

»Im Moment hilft ihm das aber nicht viel, wie man merkt.«

»Ja, er scheint mir auch überfordert. Der Adi Platzer übt gerade viel Druck auf ihn aus und ist ihm wirklich keine Hilfe. Der Platzer will seinen LKA-Chefs und den Medien rasch einen Täter präsentieren. Mit der festgenommenen Anna hat er jetzt alle beruhigt.«

»Ja, und ob sie wirklich eine Mörderin ist oder nicht, ist diesem Typen vorerst egal. Hauptsache, der öffentliche Druck ist einmal weg, die Medien befriedigt, die Bevölkerung beruhigt und die Polizeichefs sind zufrieden, ihr Image gepflegt zu haben, nachdem sie rasch jemanden gefasst haben.«

Nach kurzem Nachdenken meinte Lena: »Walli, willst du dem Sepp nicht wieder ein bissl zur Hand gehen? Er braucht dich. Und du willst doch auch endlich wissen, wer dir den Stöger Franz in dein Gemüsebeet gesetzt hat. Ich kann's nicht glauben, dass es die Anna gewesen sein soll.«

»Ich ja auch nicht.«

»Na, dann hilf ihr doch.«

Walli stöhnte.

»Und so erschöpft wie vor deinem Urlaub bist du jetzt nicht mehr«, grinste Lena.

Wallis Stimmung hob sich merkbar. »Also gut. Wann kommt denn der Grubinger?«

»Eigentlich sollte er schon da sein. Drum hab ich euch ja auch zum Kaffee eingeladen. Aber jetzt sind eh schon alle weg. Hauptsache, du bist noch da.«

Walli wusste in diesem Moment nicht recht, ob sie das als Kompliment auffassen sollte.

»Ja, die Mizzi wäre noch gut gewesen, weil sie als Obfrau des Dorfverschönerungsvereins viel Klatsch und Tratsch weiß. Und den muss man kennen, wenn man ernsthaft ermitteln möchte.«

»Du meinst, weil sich hinter jedem noch so bösen Gerücht ein Fünkchen Wahrheit verbergen könnte?«

»Glaube ich schon! Aber vielleicht weiß der Sepp schon einiges mehr. Zumindest kennt er die Fakten, welche die Anna belasten und …«

»Hallo, is a bissl später gworden, aber jetzt bin i da«, öffnete Sepp Grubinger mit einem Ruck die Haustür, streifte an der Hausmatte seine Schuhe ab und trat ins Vorzimmer.

»Komm gleich weiter!«, rief Lena. »Wir sitzen in der Küche.«

Grubinger ging durch eine moderne Bauernstube mit Kachelofen, in der eine alte Bauernkredenz, eine stilvolle Truhe und eine historische Kommode daran erinnerten, dass den Bauernhof bereits Lenas Eltern bewirtschaftet hatten. Der Polizist versuchte, keine Spuren zu hinterlassen, da es zuvor ein kleines Gewitter gegeben hatte und der Weg zum Bauernhaus aufgeweicht war.

»Geh, lass das, Sepp! Es passt schon.« Lena stand auf und ging ihm entgegen. »Komm, setz dich! Die Walli is auch noch da«, fügte sie hinzu.

Er begrüßte die Frauen und sah sich gewohnheitsgemäß in jeder Umgebung um. Dabei wunderte er sich, wie Lena es bei der vielen Arbeit und ihren ehrenamtlichen Engagements schaffte, ihr Haus so sauber zu halten.

Seinem Blick folgend sagte sie: »Das ist alles der Hans. Der ist ein echter Putzteufel.« Bei ihren Worten musste sie selbst lachen. »Das hat er schon immer gemacht: Er kommt nach Haus und fängt sofort zu hantieren an. So erholt er sich sinnvoll vom Tagesstress und reagiert sich ab. Ich hab weniger Arbeit. Daran werde ich ihn sicher auch weiterhin nicht hindern«, sagte Lena amüsiert und versuchte dadurch, die Kaffeelaune zu beleben.

Was ihr offensichtlich bei Walli nicht ganz gelang. »Das war ja gestern eine Aktion von Ihnen«, hielt sie nicht mit ihrem Groll hinterm Berg.

»Ich hätte uns allen das gerne erspart«, antwortete Grubinger knapp.

»Wir hatten so einen schönen Abend, und dann kommen Sie mit der ganzen Truppe und Ende, aus.«

»Wir wurden von der Bezirkshauptmannschaft aufgefordert, die Verdachtsperson sofort festzunehmen.«

»Verdachtsperson? Warum denn das plötzlich?«, fragte jetzt Lena.

»DNA-Untersuchungen hatten ergeben, dass an beiden Leichen die gleichen Spuren zu finden waren: nämlich die von Frau Anna Szabo.«

»Bei Alice Mittner ist das ja wohl klar.«

»Und beim Franz Stöger können sie nur nach dessen Verlassen der Wirtshausfeier zustande gekommen sein. Daher mussten wir sicherstellen, dass Frau Szabo Großlichten nicht verlässt. Und ohne sie vorher vernommen zu haben, hätte sie das leicht tun können.«

»Hat sie aber nicht«, posaunte Walli Winzer.

Grubinger fuhr mit sanfter Stimme fort: »Frau Winzer, ich weiß, dass Sie einen guten Draht zu Anna haben. Ganz im Gegensatz zu Ihrer Nachbarin und Annas Tante, Sybille Karner. Aber so etwas darf die Ermittlungen nicht gefährden.«

Walli war verblüfft über den tatsächlich guten Informationsstand des Polizisten. Sie fuhr jedoch unbeeindruckt fort: »Grubinger, jetzt halten Sie mal an. Warum sollte die Anna den Stöger umbringen? Welches Motiv unterstellen Sie ihr denn?«

»Wir gehen derzeit vom Motiv Eifersucht aus.«

»Klar! Sowieso, beim Stöger. Hören Sie, kommen S' runter, Grubinger! Da liegen Sie schon mal falsch. Keine von den beiden hatte Interesse am Stöger.«

»Frau Winzer, wenn Sie deren Homosexualität ansprechen, weiß ich das. Aber der Franz hat sich damals vor allem an die Alice rangemacht, und eventuell war das ein Grund, ihn loszuwerden. Manchmal sind Frauen ja auch bi.«

»Was meinen Sie damit?«, stellte sich Walli bewusst unwissend.

»Na, das wissen Sie schon … na ja, also … also, dass sie … eventuell an Frauen und Männern zugleich interessiert sein könnte.«

»Sie meinen bisexuell oder queer, wie man das heute sagt. Sicher wäre auch das eine Möglichkeit. Aber glauben Sie tatsächlich, dass die Alice Mittner nach so vielen Jahren in Beziehungen mit Frauen plötzlich ausgerechnet auf den Stöger scharf war und dann im Wirtshaus so ein Theater um ihn aufgeführt hat?«

»Also, einerseits klingt das absurd, Sepp. Andererseits, Walli, bei einem Mord darf man gar nichts ausschließen«, führte Lena wieder auf die Sachebene zurück.

»Das ist eher selten. Natürlich gibt's auch Fälle, die unter Tratsch aufgebauscht werden. Meistens handelt es sich jedoch um gesellschaftliche Zwänge: Man steht nicht zu seiner Neigung und heiratet das andere Geschlecht. Glück sieht allerdings anders aus. Daher outen sich viele später noch. Auch wenn ihr Leben dann oft großteils vorbei ist.«

Grubinger schaute Walli erstaunt an. »Ach, ja«, brachte er nur stockend heraus.

»Also, Grubinger, schauen S' nicht so ungläubig drein«, bemerkte Walli in dem ihr oft eigenen, mitunter herben Charme. »Ich bin mit meiner engsten Mitarbeiterin und deren Lebensgefährtin auch privat befreundet und über so etwas gut informiert. Okay, Silvia ist gerade solo.«

Sepp Grubinger war im mittleren Alter und hatte bisher geglaubt, im Leben doch so einiges erlebt und gesehen zu haben. Aber über solche Details hatte sich der Dorfpolizist definitiv nie den Kopf zerbrochen. Das lag wahrscheinlich daran, dass er in Großlichten keine homosexuellen Menschen kannte. Weder männliche noch weibliche. Woher sollte er Details wissen? Außerdem war er überzeugt, dass das sowieso eher so eine Stadtsache war. Daher sollten sich doch andere darum kümmern. Aber Gerechtigkeit stand dem Dorfpolizisten über allem. Bei der Polizei zu sein, war für ihn Berufung. Auch in einem für ihn bisher ungewohnten Fall. Er hatte der Winzer daher aufmerksam zugehört. Doch Anna Szabo war derzeit nun einmal die Hauptverdächtige.

»Trotzdem ändert das nichts an der Tatsache, dass Frau Szabo mit Alice Mittner zur Zeit des Mordes nicht im Haus von Frau Karner gewesen war.«

»Wieso wissen Sie das?«, fragte Walli Winzer.

»Ihre Tante hat das bei der Einvernahme vorhin bestätigt.«

Lena merkte, dass Grubinger bei dieser Erklärung sichtlich nicht wohl war.

»Eventuell hat sie mit der Mittner den Franz um die Ecke gebracht und später dann ihre Freundin«, fügte Sepp Grubinger hinzu.

»Das ergibt doch alles keinen Sinn«, stützte Lena Breitenecker ihren Kopf auf die Hände und nahm danach einen Schluck von ihrem mittlerweile fast kalt gewordenen Kaffee.

»Mein Chef Platzer und das LKA St. Pölten sind da anderer Ansicht. Die Frau Szabo bleibt daher bis auf Weiteres in Untersuchungshaft.«

»Warum denn? Habt ihr wirklich Angst, dass sie euch davonläuft? So ein Unsinn«, echauffierte sich Walli Winzer.

»Wir haben unsere Vorschriften. Und beim geringsten Verdacht …«

»Sie brauchen nicht weiterzusprechen. Wenn Anna nicht einer sozialen Minderheit angehören würde, wäre sie mit Sicherheit auf freiem Fuß. Da gibt es beweisbar andere kriminelle Kaliber, die unter solchen Umständen auf freiem Fuß bleiben. Aber bei ihr?«, unterbrach ihn die Amateurdetektivin. An Lena gerichtet, fuhr sie fort: »Ich muss sowieso jetzt nach Wien fahren. Da setze ich mir gleich noch einen Punkt auf meine To-do-Liste.«

Lena wusste zwar nicht, was die Freundin vorhatte, nickte aber zögerlich bejahend. Grubinger hatte nun das Gefühl, dass er nichts mehr zur Situation beitragen konnte. Er trank daher beklommen den letzten Schluck Kaffee aus, nahm das Häferl samt Untertasse und stellte beides unaufgefordert in die Küchenspüle.

Lena stand daraufhin auf: »Danke, Sepp, dass du gekommen bist.«

»I weiß, dass im Moment alles unerfreulich ist. Aber i versprech euch, i werd mei Bestes geben«, versuchte der Dorfpolizist beiden Frauen Zuversicht zu geben, so wie er es sonst auch bei allen anderen in ähnlicher Situation zu tun pflegte.

Dass sein Bemühen bei Walli Winzer nicht ankam, war für ihn unschwer zu erkennen. Auch Lena schien bedrückt. Mit einem Seufzer und einem freundschaftlichen: »Also dann!«, hob er seine Hand zum Gruß und steuerte zur Tür. Lena folgte ihm und verabschiedete sich.

Als sie zurückkam, stand auch Walli neben dem Tisch und schob sich schnell einen letzten Haselnusskeks in den Mund.

»Ja«, knödelte sie, während sie fertig aß. »Ich möchte diesen Mountainbiker aufsuchen. Der Hannes Lechner hat mir den Namen und alles, was sonst noch auf der Visitenkarte von dem Typ stand, am Telefon durchgesagt. Ich möchte unbedingt noch mehr über den wissen. Warum er früher als vereinbart aus dem Gasthof abgereist ist.«

»Aber pass auf, Walli. Nicht, dass du dich selbst in Schwierigkeiten bringst.«

»Klaro. Außerdem habe ich vor, bei meiner Rechtsanwältin vorbeizuschauen. Ich möchte prüfen lassen, ob man Anna nicht doch schon früher aus der Untersuchungshaft herausholen kann.«

»Ja, das wäre gut. So etwas ist mit Sicherheit nicht angenehm. Wer weiß, wie die sie behandeln. Männer können ja manchmal ganz schön blöd reagieren, wenn sie erfahren, dass sie bei einer Frau generell keine Chancen haben. Anna schaut noch dazu sehr attraktiv aus.«

»Eben«, bestätigte Walli mit Nachdruck.

Ein Klicken an der Türschnalle ließ die beiden Frauen zum Hauseingang blicken. Hans Breitenecker kam herein, grüßte, zog seine Arbeitsschuhe im Vorraum aus und stellte sie sorgsam zur Seite. Lena freute sich augenblicklich, ihren Mann zu sehen. Auch sein erster Blick galt Lena, wenngleich er zuvor Walli als Gast begrüßte. Schließlich nahm Hans seine Frau in die Arme und küsste sie zärtlich. Für Sekunden vergaßen beide den Alltag. Walli fühlte sich inzwischen deplatziert. Doch die Innigkeit der beiden entfachte in ihr die Sehnsucht nach Björn, dessentwegen sie ursprünglich nach Wien hatte fahren wollten.

25. KAPITEL

Während der einstündigen Autofahrt zuerst auf der Schnellstraße und dann auf der Autobahn nach Wien blieb es diesmal still. Walli Winzer hatte weder eine CD eingelegt noch Radio gehört. Sie hatte die ganze Zeit über nachgedacht. Ihre Gedanken kreisten ausschließlich um Björn. Wie sollte sie sich ihm gegenüber geben nach ihrem Abenteuer mit Florian?

Sie hatte festgestellt, dass ihre romantischen Gefühle Björn Johansson gegenüber, die sie noch vor wenigen Tagen rastlos gemacht hatten, auf ein überschaubares Ausmaß zurückgegangen waren. Dabei verstanden sie sich doch so gut, und er sah blendend aus. Diese Schmetterlinge im Bauch, die sie schon so lange nicht mehr gespürt hatte, waren durch ihn plötzlich wieder da gewesen. Sie hatte sich in ihre Jugendzeit versetzt gefühlt, wo alles noch so neu und aufregend gewesen war.

Walli erinnerte sich daran, wie sie mit ihren Freundinnen nächtelang durchgequatscht hatte. Thema: ihre Teenie-Lover. Am liebsten säße sie jetzt auch mit ihrer Crew von damals zusammen, um zu wissen, was die anderen von dieser Situation hielten und an ihrer Stelle tun würden. Immerhin kannte sie Florian nicht wirklich. Und was war plötzlich mit ihrer Beziehung zu Björn?

Er hatte sie in den letzten Tagen einige Male von Schweden aus angerufen, aber nach ihrer gemeinsamen intensiven Zeit und seinen innigen Beschwörungen hatte sie sich von ihm einen anhaltenden Sturm der Gefühle erwartet. Einen Telefontornado, der es so richtig in sich hatte. Ja, selbstverständlich klang das mädchenhaft und passte so gar nicht zur durchsetzungsstarken PR-Lady. Aber man wird ja noch davon träumen dürfen.

Was war stattdessen? Er rief alle zwei Tage mehr oder weniger zwischen seinen Seminaren an und quatschte ihr die Ohren über seine Mutter voll. Wie toll sie war, und wie wunderbar sie seine Wohnung in Schuss hielt, ohne dass er das von ihr verlangte. Eine Traummutter eben.

Okay, sie selbst war auch nicht viel besser mit ihren ernüchternden Tatort-Ausführungen. Aber das lag an der Situation, entschuldigte sie sich selbst. Wer hat schon eine Leiche in seinem Garten liegen und fährt gleich darauf an der nächsten vorbei, die diesmal vom Baum hängt?

Das konnte wirklich wieder nur ihr passieren, dachte Walli Winzer. Weil sie ihre Augen und Ohren überall offen hielt. Ja, sonst wäre ihr im Schlosspark nicht Florian aufgefallen und ihre Augen an seiner makellosen Erscheinung hängen geblieben.

Sie seufzte.

Walli fuhr auf der Autobahn gerade an Stockerau vorbei und konzentrierte sich auf die Geschwindigkeitsbeschränkung, deren Überschreitung sie schon einmal ein Strafmandat gekostet hatte.

Sie blickte auf die Armatur ihres Audi A6. Mit Björn würde sie sich in einer Stunde treffen. Sie würde daher gleich in den 3. Wiener Gemeindebezirk fahren, um ihn im Café am Rochusmarkt zu treffen.

Björn sollte für eine Bank ein Konzept zur besseren Zufriedenheit der Angestellten entwickeln. Walli hatte keine Ahnung, wie das möglich war, wenn währenddessen anderen Mitarbeitern gekündigt wurde. Dass so etwas die Zufriedenheit förderte, bezweifelte sie. Und man selbst wusste nicht, ob man nächsten Monat noch seinen Lebensstandard würde halten können. So ein Zynismus, grübelte Walli vor sich hin. Was Unternehmen bereit waren, Menschen anzutun.

Sie war froh, mit solchen Situationen nichts zu tun haben zu müssen. Walli pflegte zwar sorgfältig ihre Marotten, aber alle wussten zumindest, wie sie mit ihr dran waren. Und ihre Mitarbeiter und Mitarbeiterinnen nahmen ihre Chefin so, wie sie eben war. Walli Winzer hatte das Gefühl, dass sie sie auf irgendwelche Weise sogar fast bewunderten. Im Moment war das allerdings kein Thema, denn ihr war zum Fluchen zumute. Im gesamten Umfeld des Rochusplatzes gab es keinen freien Parkplatz zu finden. Walli war sauer. So fuhr sie nach einer erfolglosen Ehrenrunde gleich in die Parkgarage.

Als sie die Stiegen aus der Garage hochkam, sah sie zuerst nur die eleganten Häuserfassen aus der Gründerzeit, die den Platz säumten. Er war aufgeteilt in einen Marktplatz und in einen Fahrbereich, wo die Autos in den dicht aufeinanderfolgenden Ampelkreuzungen mehr krochen als fuhren. Das malerisch drapierte Obst und Gemüse auf den Marktständern verlockte sie, etwas zu kaufen. Aber dann müsste sie die Sachen in einem Sackerl mit sich tragen, und das wollte sie nicht, bevor sie Björn getroffen hatte.

Ein Blick auf die Armbanduhr. »Noch eine halbe Stunde Zeit«, murmelte Walli halblaut vor sich hin. Zu früh wollte sie nicht im Café sitzen. Wie sah denn das schließlich aus? Dass sie Björn kaum erwarten konnte?

Männer wollten keine Klette als Gefährtin, war ihre Erfahrung. So etwas turnte sie sofort ab. Auch wenn sie einen manchmal etwas ganz anderes glauben lassen wollten. Außer sie lebten gedanklich in einer anderen Zeit und Welt. So einen hatte sie auch einmal gehabt, erinnerte sie sich. Aber ehrlich gesagt: Der Sex mit ihm war leider mehr als bescheiden gewesen. Und so etwas brauchte Walli nun gar nicht mehr. Björn war ganz anders. Mit ihm klappte es einfach auf jedem Gebiet, außer mit diesem endlosen Gequatsche über seine Mutter.

Natürlich ging es in der Liebe nicht immer um die inneren Werte. Natürlich musste man auch optisch nachhelfen. Das Stichwort, das Walli Winzer sich selbst gab, war ihr gerade recht. Sie schaute sich genauer um, und ihr Blick fiel sofort auf eine schicke Boutique mit neuen Missoni-Modellen in der Auslage. Kurz entschlossen ging sie hinein und stellte ihr Mobiltelefon auf laut, um für Björn erreichbar zu sein. Denn wenn sie einmal in ihrem Element Mode war, konnte sie für nichts garantieren. Und beim Treffen mit Björn wollte sie auf jeden Fall auf Nummer sicher gehen.

Träume sind Schäume.

Manchmal.

Walli Winzer war fünf Stunden später wieder in Großlichten angekommen. Desillusioniert. Die Großstadthektik hatte sie geschafft, auch die aufregenden Tage zuvor. Daran konnten selbst die flotten Rhythmen von Bruce Springsteen nichts ändern. Sie fühlte sich einfach fix und fertig. Dass Björn nicht länger Zeit für sie gehabt hatte als das gemeinsame Mittagessen im Café-Restaurant, hob ebenso nicht gerade ihre Stimmung. Er musste bereits nach einer knappen Stunde einen dazwischengekommenen Termin wahrnehmen, auf den er lange gewartet und der sich kurzfristig ergeben hatte.

Walli Winzer befand sich bei ihrer Autofahrt gerade auf der Höhe der Zufahrt zum See. Sie beschloss, noch kurz ans Ufer des Karpfenteichs zu fahren und sich auf die Bank des Jausentischs nahe am Wasser zu setzen. Sie sah den Fischen zu. Einige waren neugierig geworden und näher ans Ufer geschwommen. Der Blick ins Wasser hatte für Walli schon immer etwas Kraftschöpfendes gehabt.

Sie atmete tief durch. Björn fiel ihr wieder ein.

Er war charmant wie immer gewesen. Aber ehrlich gesagt: Walli war es nur recht, nicht gleich wieder dort weiterzumachen, wo sie beide in Schweden aufgehört hatten. Es lag zwar nicht viel Zeit dazwischen, aber mittlerweile war doch einiges vorgefallen. Daher mit Björn gleich wieder auf Wonne zu machen, war eigentlich nicht so ihr Ding. Nicht dass sie dieser Florian-Sache größere Bedeutung beigemessen hätte, aber ein kleiner emotionaler Abstand zwischen den beiden Männern tat ihr sicher gut.

Björn hatte ihr sowieso angekündigt, sie in Großlichten vor seiner Rückreise besuchen zu wollen. Vorher müsste er noch in einem Seminar für Führungskräfte für einen erkrankten Kollegen einspringen. Walli passte das ganz gut, obwohl für sie seine Nüchternheit, wenn er unter beruflichem Druck stand, neu war. Dann umgab ihn eine Seite, die sie bisher nicht an ihm kannte. Eine Seite, die er bisher verborgen hatte? Oder war sie selbst durch die Gesamtereignisse in Großlichten völlig durcheinander?

Oh Gott! Nicht schon wieder grübeln. Das bringt doch gar nichts. Sie wollte sich ein Jahr lang in aller Ruhe im Waldviertel erholen. Inmitten von Wäldern und Feldern, wo sich Fuchs und Hase Gute Nacht sagten.

Die starke Temperaturschwankung zwischen dem noch warmen Tag und dem doch bereits empfindlich kühlen

Abend ließ sie ein wenig frösteln. Leichter Nebel stieg über dem Karpfenteich auf. Lange würde sie daher nicht mehr hierbleiben.

In der Dämmerung sah sie einige Meter entfernt einen jungen Mann beim Ausnehmen von Fischen. Er trug Angleroutfit und war dabei, die brauchbaren Weichteile in einen neben ihm stehenden Kübel zu werfen. Einen anderen entleerte er regelmäßig in eine kleine Grube.

Es war Patrick. Sie erkannte den Adlatus von Anwalt Winkelbauer. Walli rief ihm einen Gruß zu und winkte. Er hob den Kopf, schien sie aber nicht zu erkennen.

Sie konzentrierte sich auf den mittlerweile dämmrig gewordenen Pfad über der Böschung und gelangte so rasch zu ihrem Auto.

Aus dem CD-Player flötete Bruce Springsteen weiter einen seiner Songs.

Nach dem Treffen mit Björn hatte Walli Winzer nach diesem Mountainbiker Christian Riedel gesucht. Sie fand schnell heraus, dass er sich allerdings auf Dienstreise im südböhmischen Krumlov befand. Anschließend telefonierte sie mit ihrer Rechtsanwältin und rang ihr das Versprechen ab, Anna Szabo umgehend auf freien Fuß zu bringen. Die derzeitige Beweislage war auch für sie mehr als dürftig.

Walli war erschöpft – und enttäuscht. Und jetzt fragte sie auch noch Silvia: »Na, wie war's?«

Walli Winzer war gerade in ihrem Haus eingelangt. »Eindeutig überwältigend«, kam die matte Antwort. Walli ließ sich malerisch in den Ohrensessel fallen und orderte bei ihrer Co-Geschäftsführerin ein Glas kühlen Almdudler. »Aber bitte kein Eis«, rief sie ihr noch zur Sicherheit nach. Die einstündige Autofahrt hatte sie durstig gemacht.

Silvia saß ihr kurze Zeit später auf der langen Ledersitzbank gegenüber, die den Raum unterteilte, ebenfalls mit einem Getränk in der Hand. Beide nippten zeitgleich.

»Sag, wie lange willst du noch bleiben?«

»Was? Willst du mich schon loswerden?« Ohne die Antwort abzuwarten, sprach Silvia Manner weiter: »Natürlich warte ich so lange, bis Anna endlich wieder freikommt. Hast du etwas anderes erwartet? Was war überhaupt los?«

Gerade als Walli zu antworten ansetzte, schrillte das Telefon. Der Ton kam aus einem uralten, schwarzen Bakelit-Telefon aus den 1950er-Jahren. Obwohl Walli ihr ganzes Haus schlüsselfertig renovieren und höchst modern hatte einrichten lassen, bestand sie auf dem Festnetzanschluss mit dem analogen Telefon. Irgendwann hatte sie es auf einem Flohmarkt gekauft. Zwischen den dichten Wipfeln der Nadelbäume wusste man nie, ob das Mobilnetz auch tatsächlich funktionieren würde. Natürlich liebte sie die alten Filmklassiker von Hitchcock, in denen regelmäßig von solchen Apparaten aus telefoniert wurde. Aber ihr ermöglichte das alte Stück den für sie wichtigen Außenkontakt. In den Dörfern des Waldviertels wurden spätestens um 20.00 Uhr die Lichter ausgedreht und die Gehsteige hochgeklappt. Wie gut war es da, dass es das Telefon und Harry Kain gab. Mit ihm verbrachte sie so manche Abendstunde beratschlagend am Telefon. Denn das Fernsehen langweilte sie mittlerweile sehr.

»Hallo, Frau Winzer«, schallte es vom anderen Ende der Leitung.

Walli Winzer hielt den Hörer weiter weg vom Ohr. Sie vernahm Harrys Stimme jetzt gedämpfter: »Ich hatte Ihr Auto an meiner Mühle vorbeifahren gesehen. Da dachte ich mir, ich rufe mal an. Was gibt's Neues aus Wien?«

Walli war obgleich seiner plötzlichen Nachfrage überrascht.

Er sprach gleich weiter: »Na, Sie wissen schon. Wegen des Mountainbikers. Wie hieß der gleich?«

»Christian Riedel«, antwortete sie. »Viel kam dabei aber nicht heraus.«

»Und wieso?«

»Ganz einfach: weil er nicht im Büro war, sondern gerade auf einer Tagung in Krumlov ist.«

»Na bitte, sag ich's nicht. Alle Wege führen nach Krumlov. Also werden Sie doch mitfahren?«

Walli schwieg. Sie war noch nicht einmal richtig in Großlichten angekommen. Sollte sie schon wieder eine Entscheidung treffen? Sie war doch in dieses kleine Nest gekommen, um endlich Abstand zu gewinnen. Vom Alltag. Von Verantwortung. Von Entscheidungen. Stattdessen hatte sie das Haus voller Leute, zwei Leichen vor der Haustür, einen Lover, der keine Zeit für sie hatte und in Schweden lebte, und dann war da auch noch der Florian.

Dieser Florian … keine Ahnung, was mit dem war.

Walli merkte, sie brauchte später mehr als eine Kräuterlimonade.

Prinzipiell fuhr sie gerne mit Harry auf Recherchefahrt. So lernte sie mehr vom Waldviertel kennen, und beide diskutierten ausgiebig manches Thema der abendlichen Anrufe weiter. Harry Kain hatte ihre Antwort nicht abgewartet, sondern sprach unentwegt fort. Über irgendetwas von politischen Missständen bei der Auftragsvergabe für ein Spitalgroßprojekt. Walli stöhnte, ließ ihn sich weiter entrüsten und legte beruhigende Jazz-Musik auf. Sie murmelte dazwischen immer wieder ein belangloses »Aha«, ohne ihm infolge richtig zuzuhören. Sie war schließlich aus Wien weg, um von all diesem Korruptionssumpf auch nichts mehr wissen zu müssen. Sie ließ ihn reden, denn Walli wusste:

Würde sie ihn jetzt unterbrechen, Harry würde dennoch seinen Gedanken zu Ende führen.

Stattdessen beobachtete sie ihren Kater Filou, der genüsslich an Silvias Beinen entlangstrich, weshalb diese ihn auch hochnahm. Sie lächelte und erwiderte seine Schmeicheleien, indem sie ihm sanft mit der Hand über sein Köpfchen strich. Walli Winzer stellte fest, dass sich Filou derart charmant auf sie einließ, was sie in dieser Form von ihm überhaupt nicht kannte. Gleichzeitig sah Walli, wie viel Liebe in Silvia steckte, und ärgerte sich über den Trennungsschmerz, den ihr ihre Exfreundin Nadja zugefügt hatte. Aber vielleicht würde sie ihn doch schneller überwinden als erwartet? Walli Winzer dachte da an Anna Szabo, und wie gut sich die beiden zu verstehen schienen.

Apropos Anna. Das war jetzt ihr Stichwort für Harry. »Harry, ja«, kam es abrupt aus ihr.

Harry Kain stockte am Telefon. Auch Silvia setzte den Kater neben sich aufs Sofa und blickte zu Walli.

»Was, *ja*? Sie finden es gut, dass die Firma für ihre dubiosen Subaufträge nicht belangt werden soll?«

»Nein. Natürlich nicht. Selbstverständlich sollte sie das. Unbedingt. Aber was ich sagen wollte: Ich fahre mit.«

»Bestens.«

»Wann fahren Sie?«

»Freitag.«

»Alles klar. Melde mich. Ich muss jetzt Schluss machen.« Walli ging zum Ohrensessel zurück. Filou hatte es sich darauf inzwischen bequem gemacht. Walli Winzer hob ihn hoch und kraulte ihn. »Na, du Charmeur. Keine ist vor dir sicher, und alle wickelst du um den Finger. Trotzdem ist das noch immer mein Platz. Die Betonung liegt auf *mein*.«

Filou sah sie fragend an, als hätte er noch nie erlebt, dass ihm ein Wunsch abgeschlagen worden wäre.

»Er ist so putzig«, konnte sich Silvia nicht vor Entzücken halten.

»Der. Der hat bei mir ein Leben wie Gott in Frankreich. Er sucht sich aus, ob er zu Hause oder auswärts seine Mahlzeit einnehmen möchte, und er kommt und geht, wann's ihm einfällt. Na? Ist das ein Leben?« Bevor Silvia darauf antworten konnte, läutete es an der Eingangstür. »Wer kann das sein?« Walli setzte den Kater wieder auf den Fauteuil und öffnete die Tür. Sie war einigermaßen überrascht, die Silhouette ihrer Nachbarin Sybille Karner auszumachen.

»Hallo, Frau Winzer! Ich habe Ihr Auto gehört und in die Einfahrt abbiegen gesehen. Sie wissen ja, es ist hier so still, dass man beinahe eine Stecknadel fallen hören kann.«

Walli überlegte kurz, ob ihre nächtliche häusliche Musikbeschallung auch außerhalb zu hören sein würde und ihr die Nachbarin das somit durch die Blume sagen wollte.

Sybille Karner fuhr dann erwartet fort: »Ich wollte mich bei Ihnen wegen Anna bedanken.«

»Kommen Sie rein«, bot Walli an. Frau Karner kam der Aufforderung nach, begrüßte Silvia Manner und ließ sich von Walli die wirksamen Argumente ihrer Wiener Anwältin aufzählen.

»Auf jeden Fall bin ich mehr als erleichtert. Wissen Sie, der Walter Pöcksteiner hat mich immer wieder beruhigt. Er hat auch mit vielen Dorfbewohnern gesprochen und hält weiterhin seine Ohren offen, ob es schlüssige Hinweise gibt.« Sie hielt kurz inne. »Der Grubinger, so fürchte ich, ist mit der Aufklärung der Fälle restlos überfordert.«

»Das glaube ich leider auch«, meldete sich Silvia mit

inzwischen gemütlich angewinkelten Beinen von der Sitzbank, die sie jetzt für sich allein hatte. Filou war offenbar bereits irgendwohin abgetaucht. »Wie geht's denn Anna?«, fuhr sie fort.

»Sie ist erschöpft.«

Walli begab sich Richtung Hausbar und kniff, während sie zwei Gläser aus der Vitrine nahm, entschlossen die Augen zusammen. Dabei sprach sie: »Ich möchte sowieso morgen den Grubinger aufsuchen. So wie's aussieht, kann man sich nicht allein auf die DNA-Auswertung verlassen. Es muss doch auch andere Indizien geben, die zum Täter oder zur Täterin führen. Jetzt ist die Spurensicherung dran, und der Grubinger erfährt Details.«

»Frau Winzer, bitte schauen S' ihm über die Schultern. Er ist sicher a liaba Kerl, aber ...«

Walli hatte sich inzwischen einen Martini eingeschenkt und drückte Sybille Karner unaufgefordert das zweite Glas in die Hand. Danach steuerte sie wieder den Ohrensessel an und ließ sich erschöpft hineinfallen. Sie nippte am Martiniglas und murmelte kurze Zeit später bereits vernebelt: »Ich werde mit ihm reden. Mehr kann ich jetzt auch nicht tun.«

26. KAPITEL

Walli Winzer war am nächsten Tag bereits recht früh aufgestanden. Sie hatte mit Silvia am Vortag noch ein wenig weitergeredet, war aber schließlich für ihre Verhältnisse zeitig zu Bett gegangen.

Sie öffnete gerade die Haustür, als sie schon die Schürfgeräusche von Romy Steiner aus dem seitlichen Bereich des Vorgartens hörte.

»Hallo, Frau Winzer. Heute schon so früh unterwegs?«, meldete sich die Gärtnerin, zwar außer Atem, es klang trotzdem beschwingt und voll morgendlichem Tatendrang. Sie stieß die Schaufel mit voller Wucht in die Erde und stützte sich danach entspannt darauf.

»Ja«, antwortete Walli, »es ist immer irgendetwas zu erledigen. Habe ich mir ursprünglich anders vorgestellt, bevor ich hierhergezogen bin. Aber es macht doch auch irgendwie Spaß«, grummelte sie vor sich hin und zog dabei die Tür hinter sich ins Schloss. Ende September stieg in der Früh bereits leichter Nebel hoch, wie sie jetzt bemerkte. Die Sonne war noch verdeckt, und es roch herbstlich. Ob ihre Strahlen heute Großlichten erreichen würden, blieb zu dieser Morgenstunde noch ungewiss. Walli sah, dass ihr Vorgarten zum Großteil bereits fertig war. Nur das letzte Drittel, an dem Romy Steiner derzeit arbeitete, harrte noch der Neugestaltung.

»Das ist ja bezaubernd!«, war Walli Winzer wirklich überrascht. Sie ging einige Schritte vor, drehte sich um und sah prüfend auf ihr angehendes kleines Gartenparadies.

»Und? Wird es so, wie Sie es sich vorgestellt hatten?«, fragte Romy abwartend.

»Mehr als das«, antwortete Walli kurz. Sie genoss den Eindruck und wollte ihn noch ein wenig auf sich wirken lassen. Ursprünglich hatte sie bloß daran gedacht, schnell irgendetwas Blühendes vor den Fenstern zu haben. Dass Romy hingegen noch im Frühherbst imstande war, eine üppige Blütenpracht in ihren Garten zu zaubern, hatte sie sich in solcher Weise gar nicht vorstellen können.

Als Romy Wallis Sprachlosigkeit erlebte, freute sie sich. »Ich habe mir Ihre Wünsche aufgeschrieben und versucht, mich in Sie einzufühlen – und das ist dabei herausgekommen.«

Walli Winzer lächelte und setzte gleich darauf eine deutlich gespielt entrüstete Miene auf. »Bin ich wirklich so gläsern, dass Sie meine Gedanken erraten können? Und zwar jene, die ich selbst nicht einmal kenne?« Romy lächelte gleichfalls. Walli beantwortete fröhlich ihre Frage dann aber doch selbst: »Offensichtlich, wie ich sehe.«

»Ich konnte mich schon immer gut in andere einfühlen, und schließlich gibt es Erfahrungswerte. Aber es freut mich, dass ich Ihren Geschmack tatsächlich getroffen habe. Dass ich für das einigermaßen raue mitteleuropäische Klima im Waldviertel doch großteils die hier heimischen Pflanzen des traditionellen Bauerngartens verwenden konnte, dafür hat mir dann der Florian ausgiebig assistiert.«

Plötzlich war Walli klar geworden, woher der Wind mit dem Einfühlungsvermögen und dem Geschmack kam: Florian. Du, meine Güte, Florian.

Der Gedanke an ihn löste in ihr den unweigerlichen Impuls aus, möglichst rasch das Auto zu erreichen. Doch noch bevor sie sich auf den Weg machen konnte, schlenderte Florian Wagner bereits aus dem hinteren Gartenbereich herbei. Er freute sich, Walli zu sehen, und steuerte direkt auf sie zu. Sogar in seiner ausgebeulten grünen Latzhose und den klobigen Gartenschuhen, die voll von Erde waren, sah er zum Anbeißen aus.

»Wie geht's …«, er stockte kurz und setzte mit »Ihnen?« fort.

Offenbar wusste er ebenso nicht, wie sie einander nach ihrem kleinen Abenteuer begegnen sollten. Er blieb offen und zugänglich. Auch Walli Winzer setzte ihre lang geübte Professionalität ein und gab sich als Frau von Welt. »Blendend …« Sie beschloss vorsorglich, das Thema gleich auf ihren ersten heutigen Programmpunkt zu lenken: »Mit Ausnahme, dass es für die Morde in meinem Gemüsebeet und jenem im Wald immer noch keine schlüssigen Anhaltspunkte gibt.«

Florians Blick wurde düster. »Sicher, solange da ein Irrer herumläuft, ist es verständlich, dass Sie beunruhigt sind.« Statt weiter die Nähe von Walli zu suchen, wandte er sich Romy zu. Er sah, wie weit sie mit ihrer Grabungsarbeit fortgeschritten war, hob eine der Stauden für die Rabatte hoch und stellte sie nahe der Hauswand neben dem aufgeschütteten Humus ab. »Man kann nur hoffen, dass der Täter bald gefunden wird.«

»Es ist nicht sicher, dass es ein Täter war, könnte auch ein Täterin sein?«, stellte Walli richtig: »Die Polizei meint, dass es genauso gut eine Frau gewesen sein könnte. Die vorherigen Schläge auf den Kopf fanden so gezielt statt, dass man nicht viel Kraft dazu brauchte, um jemanden zu töten.«

»Schrecklich«, ekelte er sich.

Romy blieb ruhig und begann, sich wieder ihrer Arbeit zu widmen.

»Da hilft nur eines: am besten nicht allein unterwegs zu sein«, schmunzelte Florian, versuchte dabei aber keineswegs, heimlich einen Blick von Walli Winzer zu erhaschen.

Schnaufend von der Anstrengung des Grabens hob Romy Steiner ihren Kopf. Walli wollte sich mit keinem Kommentar einer weiterführenden Diskussion aussetzen und erinnerte die Umstehenden daran, noch einiges erledigen zu wollen. »Also, jetzt muss ich weiter. Zuerst zum Grubinger auf die Dorfwache und dann zum Anwalt nach Krems. Wegen des Reiterhofs.« Sie verabschiedete sich, drehte sich um und ging zum Auto.

»Wenn … hm … du wiederkommst, ist der Vorgarten fertig«, rief Florian Wagner ihr nach.

Walli Winzer blieb stehen, wandte nochmals ihren Kopf und sah ihn beruhigt und erwartungsvoll an: »Schön, bin schon neugierig.« Dann stieg sie in ihren Wagen und brauste los.

Offiziell sperrte die Polizeiaußendienststelle von Großlichten zwar erst um 8.00 Uhr auf, aber Sepp Grubinger saß bereits um 7.00 Uhr hinter seinem Schreibtisch. Seine Nacht war rastlos gewesen. Zu viel ging ihm durch den Kopf. Diese Unruhe, die diese Wiener Society seit einiger Zeit ins Dorf hineingebracht hatte, machte ihn angespannt.

Schließlich war es hier immer friedlich gewesen. Alles war stets in gewohnten Bahnen verlaufen. Und jetzt gab's zeitweise nicht nur diese Touristenströme, die beim Hannes exquisit essen und kochen lernen wollten, sondern auch diese Reiterhofbesucher wurden einfach nicht weniger. Dabei lief der derzeit doch bloß so nebenher. Die Witwe vom Max Wahlberg hatte das Anwesen noch nicht verkauft. Eine endgültige Entscheidung, an wen es gehen sollte, war von ihr noch nicht getroffen worden. Die Optionen waren entweder wie geplant, es sollte hier ein Wellnesstempel entstehen, oder der Reiterhof würde als Sportzentrum für Tagestouristen weitergeführt und für Urlauberinnen und Urlauber zu einem exklusiven Hotelbetrieb umgebaut werden.

Aber der Reiterhof war hoch verschuldet. Wer würde sich leisten können, den Schuldenberg zu übernehmen? Und dann noch umzubauen? Nur jemand, der diese Gegend kannte und einen Bezug dazu hätte. Nicht irgendwelche Schreibtischhhengste, die nur die Rendite im Blick hatten. Denen war es schlichtweg egal, ob das Konzept auf Dauer funktionieren würde oder nicht. Und Bürgermeister Brunner? Über den lief hartnäckig das Gerücht, dass er überall mitschnitt. Nur, obwohl Grubinger zwischendurch immer wieder nach Beweisen für dessen vermutete Machenschaften suchte, konnte er ihm nie etwas Diesbezügliches nachweisen.

Viele redeten auch immer wieder von der Umwegrentabilität. Dass die ausreichen müsse, um die Landbevölkerung auf Dauer in einer Region halten zu können, um so eine noch größere Abwanderung in die Stadt zu verhindern. Natürlich war Grubinger auch dafür. Aber ihm kam es vor, als wäre genau das Gegenteil der Fall. Immer mehr von diesen Wienerinnen und Wienern strömten regelrecht herauf und siedelten sich in Großlichten an. In dieser Oase der Schönheit und der Stille. Diese Menschen wollten Ruhe und Entspannung finden. Auch wenn die meisten nur im Sommer und zum Wochenende kamen. Aber die Gemeinden nahmen dafür das ganze Jahr Steuern ein. Und das war wieder gut für das Gemeinwohl.

Auch Hans und Lena waren zugezogen. Na ja, das heißt,

die Lena hatte ja immerhin ihre Kindheit hier verbracht. Sie wohnten jetzt fix da und hatten einen Wirtschaftsbetrieb neu aufgebaut. Und das erfolgreich. Sie setzten auf moderne Vertriebssysteme, altes Lebensmittelhandwerk und High-tech-Anlagen. A so a neumodisches Zeug, dachte Grubinger.

Der Hans Breitenecker ersetzte alte Maschinen durch neue und wurde dabei mehr zum Lebensmitteltechniker als zum Landwirt. Aber anscheinend musste das heute so sein. Die Leute hier, die sonst immer etwas zu nörgeln hatten, waren von seinem Käse begeistert. Also schien das der richtige Weg zu sein. Immerhin, die Breiteneckers erhielten vor Kurzem im Burgund eine Auszeichnung für ihren Ziegenkäse.

Doch was sollte es? Das Grübeln nützte ihm jetzt auch nichts. Grubinger stoppte seine Gedanken. Er erkannte, dass die Landwirtschaft eindeutig nicht sein Metier war, auch wenn er immer wieder viel darüber hörte. Im Gegenteil. Sein Beruf hatte absolut nichts mit Aufbauendem oder Blühendem zu tun, sondern war seit Kurzem eher belastend – es galt, diese Morde aufzuklären. Und das ging derzeit schleppend voran.

Die Akten hatte er vor sich aufgeschlagen. Die Zeugenaussagen waren in alphabetischer Reihenfolge fein säuberlich sortiert. Es waren viele einvernommen worden, jene, die zuvor das Fest im Wirtshaus besucht hatten, die Belegschaft des Zementwerks und der allgemeine Bekanntenkreis beider Mordopfer. Das gesamte Polizeikommando Gföhl musste sich die Zeugeneinvernahmen aufteilen. Sogar Adi Platzer, sein Chef, hatte sich einige der damals Anwesenden vorgenommen. Und dann waren da noch die DNA-Analysen aus dem Labor sowie die Obduktionsberichte. Die lagen ihm mittlerweile von beiden Leichen vor. Nur die genauen Protokolle der Spurensicherung waren noch ausständig. Jenes über den Stöger Franz gab's bereits. Doch der Platzer orderte gleich einen DNA-Abgleich mit jenem der Alice Mittner an. Vielleicht würden sich darauf Gemeinsamkeiten finden. Sepp Grubinger hoffte es inständig, um endlich in seinen Ermittlungen vorwärtszukommen.

Details oder Abweichungen wollte er finden. Irgendetwas, das auf einen Tatverdächtigen hinweisen würde. Und zwar genauer als bei Anna Szabo. So eine Blamage. Das mit der Szabo. Sie über Nacht einfach so dazubehalten. Als würde sie mit dem nächsten Flugzeug tatsächlich flüchten wollen. Das konnte wirklich nur dem Platzer einfallen. Und dann gab's eben nichts. Rein gar nichts. Nur in der Einbildung vom Adi Platzer.

Sepp Grubinger hatte überhaupt den Eindruck, dass sein Chef die Anna irgendwie wahllos herausgegriffen hatte. Dass er bereits vorher wusste, zu wenige Anhaltspunkte für deren Festnahme zu haben. Warum machte er das dann? Wollte er der verunsicherten Bevölkerung bloß schnell jemanden präsentieren? Oder spielte ihm sein Unterbewusstsein einen Streich? Weil's halt ein Frauenpaar war? Und die Leut das eh nicht verstehen und hier haben wollten? Weil sie Angst hatten, dass da noch mehr von denen – wie sie sich ausdrückten – nachkommen und sich vielleicht an ihre Töchter heranmachen würden? So ein Blödsinn!

Sepp Grubinger stand jetzt auf und schenkte sich ein Häferl starken Morgenkaffee aus der Kaffeemaschine ein. Er gab ein wenig Milch dazu. Auf den Zucker verzichtete er seit Kurzem. Aus seiner Tasche zog er eine Semmel mit Bauernspeck, dazwischen garniert mit einem Gurkerl. Die hatte er sich vor dem Weggehen zu Hause noch schnell selbst gemacht. Denn eine aus dem Kühlschrank, die am

Vortag in Alufolie eingewickelt worden war, wollte er nicht. Da hätte der Essig vom Gurkel bereits die Semmel aufgeweicht. Davor grauste ihm.

Früher hatte ihm seine Resi die Vormittagsjause frisch in der Früh zubereitet. Weil sie gleichzeitig mit ihm aufgestanden war. So war das damals möglich. Seit Kurzem machte sie das nicht mehr, sondern schlief durch. Aufwecken tat er sie nicht. Aber auf seine Jause verzichten wollte Sepp Grubinger auch nicht, daher musste er sich seine Semmel selbst zubereiten.

Der Dorfpolizist setzte sich und biss herzhaft in die Specksemmel, als die Tür zur Wachstube aufging und Walli Winzer hereinkam. Sepp Grubinger blieb sein Bissen fast im Hals stecken, als er in aller Früh die dynamische Städterin unangekündigt vor seinem Schreibtisch stehen sah.

»Guten Morgen, Grubinger«, posaunte Walli Winzer. »Jetzt sagen S' noch einmal, was ist Ihnen und dem Platzer denn da eingefallen, einfach die Anna zu verdächtigen und gleich mitzunehmen? Sind Sie von Sinnen?« Grubinger hatte den Mund voll und konnte deshalb nicht gleich antworten. Walli Winzer nützte das aus und fuhr fort: »Wenn Sie glauben, ihr aus Spaß etwas anhängen zu können, haben Sie sich getäuscht«, röhrte sie in vollen Tönen. »Ich sage Ihnen: Noch einmal so etwas, und ich werde persönlich vorstellig bei den höchsten Polizeispitzen in Niederösterreich und Wien. Da gibt's dann ein Disziplinarverfahren gegen Sie und Ihre Kameraden. Ist das klar? Haben wir uns da verstanden?«

Grubinger blieb unbewegt und sagte weiterhin kein Wort. Sein Schweigen provozierte Walli, und sie polterte erneut darauf los: »In den Hirnen von euch Landpomeranzen gehört wirklich noch Etliches nachbearbeitet.«

Jetzt wurde es dem Dorfpolizisten allerdings zu bunt. »Also, Frau Winzer, i muass Sie bitten! Ihre Anschuldigungen bringen rein goar nix. Vor allem nicht, wenn Sie so ausfallend und ungerecht werden.« Sepp Grubinger stoppte seine Ausführungen und sah betroffen vor sich hin. »Des mit der Anna woar mir auch net recht, Frau Winzer. Des müssen S' ma glauben. Ich wurd von meiner Dienststelle vor die vollendete Tatsache gstellt und vorher in die Entscheidung nicht eingebunden.«

Walli Winzer wurde bewusst, dass sie mit ihren pauschalen Vorwürfen diesmal mächtig übers Ziel hinausgeschossen war: »Ja, Sie haben ja recht. I hab's vorher auch net so gmeint. In Wien und anderen österreichischen Städten ist es ja auch nicht viel besser. Doch wenn Leute wie wir, die in der Öffentlichkeit arbeiten, uns nicht schützend vor Lesben und Schwule stellen, braucht deren Gleichstellung in unserer Gesellschaft noch weitere 100 Jahre.«

»Klar dauert das hier länger. Bei uns kennt ja keiner solche –«

Walli merkte, dass Grubinger Scheu hatte, das Wort »Homosexuelle« überhaupt auszusprechen. Dabei zählte er sogar zu jenen im Ort mit sozialem Gewissen. Walli hatte sich inzwischen auf einen Stuhl vor seinem Schreibtisch gesetzt. Sie beschloss, dieses Thema für heute sein zu lassen. »Ich bin gerade auf dem Weg nach Krems. Ich hab einen Termin beim Winkelbauer. Er soll mich juristisch bei der Kaufabwicklung vom Reiterhof unterstützen.«

»Was? Sie übernehmen ihn tatsächlich? Ich hab so Gerüchte darüber gehört.«

Walli lachte. »Irgendjemand muss das ja machen. Und da mein Geld auf der Bank sowieso immer weniger wird, lege ich es lieber in etwas Sinnvolleres an; ob's was wird oder nicht.«

»Na, Sie werden sich da nicht nur Freunde machen. Vor allem wenn ich an unseren Herrn Bürgermeister denke«, schmunzelte Grubinger.

»Damit werde ich leben können«, gab sich Walli Winzer unbeeindruckt.

»Ich jedenfalls wünsch Ihnen jetzt schon alles Gute und freue mich darüber wie viele andere auch.«

»Ich glaube, ich kenne da auch schon einige«, sagte Walli und dachte dabei an die jungen Pferdefreundinnen Lisa und Sandra.

»Aber, Grubinger, weshalb ich eigentlich da bin: Gibt's nicht noch andere Anhaltspunkte in den beiden Mordfällen? DNA ist das eine. Aber es muss doch noch etwas geben. Zum Beispiel Ergebnisse der Spurensicherung.«

Grubinger griff unsicher nach der Dienstpost und öffnete einen weiteren Umschlag. »Das trifft sich. Das weiterführende Protokoll der Spurensicherung ist endlich gekommen.« Er öffnete die Lasche, zog den Bericht aus dem Umschlag und begann ihn zu lesen. Währenddessen stand Walli Winzer nervös auf und ging wortlos zur Kaffeemaschine. Sie griff nach einer der Tassen, hob die heiße Glaskanne von der Wärmeplatte der Maschine und schenkte sich ein. Grubinger hatte den Akt fast fertig gelesen.

»Also, einiges haben die doch noch festgestellt und auch ausgewertet.«

»Machen Sie's nicht so spannend. Erzählen Sie schon.«

»Also, die Todesursache war jeweils ein kräftiger Schlag auf den Kopf, der die Schädeldecke zerbrochen hat. Die Opfer waren innerhalb von etwa zehn Minuten tot. Der Tatgegenstand war in beiden Fällen ein schmales, an den Seiten abgerundetes Stück Holz, das mit entsprechender

Wucht die Schädel von den hinteren Knochennähten bis zur Stirn hinauf gespalten hat. Beim Franz Stöger recherchierten die Gerichtsmediziner zusätzlich noch den Abdruck einer Metallschiene in der Schädeldecke.«

Grubinger betrachtete die beigelegten Fotos der Toten genauer. Sein Blick wurde hart, und er presste seine Lippen konzentriert aufeinander. Nach einer Weile gab er sie unaufgefordert an sein Gegenüber weiter. »Eigentlich dürfte ich das nicht, Sie Einsicht in die polizeilichen Akten nehmen lassen.«

Walli schaute ihn genervt an. »Geben S' schon her, Grubinger. Sind ja bloß die Fotos. Und alles andere haben Sie halt einfach nur laut vor sich hingesprochen. Na, weil Sie die Fakten gedanklich dann eben besser behalten können. Ich hörte zufälligerweise mit. So geht das.«

Sepp Grubinger seufzte und beugte sich über die vor ihm liegenden Berichte.

»Der Gerichtsmediziner schreibt auch, dass die Leichen etwa eine Stunde auf dem Rücken gelegen haben und erst danach aufgesetzt beziehungsweise aufgehängt wurden.«

»Da war's bei beiden dann doch keine Affekttat, sondern eine geplante. Aber was verbindet den Stöger mit der Mittner?« Walli schaute betroffen auf die Nahaufnahmen der zertrümmerten Schädeldecken der Opfer. »Ein starker Schlag durch eine glatte Holzoberfläche. Abgerundet«, wiederholte sie dabei stereotyp. »Und gefunden hat man nichts in der Nähe der Opfer?«

»Nein. Nichts«, antwortete Grubinger.

»Halt! Bei beiden fand man jeweils ein Gänseblümchen ins Knopfloch gesteckt. Beim Stöger ins Hemd, bei der Mittner an die Jacke.«

Walli stützte ihren linken Ellbogen auf Grubingers

Schreibtisch und rieb sich mit der Hand die Schläfe. »Das bringt uns jetzt aber nicht wirklich weiter.«

»Zumindest will der Täter oder die Täterin uns damit etwas sagen. Aber was?«, sprach Sepp Grubinger murmelnd in sich hinein, als würde er Walli Winzer in seine Überlegungen einbeziehen.

»Was ist eigentlich mit der Exfreundin vom Stöger und ihrem jetzigen Freund? Der hat ihn noch immer als Nebenbuhler empfunden. Sonst hätte er beim Fest auf den Stöger nicht so überreagiert. Vielleicht hat er ihm danach aufgelauert und dafür gesorgt, dass er endlich Ruhe gibt?«

»Ja, sicher könnte er das geplant haben. Aber erstens gibt ihm die Claudia ein festes Alibi, dass er die ganze Zeit bei ihr war, und zweitens: Wieso sollte er die Mittner umbringen?«

»Weil er sie nicht leiden konnte und sie hinter etwas her war. Er arbeitet ja auch in diesem Zementwerk. Ich werd den Eindruck nicht los, dass es da zwischen allem eine Verbindung gibt. Nur welche?«

»Aber ehrlich: Da glaube ich noch eher an diesen Christian Riedel. Der steigt allein beim Hannes ab, sucht offensichtlich bewusst Streit und verschwindet plötzlich wieder.«

»Habe ich auch schon daran gedacht. Zumindest hat er seinen richtigen Namen angegeben. Ich wollte ihn in Wien aufsuchen. Er war aber nicht da, denn er ist gerade in Krumlov.«

Grubinger wurde nervös: »Sie machen da aber gar nix. Verstanden, Frau Winzer? Wir werden ein Verhör mit ihm veranlassen. Die Betonung liegt auf *wir*, wie Sie richtig hören.«

»Ja, selbstverständlich«, log Walli. Sie beschloss, lieber nichts von ihrem geplanten Trip mit Harry Kain zu erzählen. »So, Grubinger, ich muss jetzt weiter. Damit es mit dem Reiterhof endlich weitergeht. Also, wir sehen uns.« Sie drehte sich um und ging Richtung Tür. Eben, als sie zur Polizeiwachstube hinauswollte, betrat Resi Grubinger den Raum. Sie war fast nicht wiederzuerkennen, wie Walli Winzer erstaunt feststellte. Frau Grubinger trug ein dekolletiertes, gemustertes Kleid, leicht tailliert und durchaus geschmackvoll für eine Frau mittleren Alters.

»Hallo, Frau Winzer. Wie geht's?« Es folgte kurzer Small Talk, in dem es sich Walli auch nicht nehmen ließ, Resi Grubinger zu ihrem schicken Outfit zu gratulieren.

»Mei, Frau Winzer, dass Sie mir des sagn, gfreit mi sehr. Des hob i ma in Krems kauft. Da war i letzte Woche mit a paar Freundinnen. Dem Pippo gfällt's aber gar nicht«, grollte sie in die Richtung ihres Mannes.

Pippo sackte immer mehr in sich, und Walli Winzer hegte den Verdacht, dass er sich in diesem Augenblick wohl am liebsten hätte unsichtbar machen wollen. Mittlerweile glaubte sie, seine Vorlieben recht gut zu kennen. Tatsächlich: In seinem Innersten hoffte Sepp Grubinger flehentlich, dass diese Kelche der städtischen Gepflogenheiten und des Sich-Herausputzens ganz schnell wieder an ihm würden vorübergehen – vor allem aber an seiner Resi.

27. KAPITEL

Friedrich Winkelbauer saß in seinem Büro bequem in einem ledernen Clubsessel und hatte seine Unterarme ausgestreckt auf die Lehne gelegt. Er bewegte angespannt die Finger seiner rechten Hand darauf und hob währenddessen bedeutungsvoll seinen Kopf. Der ihn umgebenden Runde, die aus Alois Limbacher, Matthias Stanzl und Alexander Mühlthaler bestand, signalisierte er dadurch unmissverständlich, dass er nach aller Ausführung zum Ende kommen wollte. Patrick Burger brachte eine Wasserkaraffe herein und schenkte jedem ein.

»Sie wissen, dass das für mich einigen juristischen Aufwand bedeutet, die Behörden davon zu überzeugen, dass das Abwasserreinigungssystem Ihres Werks allen Anforderungen entsprechen würde«, leitete Winkelbauer die letzte Argumentationsrunde ein.

Alois Limbacher schien mit der Situation unzufrieden. »Das nützt rein gar nichts, wenn der Waldstetten sich nicht von Ihnen überzeugen lässt, dass mit einer kleinen finanziellen Abgeltung die Angelegenheit aus der Welt sei. Und daher die Landesverwaltung nicht eingeschaltet würde.«

Matthias Stanzl assistierte seinem Chef argumentativ. »Für die Karpfen, die unseren Schlackeauslass nicht überleben, kann er sich sofort neue kaufen. Und es gibt immer und überall Ausfallquoten. Bei ihm ist sie halt nur ein bisserl höher als sonst. Na und?«

»Das ist auch nicht das eigentliche Problem. Irgendwie

werden wir den Eduard schon dazu bringen, einer gütlichen Vereinbarung zuzustimmen«, meinte Friedrich Winkelbauer weiter. »Da gibt's vielmehr noch etwas …«

»Klar! Den finanziellen Rahmen wollen Sie noch besprechen. Also, was wird das alles in allem ausmachen?«

»Gleich. Aber vorerst gibt's noch eine andere Sache: Waldstetten hat eine Tochter, Romy Steiner. Sie ist aus einer einmaligen Geschichte hervorgegangen und lebt seit Kurzem in Großlichten«, äußerte sich Winkelbauer vage. »Sie könnte Probleme machen, wenn sie erfährt, seine einzige Erbin zu sein, was sie jetzt noch nicht weiß. Sie stellt sich in Zukunft vielleicht quer. Nur so viel: Ich will, dass sie wieder von hier verschwindet. Und zwar bald. In unser aller Interesse.«

»Und wie soll ich das machen?«, fragte Limbacher.

»Schüchtern Sie sie ein und sorgen Sie dafür, dass es ihr hier nicht mehr gefällt. Helfen Sie dabei durchaus und gerade so viel wie notwendig nach, damit es für sie klar und deutlich wird. Haben Sie mich verstanden?«

»Und das wäre?«

»Da verlasse ich mich ganz auf Ihre Fantasie. Ich denke, Sie kennen sich aus und wissen, was ich meine.«

»Um wie viel reduziert das dann den Endpreis?«

»Ich denke, es läge in einem Bereich, der Sie sehr zufrieden stimmen wird.«

Limbacher sah Winkelbauer fest an: »Kein Wunder, dass Sie so erfolgreich sind. Sie schrecken wirklich vor nichts zurück.«

»Ist nur ein Vorschlag. Sie haben doch sicher im Werk ein paar robuste Kerle bei der Hand, die einem so richtig Angst einjagen können. Oder muss ich mich anderswo umsehen? Ich denke, viel wird bei Romy Steiner nicht notwendig sein, damit sie kapiert, dass sie hier unerwünscht ist.« Friedrich Winkelbauer blickte zu seinem Schwiegersohn Alexander, der wortlos neben ihm saß. »Und das, bevor noch ihre nostalgischen Gefühle ins Spiel kommen.«

Alois Limbacher waren diese kryptischen Anspielungen zu viel, und er signalisierte zunehmende Bereitschaft, die Runde verlassen zu wollen. »Glücklich bin ich mit Ihrem kleingedruckten Anhang nicht, von dem Sie gerade gesprochen haben. Aber sei's drum. Etwas wird sich da schon machen lassen. Aber in vertretbarem Rahmen, verstehen Sie?« Langsam und vom Tonfall her breit angesetzt folgte: »Herr Anwalt.«

Winkelbauer zeigte sich mit dem Resultat zufrieden, erhob sich, schloss den mittleren Knopf seines braunen Blazers und meinte: »Ich denke, dass in 14 Tagen alles abgeschlossen sein sollte.«

»Wäre auch in unserem Sinn«, entgegnete Limbacher und wandte sich Matthias Stanzl zu. Dieser nickte zustimmend.

Friedrich Winkelbauer begleitete beide zur Tür und übergab an Patrick, der sie zum Ausgang brachte. Seinen Schwiegersohn hingegen bat er, noch zu bleiben, um Details zu besprechen.

Walli Winzer hatte nach langer Suche endlich einen Parkplatz gefunden. Da die Parklücke im Verhältnis zur nicht unbeträchtlichen Länge ihres Audi A6 eher klein wirkte, blieb ein älterer Passant stehen und richtete sich unverhohlen darauf ein, einer weiblichen Komödie des Einparkens beiwohnen zu wollen. Ziemlich auffällig stellte er sich dabei hinter das vordere Fahrzeug.

Indes konstatierte Walli, dass sich hinter ihr bereits eine

Schlange wartender Mitstraßenbenutzer gebildet hatte, die teilweise ihrer Ungeduld in einem unkoordinierten Hubkonzert Ausdruck verliehen. Ihr Zuschauer nahm inzwischen deutlich Haltung ein, die auf die Annahme eines längeren Verweilens hindeutete. Walli würdigte ihn keines Blicks. Sie stellte sich parallel zum vorderen Parker, legte den Rückwärtsgang mit Blick nach hinten ein und fuhr ihr Auto zurück. Noch einmal den Vorwärtsgang eingelegt und drin war sie.

Das Hupen hörte auf und die Kolonne neben ihr löste sich langsam auf. Nur der Mann blieb weiterhin stehen und starrte auf Walli, die inzwischen die Blende über sich heruntergeklappt hatte und vor dem Spiegel ihre Lippen in einem dezenten Rot nachzuziehen begann. Als sie zwischendurch hoch sah, stand der Mann immer noch da.

Jetzt reichte es ihr. Sie ließ das Seitenfenster herunter und brüllte: »Haben Sie's dann endlich! Wohl überrascht, was Frauen heute alles können. Aber für eine weiterführende Show müssen Sie schon in ein anderes Theater gehen.« In seinem vermeintlichen Wunsch nach Schadenfreude ertappt, drehte der Mann sich um und suchte schleunigst das Weite.

Geht doch!, triumphierte Walli und zog mit einem gekonnten Schwung des Lippenstifts ihre Unterlippe fertig.

Wenig später saß sie im Vorraum von Friedrich Winkelbauers Anwaltskanzlei. Sie sah der Sekretärin durch die halb geöffnete Milchglastür bei der Arbeit zu. Es war eine schlanke Frau mittleren Alters, die eine schwarze Hose und eine dezent gemusterte weinrote Bluse trug. Sie schien emsig mit der Ablage von Akten beschäftigt zu sein. Dabei konzentrierte sie sich und nahm von Walli wenig Notiz.

Winkelbauer ließ Walli Winzer nun schon 15 Minuten warten.

Sie ärgerte sich. Walli hasste es, zu warten. Auch die Sekretärin machte keinerlei Anstalten, ihren Chef auf den Termin aufmerksam zu machen. Walli Winzer stand daher auf, ging zur Tür und öffnete sie. Sie sah Friedrich Winkelbauer über seinem Schreibtisch gebeugt, der plötzlich sehr erstaunt tat, als sie unaufgefordert eintrat. Er war allein.

»Ja, Frau Winzer«, hauchte er überrascht. »Jetzt habe ich Sie ganz vergessen.« Er stand auf und ging ihr entgegen. Winkelbauer streckte seinen Kopf kurz zur Zimmertür hinaus und urgierte in übertriebenem Tonfall: »Also, Frau Lindner, Sie hätten mir schon sagen können, dass mein nächster Termin bereits auf mich wartet.«

Die Sekretärin sagte kein Wort, sondern blickte ihren Chef vielsagend an, als wäre sie das gewöhnt und wieder einmal gar nicht erstaunt über seine Willkür. Walli Winzer dachte daran, dass sie ursprünglich nicht im Leisesten vorgehabt hatte, sich von diesem Widerling juristisch vertreten zu lassen. Aber die Abwicklung würde rascher vor sich gehen und Bürgermeister Brunner es zudem nicht wagen, gegen Winkelbauer vorzugehen, hatte Lena gemeint. Seinen ursprünglichen Plan zur Errichtung eines Wellnesstempels musste der Bürgermeister schließlich verwerfen. Wer konnte schon sagen, was ihm da noch bezüglich des Reiterhofs für behördliche Schikanen einfallen würden?

Walli Winzer setzte sich Friedrich Winkelbauer gegenüber. Er öffnete einen Ordner und nahm Unterlagen heraus. Neben bereits aufgesetzten Vertragsentwürfen lagen unterschiedliche Skizzen und Karten des Grundstücks und des Reiterhofs. Überall waren Unterschriften und Amtsstempel zu sehen.

»Das sind die Dokumente, die ich von Frau Wahlberg erhalten habe. Sie selbst knüpft weiters keinerlei Bedingungen an den Verkauf des Areals. Zugehörig sind neben dem Anwesen auch die Koppeln und zusätzliches Weideland.« Der Anwalt legte seiner Mandantin einen Gesamtplan der Anlage vor.

Walli Winzer war von dem gewaltigen Ausmaß des Wirtschaftsbetriebs überrascht. Jetzt wusste sie, warum ursprünglich die *Immotreu* so dahinter gewesen war, das Areal besitzen zu wollen. Darauf würde sich nicht nur das geplante Wellnessparadies mit Blick über die herrliche Landschaft ausgehen, sondern je nach Bedarf auch noch diverse Zubauten.

»Ganz schöne Aufgabe, die Sie sich hier antun«, versuchte Winkelbauer sie noch im letzten Moment zu verunsichern.

»Natürlich halte ich es für eine sehr schöne Aufgabe, Menschen ihre Freude am Reitersport zu erhalten«, versuchte Walli Glanz auf sich zu ziehen, wo definitiv keiner war. Denn erstens kaufte sie den Reiterstall, weil sie sonst nicht wusste, was sie mit ihrem Geld Besseres machen konnte, zweitens hatte sie tatsächlich den Ehrgeiz entwickelt, die begonnene Qualitäts-Pferdezucht für den arabischen Raum auszubauen, und drittens freuten sich Lisa, Sandra und die gesamte Region darüber. Auch Hannes, Lena und diverse andere Zulieferer waren von der guten Frequenz am Reiterhof abhängig und daher daran interessiert, diese zu erhalten oder sogar auszudehnen. Er war zum Anziehungspunkt der Umgebung geworden, vor allem für die Wiener Gesellschaft. Und für gutes Essen war Walli sowieso immer und überall zu haben.

Der Hauptgrund allerdings war, dass Walli Winzer auf keinen Fall dieser dubiosen *Immotreu* den Vorkauf zugestehen wollte. Dafür saß sie jetzt hier.

»Wenn Sie bitte schnell machen, ich habe heute noch andere Termine«, wollte Walli Winzer nicht eine Minute länger als notwendig in Gegenwart Winkelbauers verbringen. Sie drosselte daher jegliches Aufkommen eines salonfähigen Small Talks, wie sie es sonst routinemäßig zu tun pflegte.

Winkelbauer ging gleich darauf ein. Sie merkte, dass auch er die Angelegenheit rasch über die Bühne bringen wollte. »Ja, bitte, dann brauche ich Ihre persönlichen Dokumente.«

Walli kramte in ihrer geräumigen Gucci-Tasche und zog Ausweispapiere und andere Urkunden hervor, die sie dem Anwalt reichte. Winkelbauer stand auf und nahm die Unterlagen: »Ich lasse davon Kopien machen und bin gleich wieder bei Ihnen.«

Walli Winzer lächelte matt und lehnte sich in ihrem Sessel zurück. Sie betrachtete den Raum, den sie als düster empfand. Warum die meisten Anwaltskanzleien in brauner Holztäfelung gehalten wurden, hatte sie noch nie verstanden. Aber dieses Braun hier empfand sie als besonders düster. Alles nicht mein Geschmack, dachte sie.

Nachdem Walli zusätzlich alle Gemälde, die sie stilistisch in den 1930er-Jahren ansiedelte, betrachtet hatte, fiel ihr Augenmerk auf die Dokumente, an denen Winkelbauer zuvor gearbeitet hatte. Sie griff nach ihnen und begann zu lesen. Es dauerte nicht lange, bis sie begriff, dass es hierbei um vertrauliche Unterlagen bezüglich der Abwasserentsorgung im Zementwerk ging.

Rasch zog sie ihr iPhone hervor und begann, sämtliche Seiten der Akte zu fotografieren. Danach legte sie alles fein säuberlich wieder auf seinen Platz zurück.

Da Winkelbauer immer noch nicht zurückkam, schaute sie weiter und entdeckte Vermerke zur Gärtnerei Wagner –

also zu Florian. Walli konnte gerade so viel erkennen, dass Florian Wagner Zahlungsprobleme mit Eduard Waldstetten hatte. Dieser weigerte sich, mündlich vereinbarte Aufträge finanziell abzugelten, obwohl dies in Gegenwart von Zeugen geschehen sein sollte. Weiter konnte Walli Winzer nicht mehr lesen, denn Friedrich Winkelbauer betrat plötzlich den Raum.

»So, Frau Winzer. Da sind Ihre Dokumente. Alles wieder fein säuberlich geordnet.« Er überreichte ihr eine kleine Sammlung mehrerer Zettel und legte ihren Reisepass obenauf.

Walli hatte zuvor noch schnell die Kamerafunktion ihres iPhones ausgeschaltet und dieses unauffällig neben sich gelegt.

»Wenn Sie hier unterschreiben, dass Sie mich zur weiteren Veranlassung ermächtigen. Sie überweisen mir dann den Betrag zur Treuhand. Ich stelle daraufhin die Kaufverträge für beide Parteien aus und veranlasse die neue Grundbucheintragung.«

Walli war mit allem einverstanden. Sie packte ihre Unterlagen und ihr iPhone ein und verstaute alles, so schnell sie konnte, in ihrer Tasche. Sie reichte Winkelbauer die Hand und war froh, den dumpfen Mief der Kanzlei endlich hinter sich lassen zu können.

28. KAPITEL

»Warte, ich helfe dir.« Romy Steiner nahm das Pferdegeschirr aus den Händen des Kindes und legte es dem nebenstehenden Pferd um. Die Stute war nur unzureichend gesichert und Romy befürchtete, dass sie sich unter Umständen sogar losreißen könnte.

Als die Metallklammern des Halfters klickten, nickte der Schimmel ermunternd, als würde er sich schon darauf freuen, endlich bewegt zu werden. Das kleine Mädchen mit dem blonden langen Haar klatschte erwartungsvoll in die Hände und hüpfte vor Freude.

»Jetzt brauchst du noch einen Sattel. Wer holt den für dich?«

»Die Mama«, freute sich das Kind.

»Ah ja. Dann warten wir auf sie.« Romy Steiner begab sich in die Hocke und befand sich somit in der Höhe des Mädchens. Das Kind erzählte eifrig von den Erfolgen seiner letzten Reitstunde. Dass es schon frei sitzen und dabei die Arme waagrecht vom Körper weghalten konnte. Romy Steiner erinnerte sich an ihre ersten Reitversuche.

»Warst du da so alt wie ich?«, fragte die Kleine.

»Nein. Ich war schon älter«, entgegnete Romy.

Sie beobachtete, wie das Mädchen die Körperhaltung veränderte und seine Größe daher um einige Zentimeter anhob.

»Und wie heißt dein Pferd?«

»Lizzy«, antwortete das Mädchen.

»Und du?«

»Theresa.«

»Und ich heiße Romy. Na gut, Theresa, dann werden wir die Lizzy noch ein bisschen fester anbinden und schauen, wo inzwischen deine Mama bleibt.«

Vertrauensvoll stellte sich Theresa neben Romy und beobachtete, wie sie ihr Pferd für alle Fälle mit einem geeigneten Knoten an das Gitter eines Paddocks band. »Ich bleibe bei Lizzy«, war Theresa nicht vom Pferd wegzulocken.

»Okay. Aber bitte stelle dich so, dass dich Lizzy auch sehen kann. Und bleib da stehen. Denn Pferde können nicht nach hinten schauen und schlagen daher bei Unsicherheit aus.«

Theresa stellte sich sofort neben den Kopf von Lizzy und streichelte den Hals.

Romy lächelte. »Bin gleich wieder da!«

In der Sattelkammer war das Licht an, aber Romy Steiner sah niemanden. Gerade, als sie es abschalten wollte, drehte sich eine junge Frau um, die bisher durch eine Spindtür verdeckt gewesen war.

»Romy, bist du das?« Julia Mühlthaler wandte sich Romy zu.

Beide schwiegen.

»Ist schon lange her, dass du da warst und wir miteinander gesprochen haben«, befand Julia.

»Na, ich habe dich ein paar Mal gesehen. In der Kirche und bei der Neuen, dieser Winzer.«

»Warum bist du nicht zu mir gekommen?«

»Ich war mir nicht sicher, ob das gut ist.«

Julia schwieg. »Da hast du recht gehabt.«

Wieder Schweigen.

Julia Mühlthaler fand als Erste die Worte wieder: »Nachdem du plötzlich weg warst und dich nicht gemeldet hattest, wollte ich auch nichts mehr von dir wissen.«

Romy spürte, wie ihr heiß und kalt zugleich wurde. Sie fühlte sich einer Ohnmacht nahe. Wie schwer war es ihr gefallen, damals Großlichten zu verlassen. Einfach wegzugehen. Ungefragt. In Verzweiflung. Mit schwerem Herzen. Denn freiwillig ging sie damals nicht. Vielmehr: Sie wurde gegangen. Ein Bescheid war plötzlich da. Und sie musste in ein Internat nach Wien wechseln.

»Warum?«, hatte sie damals ihre Mutter gefragt.

»Es ist besser für dich. Glaube mir«, antwortete diese und schien tatsächlich davon überzeugt zu sein.

Wer damals die Kosten dafür übernahm, wusste Romy bis heute nicht. Nur so viel: Ihre Mutter konnte dafür sicher nicht allein aufkommen. Ihr Lohn reichte gerade so weit, dass Mutter und Tochter einen bescheidenen Alltag bestreiten konnten. Zu mehr nicht. Ob tatsächlich Waldstetten finanziell aushalf, zählte zu jenen Geheimnissen, die ihre Mutter mit ins Grab genommen hatte.

Romy wollte sie fragen. Noch so viel fragen. Aber das ging nicht mehr. Romy Steiner hatte es damals geschafft, von Großlichten wegzugehen. Flüchten wollte sie sowieso. Irgendwohin. Nur weggehen von hier. Vor allem wegen Julia. Weg von dem Ort, wo sie glücklich war. Der sie später und gerade eben so mit Schmerz und Trauer erfüllte.

Dieser Brief.

Hätte sie ihn nur nicht gelesen. Nur nicht gelesen.

Heute machen manche mit einem SMS Schluss. Damals war's mit einem Brief gewesen. Diese Verzweiflung.

Romy war wild darauf losgerannt. Nur weg. Stundenlang. Durch den Wald. Über die Felder. Ans Ufer des großen Karpfenteichs.

Sie war erschöpft gewesen. So schwach, dass sie sich hinlegen musste. Direkt ans Ufer. Hineinschauen konnte sie nicht. Nicht ins Wasser.

Plötzliches Aus.

Kraftlos.

Als sie erwachte, füllten sich ihre Augen mit Tränen. Nichts sah sie mehr. Alles war eingetrübt. Verschwommen. Wie ihre Sinne, mit denen sie nichts mehr von der Umgebung wahrnahm. Wahrnehmen konnte. Sie glaubte zu ersticken, drehte sich auf den Bauch. Die Handrücken stützten ihre Stirn. Wieder frei atmen. Sie sehnte sich nach Dunkelheit. Nach Geborgenheit, die sie davor schützen sollte, den Lebensmut völlig zu verlieren. Dunkelheit, die ihr zugleich neue Kraft geben sollte.

Diese Zurückweisung.

Darauf konnte sie in dieser Situation keine Antwort finden. Warum plötzlich? Warum plötzlich diese Sinnesänderung bei Julia? Gestern war doch alles noch ganz anders gewesen. Liebe war's. Die ganz große Liebe. Bei Julia plötzlich nicht mehr?

Romy zog ihr weißes Poloshirt und ihre Jeans aus und rannte hinein ins Wasser. Sie tauchte zur Gänze im Karpfenteich unter. Kurz dachte sie daran, nie wieder aufzutauchen.

Aber das war's nicht wert.

Niemand war so etwas wert.

Romy Steiner lehnte inzwischen an einem der Sättel, der über einen stabilen Balken gelegt war. Sie atmete langsam durch und hielt sich daran fest. Dabei schaute sie Julia Mühlthaler lange und ernst an. »Du hast mir damals fast das Herz gebrochen. Ich war am Ende.«

Julia Mühlthalers Augen blitzten auf und es verfinsterte

sich ihre Miene: »Das glaubst du doch nicht im Ernst. Es war ungeheuerlich, was *du* gemacht hast.«

»Ich? Was sollte ich anderes gemacht haben, außer ständig Rücksicht auf dich zu nehmen? Auf alle deine Bedürfnisse einzugehen: Das durfte nicht sein, jenes sollte nicht sein, und wenn uns jemand beobachtete …«

»Was? Rücksicht nennst du das, wenn du hinter meinem Rücken meinen Vater über uns informiert hast. Und ihm dann auch noch Schweigegeld abzocken wolltest.«

»Das ist nicht dein Ernst, oder?« Romy Steiner erstarrte. »Die Erinnerung trübt jetzt wohl alle deine Sinne? Du musst dir erst deine eigene Feigheit schönreden. Ist es so?«

»Was redest du da?«

»Deine Feigheit, mit der du mich vernichten wolltest und für die du dir eine ungeheuerliche Geschichte über mich ausgedacht hast.«

»Was? Ich wollte dich vernichten? Sag, wofür hältst du mich?«

»Das habe ich mich damals und später auch oft gefragt.«

»Ich war wie gelähmt, nachdem mir mein Vater von deinem Angebot erzählt hatte. Ich wollte es zuerst nicht glauben. Konnte es nicht glauben. Wollte mit dir sprechen. Am Abend bin ich zu eurem Haus gerannt und habe mich davor versteckt. Ich wollte abwarten, bis du in deinem Zimmer warst und das Licht anmachtest. Aber es wurde nicht hell. Alles blieb dunkel. Enttäuschung! Am nächsten Tag erfuhr ich, dass du bereits nach Wien abgereist warst. Abermals Enttäuschung! Nichts hattest du mir davon erzählt. Verrat! Verrat an unserer Liebe.« Julia Mühlthaler sprach sorgsam und langsam. Während ihrer letzten Worte verfinsterte sich ihre Miene zusehends. Sie trat einen Schritt von Romy zurück.

Romy Steiner fuhr sich mit der Hand nervös übers Gesicht und dann zerwühlte sie ihr Haar. »Ich erhielt damals deinen Abschiedsbrief. Da stand drin, dass du dich mit mir nur ausprobieren wolltest, dass es dir aber genug sei und du jetzt einen Freund hättest. Ich sollte dich daher künftig in Ruhe lassen.«

»Von mir so ein Brief? Ohne ein Abschiedsgespräch zwischen uns? Das konntest du so viele Jahre über glauben?«

»Wieso nicht? Du hast mich ja plötzlich aus deinem Leben abserviert. Ausgelöscht. Als hätte es mich nie gegeben. Ich habe dir von Wien aus Briefe geschrieben. Konnte nicht glauben, dass dir alles zwischen uns nichts bedeutet hat. Doch geantwortet hast du nie.«

»Du wirst es mir nicht glauben, aber ich habe deine Briefe nie erhalten.« Julia sah Romy in die Augen, als sie sprach, und wirkte dadurch überzeugend.

»Irgendjemand muss sie aber gelesen haben. Sie kamen von der Post nicht wieder zu mir zurück«, stellte Romy Steiner klar.

»Ich kann dazu nur so viel sagen, wie ich dir eben gesagt habe«, ergänzte Julia Mühlthaler nüchtern.

Romy Steiner atmete wieder tief ein und langsam kontrolliert aus. Dabei steckte sie die rechte Hand in die Seitentasche ihrer Reiterhose und fuhr sich zugleich mit der anderen Hand äußerst angespannt erneut durchs Haar. »Es ist schon so lange her«, sagte sie schließlich nach einiger Zeit und wollte dadurch in erster Linie wieder sich selbst beruhigen. Sie sah Julia an und erkannte die Ernsthaftigkeit, die hinter all ihren Worten lag. Wie damals. Als sie einander bedingungslos vertrauten. Sie glaubte ihr. Wollte ihr glauben. »Du hast dann geheiratet?«

»Ja, Alexander war immer für mich da. Er hat mich sehr

verehrt. Er richtet sein Leben nach mir aus und nach dem von Papa. Nach der Geschichte zwischen uns bestand mein Vater darauf, dass ich einen Freund haben sollte. Alexander, der gerade bei ihm in der Kanzlei zu arbeiten begonnen hatte, bot sich dafür an. Er wurde mein bester Freund und irgendwann willigte ich dann zur Hochzeit ein. Eigene Kinder wollte ich immer haben.«

»Und …?« Romys weitere Frage wurde unterbrochen, da Theresa zur Tür hereinstürmte.

»Mama, Mama, die Lisa ist schon da, und wir warten auf dich.«

»Das ist meine Tochter Theresa.«

Romy Steiner lächelte. »Wir haben uns gerade vorhin kennengelernt. Sie stand allein neben der Stute.«

»Romy hat dann Lizzy das Zaumzeug übergezogen, und ich hab auf sie aufgepasst. Aber jetzt war's schon zu lang. Komm endlich«, drängte die junge Dame.

»Ja, ich komme schon.«

Theresa rannte voraus. Julia zögerte kurz, bevor sie sich wieder Romy zuwandte. »Und wir sprechen noch fertig. Ein anderes Mal.« Sie blickte Romy Steiner nicht mehr an, hob den Sattel hoch und verließ den Raum.

29. KAPITEL

Der Nebel war dicht. Walli Winzer lenkte daher ihre ganze Konzentration auf die Straße. Von der Umgebung sah sie kaum etwas. Fast hatte sie den Eindruck, in einen diffusen Tunnel ohne sichtbares Ende hineinzufahren. Das Zwielicht der Morgendämmerung erschwerte die Sichtverhältnisse. Deshalb behielt sie die Rückstrahler der Leitpflöcke genau im Auge. Walli lenkte entsprechend dem Straßenverlauf.

Zwei grelle weiße Scheinwerfer blendeten Walli infolge.

»Achtung!«, schrie Harry Kain laut auf. »Passen Sie doch auf!«

Instinktiv riss sie das Lenkrad in die entgegengesetzte Richtung. Nur ein wenig, sonst würde das Auto eventuell an eine der nahe am Straßenrand stehenden Fichten prallen. Das entgegenkommende Fahrzeug reagierte gleich und fuhr nur knapp an Wallis mächtigem Audi A6 vorbei.

»Hat wohl auch noch nichts von Tempolimit bei extremen Wetterbedingungen gehört«, empörte sich Walli Winzer und versuchte, sich wieder auf die schwierigen Straßenverhältnisse zu konzentrieren.

»So eine Milchsuppe. Man kann ja kaum seine Hand vor den Augen sehen. Und ausgerechnet heute müssen wir losfahren«, grummelte Harry vor sich hin.

»Ja, Harry, nicht ich wollte unbedingt heute fahren. Sie waren es, der mich bekniet hat, weil Ihr 2CV den Geist aufgegeben hat.«

»Mein kleiner Oldtimer ist immerhin bereits über 40 Jahre alt.«

»Na, ein Wunder, dass diese kleine Rostschüssel überhaupt noch fahren kann«, unkte Walli weiter.

»Immerhin kann man es noch mit Ersatzteilen reparieren. Diese neuen Autos hingegen kommen mir wie reine Wegwerfautos vor. Am Laptop wird angezeigt, was gerade defekt ist, dann ersetzt man gleich gesamte Teile. Repariert wird nichts mehr. Es wird einfach nur ausgetauscht. Den klassischen Automechaniker mit Know-how und Erfahrung braucht man nicht mehr. Wie bei McDonald's gibt es hier fixe Handgriffe, mit einem Zeitfenster versehen, die einzuhalten sind.«

»Ja, auch in der Autobranche breitet sich die Wegwerfmentalität aus«, resümierte Walli und beugte sich zur Windschutzscheibe vor, als könnte sie dadurch die Straße besser erkennen.

»Auch Automechaniker werden zusehends zu reinen Anlernjobs«, setzte Harry seine Zukunftsthesen fort.

»Haben Sie Ihr Auto inzwischen in die Werkstatt gebracht?«

»Habe ich. Ich glaub, es ist nichts Gravierendes. Der Franzl bekommt das sicher bald hin.«

»Der Auto-Franz, ist das nicht der Bruder von dem Stanzl Matthias? Diesem Vorarbeiter vom Zementwerk? Der hat uns doch, als wir dort waren, ziemlich abserviert. Ist das der?«

»Ja, ich kann nur so viel sagen: Nichts im Leben ist ungleicher als ein Brüderpaar«, lachte Harry inzwischen wieder. Unbeschwert fuhr er fort: »Der Franzl ist okay. In ein paar Tagen hat er meine Ente wieder fahrbereit gemacht.«

»Das wollte ich Ihnen sowieso schon sagen: Als ich gestern beim Winkelbauer wegen des Kaufs vom Reiterhof war, habe ich einige für uns interessante Unterlagen über das Zementwerk fotografiert.«

»Wie sind Sie an die gekommen?«

»Ganz einfach: Er ist hinaus, ich habe eine Mappe aufgeschlagen und alles, was drin war, mit dem Handy abgelichtet.«

»Pfff«, fauchte Harry durch die Zähne. »Sie trauen sich was. Hat er etwas davon mitbekommen?«

»Ich glaube nicht. Mein iPhone lag zwar noch auf dem Tisch, als er hereinkam, aber ich kann ja eben meine Mails durchgegangen sein.« Walli blickte kurz nachdenklich zu Harry.

»Bitte schauen Sie auf die Straße«, erinnerte Harry Kain wieder an die besonderen Fahrbedingungen.

»Ich bin noch nicht dazu gekommen, mir die Fotos genauer anzusehen, geschweige denn die Dokumente durchzulesen. Silvia hat mich gleich voll in Beschlag genommen. Sie wissen: ihr Liebesschmerz. Und dann hat …«, Walli kam ins Stocken, »dann hat … Björn … angerufen, und das Gespräch ging auch noch eine ganze Weile.« Sie wandte ihren Kopf erneut Harry zu, der diesmal unbewegt nach vorn starrte. »Er möchte mich in Großlichten besuchen kommen. Da werden Sie ihn auch kennenlernen«, fuhr sie fort.

Harry blieb davon unbeeindruckt. Vielmehr schien er über etwas nachzudenken. »Der Winkelbauer hat seine Finger überall drin. Bin neugierig, worum es hier wirklich geht. Walli, Sie müssen die Fotos unbedingt in einem Kopiershop in Krumau ausdrucken lassen. Dann können wir sie gemeinsam durchgehen. Vielleicht fällt uns etwas bezüglich der toten Alice und dem Stöger ein.«

»Krumlov«, sagte Walli Winzer.

»Was?«, fragte Harry irritiert nach.

»Krumlov heißt das heute. Wir sind 100 Jahre nach dem Ende der Österreichisch-Ungarischen Monarchie«, erinnerte Walli den Journalisten.

»Ist doch klar. Aber die ganze Stadt lebt von dieser Epoche. Die alte Burg und das Schloss stammen großteils aus dem 13. Jahrhundert, und es ist die zweitgrößte Anlage Tschechiens nach der Prager Burg. Das sagt doch schon alles. Und immerhin fahren wir auch wegen meines Artikels über das Schiele-Museum hin. Das ›Griaß di‹-Magazin möchte diese Grenzregion-Freundschafts-Story bringen. Das heißt: Die Leute in Österreich haben Interesse an Südböhmen. Und die Krumlover Altstadt ist in ihrer Gesamtheit ein kleines Juwel. Einfach stimmig«, stellte Harry Kain klar.

»Jaja, ich wollte Sie nur auf den tschechischen Stadtnamen aufmerksam machen«, wehrte Walli Harrys Zurechtweisung ab.

Inzwischen hatte sich der Nebel gelichtet, und durch das aufkommende Tageslicht konnte man bereits einige Konturen der Landschaft erkennen. Auch aus den sonst meist dunklen Fenstern in den Häusern der Waldviertlerinnen und Waldviertler schien am frühen Morgen helles Licht. Der Tag brach auch für sie langsam an. Die Äcker und das Vieh wurden versorgt und die Kinder für die Schule fertig gemacht. Ein Schulbus würde sie nacheinander einsammeln.

Walli hatte das Gefühl, als sie schweigend an einer Häuserreihe vorbeifuhr, dass sie gerade ein wenig an den Gepflogenheiten der Menschen teilnahm. Bislang blieb ihr das zu dieser Tageszeit verborgen.

Die Weiterfahrt über Zwettl verlief ruhig. Sie führte bei Groß Gerungs und Langschlag durch Nadelwälder. Später fuhren sie vorbei an zum Großteil bereits umgepflügten Feldern. Nur die Kukuruz-Stauden standen noch. Halb vertrocknet warteten sie als Letzte darauf, eingebracht zu werden. Schließlich bogen sie auf die Bundesstraße ins oberösterreichische Freistadt ein und von dort nahezu direkt nach Český Krumlov, wie es eben heute hieß.

Da Walli Winzer in Wien vor noch nicht allzu langer Zeit eine Reihe von Strafmandaten wegen Falschparkens einzuzahlen gehabt hatte, legte sie es zumindest nicht vorsätzlich darauf an, auch in Tschechien diesbezüglich aktenkundig zu werden. Sie fuhr den Schildern Richtung Zentrum nach und entschied sich für ein geschlossenes Parkareal vor dem Übergang in die Altstadt. Dass diese hier schon fast teurer als in Österreich waren, schockierte sie im ersten Moment. Es blieb ihr aber nichts anderes übrig, als diese Form der Luxussteuer zu bezahlen. Schließlich könnte sie ihren Audi auch am Stadtrand parken und mit dem Bus in die Altstadt fahren. Doch die Bequemlichkeit obsiegte. Nein. Nicht nur. Auch der Faktor Zeit spielte eine Rolle.

Denn immerhin hatte die Strecke mit ihren 140 Kilometern von Großlichten bis nach Krumlov über dreieinhalb Stunden gedauert. Dank dieser Nebelsuppe. Sie wollten doch wieder am selben Tag zurückfahren und hatten noch viel zu erledigen.

»Wann haben Sie Ihren Termin im Schiele-Museum?«, fragte Walli, während sie ihre Handtasche von der Rückbank nahm und das Auto per Fernsteuerung absperrte.

»In eineinhalb Stunden. Wollen wir vorher noch eine Kleinigkeit essen gehen?«, bot Harry an.

»Wir könnten doch zum Hauptplatz nach vorn gehen und schauen, was sich da so anbietet«, schlug Walli Winzer vor. »Sie können dann zum Museum weitergehen. Ich schaue zur Burg hinauf und versuche, diesen Mountainbiker zu finden. Der soll dort an einem Weiterbildungsseminar teilnehmen. Ja, und vielleicht gibt es auf dem Weg dorthin ein paar Shops. Mal sehen, was die so alles anbieten.«

»Der Mountainbiker Riedel? Ja, machen Sie das. Aber Designershops? Sind Sie sicher, dass Ihnen die Ossi-Mode gefallen würde?« Harry Kain war erstaunt.

»Die Tschechinnen legten schon immer Wert auf Design. Prag lag, was Mode und Glaskunst betraf, im Jugendstil seinerzeit an der europäischen Spitze – also an wegweisenden Trends Paris und Wien weit voraus. Wer hätte das gedacht.«

In einer Seitengasse des großen Platzes der Einigkeit fanden sie einen Tisch in einem netten Restaurant. Ein kurzer Blick in die Karte genügte und Walli wusste, was sie bestellen wollte: das tschechische Nationalgericht Svíčková, also Lendenbraten mit Serviettenknödel, Gemüse-Schlagobers-Soße und Preiselbeeren. Harry entschied sich für eine Stelze mit Sauerkraut und Knödel. Dazu zwei Budweiser. Obwohl beide danach schon ziemlich satt waren, siegte die Verlockung einer Nachspeise: Palačinky mit Marillenmarmelade für Walli und Böhmische Buchteln mit Zwetschkenmus für Harry. Für beide: Kaffee.

»Also, ob Sie jetzt noch klar denken können bei Ihrem Interview, weiß ich nicht«, stöhnte Walli Winzer und fühlte sich randvoll bis weit oben. Sie nippte an ihrer Tasse Kaffee und trank daraufhin einen Schluck Wasser, das beigestellt war.

»Ach, was! Mir tut das besser als ein leerer Magen«, entgegnete Harry und strich sich zufrieden über seinen leicht gewölbten Bauch, der unter einem verbeulten und bereits zu eng gewordenen grüngrauen Wollblazer hervorlugte.

Walli Winzer glaubte, nicht richtig zu sehen, als Harry

Kain vor ihren Augen seine Geldbörse zückte und ihrer beider Rechnung beglich. Man sollte doch nie die Hoffnung aufgeben, dachte sie für sich. Denn üblicherweise war sie es, die für beide bezahlte, wenn sie mit Harry unterwegs war. Nie hatte er Geld dabei. Sie hatte sich auch jetzt darauf eingestellt. Nicht dass sie es sich nicht leisten könnte. Es war nur seine Selbstverständlichkeit, mit der er es annahm. Quasi als Entgelt für seine vermeintlich geschätzte Gegenwart. Gegeneinladungen sprach er nie aus, ganz im Gegenteil. Das heutige Begleichen der Rechnung war für Walli eine Premiere, die sie besser nicht kommentierte, sonst würde sie deren Besonderheit zu deutlich herausstreichen. »Also, dann trennen sich jetzt zwischenzeitlich unsere Wege. Wie lange werden Sie brauchen?«, fragte sie abwartend.

»Zwei Stunden mit Fotoshooting. Dann möchte ich noch einen kleinen Rundgang durch das Museum machen. Kommen Sie mit?«

»Klar. Zwischendurch lasse ich die Winkelbauer-Aktenfotos in einem Copyshop ausdrucken. Bin schon neugierig, was darauf zu lesen sein wird – und wie sich dieser rücksichtslose Radfahrtyp geben wird.«

Harry maß dem Thema keine besondere Aufmerksamkeit bei, sondern verzog gleichgültig sein Gesicht. Walli negierte sein Verhalten, winkte ihm abschließend dennoch zu und begab sich in Richtung Hauptstraße.

30. KAPITEL

Filou rekelte sich wieder einmal gemütlich auf dem weichen Sofa. Von hier aus hatte er den besten Blick über die gesamte Stube bis weit in den Flur hinein. Walli saß mit einer Morgenzeitung in der Hand neben ihrem Kater und kraulte sein gemustertes Fell. Sein behagliches Schnurren übertrug sich automatisch. Trotz abscheulicher Zeitungsmeldungen war sie völlig relaxed. Silvia machte heute das Frühstück, während Walli ihre neue Gmundner Keramik hervorgeholt und damit den Tisch gedeckt hatte. Der feine Geruch von Eiern mit Speck, zubereitet aus den herrlichsten Bio-Freilandeiern von Lenas Bauernhof und dem für den Eigenbedarf geräucherten Bauchspeck von Mizzi Troger, strömte durchs Haus.

Walli hatte mit Hannes Lechner, dessen Stammhaus die Bäckerei im Dorf war, vereinbart, jeden Morgen frisches Gebäck vorbeizuschicken. Ein Bote legte es frühmorgens vor die Haustür. Herrlich schmeckten die handgemachten Semmeln, Kornspitze und Briochekipferl. Eindeutig etwas anderes als aus Maschinenteig gebacken und aus minderwertigem Mehl oder industrielle Backmischungen.

»Ich war gestern mit der Anna noch im ›Grauen Mohn‹ am Reiterhof. Dem eleganten Haubenlokal von deinem Hannes Lechner.«

»Gut, dass du endlich auch aus dem Haus rauskommst«, antwortete Walli Winzer und gab Filou ein Küsschen auf sein Köpfchen. Der öffnete daraufhin seine Augen ein wenig, um nach dem Rechten zu blinzeln. Seine in sich verschlungene Körperhaltung änderte er dabei nicht. Die Nacht zuvor musste offenbar wieder sehr anstrengend für ihn gewesen sein, mutmaßte Walli aufgrund seiner Apathie und lächelte.

»Es war spät, als ich zurückkam. Habe ich dich geweckt?«, fragte Silvia.

»Nein. Ich habe geschlafen wie ein Stein«, antwortete Walli wahrheitsgemäß und setzte sich an den Tisch.

Silvia stellte die dampfende Pfanne auf eine Platte und schubste Walli einen Teil der Eier auf den Teller. »Genug? Oder willst du mehr?«

»Danke, reicht schon. Bin noch voll von gestern«, wies Walli Winzer einen weiteren Nachschlag zurück und dachte dabei an das üppige Mittagessen in Krumlov.

»Wie war's denn?«, fragte Silvia.

»Die Stadt ist wunderschön. Die musst du dir unbedingt einmal ansehen«, schwärmte Walli. »Harry hat sein Interview gemacht, ich habe diesen Biker aufgesucht und auch tatsächlich gefunden, stell dir das vor.«

»Du hast aber schon gewusst, wo er war, nicht wahr?«

»Natürlich. Aber dass ich auch mit ihm sprechen würde, daran hatte ich meine Zweifel.«

»Und? Was sagt er?«

»Er tat überrascht und will von beiden Toten erst durch mich erfahren haben.«

»Du warst doch in Wien, in seiner Firma. Und die hatten ihm nichts davon erzählt, dass du da warst und nach ihm gefragt hast?«

»Offenbar nicht.«

»Seltsamer Verein. Bei uns gäb's das nicht«, war Silvia verwundert.

»Wir sind ja schließlich auch eine Kommunikationsagentur. Und wenn da Botschaften nicht entsprechend weitergetragen werden, dann frage ich: wo denn sonst?«, amüsierte sich auch Walli Winzer. »Es war nichts aus ihm herauszubringen. Er gibt an, am Abend von Alice Mittners Ermordung beim Hannes in der Wirtsstube gesessen zu haben.«

»Und beim Stöger Franz? Da hatte er doch, wie du mir sagtest, auch schon sein Zimmer im Gasthof gehabt.«

»Ja, hatte er. Er war auch bei der Feier dabei. Saß am Tisch mit der Sybille Karner und dem neuen Postboten, dem Pöcksteiner. Apropos: Haben die jetzt etwas miteinander oder nicht?«, wuchs Walli Winzers Interesse.

»Du bist ja schon richtig vertratscht geworden«, zog Silvia die Spannung hinaus.

»Also, sag schon.« Ihre Chefin wurde ungeduldig.

»Was ich von der Anna höre, offensichtlich ja.«

»Na, hab ich mir's gedacht. Wenigstens ist sie endlich abgelenkt und streunt nicht ständig am Zaun entlang, um herüberzuschauen.«

»Geh, komm! Das ist doch völlig egal. Es ist ihr halt fad«, kommentierte Silvia.

»Mich nervt das. Ich finde das distanzlos.« Walli strich sich inzwischen Butter auf ihre Brioche.

»Geh, das ist ja ganz etwas Neues bei dir. In der Agentur bist du es, die immer alles von jedem weiß«, lästerte Silvia.

»Das ist etwas völlig anderes«, blockte Walli ab. »Und egal ist das jetzt sowieso.«

Silvia nahm sich noch den Rest aus der Pfanne und grinste. Walli Winzer rutschte auf ihrem massiven alten Stuhl herum, der immer schon zum Jogltisch gehört haben musste, faltete die Serviette auf ihrem Schoß zusammen und legte sie neben den leeren Teller.

»Die Anna ist eh bei ihr. Und jetzt hat sie ja endlich diesen Pöcksteiner, der sie ablenkt. Da hab ich dann hoffentlich meine Ruh von ihr. Wie war's gestern eigentlich mit der Anna?«

»Sehr nett. Ich mag sie.«

»Ja. Verstehe sowieso nicht, wie so eine Tante zu so einer reizenden Nichte kommt.«

»Walli, ich glaube, du verbeißt dich da in etwas. Die Karner ist doch eh ganz okay. Zumindest ist sie aufgeschlossen. Denn sie war eine der wenigen, die nach Annas offizieller Verbindung mit Alice auch weiterhin zu ihr gestanden hat, erzählte sie mir.«

»Das verwundert mich.« Walli führte eine überraschte Geste aus.

»Siehst du, und daher sollst du nicht schlecht über sie sprechen«, versuchte Silvia, dem Thema ein Ende zu setzen.

»Bist ja schon richtig mit deren Familienhintergründen vertraut?«

»Du, wir plaudern halt a bissl miteinander. Ich hab ihr auch von mir erzählt, und ich finde, sie hat ganz vernünftige Gedanken.«

»So jemanden könnte ich jetzt auch brauchen, der mir bei meinem Gefühlschaos helfen könnte.«

»Nicht doch. Ich dachte, da gibt es Björn?«

»Ja, schon.«

»Aber?«

Walli seufzte und grinste dabei gut gelaunt. »Man gönnt sich ja sonst nichts.«

»Komm, sprich nicht in Rätseln«, zeigte sich Silvia bereits ungeduldig.

»Du weißt doch, ich war vor ein paar Tagen beim Karpfenteich.«

»Ja, ich weiß. Du und Harry wolltet mit dem Waldstetten reden.«

»Haben wir auch. Aber vorher habe ich Florian Wagner getroffen. Und zwar in sehr spezieller Weise, wenn du verstehst, was ich meine.«

»Nein. Ich stehe auf der Leitung. Hilf mir.«

»Also, Florian und ich hatten – einen überstürzten Quickie miteinander. In der Umkleidekammer.« Walli blickte abwartend, aber triumphierend zugleich.

»Gratulation«, kam es von Silvia Manner eher gelangweilt als von einer Neuigkeit überrascht. »Offenbar hattest du's wieder einmal nötig. Deine Rückkehr vom Urlaub ist ja immerhin schon ein paar Tage her.«

»Red nicht so goaschtig, das macht die Situation für mich nicht leichter. Wir sind hier auf dem Land und nicht in der Stadt. Ich weiß nicht, wie ich Florian weiter begegnen soll. Ich finde ihn toll. So eine Spontanität hätte ich ihm gar nicht zugetraut.«

»Zu dieser Sache sind Männer immer bereit. Ich habe noch von keinem gehört, der so etwas auslässt. Und ich glaube nicht, dass du je andere Erfahrungen gemacht hast.«

»Schau nicht so! Natürlich nicht. Auch jetzt nicht, in meinen jugendlich-reiferen Jahren. Aber ich mache ja auch etwas dafür.« Walli Winzer lachte. Sie strich sich mit den Händen lustvoll über ihren Körper und richtete ihre Frisur, der so früh am Morgen noch eindeutig der perfekte Sitz fehlte.

»Walli, mach doch, was du willst!«

»Sowieso. Sonst hätte ich ja gleich bei Thomas bleiben können. Trotzdem löst das derzeit nicht mein Dilemma. Björn im Wiener Kaffeehaus. Das war anders. Emotional nicht mehr das Gleiche wie noch im Seehotel in Schweden. Verstehst du, was ich meine? Irgendwie distanzierter.«

Silvia zeigte sich ungerührt. »Walli, deine Sorgen möchte ich jetzt haben: Nadja hat mich vor Kurzem verlassen, ein Toter lag in deinem Gemüsebeet, und Anna wurde auf die Polizeistation mitgenommen, weil irgendwelche hirnrissigen Dorftrottel sich einbilden, dass sie die Mörderin ist. So eine Scheiße!« Silvia Manner begann, ihr deutliches Unbehagen künstlich hochzuschaukeln.

»Ist doch jetzt eh alles vom Tisch, das mit der Anna. Reg dich nicht unnötig auf. Außer dein Nervenkostüm braucht das – vielleicht wegen Nadja *und* Anna?«

Silvia stockte in ihrem Wutanfall und dachte kurz nach. Walli Winzer nickte ihr begütigend und interessiert zu. Ihre frühere Mentee antwortete nicht. Vielmehr stand sie auf und begann wortlos leere Teller übereinanderzustapeln. Sie blickte nochmals versonnen nach Walli, bevor sie sich jetzt voll beladen auf den Weg in die Küche machte. Sie stellte fest, dass ihr Kummer langsam nachzulassen begann. Darüber war sie irgendwie erleichtert.

31. KAPITEL

Es war mittlerweile ein sonniger, milder Herbsttag geworden, der zeigte, dass ihm der Sommer noch manchmal näherstand als die kalte Jahreszeit. Dabei hatte es gestern Abend mit der dichten Wolkenwand am Himmel fast nach Regen für den heutigen Vormittag ausgesehen. Aber so konnte man sich eben täuschen. Die Wolken hatten sich während der Nacht verzogen.

Überhaupt war das Wetter jetzt nicht mehr so zuverlässig wie früher, als Lena noch ein Kind gewesen war. Da konnte ihre Mutter schon am Abend der ganzen Familie die Kleidung für den nächsten Morgen herrichten. Vorher hatte sie beim Fenster hinausgeschaut und anhand des Winds, des Himmels und einer ganz bestimmten Art des Geruchs, der von der Erde am Boden kam, gewusst, wie's am nächsten Tag sein würde. Lena konnte das schon lange Zeit nicht mehr für ihre Familie machen. Denn das Wetter schlug mittlerweile oft völlig überraschend von einer Stunde zur anderen um. Abgesehen davon würde das ihre Kinder gar nicht interessieren. Lisa war bereits 16 Jahre alt und Lukas, als Student, hätte auch keinen Bock mehr darauf, von seiner Mama bezüglich Kleidung bevormundet zu werden. Darüber hinaus war er sowieso die meiste Zeit in Wien. Sogar ihr Hans schaffte den Griff in den Kleiderkasten inzwischen ganz allein.

Lena war eben dabei, einige Kisten mit Produkten aus

ihrer Landwirtschaft aus dem Kombi zu heben, als ihr ihr Mann flotten Schrittes aus dem Biolebensmittelgeschäft entgegenkam.

»Hamma noch fünf von den kleinen Ziegenkäseröllchen dabei? Die haben sich in den letzten Tagen so gut verkauft. Die Moni möcht noch a paar haben.«

»Ja, ich nehm sie aus der Lieferung für den Hannes Lechner raus und leg sie gleich dazu. Die Lisa kann sie dem Hannes am Nachmittag ja noch mit dem Radl bringen. Kannst die Kiste schon nehmen?«, ergänzte Lena und zeigte auf die volle Steige mit Lebensmitteln.

Hans hob sie auf und wich Mizzi Troger gekonnt aus, die plaudernd mit Rosa Grandl aus dem Geschäft kam und daher unaufmerksam war.

»Das war's ja grad noch einmal, Hans«, erschrak sie und war froh, dass der Biobauer eine Pirouette zur linken Seite drehte.

»Mizzi, passt's auf, ihr beiden! Is eh so schmal da«, wurde Hans Breitenecker noch im Vorbeigehen los.

»Ja, aber ihr steht's da mit'm Auto a net wirklich guat«, wusste Mizzi augenblicklich nicht, wohin sie sich mit Rosa stellen sollte. Auch Lena drückte sich bereits eng an den Lieferwagen.

Der Hauptplatz von Großlichten hatte eine leichte Schräglage und das Biolebensmittelgeschäft befand sich im letzten Haus an der engen Hauptstraße, bevor sich der um einiges größere Platz auftat. Hier mit dem Auto stehen zu bleiben, erwies sich von der Wahl her als wenig klug.

Hans hatte sich vorher so dicht als möglich vor den Geschäftseingang gestellt, damit er die Kisten nicht zu weit tragen musste. Immerhin war es ja bloß das Ein- und Ausladen. Und Samstag war's obendrein heute. Da fuhren keine großen Autos vorbei. Für sie herrschte zum Wochenende ein Fahrverbot.

Inzwischen schlenderten Silvia Manner und Walli Winzer nebeneinander die enge Hauptstraße entlang. Silvia hatte Walli dazu überredet, endlich einmal zu Fuß ins Dorf hineinzugehen. Denn allzu weit entfernt war das alte Schulhaus, in dem sie wohnte, ja nun wirklich nicht. Für Walli Winzer war's bereits anstrengend. Sie stöhnte. Aber vor allem, wenn sie daran dachte, den leicht ansteigenden Weg wieder zurückgehen zu müssen. Und das mit gefüllten Einkaufstaschen. Aber was machte sie nicht alles ihrer Ersatztochter Silvia zuliebe. Dann halt auch das. Na ja, und ein bisschen Bewegung schadete ihr wirklich nicht. Vor allem wenn Walli an die kleinen Schwimmreifen um ihre Bauchmitte herum dachte. Gut, aber das war für sie jetzt wirklich kein Thema, an das sie denken wollte.

»Huhu!«, rief sie schrill, als sie Lena sah, und winkte ihr zu.

Lena und die Gruppe drehten sich nach ihr um und erwiderten den Gruß. Im selben Moment hörten sie auch ein mühsames und lautes Motorengeratter über den schrägen Hauptplatz dröhnen. Der Lärm wurde durch die eng umstehenden Häuser und die Kirche auf dieser Höhe zusätzlich verstärkt.

Alle blickten in die Richtung und sahen Walter Pöcksteiner auf einem Moped den Hügel hochkriechen. Er selbst beugte seinen Oberkörper über den Lenker. Es sah fast so aus, als würde er mithelfen, besser vorwärtszukommen, was natürlich Einbildung war. Aber wer weiß, vielleicht half's ja doch. Zumindest etwas.

Hans schrie lachend: »Hopp, hopp, hopp!«, und versuchte, Pöcksteiner dadurch anzufeuern. Kurz noch, dann war er auf der Höhe der Claqueure.

»Geschafft! Jetzt habe ich das System schon ein bissl durchschaut, wie ich am besten mit meiner Pupperlhutschen bis heraufkomme. Ich muss schon unten genügend Schwung mitnehmen, damit ich die Steigung bis hierher schaffe. Es ist sich schon beinahe ausgegangen«, lachte er und schob sein Moped die letzten Meter bis zum parkenden Pkw. »Griaß eich alle«, setzte er nach.

Es kam aber niemand mehr dazu, den Gruß zu erwidern, weil alle erschrocken nach Walli und Silvia schauten. Ein gellender Schrei beider hatte gerade noch verhindert, dass ein riesiger Lastwagen sie an einer Hauswand quetschte. Beide rührten sich daher keinen Millimeter mehr weiter.

Offenbar hatte der Lastwagenfahrer den Pöcksteiner, der sein Vehikel, ohne zu schauen, in Richtung Gruppe geschoben hatte, erst im letzten Moment gesehen und zu bremsen begonnen. Durch das Gefälle der Straße hatte der Lkw so großen Schwung genommen, dass er beinahe nicht mehr bremsen konnte und in ihn hineingedonnert wäre.

Das Lenken in die Gegenrichtung und wieder zurück hatte das Schlimmste verhindert und den Pöcksteiner verschont. Gott sei Dank! Dafür hatte der plötzlich herannahende Lkw Silvia und Walli dermaßen erschreckt, dass Silvias Knie weich wurden und Walli sie gerade noch rechtzeitig stützen konnte.

»Sind Sie wahnsinnig, Sie Stümper!«, schrie Walli wie von Sinnen nach dem Fahrer. »Sie hätten uns beinahe mit Ihrer Aktion zerquetscht.« Sie stellte sich vor dem Riesenungetüm von Lastwagen auf, stemmte ihre Hände in die Hüfte und versuchte, Furcht erregend zu wirken. Der Fahrer musste sich selbst erst von der gefährlichen Situation erholen und war deshalb noch ohne Worte. Inzwischen hatte sich ein Polizeiauto mit laufendem Blaulicht hinter den Lastwagen gestellt. Sepp Grubinger stieg aus und kam auf die Fahrerkabine zu. Walli Winzer sah den Polizisten und stürmte im selben Moment auf ihn zu: »Grubinger, Sie kommen im genau richtigen Moment. Dieser Lkw hätte mich fast das Leben gekostet. Ein Wunder, dass ich noch vor Ihnen stehe.«

Sepp Grubinger sah sie mit weit geöffneten Augen an und schien dabei unter ziemlichem Druck zu stehen. Walli musste vor sich zugeben, dass sie im selben Augenblick irgendwie gerührt war, dass der Dorfpolizist offenbar lebhaftes Interesse an ihrem Wohlbefinden hatte.

Doch bevor er noch antworten konnte, ging die Lkw-Tür auf und der Fahrer stieg aus. »Der Mopedfahrer ist schuld. Plötzlich war er da«, rechtfertigte er sich lautstark, während Walli Winzer ihn mit einer Reihe von ziemlich deutlichen Handzeichen konfrontierte, die jeden echten Italiener hätten erblassen lassen.

Grubinger ging nicht darauf ein, sondern war ausschließlich daran interessiert, die Straße wieder freizubekommen. Hinter dem Polizeiauto hatte sich bereits eine Autokolonne gebildet. Lena und alle anderen standen inzwischen um die am Boden sitzende Silvia. Sie war kreidebleich und atmete schwer.

»Geht's, holt's aus'm Gschäft a Flaschn Mineralwasser. Schnell!«, rief Lena Breitenecker. »Die braucht jetzt was zum Trinken.« Hans lief sofort los, während Mizzi Troger ihre Weste auszog und um Silvias Schultern legte.

Sepp Grubinger war ans Ende der Autoschlange gegangen und bat den Letzten rückwärtszufahren und auszuweichen. Auch alle anderen sollten in die Seitengassen abfahren, damit der Lkw sich wieder geordnet auf die Fahrbahn begeben konnte, um weiterzufahren. Einige Passanten halfen Grubinger bei der Einweisung der Fahrzeuge zur Weiterfahrt.

»Sagen Sie, Grubinger: Ist Ihnen das völlig egal, was der Stümper da angestellt hat? Sie sind doch Polizist. Sie müssen ihn doch verwarnen.« Walli Winzer war Sepp Grubinger gefolgt und umkreiste ihn beschwörend.

Der Dorfpolizist wirkte, als wäre er abwesend.

»Hören Sie mir eigentlich zu?«

Er neigte ihr den Kopf zu und antwortete langsam und kontrolliert: »Beim Karpfenteich draußen liegt wieder einer – tot.«

32. KAPITEL

»Schauen Sie, dass die Absperrung mit dem gelben Band zehn Meter nach vorne verlegt wird. Sie befindet sich jetzt viel zu nah am Tatort. Da trampelt doch jeder auf Beweismaterial herum. Hat man Ihnen das nicht bei der Ausbildung erklärt? Ist ja völlig unsinnig!« Der leitende Beamte der Spurensicherung gab zwei jungen Kollegen letzte Anweisungen zur Tatortsicherung. Die jungen Männer machten sich daraufhin auf den Weg, die Steher, an denen die breiten gelben Bänder fixiert waren, weiter nach hinten zu stellen. Jeder Zentimeter wurde auf relevante Spuren und Hinweise untersucht. Die jungen Spurensicherer erhielten durch eine Kollegin Unterstützung, die mit einer Metallsonde am Boden nach brauchbaren Gegenständen zu suchen begann.

Walli Winzer war sofort vom Dorfplatz in Großlichten aufgebrochen, nachdem sich Silvia vom ersten Schrecken erholt hatte und sie ihre ehemalige Mentee Lena anvertraute, die versprach, sich um sie zu kümmern. Danach hatte sie in Windeseile ihr Auto geholt und war zum Schloss gefahren.

Walli schaute betroffen zur Einstiegsstelle am Ufer des Karpfenteichs. Der leblose Körper eines Mannes im Hubertusmantel lag mit Kopf und Gesicht nach unten im Wasser in unmittelbarer Nähe zu ihr. Auch hinter der Absperrung, zehn Meter vom Tatort entfernt, konnte sie alles deutlich erkennen. Seine Arme waren im rechten Winkel vom Körper abgespreizt. Es war für sie als Laie unschwer zu erkennen, dass er erst nach dem Tod in diese Position gebracht worden sein konnte. Denn im Todeskampf hätte er sich wohl kaum so hingelegt. Er musste eindeutig nachträglich so malerisch drapiert worden sein, war sich Walli Winzer sicher. Noch dazu sah sie seine Schuhspitzen fein säuberlich auf den Boden gestellt, was ihr in Anbetracht des herannahenden Todes ebenso widersinnig erschien.

Bei der jungen Beamtin der Spurensicherung piepste es. Sie bückte sich und hob ein abgebrochenes Metallstück auf, das sie in einen kleinen Plastikbeutel steckte.

Hinter der Absperrung, auf der anderen Seite von Walli

Winzer, hatte sich inzwischen eine Traube von Polizisten versammelt. Grubinger war auch unter ihnen. Sie warteten geduldig, ob sie weiter gebraucht würden. Das georderte Bestattungsauto blieb auf der Zufahrt stehen. Fahrer und Beifahrer öffneten die Hecktür und zogen routiniert einen Aluminiumsarg hervor. Einige Polizisten halfen dabei unaufgefordert, ihn die wenigen Meter bis zur Absperrung auf die Wiese zu stellen. Walli schluckte. Eine in einen weißen Overall gehüllte Frau mit großem Koffer drängte sich durch die umstehenden Polizisten und an der Spurensicherung vorbei direkt an die Seite des Toten.

»Grüß Sie, Frau Dr. Stadler«, sprach Sepp Grubinger, den Walli Winzer erst jetzt erkannte, da er die ganze Zeit über in der Traube von Polizisten mit dem Rücken zu ihr gestanden hatte.

»Hallo«, antwortete diese kurz. »Seit wann sind Sie hier?«

»Seit etwa einer halben Stunde«, antwortete Grubinger. »Die erste Meldung zum Toten ging allerdings bereits vor einer Stunde und 15 Minuten ein.«

»Warum dauerte es so lange, bis jemand hier war?«

Grubinger wurde verlegen: »Es gab eine Straßensperre im Zentrum von Großlichten, die ich erst räumen lassen musste.«

»Verstehe. Hätte im Prinzip auch nichts am Zustand des Toten geändert.« Frau Dr. Eva Stadler warf einen Blick auf die längliche, aber schmale Wunde am Kopf des Toten. Mit einer Pinzette schob sie einen Teil der mit Blut versehenen, spärlichen Haare beiseite, um bereits jetzt eine oberflächliche Diagnose der Todesursache geben zu können. »Erschlagen mit einem länglichen, etwa zwei Zentimeter breiten, stumpfen Gegenstand«, war das vorläufige Ende ihrer Untersuchung. »Ob das bereits die Todesursache war, kann ich zum jetzigen Zeitpunkt nicht sagen. Eventuell hat er noch gelebt und wurde dann mit dem Gesicht ins Wasser gedrückt und ertrank. Das muss ich auf der Gerichtsmedizin genau klären.« Sie schob den Mantelärmel der Leiche etwas hoch und sah nach eventuellen Abwehrspuren an den Armen. Daraufhin begann Frau Dr. Stadler in ihr Diktiergerät zu sprechen, das sie aus der mittlerweile geöffneten Tasche geholt hatte.

Sepp Grubinger gab derweilen zwei Polizisten auf Anweisung der Ärztin ein Zeichen, den Wasserzugang herunterzukommen. Beide stellten sich neben die Leiche und versuchten, den schweren Männerkörper umzudrehen. Mit einem Ruck gelang es schließlich. Das Gesicht des Mannes war bereits blau angelaufen und wirkte dadurch aufgedunsen.

Walli drehte es bei dessen Anblick den Magen um. Sie musste wegschauen, aber es war zweifellos Eduard Waldstetten, der da tot am Seeufer lag. Dr. Eva Stadler untersuchte seine Nase und seine Augenlider. Danach sprach sie erneut einige medizinische Details ins Diktiergerät und legte es anschließend in die Tasche zurück, klappte sie zu und erhob sich aus der Hocke.

Als Walli Winzer sich schließlich gefasst hatte, warf sie erneut einen Blick auf den Toten und bemühte sich, alle Details um ihn herum gedanklich festzuhalten. Danach wandte sie sich um und ging den Weg zur Seepromenadenstraße hoch. Dabei sah sie Adi Platzer, den direkten Vorgesetzten Grubingers aus der Bezirksinspektion Gföhl. Er hatte sie einvernommen, als sie vor einigen Monaten selbst kurzzeitig unter Mordverdacht gestanden hatte. Kein schönes Erlebnis, wie Walli Winzer sich nur ungern daran zurückerinnerte. Aber vor allem an diesen Widerling. Und so jemand war Leiter einer Amtsdienststelle. Also, wenn sie etwas irgendwo zu sagen hätte, dann … Sie kam nicht mehr dazu, den Gedanken zu Ende zu denken, weil ein anderer von ihr wenig geschätzter Mitbürger aus Großlichten den Weg zum Teich herunterkam: Friedrich Winkelbauer. Er debattierte mit den jungen Beamten der Spurensicherung, welche die Anweisung hatten, niemanden zum Toten zu lassen. Winkelbauer bestand allerdings darauf und widersetzte sich lautstark. Das rief Bezirksinspektor Adi Platzer auf den Plan, der sich schließlich neben Friedrich Winkelbauer stellte.

»Grüß Sie, Herr Doktor.« Beide gaben einander die Hände. Adi Platzer verneigte sich dabei ein wenig vor dem berühmten Rechtsanwalt. »Wir haben noch nicht alle Spuren aufgenommen. Danach können Sie selbstverständlich noch zum Toten.« Adi Platzer wirkte dabei souverän und überzeugend, was Winkelbauers fordernden Tonfall verstummen ließ. Er begann, nach Details zu fragen, die Platzer nicht beantworten konnte, weshalb er Sepp Grubinger zur Unterstützung herbeirief.

Walli Winzer stellte sich ein wenig näher, um besser zuhören zu können. Sie tat so, als würde sie die Arbeit der jungen Spurensicherer besonders interessieren.

»Wer hat Sie verständigt, dass es hier einen Toten gibt?«, fragte Platzer.

»Niemand. Wir hatten noch einige geschäftliche Dinge zu besprechen. Weitere Verhandlungen sollten heute zwischen meinem Schwiegersohn und Waldstetten stattfinden. Zugegeben: Ich habe mich kurzfristig entschlossen mitzukommen«, antwortete der Anwalt und verwies auf seinen Begleiter Dr. Alexander Mühlthaler. »Alexander, du hast den Termin ausgemacht«, rief er ihm entgegen. Dieser bejahte aus geringer Ferne durch ein Handzeichen und öffnete die Seitentür des SUV.

»Wann wäre dieser Termin gewesen?«, fragte Sepp Grubinger jetzt nach.

»Jetzt um 11.00 Uhr. Deshalb sind wir hier. Wir waren völlig überrascht, dieses Aufgebot hier zu sehen. Aber dass sich so eine Tragödie dahinter verbirgt, hätte ich nicht gedacht.«

Walli Winzer erhielt einen kleinen Stups auf die Schulter, was sie absolut nicht leiden konnte und sie augenblicklich wegzog. Harry Kain stand hinter ihr und schaute zum Wasser. Um die Leiche herum hatte die Spurensicherung inzwischen den Bereich für die Bestatter freigegeben, die den toten Waldstetten in den vorgesehenen Aluminiumsarg legten. Nachdem sie ihn mit dem Deckel verschlossen hatten, war Walli zugegebenermaßen leichter zumute. Und das, obwohl sich ja nichts an der Situation geändert hatte. Harry hatte zuvor bereits die wartenden Polizisten befragt. Weiteres wollte er nun von Walli wissen, die sich jetzt allerdings zur Gruppe Winkelbauer dazustellte.

»Grüße Sie, Frau Winzer«, empfing dieser sie. »Hätte auch nicht gedacht, dass wir einander unter diesen Umständen so schnell wiedersehen. Für Sie habe ich noch gestern alles fertig gemacht.« Weiter sprach er nicht, denn seine Geschäfte schien Dr. Winkelbauer nicht weiter vor der Polizei ausbreiten zu wollen. Doch Walli begriff, und das genügte ihm.

»Habe ich richtig verstanden: Sie wollten sich um 11.00 Uhr hier mit Waldstetten treffen?«, fragte Walli Winzer nach.

»Ja«, rief ihr eine Stimme entgegen. Es war Alexander Mühlthaler mit einer kleinen Männerhandtasche ums Handgelenk. »Waldstetten sagte mir, dass er mit Romy Steiner um 10.00 Uhr etwas wegen des Schlossparks zu besprechen hätte, und wir uns dann gleich im Anschluss vor dem Schlosshaupteingang treffen würden.«

Beim Namen der jungen Gärtnerin versteinerte Winkelbauers Miene merklich. »Schon wieder die«, platzte es hörbar aus ihm heraus. »Ich meine, ich habe den Eindruck, wo diese Steiner auftaucht, gibt es Unruhe.« Er sah dabei zu Mühlthaler.

»Sie ist eine hervorragende Gärtnerin und ein wunderbarer Mensch«, hielt Walli Winzer dagegen. Denn über jemanden derart zu lästern, ohne dass sich diese Person wehren konnte, fand sie zumindest im Falle Romy Steiner für entbehrlich. Immerhin hatte sie ihr den wunderbarsten Bauerngarten der Umgebung vor die Tür gezaubert. Und das wollte bei ihr, dem Gartenmuffel aus der Stadt, etwas heißen. »Also, wenn Sie an ihr etwas zu bekritteln haben, dann sagen Sie es ihr selbst.«

Friedrich Winkelbauer verstummte zunächst. Ließ es sich aber nicht nehmen, doch noch eins draufzusetzen: »Das mag ja sein, dass sie eine gute Gärtnerin ist, aber überall, wo sie auftaucht, gibt es bleibende Kollateralschaden. Ich denke da einst an den seelischen Ausnahmezustand meiner Tochter, bevor sich Alexander später um sie kümmerte, und ich denke an Erna Reisinger, die zufälligerweise nach Steiners Rückkehr aus Wien krankenhausreif geprügelt worden war. Wissen Sie das eigentlich? Und jetzt auch noch Eduard Waldstetten unmittelbar nach dem Treffen mit ihr. Ist all das Zufall? Ist sie wirklich immer nur am Rand dabei oder doch mehr involviert, als Ihnen lieb wäre? Bezirksinspektor Platzer, Sie sollten mal in diese Richtung ermitteln.«

Nach seiner Erwähnung durch den Top-Anwalt nahm

Bezirksinspektor Adi Platzer tatsächlich körperliche Haltung an. Er stand stramm neben Winkelbauer und beobachtete, wie dieser herausfordernd der herannahenden Romy Steiner entgegensah.

33. KAPITEL

»Herr Pfarrer, wos meinen Sie: Kann i die Schale auch noch mit hinübernehmen?«, fragte Mizzi Troger und hob während des Sprechens eine mittelgroße weiße Schüssel auf.

Pfarrer Josef Aigner sah irritiert auf, als hätte er etwas gehört, ohne das Gesagte allerdings zuordnen zu können. Er sah in Mizzis Richtung. Die Vorsitzende des Dorfverschönerungsvereins pflanzte sich daraufhin direkt vor ihm auf und stellte ihre Frage nochmals. Diesmal achtete sie darauf, dass ihr Pfarrer Aigner beim Sprechen auch direkt auf die Lippen sah.

»Jaja, nehmen Sie, was Sie brauchen können.« Während er das sagte, wirkte er bereits irgendwie genervt. Dorffesten konnte der bereits nicht mehr ganz junge Geistliche nur wenig abgewinnen. Auch Gespräche mit ihm zu führen, war weder für Mizzi noch für die übrigen Dorfbewohner leicht geworden. Sein Hörvermögen hatte in den vergangenen Jahren zunehmend abgenommen, weshalb er oft nur die Hälfte des Gesagten mitbekam.

»Aber bitte wieder hierher zurückstellen«, murmelte er Mizzi Troger nach.

Sie drehte sich nochmals zu ihm um und verzog ihren Mund.

»Herr Pfarrer, wir legen nach dem Fest alles wieder auf seinen Platz zurück, wie Sie es gewöhnt sind«, unterstützte Lena Breitenecker ihre Nachbarin und mittlerweile auch gute Freundin. »Aber es ist doch gut, wenn wir einiges verwenden und nicht extra zukaufen müssen«, ergänzte sie wie selbstverständlich.

Diesem Gedanken wollte auch Pfarrer Aigner nichts entgegenhalten. Nachhaltigkeit konnte er neuerdings wieder etwas abgewinnen. Trotzdem fühlte er sich im Moment fehl am Platz. Er suchte nach einem Gehstock, auf den er sich sicherheitshalber stützen konnte, und zog ihn aus einer Halterung mit mehreren. Mizzi Troger machte ihm Platz, als er erleichtert ins gegenüberliegende Pfarrhaus aufbrach.

»Mizzi, der kann wirklich froh sein, dass er dich für solche Feste hat. Ich unterstütze dich dabei gerne. Aber du hast ja doch die Hauptarbeit, auch mit ihm.«

»Das geht bei mir automatisch. Letztlich ist ihm dann eh alles recht, was ich mache.«

»Das glaube ich, so gut, wie dir die Feste immer gelingen.«

Beide Frauen lachten, umarmten sich und machten sich mit je einem Gefäß in der Hand auf den Weg in den Festsaal des Pfarrhauses.

»Geh, Patrick, bringst uns bitte noch die Tischtücher nach. Ich hab sie in der Sakristei auf die Kommode gelegt. Und ein paar von den Stumpenkerzen auch noch.«

»Klar!« Patrick Burger war aus dem Pfarrhaus gekommen und sah sich in der Sakristei um. Die Tischdecken waren vor ihm leicht sichtbar aufgetürmt. Aber Stumpenkerzen sah er keine. Er erinnerte sich, dass er einige stets hinter dem Altar verstaut hatte. Patrick ging immer auf Nummer sicher. Denn: Was wäre, wenn eine Kerze während einer Messe plötzlich ausginge? Einfach niederbrannte? Das wäre eine Blamage, und er wäre dafür verantwortlich gewesen. Müsste vor dem gesamten Kirchenvolk in die Sakristei zurückgehen und eine neue holen. Sie vor allen und natürlich auch vor dem Herrn Pfarrer anzünden.

Und was würde Herr Dr. Winkelbauer dann von ihm denken? Sein Vater würde sich wieder bestätigt fühlen, dass er eben nichts kann und zu allem zu blöd sei. Die Mutter würde zusehen und wie immer kein Wort sagen. Nein. So einer Situation wollte er vorbeugen. Nie sollte ihm so etwas passieren.

Patrick Burger bückte sich gerade, um kleine weiße Stumpenkerzen und einige schmale für die Leuchter zusammenzustellen, als er bekannte Stimmen zum Haupttor der Kirche herannahen hörte. Diktion und Ton klangen scharf und abwehrend. Worum es ging, konnte er nicht verstehen. Auch sehen konnte er noch niemanden. Er hielt kurz inne und hörte genauer hin. Die Stimme war eindeutig Friedrich Winkelbauer zuzuordnen.

Er sprach mit jemandem, den Patrick nicht sehen konnte. Neugierig beugte er sich hinter dem Hauptaltar nach vorn. Er hätte auch hervorkommen, das Kerzenkonvolut einfach an sich nehmen und in die Sakristei zurückkehren können.

Aber die Stimme Winkelbauers war so heftig und bestimmend, dass er sich nicht zu zeigen getraute. Er erinnerte ihn jetzt an seinen Vater, der ihn in solch Rage gerne verprügelt hatte.

Winkelbauer war besser als sein Vater. Er glaubte an ihn. Er übertrug ihm auch manchmal kleinere Aufgaben. Überforderte ihn aber nicht. Winkelbauer hatte eben ein gutes Gespür, was er Menschen zutrauen konnte und was nicht. Und ihm, Patrick, traute er etwas zu, wie das Instandhalten seines Weinkellers. Jeder Wein benötigte eine bestimmte Lagertemperatur. Und auf die achtete Patrick. Jeden Tag. Und es waren kostbare Weine darunter. Auf Auktionen hatte Friedrich Winkelbauer einige davon ersteigert. Auch nach gewonnenen Prozessen überreichten ihm viele aus Dankbarkeit immer wieder kostbare Tropfen. Er war ein guter Anwalt, ein guter Mensch.

Die besonderen Weine wurden ausschließlich zu großen Festtagen getrunken. Für bestimmte Kenner und Freundesgruppen ließ Winkelbauer auch das eine oder andere Mal von Patrick Burger eine Flasche wertvollen Weins bringen. Oft fuhr Patrick dann schon etwas früher von der Rechtsanwaltskanzlei in Krems nach Großlichten heim und dekantierte zeitgerecht die Flasche, die ihm sein Chef aufgetragen hatte. Dieser Vorgang dauerte mindestens eine Stunde, bevor man nur an eine Weinverkostung denken konnte. Zum wirklichen Genuss wartete man zeitlich noch entsprechend zu.

Aber diese Vehemenz, mit der er jetzt in die Kirche stürmte, kannte Patrick von Friedrich Winkelbauer nicht. Und jetzt sah er auch Julia, dessen Tochter, neben ihm gehen. Ihre Stimme war leiser, weshalb er sie vorher nicht hatte hören können.

»Ich verstehe nicht, wie du mir das antun konntest.« Julia Mühlthaler war auch außer sich. »Ich hätte mir ja denken können, dass du dahintersteckst. Wo hast du deine Finger nicht drin!«

»Ich bin dein Vater und war damals auch dein Erziehungsberechtigter. Glaubst du tatsächlich, ich schaue tatenlos zu, wie eine Dahergelaufene meiner Tochter den Kopf verdreht?«

»Wie kommst du nur darauf, dass sie das damals gemacht hat?«

»Na, das ist doch klar! Das sind doch immer so Außenseiter aus schlechten Familienverhältnissen, die sich wichtigmachen. Die anderen ein normales Familienglück nicht gönnen. Sich an Gott und der Welt rächen. Glaubst du, ich lasse mir das bieten und meine Familie von so einer zerstören?«

»Das gibt dir noch lange nicht das Recht, mir Briefe vorzuenthalten. Ihre Briefe an mich! Du hast als Rechtsanwalt gegen das Postgeheimnis verstoßen.«

»Jetzt werde nicht lächerlich!«

»Was heißt *nicht lächerlich*. Ich wusste nicht, warum Romy plötzlich weg war. Von einem Tag auf den anderen. Ich war todunglücklich. Hast du das eigentlich mitbekommen?«

»Deshalb habe ich dir ja auch schon sehr bald Alexander zugeführt. Er ist doch ein einfühlsamer Mensch. Eine Stütze unserer Familie. Du hast jetzt zwei wunderbare Kinder mit ihm. Ihr seid doch glücklich? Willst du das alles missen?«

Patrick Burger sah, wie Julia ihren Kopf von Winkelbauer abwandte. Sie atmete tief durch und schloss dabei die Augen, als würde sie sich so wieder besser beruhigen können.

Winkelbauer fuhr fort: »Siehst du, so etwas kommt immer wieder vor: eine kleine Verirrung. Schließlich bist du doch wieder auf den Weg der Tugend zurückgekehrt. Ich wollte dich damals schon in spezielle Seminare schicken, die sexuell verwirrte junge Menschen wieder ins Lot bringen. Aber dann hat es ja doch auch ohne ganz gut geklappt. Weil diese Steiner, Gott sei Dank, endlich weg war.« Winkelbauer machte eine Dankesgeste Richtung Altar. Patrick zog den Kopf schnell ein und versuchte, kein Geräusch zu machen, um nicht entdeckt zu werden. Friedrich Winkelbauer würde ihm nie verzeihen, dieses Gespräch belauscht zu haben. Es wäre für ihn sicher unerträglich zu wissen, dass jemand außerhalb der Familie von diesem Geheimnis wusste. Deshalb musste er jetzt still bleiben, nur still bleiben!

»Du verstehst gar nichts. Ja, Alexander und ich führen ein ruhiges Leben. Aber hast du je daran gedacht, um welchen Preis? Klar mag ich ihn. Ich hatte Selbstmordgedanken. Alexander wurde mein bester Freund, der mir damals gut zuredete. Aber Liebe, leidenschaftliche Liebe war das nie. Die habe ich mir immer anders vorgestellt.«

Winkelbauer hatte aufmerksam zugehört und versuchte verständnisvoll zu wirken. »Das ist immer eine Sache des Arrangements. Das war Jahrhunderte lang so. Sexualität wird sowieso überbewertet. Eheliche Freundschaft zählt im Laufe der Zeit mehr. Glaube mir. Ich weiß, wovon ich spreche.« Er machte ein paar Schritte auf seine Tochter zu, die sich von ihm abwandte.

Sie sah ihm daraufhin fest in die Augen. »Auch für Alexander kann es bis zum heutigen Tag nicht leicht sein. Aber er verehrt dich und würde alles für dich tun. Und ich? Nachdem Romy plötzlich weg war, war mir alles egal. Ich habe deinen Argumenten nachgegeben, damit das Gerede der Leute endlich aufhört. Das hast du mir zumindest damals vorgeworfen. Ich wollte ja hier, in Großlichten, bleiben, bei euch, in meiner gewohnten Umgebung.«

»Bist du ja auch«, versuchte er, weiterhin fürsorglich auf sie einzuwirken.

»Doch immer geht es nur um dich. Romy ist jetzt da. Glaubst du, ich habe die Zeit damals vergessen?«

»Nein, Julia, das wirst du nicht tun. Nicht einmal daran denken! Dein Ruf. Denke an deinen Ruf. Der ist schneller ruiniert, als einem lieb ist. Irreparabel. Wenn du schon nicht an die Kanzlei und den Kirchengemeindevorsitz deines Vaters denkst, dann an deine eigene Familie. Willst du das deinem Mann und den Kindern antun? Überlege, bevor du handelst.«

»Immer deine Vorhaltungen. Das höre ich schon mein ganzes Leben lang. Alles dreht sich immer nur um dich und deine Moral. Ist es wirklich moralisch, jemanden um sein Glück zu bringen? Menschen ihre Liebe zu untersagen, die Verantwortung füreinander übernehmen wollen? Wegen Kirchengesetzen, die weder Gott noch Jesus je so geschrieben haben und auch nie so gewollt hätten? Sondern Männer, die vor langer Zeit ein klerikales System erschufen, das Frauen bis heute in die zweite Reihe verbannt? Und homosexuelle Menschen diskriminiert. Ist das Nächstenliebe, frage ich dich! Findest du das als Anwalt, der für Gerechtigkeit stehen sollte, gerecht?«

Friedrich Winkelbauer traute seinen Ohren nicht, was ihm seine Tochter vorhielt, und schien zu allem bereit, das Schlimmste jetzt und künftig abwehren zu wollen. »Julia, ich muss dir jetzt etwas sehr Ernstes sagen.«

Winkelbauer zögerte ein wenig. »Romy Steiner ist das

Kind einer Vergewaltigung. Sie weiß nicht, wer ihr Vater ist. Wir haben heute den toten Eduard Waldstetten gefunden. Klingelt da auch etwas bei dir?«

»Du bist widerlich! Ich könnte …« Zu mehr kam Julia Mühlthaler nicht, da im gleichen Moment ein flinkes Katzenpärchen zur Kirchentür hereinflitzte und sich gekonnt auf einen der Gebetspulte platzierte.

Winkelbauer glaubte, nicht recht zu sehen: »Nein, das glaube ich jetzt nicht. Das ist doch die lästige Katze von dieser Walli Winzer. Ich erkenne sie an diesem Glitzerhalsband mit Swarovski-Steinen. Wer legt einer frei laufenden Katze schon so einen Kitsch um. Damit sie sich an Sträuchern und Bäumen erhängt? Das fällt nur einer Städterin ein.«

»Und, Vater, was willst du jetzt dagegen machen?«

»Na, sie nach draußen jagen.«

»Ich frage mich langsam, was dich an deiner Umgebung noch alles stört. Und ob du anderen Lebewesen überhaupt einen eigenen Willen zugestehst.«

Als hätte Filou Julias Worte verstanden, setzte er zu einem Sprung auf einen der Seitenaltäre an. Er übertrippelte sämtliche Kerzenständer und Blumenvasen so gekonnt, dass alles an seinem Platz stehen blieb. Seine Begleiterin verharrte auf der Holzbank und schaute ihm zu. Da alle gebannt zum Seitenaltar starrten, wagte sich Patrick aus seiner Deckung und bewegte sich auf die Winkelbauers zu. Die Kerzen ließ er sicherheitshalber hinter dem Hauptaltar. Er befürchtete, sonst den Verdacht zu wecken, bereits länger anwesend gewesen zu sein.

»Ah, Patrick. Im richtigen Moment. Halte die Katzen auf«, rief Friedrich Winkelbauer aufgeregt und bewegte sich auf Filou zu.

Den kratzte das nicht. Behände hüpfte er auf den Boden,

um gleich darauf ein wenig entfernt die Stufen zur Kanzel hinaufzutrippeln.

»Das darf doch nicht wahr sein! Die markieren noch die alte Kanzel und die Kirchbänke. Den Gestank bekommt man dann aus dem Holz nicht heraus. Schrecklich, diese Vorstellung«, jammerte Winkelbauer.

Julia schenkte der Aufregung wenig Beachtung: »Lass sie, die laufen schon von selber wieder raus. Spätestens, wenn sie Hunger haben. Und das wird sicher bald sein. Der Patrick soll den anderen lieber beim Schmücken und beim Herrichten fürs Fest helfen.«

Ihr Vater reagierte nicht darauf. Patrick tat wie ihm von Winkelbauer befohlen. Beide waren hinter den Katzen her, denn auch die kleinere schwarz-weiße Katze folgte nun Filous Erkundungen hinein ins Kircheninnere.

Julia empfand den Aufwand wegen zweier Katzen als unverhältnismäßig. Sie bewegte sich aus der Kirche hinaus ins Freie. Es war Nachmittag. Sonnig. Und ein befreiender Duft nach Frische und Leben erfüllte ihre Sinne. Sie wusste nicht, wohin sie gehen sollte. Sie wusste nur eines: Sie musste weg von hier. Aus dem düsteren Gebäude. Weg von ihrem Vater und dem drohenden Gespött der Leute. Das würde sie spätestens ereilen, wenn man sie gemeinsam mit Romy Steiner sähe.

Julia Mühlthaler blickte zurück, hinein ins Dunkel der Kirche. Mittendrin, in ihren hellen Pullovern deutlich zu erkennen, bewegten sich ihr Vater und Patrick hin und her. Es gab plötzlich Leben in der Kirche, dachte Julia, was sie schon lange Zeit vermisst hatte. Auslöser dafür waren aber bloß zwei Katzen, die spielerisch ihren Impulsen nachgingen und frei ihr Leben lebten. Eine Unbefangenheit, um die Julia Mühlthaler sie beneidete.

34. KAPITEL

Mehrere Stunden war Julia nun herumgelaufen und hatte Plätze aufgesucht, die ihr von Jugend an vertraut gewesen waren. Sie besuchte ihren einst geheimen Platz am Karpfenteich, der weit hinterm Schloss lag, wo sie damals, wenn sie allein sein wollte, niemand finden konnte. Die zwei großen Haselnusssträucher standen noch immer. Nur der kleine Weg, den es damals zwischen den jeweils äußersten Ästen gegeben hatte, war nicht mehr da. Was einst loses, zartes Strauchwerk war, hatte sich zu einem Dickicht zusammengefügt. Julia Mühlthaler zog ihre Weste aus, legte sie auf den Boden und setzte sich darauf. Dass es bereits kühl zu werden begann, störte sie nicht. Mit ihren Gedanken hing sie alten Zeiten nach. Jenen mit Romy Steiner. Sie waren oft zu zweit hierhergekommen. Hier hatten sie gemeinsam gesessen. Miteinander geredet.

Einander umarmt.

Geküsst.

Geliebt.

Sie blickte versonnen ins Wasser. Die Gefühle von damals hatte sie nie wieder erlebt. In ihren Gedanken spürte Julia in diesem Augenblick wieder Romys Nähe.

Wie sie neben ihr saß.

Wie sie sie berührte.

Wie sie sie an sich zog.

Wie sie selbst ihre Arme um deren schönen Körper legte und sie sich leidenschaftlich küssten.

Julia spürte Romys Hand, wie sie ihren Rock hochschob und abstreifte. Wie sie ihren nackten Körper auf sie legte und die Bewegung ihrer Beine, Hände und wie ihre Küsse jene Lust vorbereiteten, die später ihrer beider Erfüllung war. Sie hatte nie zuvor daran gedacht, wie die Liebe und Sexualität zwischen zwei Frauen sein würde. Doch zu Romy fühlte sie eine Anziehung, der sie nicht widerstehen konnte. Die Sehnsucht, sie zu berühren, setzte damals alle Gefühle frei, die in ihrer beider Fantasie geschlummert hatten und die ein Feuerwerk an Empfindungen auszulösen imstande waren. Julia hatte das bis heute nicht vergessen.

Mit Alexander war es nie so gewesen. Allein sein männlich-herber Körpergeruch turnte Julia im Bett ab. Andere Frauen waren ganz wild auf Testosteron-Titanen. Nein, nicht falsch zu verstehen: Alexander war immer gepflegt, doch sie zögerte die erotischen Begegnungen mit ihm so lange wie möglich hinaus. Julia war deshalb auch überzeugt, dass sich ihr Mann nicht mit den zwei Mal im Jahr zufriedengab, sondern sich zwischendurch mit anderen vergnügte. Möglicherweise in Krems. Wahrscheinlich waren es anonyme Quickies über diskrete und einschlägige Onlineportale. Angeblich nutzten Rechtsanwälte, Ärzte und Hausfrauen diese Form des Zusammenbringens am häufigsten. Im Puff wäre er als Anwalt nach einiger Zeit kein unbeschriebenes Blatt mehr gewesen. Irgendjemand hätte es bestimmt in der Öffentlichkeit ausgeplaudert.

Doch er liebte sie zweifellos, und Julia fragte sich: warum? Wegen ihres Vaters? Der Kanzlei?

Eventuell, aber bestimmt nicht nur deswegen. Vielleicht lag es auch daran, dass sie für ihn emotional unerreichbar war. Auch ihr gab die Ehe mit Alexander Sicherheit, verbunden mit einem ehrenvollen Platz in der Gesellschaft: als

Ehefrau, Mutter und Tochter aus einer angesehenen Familie im Dorf. Sie trug eben Verantwortung auch für andere. Dass sie jedoch die ganze Zeit über bereit war, für sich und für Alexander einen persönlich hohen Preis zu zahlen, wurde ihr erst zuletzt bewusst. Doch wie sollte sie sonst leben? Ausgegrenzt? Belächelt? Beäugt?

Ihr Vater würde den für ihn so wichtigen Vorsitz im Kirchengemeinderat verlieren und seine Rechtsanwaltskanzlei einen Großteil der Klienten und Klientinnen, die zum Teil eng mit den Vertretern der Amtskirche verbunden waren. Und nicht nur Alexander, sondern auch Theresa und Philipp würden durch ihren Lebenswandel Schaden nehmen. Das wollte sie nicht. Auf keinen Fall!

Ihre Gedanken und ihr Herz wurden schwer. Einen Ausweg wusste sie nicht, auch wenn es um eine andere Familie in Großlichten ginge als ihre eigene. Es war in den letzten Jahren auch in Städten schwieriger geworden, homosexuelle Gefühle öffentlich zu zeigen. Sogar der Life Ball und die Conchita-City Wien waren prüder geworden. Das war nicht immer so gewesen. Oder doch? Sie war jetzt unsicher, wenn sie sich an einen kürzlich erschienenen Zeitungsartikel über die Ausgrenzung eines sich küssenden Frauenpaares aus einem Wiener Traditionscafé erinnerte.

Und wie war's hier auf dem Land? Noch nie war es da anders gewesen. Deshalb hatte Julia sich emotional reduziert und sich mit Alexander arrangiert. Irgendwie mochte sie ihn ja auch. Schließlich war er ihr Mann und der Vater ihrer Kinder. Ihre Gedanken ließen Julia aber keine Ruhe: wenn es in der Umgebung wenigstens ein Frauenpaar als Role Model gegeben hätte. Als Vorbild für alle. Um zu erkennen, dass solche Beziehungen genauso waren wie jene von Heteros.

Im selben Moment hielt Julia Mühlthaler inne. Sie erinnerte sich plötzlich an die tote Alice Mittner und ihre Freundin. Für alle im Dorf war klar, dass die beiden nicht nur befreundet, sondern auch ein Liebespaar waren. Und dann wurde diese Mittner ermordet aufgefunden – erhängt an einem Baum. Der Gedanke daran erschütterte Julia.

Würden andere, die in Großlichten so lebten, auch so enden? Das konnte sie nicht glauben. Schließlich waren auch der Stöger Franz und, wie sie vorhin erfahren hatte, der Waldstetten mausetot. Grausig, schauderte es sie.

Doch was sollte all das Grübeln? Ihr wurde klar, dass sie mit Romy sprechen musste, um ihre Meinung zu den Morden zu erfahren. Immerhin war sie dabei gewesen, als der Stöger gefunden wurde. Sie wollte sie auch fragen, was damals wirklich los war. Weshalb sie Großlichten verlassen hatte. Und warum sie gerade jetzt zurückkehrt war.

Wenig später kauerte Julia auf dem grünen Sofa in Romys Haus. Sie saß allein im Wohnzimmer. Romy Steiner war in die Küche gegangen, um Teewasser zu kochen.

»Kräutertee oder Schwarzen?«, rief sie von dort aus.

»Kräutertee«, antwortete Julia spontan.

Kurz zuvor war sie ein paar Mal um Romys Haus geschlichen, bevor sie Mut gefasst und geläutet hatte. Begleitet von rasendem Herzklopfen. Es war früher Abend geworden, und sie konnte davon ausgehen, dass Romy zu Hause war. Denn etwas anderes würde sie in Großlichten um diese Zeit kaum tun können. Und so war's dann auch.

»Noch etwas dazu?«

Julia antwortete nicht.

Romy stellte eine Schale mit Keksen zur dampfenden Teekanne. »Schön, dass du vorbeikommst«, sagte sie, als sie sich setzte und sich dabei wohl mehr aus Verlegenheit einen Keks in den Mund stopfte.

Julia sah sie an und bemerkte für sich, dass Romy ziemlich gut aussah. Sie hatte immer noch diesen klugen und strahlenden Blick, der ihr immer schon gefiel. Dagegen war die einstige Unsicherheit eines Teenagers aus ihren Zügen gewichen. Vor ihr saß eine gewinnende, freundliche junge Frau, die bereit war zuzuhören.

»Ich hatte gehofft, dass du zu mir kommst. Das Treffen zwischen uns im Reiterhof war nach so vielen Jahren fürs Erste ja nicht so prickelnd verlaufen, finde ich.«

»Wir mussten erst unsere gegenseitige Enttäuschung loswerden. Weshalb mich dann deine Vorwürfe mit den Briefen doch überrascht hatten. Inzwischen habe ich meinen Vater zur Rede gestellt. Er hatte seine Finger im Spiel.«

»Mit Sicherheit. Auch auf die Idee mit dem Internat wäre meine Mutter von selbst nicht gekommen. Nie war jemand aus unserer Umgebung im Internat. Ich frage mich auch, wer dafür jahrelang die Kosten übernommen hat?«

»Ehrlich gesagt, ich glaube nicht, dass das mein Vater war. Beim Geld hört nämlich seine christliche Gesinnung auf.«

»Meine Mutter hat mir nie erzählt, wer die Kosten übernommen hatte. Gerne wüsste ich heute mehr. Ich maturierte und studierte danach Gartenarchitektur. Mein Beruf erfüllt mich, und er versöhnt mich jeden Tag mit allen Widrigkeiten in der Welt. So vergesse ich manchmal sogar die Mühsal, die mir das liebe Erdenvolk bereitet.« Romy sah Julia mild lächelnd an.

Julia wusste, was Romy damit meinte, und hakte ein. »Ich war todunglücklich, als du weggingst. Ich war so glücklich mit dir damals im Sommer.«

Romy reagierte nicht darauf. Sie schenkte ihnen beiden

Tee ein, trank einen Schluck, aber ihre Leichtigkeit von zuvor war verschwunden. »Ich war in Wien damals ganz allein. Kannte niemanden. Ein Internat ist auch kein Ponyhof. Da herrschen raue Sitten. Aber man lernt sich durchzusetzen, oder man geht unter. Ich habe mich für Ersteres entschieden.« Sie trank noch einen Schluck und stellte danach die Tasse zurück.

»Ich hoffe, es gab für dich zwischendurch auch schöne Momente?«, versuchte Julia Romys Bitterkeit aufzuheben.

Romy senkte den Blick und tauchte dennoch in die Vergangenheit ein: »Lange Zeit empfand ich mich wie verstoßen aus meiner vertrauten Welt. Weggerissen von dir. Meine Mutter besuchte mich in Wien. Zurück nach Großlichten durfte ich nicht. Nicht mal in den Ferien. Ich dachte gleich, dass es wegen dir sein musste. Ich verbrachte nach dem gemeinsamen Urlaub mit Mama, der wie immer schön war, den Rest der Zeit meistens wieder allein in einem internationalen Camp. So habe ich ziemlich gut Englisch gelernt und kenne jetzt weltweit viele Leute. Rückblickend war das zumindest okay. Aber ich war ständig neuen Situationen ausgesetzt, ohne den Rückhalt meiner Familie. Eben auf mich allein gestellt.«

»Vielleicht besser, als verheiratet zu werden und doch nur vom Glück zu träumen.«

»Ich habe deinen Mann und dich in der Kirche gesehen. Ihr macht einen harmonischen Eindruck.«

»Wir sind auch gute Freunde. Vielleicht zählt das in einer Ehe letztlich sogar mehr«, hörte Julia sich selbst schon wie ihr Vater reden.

Romy wusste, was Julia meinte, und schwieg.

»Und?«, fragte Julia langsam weiter. »Hast du eine Beziehung?«

»Ich hatte viele. Nur zu Frauen. Es war kein Mann dabei. Von Mama und der lieben Dorfgemeinschaft weit entfernt, hatte das wenigstens den Vorteil, dass ich keine Kompromisse deiner Art eingehen musste. Aber nein. Derzeit habe ich keine.« Romy sah Julia ernst und abwartend an.

Julia vermied den Blick. Nach einer kurzen Pause antwortete sie: »Romy, ich spreche es klar an. Auch wenn ich das Gefühl habe, dass nach dem abrupten Ende unserer Beziehung noch etwas zwischen uns steht, kann ich nicht mehr dort anknüpfen, wo wir auseinandergegangen sind. Das ist immerhin fast 15 Jahre her.«

»Das sehe ich genauso und habe es daher auch gar nicht vor.«

»Weshalb bist du dann hier?«

»Meine Mama starb vor einigen Monaten an Krebs. Es ging alles sehr schnell. Eine dieser aggressiven Krebsarten. Als sie merkte, dass es mit ihr körperlich bergab ging, fing sie an, einige Gedanken für mich aufzuschreiben. Während dieser Aufzeichnungen starb sie. Den für mich fehlenden, aber wichtigen Bausteinen meines Lebens wollte ich nachgehen. Deshalb bin ich hier. Auch auf der Suche nach meinem leiblichen Vater, der ein Großlichtener ist.«

Julia schaute sie mit großen Augen an. »Weißt du, wer es sein soll?«

»Ja. Erna Reisinger hat das Geheimnis mir gegenüber gelüftet.«

»Und wer ist es?«

»Ich will nicht darüber reden. Stell dir vor, Frau Reisinger wurde zusammengeschlagen und liegt jetzt im Koma.«

»Oh Gott! Das ist ja schrecklich.« Julia schlug ihre Hände vors Gesicht. »Glaubst du, das hat auch etwas mit den Morden zu tun?«

»Ich weiß es nicht, Julia.«

Julia Mühlthaler bewegte sich nervös auf dem Sofa hin und her und entschloss sich, das zu fragen, weshalb sie eigentlich hergekommen war. »Romy, unserer alten Freundschaft wegen: Bitte sag mir, ob du etwas mit den Morden zu tun hast? Ich verrate dich sicher nicht.«

Romy stand nervös auf, steckte ihre Hände in die Hosentaschen und stellte sich an eines der Fenster. Sie vermittelte den Eindruck, dass sie Julia gedanklich hinter sich ließ und versuchte, selbst eine Antwort auf die tristen Umstände für sich zu finden. Sie seufzte: »Das Schlimme an der Sache ist, ich habe alle drei gekannt.«

»Was? Alle drei?«, wiederholte Julia augenblicklich erstaunt. Sie sprang auf, ging auf Romy zu und lehnte sich ihr gegenüber an die Fensterwand.

»Der Franz hat mich damals in unserem Sommer ziemlich bedrängt. Er konnte oder wollte nicht kapieren, dass ich kein Interesse an ihm hatte.«

»Der Stöger war immer ein Steiger bei Frauen. Und goschert war er auch. Aber dass er so ein Ende nehmen musste? … Wollte er wieder etwas von dir?«, fragte sie zögernd mit sanfter Stimme weiter.

»Nein. Ich habe ihn zwar damals beim Hannes seinem Wirtshausfest wiedererkannt und sogar mit ihm geredet, aber mehr nicht.«

»Aber ich kann mich daran erinnern, dass du kurz nachdem er ging, auch nach draußen kamst. Ich hatte dich den ganzen Abend über im Auge«, brach es nahezu verzweifelt aus Julia hervor.

»Ich ging sofort nach Hause. Dieser ganze laute Rummel um mich herum, dann auch noch du mit deiner Familie und diese besoffene Männerrunde mit ihrem Gegröle beim Kartenspiel, das alles war mir dann zu viel. Außerdem musste ich am nächsten Tag wieder früh raus. Ich bin schließlich Gärtnerin und beginne um 6.00 Uhr mit meiner Arbeit.«

Julia blieb ernst. »Und was ist mit dieser Mittner gewesen?«

Romy starrte zum Fenster hinaus. Keiner ihrer Blicke suchte Julia. »Ich kenne sie aus Wien.«

»Okay. Dann hättest du ja endlich eine Verbündete hier in Großlichten gehabt. Wo lag das Problem?«

»Sie hat mir einmal eine Freundin ausgespannt, die mir …«, Romy zögerte und schaute Julia an, »die mir damals viel bedeutet hat. Die Alice hatte den Spleen, sich ständig bestätigen zu müssen. Sie musste die Nummer eins sein, ohne Rücksicht auf Verluste.«

Julia schluckte. »Und … hast du ihr das noch nachgetragen?«

Romy schaute wieder zum Fenster hinaus. »Es ist noch nicht so lange her. Als ich sie hier wiedersah, war ich«, sie zögerte, »zugegebenermaßen – sauer! Dass ich sie ausgerechnet hier in Großlichten treffe. Als würde sie mich bis hierher mit ihrer Geltungssucht verfolgen.« Romy redete sich in Rage.

Julia stellte sich zu ihr und stand nun direkt vor den weißen Gardinen des geschlossenen Fensters. Sie streckte ihren Arm nach Romy Steiners Schulter aus, um sie zu beruhigen. Romy verharrte mit verschränkten Armen. Sie blieb wie erstarrt, bildete einen Kokon, den auch Julia in diesem Moment nicht durchdringen konnte.

»Das mit ihr war ich nicht. Ich habe sie zwar einmal getroffen, aber ich war das nicht.«

»Warum hast du dich mit ihr getroffen, wenn sie dir doch übel mitgespielt hatte?« Julia zog ihre Hand zurück.

»Ich wollte sie eben darauf ansprechen, auf ihr Verhalten: ständig in andere Beziehungen einzudringen und diese zu zerstören.«

»Und du glaubst, das hat etwas gebracht, ihr deine Kränkung zu erklären? Dieses Geltungsstreben, dieses Nach-Aufmerksamkeit-Gieren, egal um welchen Preis, passierte bei ihr doch unbewusst. Übrigens kenne ich da viele andere in meiner Umgebung auch, die nicht anders ticken. Das hatte also nichts mit ihrer Orientierung zu tun.«

»Ist mir schon klar. Aber ich musste sie darauf ansprechen. Das war ich mir schuldig.«

»Deinem Ego.«

»Ja.«

Jetzt mussten beide schmunzeln. Julia strich Romy über die Wange. Diese blickte sie dankbar und ein wenig wie von einer Last befreit an. »Was war aber mit dem Waldstetten. Warum interessierte dich der plötzlich? Du hattest doch nie etwas mit dem zu tun?«

Romy entwand sich und starrte wieder zum Fenster hinaus: »Florian und ich pflegten seinen Schlossgarten und …«, sie stockte, »er war mein leiblicher Vater.«

Julia schluckte. »Oh Gott, Romy.« Sie wartete, ob sie noch etwas ergänzen würde. Stattdessen glitt Romy Steiner zu Boden, kauerte sich zusammen und fing bitterlich an zu weinen. Julia setzte sich neben sie und tröstete sie. Unter Tränen erzählte Romy ihr von Erna Reisingers Erinnerungen und der darauffolgenden unerfreulichen Unterredung mit ihrem Vater.

Romy weinte so herzergreifend, als könnte sie dadurch alles Leid, das ihr und ihrer Mutter in der Vergangenheit widerfahren war, loswerden. Sie erzählte der Freundin jedes Detail, das sie wusste, von dem sie erfahren hatte.

Julia fühlte sich hilflos angesichts solch eines Schicksals. Sie begann, Romy an sich zu ziehen, streichelte sie zur Beruhigung und fühlte dabei den unbändigen Drang, sie zu küssen. Romy war in ihr Leid so verstrickt, dass sie diese Annäherung erst gar nicht bemerkte. Erst als die Umarmung ihr einigen seelischen Halt zu geben versprach, begann sie, ihre Anspannung und Verzweiflung loszulassen. Sie wurde wieder ruhig.

Keine Bedrohung der Welt da draußen konnte in diesem Moment in ihr kleines Haus eindringen. Jenes Haus, in dem sie ihre Kindertage verbracht hatte. Und in dem Julia in dem einen glücklichen Sommer immer wieder einkehrte.

Julia, die jetzt neben ihr lag und sie liebevoll berührte.

Julia, die sie nie vergessen hatte.

Sie begann, die körperliche Vertrautheit und die Küsse zu erwidern, und führte die Freundin behutsam ins Schlafzimmer.

Als es dunkel geworden war, löste sich Julia aus der Umarmung und zog sich an. Sie versprachen einander, sich möglichst bald wiederzusehen. Julia borgte sich Romys Jacke für ihren Rückweg aus. Die Abende im Waldviertel waren bereits kühl geworden. Romy begann, das Teeservice abzuräumen, und hob dazwischen lachend ihre zuvor vom Wohnzimmer bis ins Schlafzimmer verstreuten Kleidungsstücke auf. Julia küsste die Freundin nochmals übermütig und machte sich auf den Weg zu ihrer Familie.

Kein Mensch war mehr um diese Zeit auf der Straße. Alle Fenster bereits dunkel. Wenige Meter vom Haus entfernt stieß Julia auf eine kleine Gruppe Männer, die plötzlich von irgendwo aufgetaucht war. Sie kannte keinen. Julia ging an ihnen vorbei. Sie kamen dennoch näher, kesselten sie ein, weshalb sie nicht weitergehen konnte. Worte sprachen sie keine.

35. KAPITEL

Walli Winzer freute sich, dass sie genau den richtigen Tag für ihren Brunch mit Freunden ausgewählt hatte. Es war wahrscheinlich einer der letzten herrlichen und milden Sommertage im September. Es war immer ihr Motto gewesen, die Feste zu feiern, wie sie gerade fielen. Und heute war so ein Tag für sie: Der kleine Bauerngarten vor ihrem Haus war fertig geworden.

Nachbarin Sybille Karner hatte ihr ursprünglich erzählt, dass Handwerker und Gärtner sich alle Zeit der Welt ließen, um ihre Arbeit anzufangen. Irgendwann – wenn überhaupt – kamen sie dann, um sie endlich abzuschließen. Walli war aber nicht von gestern und hatte für die Hilfskräfte mehrere Kisten Mineralwasser, Bier und andere Verköstigungen springen lassen. Ja, und siehe da: Ihr Garten war in entsprechender Zeit fertiggestellt worden, und er war so geworden, wie sie es sich gewünscht hatte. Das wollte sie heute mit anderen feiern.

Die Sonne am Vormittag war zurzeit zwar kräftig, aber eben nicht mehr unerträglich heiß. Vor wenigen Wochen war das noch anders gewesen. Nun saß sie mit Vertrauten auf der Terrasse des ›Grauen Mohn‹. Walli war gern hier. Schließlich würde der Reiterhof, auf dem sich auch das Restaurant befand, bald ihr gehören. Hannes hielt seine Küche bodenständig, brachte dennoch die große, weite Welt der Kulinarik ins kleine Großlichten.

Ja, und jetzt saß Walli mit Leuten inmitten der traumhaften Landschaft beisammen, bloß um zu albern und sich des Lebens zu erfreuen. Einfach nur so. Das Unglaubliche dabei war, dass sie die meisten vor wenigen Monaten noch gar nicht gekannt hatte. Besser gesagt: Sie konnte sich nicht einmal im Traum vorstellen, aus Wien wegzugehen und ins Waldviertel zu ziehen. Sie kannte doch niemanden. Nur ihre beste Freundin Lena. Viele Großlichtener kamen mit ihrer Extrovertiertheit nicht zurecht. Mussten sie auch nicht. Auch ihr waren nicht alle geheuer. Aber die, mit denen sie jetzt beisammensaß, die mochte sie sogar sehr gern.

»Na, du bist ja ziemlich stolz auf deinen Garten. Das merkt man«, freute sich Lena und versuchte, mit diesem Statement gleich einen kleinen Dank für Wallis Einladung auszudrücken.

»Und dass Sie unser oide Tradition wiederaufgenommen haben, des gfreit viele do, net nur den Dorfverschönerungsverein. Die Mizzi is übrigens no im Pfarrsaal und räumt des Letzte von gestern weg. Sie hat mi schon vorgschickt, kummt oba a glei«, verkündete Rosa Grandl.

»Super war's gestern. Die Arbeit hat sich ausgezahlt. Der ganze Ort war auf den Beinen.« Lena hatte mit Mizzi Troger und anderen Frauen des Orts das Fest vorbereitet und ausgerichtet. Sogar einige Männer befanden sich unter den Helfern.

»I hob's toll gfunden, dass manche gekommen sind, von denen es keiner erwartet hat.«

»Wen meinst'n da?« Lena sah Rosa fragend an.

Rosa Grandl ergänzte flüsternd: »Na, ich denke da an die Nichte von der Karner und dem Wiener Gast von der Winzer.« Rosa glaubte, dass sie leise genug war und Walli nicht hören konnte, was sie sprach. Doch Walli Winzer hatte geübte Ohren und bekam alles mit. Rosa fuhr mit gedämpfter Stimme fort: »Also, die Leut zerreißen sich des Maul über die Clique. Kein Mädl aus dem Dorf darf in deren Nähe. Alle glauben, dass sie dann a glei so werdn wie di.«

»Wie denn?«

»Na, du weißt schon.«

Lena begriff langsam. »So a Blödsinn! Des is ja net ansteckend. Wer auf Männer abfährt, der bleibt dabei. Schau mich und die Walli an. Wir sind seit Langem so gut befreundet mit der Silvia und mögen auch die Anna und die Romy gerne. Dabei haben wir immer nur Männer gehabt. Mein Hans reicht mir voll und ganz«, schüttelte Lena belustigt, doch mehr verärgert den Kopf über den Tratsch und die Vorurteile. »Geh, Rosa, das ist die Angst vor dem, was man nicht kennt. Immer das Gleiche. Und außerdem: Die Frauen haben jetzt sicher Wichtigeres zu tun, als kleine Dorfmädchen zu verführen. Das ist ja wirklich hirnrissig von euch.« Sie lachte dabei und sah ungläubig zu Walli, die so tat, als hätte sie nichts gehört. Innerlich war sie aber mächtig stolz auf ihre beste Schulfreundin.

Walli Winzer kürzte den ihrer Meinung nach unnötigen Tratsch ab: »Was sagt ihr zu meiner heißen Maschine? Habt ihr die überhaupt schon gesehen?«

»Na, puh! Ja, kannst du denn mit so einer überhaupt fahren, so groß, wie die ist?« Auch Lena hatte sie noch nicht bewundert, was sie jetzt ausführlich nachholte. Walli und die Frauen standen auf, stellten sich um die Street-Bob Harley-Davidson und fachsimpelten miteinander. Romy Steiner war inzwischen ebenfalls eingetrudelt. Sie steuerte direkt die ihr vertraute Gruppe an.

»Hallo, Romy«, begrüßte Walli Winzer sie. »Schön, dass Sie da sind. Na, was sagen Sie zu meinem neuen Ding?«

Romy ging um die Harley herum. »Kann sich sehen lassen. Ich bin einmal mit so einer Probe gefahren. Ein geiles Gefühl war das.«

»Auf jeden Fall. Sie sieht so massiv aus, aber beim Fahren merkt man das nicht. Die Balance ist leicht zu halten und du gleitest locker dahin.«

»I tät mi net amoi mitfoan traun«, schüttelte Rosa Grandl den Kopf.

»Musst ja nicht«, legte Lena Breitenecker ihren Arm um die Schultern der Mittvierzigerin und rüttelte sie freundschaftlich.

Lautes Gelächter ertönte vom Brunchtisch. Es galt allerdings dem eben eingetroffenen Hans Breitenecker, der Harry Kain mit einem besonders herzlichen und schwungvollen Handschlag begrüßte, was diesen fast zu Boden riss. Clemens konnte ihn noch im letzten Moment am Hemdkragen packen und verhinderte dessen unsanften Aufprall auf dem Terrassenboden.

Die Stimmung war gut und erreichte ihren Höhepunkt, als Hannes Lechner riesige Platten mit erlesenen Köstlichkeiten der Waldviertler Küche auftrug. Der mit weißem Damast gedeckte Tisch bog sich geradezu nur so vor lauter Delikatessen. Nicht nur die Gäste an den benachbarten Tischen bekamen sehnsüchtige Blicke, als sie das Aufgebot sahen, sondern auch bei Walli und den Bewunderinnen ihrer Harley verlor das heiße Eisen spätestens ab jetzt an Interesse. Die Frauen setzten sich wieder an den Tisch. Walli begrüßte Hans mit einem Wangenküsschen, die übrigen Frauen mit Zuruf und Winkhand.

Mit einem Sektaperitif stieß man auf den schönen Tag an, und Harry sprach zuvor einen Toast auf die Gastgeberin des Brunchs aus. Walli freute sich darüber und plauderte angeregt mit ihrer Sitznachbarin Romy Steiner über die Pflege ihrer Blumen- und Kräuterpracht. Sie erzählte ausführlich und riss Walli Winzer auf besondere Weise mit. Es ging eine besondere Zufriedenheit von Romy aus, die wohl nicht ausschließlich mit dem gelungenen Fest und dem stilsicheren Vorgarten zu tun haben konnte, war Walli überzeugt. Ganz PR-Agentin konnte sie ihre Neugier wenig bezwingen und ging nahtlos über, Genaueres zu erfahren: »Romy, Sie strahlen ja heute förmlich.«

»Merkt man das wirklich? Aber Sie haben recht. Ich habe mich schon lange nicht mehr so gut wie heute gefühlt.«

Walli Winzer lächelte. »So?«

»Ich habe meine alte Jugendliebe wiedergetroffen und …« Romy hielt inne, da die Runde jubelte, als Hannes Lechner zwei reich belegte Käseplatten auf den Tisch stellte. Zwei junge Kellner trippelten hinter ihm her und begannen Wein in die bereitstehenden Gläser einzuschenken. Hans Breitenecker erklärte die einzelnen Käsesorten. Lena vergaß nicht zu betonen, welche davon aus ihrer eigenen Käserei stammten. Silvia Manner und Anna Szabo erklärten sich sofort bereit, als Testpersonen das gesamte Käsesortiment nebst Prosciutto und diversen Wildschweinspezialitäten aus umliegenden Wäldern zu verkosten. Auch unterschiedlich zubereitete Rehpasteten und das delikate Karpfenmousse sowie hell geräucherte Forellen-, Saibling- und Karpfenstücke aus den kristallklaren Waldviertler Bächen und der biologischen Karpfenzucht sahen wunderbar aus. Die Gäste gerieten geschmacklich schon nach den ersten Bissen ins Schwärmen.

Harry Kain erzählte währenddessen Details über Delikatessen, die er zu seinen Reportagen für das ›Griaß di‹-Magazin erfahren hatte. Lisa und Sandra kicherten öfters mitten in Harrys Ausführungen hinein, was diesen kurz in ihre Richtung aufblicken ließ. Als er merkte, dass es nicht ihm galt, sprach er einfach weiter. Alle anderen schmausten derweilen, und es war nicht wirklich zu erkennen, ob sie Harrys Schilderungen folgten oder nicht doch lieber unauffällig zum Small Talk mit dem Sitznachbarn wechselten.

Walli Winzer warf ein kurzes Bonmot ein, das die Runde auflachen ließ und Harry ebenfalls erheiterte. Die gute Stimmung übertrug sich auch auf die anderen Gäste der Terrasse, was der eben eintretende Bürgermeister von Großlichten, Josef Brunner, auf sich und seine Entourage – Alois Limbacher mit attraktiver weiblicher Begleitung, Pfarrer Aigner sowie Friedrich Winkelbauer mit Ehefrau – bezog. Er grüßte huldvoll in die Runde.

Walli beobachtete, wie Silvia und Anna recht vertraut miteinander sprachen.

Romy Steiner wollte gerade weitererzählen, als der Oberkellner auf Walli zukam und sie bat, das Motorrad anderswo abzustellen. Ein Restaurantbesucher wollte wegfahren, und ihre Harley-Davidson stand seinem Auto im Weg. Walli

Winzer saß inmitten der langen Tischreihe, weshalb mindestens vier Personen hätten aufstehen müssen. Daher bot sich Romy kurzerhand an, die Maschine anderswo zu parken. Sie war schlank und drahtig, kippte ihren Stuhl und stieg kurzerhand über die Lehne. Walli Winzer war wegen Romys doch etwas rustikaler Art, den Tisch zu verlassen, einigermaßen verblüfft. Aber der Zweck heiligt die Mittel, dachte sie für sich. Sie hielt Romy die Motorradschlüssel hin.

»Sag, Walli, kannst du mir bitte den Liptauer rübergeben?«, ersuchte Lena und hielt bereits erwartungsvoll die ausgestreckte Hand hin.

»Klar!« Walli Winzer reichte die Schale mit dem beliebten österreichischen Brotaufstrich, der aus Topfen oder im Original aus Brimsen, gemahlenem Paprika, Knoblauch, Zwiebel und Kapern bestand.

»Jeder Liptauer ist überall ein bissl anders abgeschmeckt. Jetzt möcht ich nur wissen, wie das der Hannes macht«, zog Lena die kleine Schale mit dem orangefarbenen Streichkäse zu sich und begann damit ihr Brot zu bestreichen. Im gleichen Moment sah Walli über Lenas Schulter hinweg die Familie Mühlthaler. Sie betraten die Terrasse und blickten in die Runde. Die Kinder stürmten kurz darauf zum Tisch, an dem auch die Großeltern saßen. Frau Winkelbauer blieb ruhig sitzen, drehte sich allerdings ihren Enkeln zu und strich ihnen über den Kopf. Die Kleinen hüpften von einem Bein aufs andere und warteten, was nun kommen würde. Auch Julia und ihr Mann kamen zum Tisch. Jetzt erhob sich Friedrich Winkelbauer.

»Bleib sitzen, Friedrich«, hörte Walli den Schwiegersohn sagen. »Wir setzen uns einfach dazu, wenn's recht ist?«

Mehr verstand Walli Winzer nicht mehr, denn Winkelbauer nahm mit dem Rücken zu ihr Platz. Die Kinder schoben sich der Oma gegenüber auf Stühle und plapperten daher, was die Runde erheiterte. Nur Julia blieb ernst und beteiligte sich kaum an den Gesprächen. Sie saß zwischen den Kindern und ihrem Mann, der abwechselnd dem Bürgermeister und seinem Schwiegervater zunickte.

Walli hatte den Eindruck, dass es sich bei ihm um einen dienstbaren, nicht sonderlich eigenständigen jungen Mann handelte, der es seiner Umgebung, aber auch seiner Frau immer recht machen wollte. Er war von der Sorte Traumschwiegersohn, dachte sie. Obendrein eine ziemlich attraktive und elegante Erscheinung. Ihre Beobachtungen wurden nicht nur durch Harry Kains lautes Gelächter unterbrochen, sondern jetzt war auch noch Sepp Grubinger an ihren Tisch getreten.

»Hallo, Herr Grubinger«, winkte Walli den Dorfpolizisten zu sich. »Kommen Sie, setzen Sie sich zu mir.«

Sepp Grubinger grüßte Wallis Gäste, die sich durch ihn keineswegs aus ihren anregenden Gesprächen herausreißen ließen. Walli Winzer bot ihm Romy Steiners Platz an, da sie noch nicht wiedergekommen war. Der Polizist zögerte, setzte sich aber dennoch. Den Brunch lehnte er ab. Er wirkte bedrückt.

»Was ist los, Grubinger? Irgendetwas stimmt nicht.«

Er zögerte. »Es haben sich jetzt Hinweise gegen eine andere Person massiv erhärtet. Die Anna hamma jo gehen lossn.«

»Inwiefern?«, fragte Walli Winzer nach.

»Die Spurensicherung hat auch jeweils um die Toten herum Abdrücke genommen. Mit freiem Auge waren keine Fußspuren erkennbar. Aber unter genauer Analyse ergab die Hightech-Auswertung das Profil von Gummistiefeln, wie sie vor allem Gärtner tragen. Die Schuhgröße beträgt 40.«

»Grubinger, Sie wollen aber jetzt nicht behaupten, dass

eine eventuell auch mir bekannte Person etwas mit der Sache zu tun haben könnte.« Walli Winzer dachte sofort an Romy Steiner.

»Ich fürchte doch.«

Sepp Grubinger schien selbst nicht glücklich über den Befund zu sein.

»Und das heute und hier? Ginge das nicht ein anderes Mal?«

»Das ist leider nicht möglich. Die Ermittlungen müssen weitergehen, und ich brauche jetzt die Gartenstiefel von Romy Steiner, um sie für einen Abgleich nach St. Pölten weiterzuleiten.«

Walli schien das aufgrund der neuen Tatsachen einleuchtend, auch wenn sie es nie und nimmer glaubte, dass Romy etwas mit den Toten zu tun haben könnte.

»Und was sollte ihr Motiv sein?«, sprach sie leise weiter.

»Daran arbeiten wir noch«, ergänzte er ebenso nicht für die anderen hörbar.

»Sie sitzen übrigens auf dem Platz von Romy. Sie muss gleich kommen.«

Beide schwiegen.

»Übrigens: Die Julia Winkelbauer war heute früh bei mir auf der Wache und hat eine Anzeige gegen unbekannt aufgegeben.«

»Was?«, war Walli Winzer entsetzt.

»Drei Männer haben sie eingekesselt und versucht, sie einzuschüchtern. Sie war sehr früh am Morgen unterwegs gewesen.«

Wallis Blick fiel indes wieder auf den Tisch des Bürgermeisters und der Familie Winkelbauer. Julia war die Einzige, die sich nicht in die Unterhaltung einbrachte. Sie saß apathisch inmitten von Menschen, die zumindest die Regeln des Small Talks zu beherrschen wussten. Ihre Körpersprache war in sich gekehrt, und sie wirkte wohl auch dadurch gedanklich weit weg. Alexander Mühlthaler merkte die Zurückhaltung seiner Frau, wandte sich ihr zu, umarmte sie und zog sie mit einem Kuss auf die Wange innig an sich.

Im selben Moment kam Romy Steiner auf die Terrasse, und ihr erster Blick fiel auf die Zärtlichkeit zwischen Julia und Alexander Winkelbauer. Es traf sie wie ein Blitz. Julia hier. Welche Freude. Aber auch welcher Schmerz im gleichen Moment. Sie mit Alexander und ihrer Familie hier zu sehen. Auch der Pfarrer und der Bürgermeister mitten unter ihnen. Die heile Welt der Honoratioren im Dorf. Alle eingebettet in die immer schon funktionierende Struktur des Dorfes.

Und sie? Romy? Was für ein Leben könnte sie Julia schon bieten? Nur ein Leben am Rand der Gesellschaft. Keiner der Würdenträger säße je bei ihnen am Tisch. Im Gegenteil: Sie würde wie Romy selbst zur gesellschaftlichen Außenseiterin werden. Obwohl sie ihre Kindheit hier verbracht hatte, war sie bisher von niemandem eingeladen worden. Wovor fürchteten sie sich denn? Das wussten sie wahrscheinlich selbst nicht. Romy jedenfalls konnte keine Antwort darauf finden. Nur dass dieser eng gesteckte Familienbegriff endlich erweitert gehörte. Zum Glück aller. Zu ihrem Glück. Julia und Romy. Wie schön das klang.

Julia Mühlthaler entdeckte Romy. Sie setzte sich unter größter Anspannung auf und stützte ihre Hände erwartungsvoll auf die Tischplatte. Alexander Mühlthaler bemerkte das und sah ebenso zu Romy. Mit dem Impuls, Julia festhalten zu wollen, griff er nach ihr. Als Romy das sah, schossen ihr Tränen in die Augen. Sie blickte auch zu Walli Winzer und bemerkte, dass bereits Sepp Grubinger auf ihrem Platz saß. Wer war sie denn? Offenbar für die anderen ein Niemand.

Kein Platz war für sie frei, blieb für sie frei. Nirgendwo.

Weg! Nur weg von hier! Wo sie niemand brauchte. Weg aus diesem Dorf, das ihr und auch ihrer Mutter so viele Schmerzen bereitet hatte.

Als Polizist Sepp Grubinger Romy Steiner sah, stand er auf, um ihr entgegenzugehen. Im gleichen Augenblick lief Romy Steiner zum hinteren Terrassenausgang und steckte unmittelbar darauf den Schlüssel in den Starter der Harley-Davidson.

»Romy«, schrie ihr Julia nach. Sie wollte sich aus der Umklammerung ihres Mannes lösen, was sie allerdings nicht schaffte.

Sepp Grubinger war hinter Romy auf den Parkplatz gelaufen. Doch er sah nur noch die dichte Staubwolke der Harley.

Walli Winzer konnte es nicht fassen, was sich soeben vor ihren Augen abgespielt hatte. Sie war einfach baff. Just in dem Moment läutete auch noch ihr Mobiltelefon: Es war Björn.

36. KAPITEL

Tränen liefen über ihre Haut. Sie spürte die Kühle, die von ihnen ausging und die sogleich sorgsam ihre glühenden Wangen beruhigte.

Julia mit ihrer Familie, schossen Gedanken durch ihren Kopf. Die Kinder und Alexander, dann waren da auch noch die Winkelbauers. Dabei war sie noch wenige Stunden zuvor bei ihr gewesen.

Dieses Glück.

Sie war allerdings selbst schuld. Wie war es möglich gewesen, dass nach so langer Zeit die Gefühle von damals sie überwältigten? Dass sie so dumm gewesen war, den Annäherungen Julias nachzugeben.

Julia!

Eine Liebe ohne Zukunft. Gefühle des Augenblicks, die sich nicht in den Alltag retten konnten – durften. Damals schon unmöglich – heute hoffnungslos.

Dieses Pochen in ihrem Kopf vor Aufregung, zum Zerspringen. Das Denken erst im Nachhinein, ein offener Vorwurf.

Und ihr Herz – es raste.

Romy fuhr ohne Helm. Der scharfe Fahrtwind peitschte ihr die Tränen von den Wangen und entfachte zugleich neue. Kein Anfang und kein Ende. Wie in ihrem Gefühlskarussell. Nie hatte sie Julia ganz vergessen können. Immer blieb da noch etwas offen. Dieses Unausgesprochene, dieser plötzliche Bruch. Julia ging es offenbar ebenso. Sonst wäre sie nicht zu ihr gekommen, hätte sie nicht mit dieser zwingenden Leidenschaft wieder für sich eingenommen. So selig, wie sie beide waren. Diese Gefühle, diese Vertrautheit, diese Erfüllung. Nun schien ihr alle Hoffnung verloren.

Als Romy Julia inmitten ihrer Familie sah, unter den Honoratioren des Dorfes, der Großlichtener und der Wiener Hautevolee, wusste sie, dass sie nie dazugehören würde – ja, dürfte! Immer durfte sie nur abseits mitlaufen, solange es niemanden störte.

Aber wie lange war das?

Was war das für eine Welt, in der Vielfalt keine Bedeutung fand? Wie sollte das enden?

Auf diese Antwort wollte Romy Steiner hier in Großlichten nicht mehr warten. Ihr Entschluss war gefasst: Sie wollte weg.

Wieder nach Wien.

Dort gab es die Anonymität und einen kleinen Freundeskreis, der sie erwartete. Nicht diese schalen Blicke, die sie verfolgten und die sie beobachteten, ob sie sich an die Spielregeln des Orts hielt. Romy Steiner konnte und wollte nicht mehr.

Sie rumpelte mit der Harley-Davidson plötzlich in eine Straßenunebenheit hinein, was Romy für einen Moment im Sitz hochdrückte. Sie erschrak und konzentrierte sich daraufhin, die schwierigen Straßenverhältnisse besser einzuschätzen. Es war nur ein kurzer Abschnitt gewesen. Schließlich musste sie innerlich auch über ihr Selbstmitleid lachen.

Galgenhumor.

Den hatte sie sich glücklicherweise bewahrt, und diese Fähigkeit ließ sie in wichtigen Momenten wieder nüchtern denken. Florian Wagner war in Großlichten der Einzige gewesen, der ihr gegenüber gelassen und offen geblieben war. Zwischen ihnen hatte sich sogar eine Art Freundschaft entwickelt, obwohl er ihr Chef war. Aber wahrscheinlich nur, solange er keine neue Freundin hatte. Dann würde er sich dieser widmen und Frauen versuchten Frauen von ihren Männern fernzuhalten. Sogar wenn diese lesbisch, queer oder wie auch immer sie sich bezeichneten, aber eben nicht hetero waren. Stutenbissigkeit und die genetische Keule um das Thema Männer eben. So ein Schwachsinn war das!

Sie würde hier immer allein bleiben und müsste Julia im Dorf begegnen. Wüsste nicht, wann und ob sie um welche Ecke käme. Diese Qual, dachte Romy.

Mittlerweile war sie fast den gesamten Hügel zum Schloss hochgefahren. Ohne vorher zu überlegen, steuerte sie ihren und Julias geheimen Treffpunkt an. Romy wollte sich verstecken, nachdenken und zur Ruhe kommen. Dann wollte sie ihre Sachen packen und von hier verschwinden.

Auf ihrer Rückfahrt blieb sie vor dem Schloss stehen, das ihrem Vater gehört hatte. Eigentlich war er nur ihr Erzeuger gewesen, dieses Scheusal.

Tot.

Jetzt tot.

Ermordet. Sie seufzte. Wollte man auch Erna Reisinger umbringen? Sie lag noch immer im Krankenhaus. War zusammengeschlagen worden. Lag lange im Koma. Gott sei Dank war sie inzwischen daraus erwacht. Vor der Abreise wollte Romy sie auf jeden Fall aufsuchen und sich bei ihr für den Rückhalt bedanken, den sie einst ihrer Mutter gegeben hatte – und für die Wahrheit, die sie sagte. Und dass Erna sie, Romy, für würdig gehalten hatte, diese Wahrheit auszuhalten. Auch, wenn es höllisch wehgetan hatte, noch immer wehtat.

Wie gut, dass Romy Waldstetten noch damit konfrontieren konnte und er sich daher seiner gewalttätigen Vergangenheit stellen musste. Das war ihr erst jetzt klar geworden. Vor Gericht hätte er für die Tat nicht mehr belangt werden können. Ihre Mutter war tot und alles inzwischen verjährt. Verjährt! Als könnte Vergewaltigung verjähren.

Und: Sie selbst lebte doch.

Bevor Romy ihn besuchte, hatte sie sich vorgenommen, im Angedenken ihrer seligen Mutter künftig Waldstettens Gericht auf Erden sein zu wollen. Doch nicht so! Sie war jetzt allein vor dem leeren Schloss. Saß auf der Street-Bob, in deren Sitzmulde sie sich kraftlos hineindrückte, und blickte auf den mächtigen Bau. Steine überlebten einfach alles, dachte sie. Viele Jahrhunderte. Niemand wusste später, was sie alles gesehen oder erlebt hatten.

Was war der Mensch nur für eine Sternschnuppe im Vergleich zu dieser Monumentalität? Was für ein verletzbares Wesen? Warum machten Menschen es sich untereinander nur oft so schwer? Gestanden einander Fehler nicht ein. Meistens ging es doch um nichts Besonderes.

Ein Hase, den Romy Steiner in der Ferne von der Wiese in den Wald hoppeln sah, lenkte sie von ihren Gedanken ab. Sie atmete tief ein und genoss die frische Waldluft. Wurde etwas ruhiger. Sie hörte den Wind, wie er leise durch die Wipfel riesiger Fichten strich, und schloss ihre noch durch Tränen geschwollenen Augen. Einige Minuten blieb Romy unbewegt. Sie versank im Gefühl der Einsamkeit, das die Stille der Umgebung in ihr verstärkte. Dieses Alleinsein hatte sie gesucht, ohne es gewünscht zu haben.

Eben, als sie die Harley starten wollte, sah sie Patrick Burger. Er stand am Ufer des riesigen Karpfenteichs, hielt eine Angel ins Wasser und hatte einen Kübel mit Wasser gefüllt neben sich stehen. Romy erkannte von oben, dass er noch keinen Fisch gefangen hatte. Es wirkte, als hätte er ihr Kommen zuvor nicht gehört. Sie sah ihm ein wenig zu. Er hatte eine olivfarbene Hose an, ein schwarzes Sweatshirt und darüber eine wattierte, ärmellose Jacke in Military-Tarnmuster. Patrick trug grüne Plastikstiefel. Jetzt holte er die Angelschnur ein, fing deren Ende mit der Hand und blickte danach zu Romy hoch.

»Hi, Patrick. Heute ist es offenbar schwer, etwas zu fangen.« Romy Steiner wusste nicht, warum sie das sagte. Patrick Burger reagierte darauf. Wortlos steckte er einen Köder an den Angelhaken und warf die Schnur nochmals weit ins Wasser. Die Angel machte er daraufhin am Ufer fest und ging die Böschung zu Romy hoch.

»Tolle Maschine hast du da.«

»Ich mache damit nur eine Runde. Sie gehört nicht mir.«

Patrick ging um die Harley. »Walli Winzer?«, fragte er.

»Ja«, antwortete Romy und stieg ab. »Ehrlich gesagt: Ich habe sie vorübergehend geklaut.« Sie wusste nicht, warum sie ihm das erzählte, aber sie war innerlich so aufgewühlt, dass es aus ihr hervorsprudelte. »Ich bin vor mir selbst und meiner Vergangenheit auf der Flucht und möchte mich nur einige Stunden irgendwo verstecken, um in Ruhe nachdenken zu können.«

Patrick sah sie fragend an.

»Wenn ich Liebeskummer habe, muss ich allein sein.«

Romy Steiner blickte in die Gegend.

»Am besten wäre, ich würde mich irgendwo hier zwischen den alten Steinen vom Schloss verstecken, wo ich von niemandem gefunden werden kann.«

Patrick wirkte entspannt. Wind kam auf. Er beobachtete für einen Augenblick die kleinen Wellen im Wasser.

Die Angelhaken wippten leicht auf und ab. Fast sah es so aus, als würden sie tanzen. Danach erhielt wieder Romy seine Aufmerksamkeit.

»Damit'st auf guate Gedanken kommst, brauchst an ruhigen Ort. Den hast da aber net, wenn's an starken Wind gibt. I hab übrigens vor Kurzem das Gotteslob mit dem Namen von deiner Mutter in der Sakristei gfunden. I gib dir das, wenn du willst.«

Romy schloss die Augen. Als sie sie öffnete, antwortete sie: »Klar doch.«

»Du kannst die Harley glei do im Schlosshof stehen lassen. Stell sie auf die Seite, wo sie niemand sieht. I foa mit dir zum Pfarrhaus und muass danach Dr. Winkelbauer mit seiner Familie vom ›Grauen Mohn‹ abholen. I bring sie danach nach Hause. Dann konn i di mitnehma und mit dir wieder auffefoahn.«

Romy überlegte kurz und war damit einverstanden. Das Motorrad würde sie lieber später, wenn die anfängliche Aufregung auch bei Walli Winzer vorbei war, vor deren Haus abstellen und die Harley-Schlüssel mit einem Entschuldigungsbriefchen in ihr Postkästchen werfen.

Nachdem sie das Motorrad im Hof abgestellt hatte, stieg sie in die geräumige, repräsentative Limousine der Winkelbauers um. Patrick Burger hatte noch vorher für die Fahrt seine Schuhe gewechselt und die Stiefel in den Kofferraum gelegt.

Kurze Zeit später stellte er den BMW hinter der Kirche ab. Patrick öffnete den Seiteneingang zur Sakristei und ließ Romy eintreten. Die Tür zum Kirchenraum stand offen. Er selbst wollte ins Pfarrhaus gehen, um später, wie er sagte, wiederzukommen, um sie abzuholen. Das Buch würde er dann mitbringen.

Romy Steiner ging ins Kirchenschiff und sah sich erstmals wieder all die fein gearbeiteten Barockfiguren an, die sie durch ihre Kindheit begleitet hatten. Aus Langeweile während der Messe hatte sie angefangen, ihre eigenen Geschichten um diese Figuren herum zu machen. Einige wie die heilige Maria liebte sie. Sie erinnerte sie immer an ihre eigene Mutter. Diese sanfte, ruhige Frau. Alle saßen sie hier: Sonntag für Sonntag – und machten sich ihre eigenen Geschichten. So wie sie. Aber es waren eben andere. Mitmenschlichkeit war jedenfalls nicht immer deren Sache.

Romy war das gesamte Kirchenschiff abgegangen. Sie sah die sonst immer versperrte Tür, die zu den Katakomben der Kirche führte, einen Spalt geöffnet. Neugierig näherte sie sich. Es war kohlrabenschwarz. Irgendwo musste doch ein Lichtschalter sein. Nur wo? Sie tastete die kalte, feuchte Wand neben dem Türstock ab und fand ihn endlich. Die lange, hinabführende Treppe wurde ausgeleuchtet.

Als Romy hinabsteigen wollte, hörte sie plötzlich Geräusche. Sie drehte sich um und sah Alexander Mühlthaler quer durch die Kirche Richtung Sakristei gehen. Danach war es still. Wenig später folgte Friedrich Winkelbauer. Auch er kam allein und verschwand in der Sakristei.

Wie waren beide ohne Auto vom ›Grauen Mohn‹ zur Kirche gekommen?, schoss es Romy durch den Kopf. Und warum betraten sie diese nicht gemeinsam?

Okay! Aber ausgerechnet über diese beiden wollte sich Romy Steiner jetzt nicht noch mehr Gedanken machen. Es waren Holzstufen, die hinabführten. Sie hatte zwar Sneaker an, doch die Sohle war so glatt, dass sie mit einem Bein wegrutschte und sich nur mit äußerster Mühe am seitlich angebrachten Geländer festhalten konnte. Sie hinterließ ein polterndes Geräusch und hoffte, dass sie niemand gehört haben würde.

Alles blieb still.

Romy ging weiter. Der Lichtschein wurde schwächer. Allerlei alte Möbel und Metallgefäße standen fein säuberlich nebeneinandergeschichtet nahe dem Ausgangsbereich. Sie ging weiter. Ihre vorherige Verzweiflung wich der Neugier, die sie jetzt lockte, sich in die verborgenen Winkel der Kellerräume aufzumachen. Sie schaltete die Taschenlampe ihres Mobiltelefons ein und leuchtete die Seitenwände des nächsten Raums ab. Hier standen viele Holzfässer mit Wein, der vor der Messe täglich kellerfrisch in eine Flasche abgefüllt wurde.

Der Gang machte nun eine leichte Biegung nach rechts. Der nächste Raum war durch eine Tür verschlossen. Sie rüttelte am Schloss, aber es gab nicht nach. Sie zog fester daran. Eine der Schrauben löste sich aus dem Scharnier. Romy Steiner zögerte, entschied sich jedoch dafür, weiter zu rütteln. Das Schloss gab nicht nach. Dann merkte sie, dass sich die Schrauben ein wenig aus der Holzverankerung gelöst hatten. Romy holte ihr klappbares Gärtnermesser, das sie immer bei sich trug, aus der Seitentasche ihrer Hose hervor und begann an den Schraubköpfen zu drehen. In der einen Hand hielt sie die Taschenlampe, mit der anderen versuchte sie die Schrauben in irgendeiner Form zu bewegen.

»Ah, Mist!«, stöhnte sie. Die Klinge war in der Mitte abgebrochen. Sie hielt nur noch den Messerstumpf in der Hand. Romy wollte bereits umkehren, als ihr die Idee kam, mit dem Klingenstumpf weiterzumachen. Es ging sogar besser. Denn die Klinge konnte sie nun als Schraubenzieher benutzen. Sie wusste nicht, was sich hinter der Tür befand, doch aus unerfindlichen Gründen trieb sie eine Neugier an, die sie zwang weiterzumachen.

Die Schrauben waren halb verrostet. Romy hielt den Griff fest in der Hand. Diese begann zu schmerzen. Kurz noch! Dann hätte sie es geschafft. Sie bemühte sich weiter, das Messer mit aller Kraft zu halten, um es sicher nach rechts drehen zu können. Die letzte Schraube. Ihre Spannung löste sich, denn sie ließ sich leichter drehen als die anderen. Und: Der Schieber samt Vorhängeschloss fiel ab. Sie hielt kurz inne. War da ein Geräusch? War ihr jemand gefolgt?

»Ist da wer?«, fragte Romy hinein in die Finsternis.

Alles blieb still.

Die Tür öffnete sich einen Spaltbreit von allein. Das zweite Kellergewölbe war eindeutig größer als das vorherige, wirkte aber kleiner, denn die Wände waren voll mit Weinregalen. Auf einigen Flaschen hatte sich über lange Zeit eine beachtliche Staubschicht gebildet. Romy graute. Sie verstand nichts von alten Weinen, konnte sich auch nicht vorstellen, dass ihr so etwas Uraltes schmecken würde.

Sie zog eine Flasche aus ihrer Halterung und sah sie interessiert an. Das Etikett war bereits leicht von Schimmel befallen. Sie leuchtete direkt mit der Taschenlampe darauf. Der grelle Schein ließ ihre Augen brennen. Sie schloss sie instinktiv. Als sie sie wieder öffnete, las sie auf der Flasche *Château d'Yquem 1811*. Sorgfältig schaute sie sich die Flasche an. Der Farbe nach handelte es sich um Rotwein. Ein Pfropf versiegelte den Flaschenmund. Sicher sehr teuer, dachte sie. Romy legte die Flasche wieder sorgfältig zurück ins Regal. Die nächste stammte aus dem Jahr 1945 – diesmal ein Weißwein. Eine andere stammte aus dem Jahr 1918.

Romy Steiner wurde klar, dass es sich hier um einen ganz besonderen Weinkeller handelte. Um kulinarische Schätze von mitunter großem Wert. Sie leuchtete nochmals die Kellerwände ab und fand an der Eingangsseite andere Gewölbereste, als sie bisher gesehen hatte. Ihrer Einschätzung nach war dieser Bereich daher erst später durch eine Wand unterteilt worden. Romy suchte erneut nach einem Lichtschalter, fand ihn aber nicht.

Sie leuchtete daher mit ihrem Handy weiter. Die Regale waren alle mit Flaschen belegt, nur eines war leer. Der Bereich zog Romys Interesse auf sich. Sie bemerkte im Raum eine weitere, diesmal kleinere Tür, die offen stand. Sie zögerte, voranzugehen. Wahrscheinlich würde das Kellergewölbe wie die anderen ohnehin unterirdisch weiterführen. Schließlich dienten sie auch der Bevölkerung einst zum Schutz und als Vorratsspeicher in Kriegszeiten.

Romy mochte Keller nicht. Als Kind war sie in der Kirche oft bis zur Tür der Katakomben gegangen, doch hinein wollte sie nie. Eine unsichtbare Macht hielt sie davon ab. Doch warum war es jetzt anders? Warum zog es sie weiter?

Sie zögerte. Romy Steiner leuchtete schließlich ins Dunkel des Raums und tat dabei einen Schritt nach vorn. Sie trat ins Leere. Das Mobiltelefon schlug darauf laut auf dem Boden auf, und sie hörte, wie es in seine Einzelteile zerfiel.

Finsternis.

Vor Aufregung war sie so angespannt gewesen, dass sie die beiden Stufen abwärts übersehen hatte. Romy stürzte seitlich auf Schulter und Oberarm. Es tat höllisch weh!

Instinktiv hatte sie währenddessen ihren Kopf hochgehalten: Sie fühlte sich wie benommen. Es war stockfinster. Sie konnte nichts sehen, hatte nicht einmal mehr die genauen Umrisse des Raums im Gedächtnis. Nur dass er nicht besonders groß sein konnte und dass in einer Ecke so etwas wie eine Truhe stand.

Plötzlich hörte sie Schritte.

Da war doch jemand. Jemand, der ihr helfen würde. Sie selbst konnte kaum aufstehen. Ihre Glieder fühlten sich an wie zerschmettert. Vor Schmerzen stockte ihr der Atem. Sie wand sich. Romy konnte kein Wort rufen – wollte aber. Stattdessen atmete sie schwer. Auf einmal schloss sich die alte Tür wie von Geisterhand oberhalb von ihr und der Riegel krachte in seine Halterung.

Zufall? Absicht? Warum?

Hilfeschreie. Ohne Erfolg.

Stille, dann Dunkelheit.

37. KAPITEL

»Seid ihr jetzt alle komplett verrückt geworden?!«, rief Walli Winzer, nachdem sie zur Tür ihres alten Schulhauses hereingekommen war. Ihr Blick fiel direkt auf ihren Kater, der gerade dabei war, ihre teuren und exklusiven Vorhänge hochzuklettern. Offensichtlich war er hinter einer Fliege her, deren Summen Walli sogar bis zur Eingangstür gehört hatte.

Filou war nach Kurzem auf der Vorhangstange angekommen. Geschickt hatte er sich hochgezogen und balancierte nun wie ein Seiltänzer darauf.

Doch die Fliege machte ihm sein Katzenleben keinesfalls leicht. Sie legte immer wieder Ruhephasen ein, in denen sie zuerst langsam, dann schneller die Wand entlangkroch. Filou stand nun mit drei Beinchen auf der Vorhangstange und schlug mit seiner Pfote mehrere Male kräftig daneben. Die Fliege tänzelte unerschrocken vor seiner Nase herum. Er blieb weiterhin an ihr dran und interessierte sich herzlich wenig dafür, was seine Halterin gerade von ihm wollte.

Walli Winzer wusste, dass sie gegen diese unsichtbaren Gesetze der Katzennatur keine Chance hatte, und ließ Filou gewähren. Gegen das, was sie gerade eben im ›Grauen Mohn‹ erlebt hatte, war das sowieso Humbug. Sie stellte ihre Gucci-Tasche ab, zog ihre Schuhe aus und warf sich erschöpft in den Ohrensessel nahe der Sitzgruppe. Ihre Füße legte sie sanft auf der Glasplatte des Couchtisches ab.

Was war nur in Romy Steiner gefahren, einfach so abzuhauen? Noch dazu mit ihrer Harley-Davidson! So etwas sah ihr doch gar nicht ähnlich. Zumindest glaubte sie das bisher. Hatte Walli sich so in ihr getäuscht? Sie schloss die Augen. Zwischendurch hörte sie ab und zu ein Klatschen an der Wand. Filou war also noch immer hinter diesem brummenden Ungeheuer her, das zweifelsohne keine leichte Beute für ihn sein durfte.

Anna Szabo hatte Walli im Auto mitgenommen und sie vor ihrem Haus aussteigen lassen. Silvia war mit Anna weitergefahren und half ihr, noch einige Getränkekisten aus dem Kofferraum in die Garage zu schleppen. Dann wollte sie auch herüberkommen.

Harry Kain war noch schnell zu sich nach Hause gefahren, würde aber in etwa zehn Minuten im alten Schulhaus sein. Die Gästerunde im ›Grauen Mohn‹ am Reiterhof hatte sich nach dem Vorfall rasch aufgelöst. Grubinger war Romy gleich im Polizeiauto gefolgt und wollte sich zwischendurch melden. Das ganze Haubenlokal war in Aufruhr gewesen. Julia Mühlthaler war ihr schreiend nachgelaufen. Ihr Vater und ihr Ehemann konnten sie nur schwer beruhigen. Ihre Mutter, Frau Winkelbauer, saß, wie man es auch sonst von ihr kannte, versteinert auf ihrem Platz. So als würde sie alles rein gar nichts angehen, während ihre Tochter nur knapp einem Nervenzusammenbruch entging.

Was lief bei denen eigentlich ab?, fragte sich Walli.

Ihr war nach einem Martini. Aber sie verzichtete, da sie für Weiteres noch einen klaren Kopf behalten wollte. Also diese Familie Winkelbauer. Irgendetwas war mit denen, war sich Walli sicher. Der Despot Winkelbauer hatte alle und jeden im Griff. Das war klar. Aber was war mit Julia? Sie hatte doch ihre eigene Familie. Die Kinder. Ihren Ehemann. Was hatte sie mit Romy zu tun? Warum reagierte sie derart hysterisch?

Plötzlich stieß Filou einen erbärmlichen Schrei aus. UhiUhiUhiUhiuh! Walli erschrak. Im letzten Moment sah sie, wie der Kater nach einem gewagten Sprung das Gleichgewicht verlor und nach einem Sturz inklusive Doppelsalto wieder auf seinen vier Pfoten auf dem Boden landete. Er hatte auf der nur drei Zentimeter breiten Vorhangstange die Balance verloren und die wendige Fliege verfehlt. Als würde sie sich über ihn lustig machen, schwirrte sie nun über ihn hinweg, elegant zum Fenster hinaus. Enttäuscht zog der Kater seinen Kopf ein, blickte verlegen zu Walli Winzer und trippelte kurzerhand Richtung seiner bevorzugten Schlafstätte in Wallis Bett.

Bevor Walli jetzt nachdachte, brauchte sie doch eine kleine Nervenstärkung. Sie öffnete ihre Minibar und schenkte sich ein kleines Glas Cognac ein. Dann ging sie zu ihrem Schreibtisch und holte aus einer Lade einen reich verzierten Humidor heraus. Sie zündete sich eine Zigarre an und nahm einen Aschenbecher mit zum Ohrensessel. Mit dem Glas in der Hand und der Zigarre im Mund schaute sie sich nochmals um, ob Filou inzwischen wiedergekommen war und eventuell die Gelegenheit genützt hatte, sich auf dessen Sitzfläche breitzumachen. Der hatte offenbar aber doch anderes zu tun, daher ließ sie sich genüsslich hineinfallen. Walli nippte am Cognac und stellte das Glas schließlich auf den danebenstehenden Abstelltisch. Ihre Gedanken kreisten jetzt um Björn. Sie hatte ihn zuvor am Mobiltelefon so schnell abgewürgt. Aber sie konnte nicht anders. Die Ereignisse hatten sich durch Romys Aktion überstürzt. Sie rieb sich mit beiden Handflächen das Gesicht, passte jedoch auf, dass ihr teures Make-up dabei nicht verwischte.

Romy, dieses ungeschickte Ding!, ging es durch ihren Kopf.

Es war nicht ihre Harley gewesen, um die sie sich sorgte. Irgendwie bekäme sie die schon wieder, war sich Walli Winzer sicher. Nein, es war diese Kopflosigkeit, mit der Romy die Flucht ergriffen hatte, die sie sich einfach nicht erklären konnte. Sie war doch sonst überlegt, hilfsbereit und heute so besonders glücklich gewesen. Wie von der Tarantel gestochen, war sie losgeflitzt und hatte Wallis Maschine als Fluchtfahrzeug auserkoren. Dass Romy Steiner etwas mit den kaltblütigen Morden der letzten Tage zu tun haben konnte, hielt Walli für unwahrscheinlich. So viel Menschenkenntnis traute sie sich selbst zu. Aber was wäre, wenn sie sich täuschte? Und Romy doch eine verborgene Seite in sich trug, die niemand kannte? Sie war ja schließlich extra aus Wien nach Großlichten zurückgekehrt, um etwas zu *klären*. Was sollte das gewesen sein?

Noch ein Schluck.

Doch jetzt war Björn dran. Das Mobiltelefon lag griffbereit auf der Ablage. Walli zierte sich noch ein wenig, bevor sie zum Hörer griff. Ziemlich genau, als der Trubel auf der Terrasse des ›Grauen Mohn‹ ausgebrochen war, erschien auch Florian Wagner. Walli hatte noch vor dem großen Aufbruch ein paar Worte mit ihm gewechselt. Über Romy. Er war bestürzt gewesen. Wirkte nachdenklich. Wusste er mehr?

Walli Winzer kam im Moment nicht weiter.

Gedankenversunken nahm sie einen genussvollen Zug von der Zigarre. Er beruhigte, wie immer. Blauer Dunst stieg auf, der sich nur langsam lichtete. Sie sah ihn sich gern an, wenn sie nachdachte. So wie jetzt. Trotzdem änderte sich nichts an ihrem bevorstehenden Telefonat mit Björn. Warum zögerte sie es hinaus? Wollte sie nicht, dass er kam?

Das Foto seiner Mutter im Portemonnaie, das sie bei ihm gesehen hatte, fiel ihr wieder ein. Björn war fast 20 Jahre jünger als sie. Würde er sie mit seiner Mutter vergleichen? Björn war männlich, sah blendend aus, war gut im Bett, verständnisvoll und einfühlsam dazu. Also der Traum aller Frauen.

Doch warum hatte er bisher keine? Das konnte doch nur an seiner Mutter liegen. Walli wollte aber keine Schwiegermutter. Noch dazu eine, die ständig da wäre. Gott bewahre! So etwas hatte sie schon einmal erlebt. Ein Albtraum schaukelte sich bei ihr hoch.

Auf der anderen Seite würde sie nicht wirklich jünger werden. Während des Älterwerdens war es besser, in ein Gesicht zu blicken, das jünger als das eigene war. Zumindest machten es viele Männer so und fuhren offensichtlich damit ganz gut. Dieses Gezeter mancher Frauen in ihrem Alter über erste Wehwehchen ging ihr schrecklich auf die Nerven. Allein vom Zuhören bekam man schon Zustände. Aber offenbar gab es auch junge Männer nicht ohne manch Nebenwirkung. Uff!, dachte sie. Kommt Zeit, kommt Rat.

Walli griff zum Hörer.

»Hallo, mein Herz!« Björns Stimme klang sanft und weich.

»Was war das vorhin für ein Getöse? Und warum bist du so schnell aufgebrochen?«

Knapp im Telegrammstil erzählte Walli ihm die Umstände, die er nicht zu glauben schien.

Okay, dann eben nicht!, dachte sie, sagte es aber nicht laut.

Björn erzählte ihr von seinen Gesprächsterminen in Wien, dem Seminar, einigen Erledigungen und dass seine Mutter mittlerweile nach Wien gekommen war. Sie würde auch schrecklich gerne mit nach Großlichten kommen.

Bei Walli schrillten innerlich die Alarmglocken. Seine Mutter. Hier? Was sollte sie nur machen? Tatsächlich gute Miene? War es ihm denn wirklich so ernst mit ihr? Dieser Gedanke irritierte sie. Oder war es seine Mutter, die eine Anhänglichkeit besaß, die Walli am besten gleich zu Beginn unterbinden sollte? In diesem Fall würde sie allerdings sofort handeln müssen. Doch das Wie wusste sie noch nicht. Wenn sie sich nicht sonderlich begeistert zeigte, vielleicht würde er sie eventuell gar nicht erst mitnehmen? Sie versuchte nun, ihre diplomatische Seite zu zeigen, auch wenn diese meist tief verschüttet, im Verborgenen schlummerte. »Björn, wie lange kann … also, möchte deine Mutter denn in Wien bleiben?«

»Drei Tage noch. Ich bleibe dann eine Woche länger.«

»Wie wäre es, wenn du ihr die Stadt noch etwas genauer zeigst? So viel Zeit bleibt euch ja nicht mehr.« Walli begann der Reihe nach alle Sehenswürdigkeiten wie Stephansdom, Riesenrad, Ringstraße, Oper, Rathaus, Burgtheater, Museen, Café Sacher oder Wiener Heuriger aufzuzählen, um ihren Lover indirekt davon zu überzeugen, seine Mutter nicht in ein Kaff wie Großlichten einzuladen.

Inzwischen rumpelte es an der Tür, was Filou wieder auf den Plan rief. Er tänzelte herbei und brachte sich aus sicherem Abstand in Position. Sein Einsatz hätte ja vonnöten sein können. Doch es war Silvia Manner. Er kannte sie bereits. Sie kam schwer beladen und hatte zuvor die Schnalle mit dem Ellbogen nur mühsam erwischt. Sie trug eine Kiste mit Mineralwasser und ließ diese polternd zu Boden gehen.

»Na, geht's noch?«, rief Walli Winzer empört über den Lärm. »Ich telefoniere gerade.« Leiser sprach sie weiter: »Es ist Silvia.«

Silvia machte eine schützende und zugleich abwehrende Geste, indem sie grinsend die Hände hochriss und ein wenig in dieser Stellung verweilte. Walli verdrehte die Augen. Silvia ahnte aufgrund der Stimmung samt Augenaufschlag, dass das Gespräch offenbar nicht so verlief, wie ihre einstige Agenturchefin sich das wünschte. Walli wechselte jetzt ihre Stimmlage und hielt das Mobiltelefon weiter weg vom Kopf und dann wieder näher dran. »Ich höre dich hier so schlecht. Was? Ich glaube, ich habe keinen Empfang! Björn? Mein Akkuuuu …« Während der letzten Worte führte sie das Handy von ihren Lippen wieder weiter weg. Dann legte Walli Winzer auf.

»So! Das hätten wir«, sagte sie erleichtert.

»Sag mal, war das nicht Björn?«

Walli nahm einen Schluck Cognac und einen Zug von der Zigarre, dann legte sie das Handy weg. »Er will mit seiner Mutter kommen. Ich hoffe, er überlegt sich das nochmals.« Walli Winzer wiederholte den Inhalt des Telefonats vor ihrer einstigen Mentee.

Silvia Manner hatte inzwischen Walli gegenüber auf dem Sofa Platz genommen. Ihre Arme verschränkte sie hinter dem Kopf. »Nimm's gelassen. Vielleicht wollte sie schon immer einmal nach Wien reisen und sich die Stadt ansehen?«

»Scherzkeks! Und das macht sie genau zu dem Zeitpunkt, wo ihr Sohn erstmals in dieser Stadt ist, und sie weiß, dass er sich dort mit mir treffen möchte?«

»Nun komm! Mach nicht mehr daraus, als es ist. Im Moment gibt es wirklich ganz anderes, das unsere Aufmerksamkeit verdient. Wann kommt übrigens Harry?«

»Er müsste gleich da sein. Er wollte für die Suche nach Romy von zu Hause nur einiges Zubehör holen.«

»Was wohl in Romy gefahren ist? Ich kann mir wirklich nicht vorstellen, dass sie etwas mit den Morden zu tun hat. Oder irre ich mich, Frau Sherlock Holmes?«

Walli strich sich mit der Hand durch die Haare. »Ich weiß es nicht. Wirklich nicht.«

Während die beiden Frauen auf Harry Kain warteten, nutzte Kater Filou den günstigen Augenblick, um sich von Silvia einige Streicheleinheiten zu holen. Er sprang sie unverblümt an und signalisierte dadurch, dass sie auf seinem Lieblingsplatz saß. Sie kraulte ihn liebevoll, was Filou gefiel.

Walli Winzer dachte nochmals an die Szene zurück, als Grubinger gerade aufgestanden war und auf Romy zugehen wollte. Sie lief vor ihm davon. Walli konnte nur noch sehen, dass sie auf die Harley aufsprang, denn das meiste hatte sich hinter ihrem Rücken abgespielt.

»Ah, Harry scheint eben zu kommen«, sprang Silvia auf und rannte zum Fenster. Tatsächlich parkte Harry seine »Ente« vor Wallis Audi. Sicherheitshalber ließ er gleich genügend Platz, damit Walli mit ihrem Auto wegfahren konnte.

»Sag ihm, er soll reinkommen, damit wir uns noch beraten können«, wies sie Silvia an. Im selben Moment fuhr ein weiteres Auto auf Wallis Einfahrt zu.

»Nun bin ich aber gespannt, wer sonst noch kommt.« Walli setzte sich auf und starrte zur Tür. Kurze Zeit später hielt Harry Kain Julia Mühlthaler die Tür auf. Sie stürzte herein und schien emotional aufgelöst. Unumwunden fiel sie gleich mit der Tür ins Haus: »Romy war's mit Sicherheit nicht. Sie sind doch auch davon überzeugt, Frau Winzer. Romy vertraut Ihnen als einem der wenigen Menschen in Großlichten doch, hat sie mir erzählt!« Sie sah Walli flehend an. »Bitte helfen Sie ihr.«

Walli Winzer blieb ernst, war aber selbst ratlos. »Wichtig ist, dass man sie erst einmal zur Lage befragt. Dazu müssen wir sie erst finden.«

»Das heißt, Sie unterstützen uns? Wenn Sie wollen, bezahle ich Sie dafür, dass Sie Romy finden und ihr helfen.«

»Uns?«, fragte Walli erstaunt.

»Jetzt frag nicht blöd«, wurde Silvia deutlich. Mit funkelnden Augen signalisierte sie ihr, den Mund zu halten. Denn so wie Walli nach dem Telefonat mit Björn drauf war, schien kurzzeitig offenbar auch ihre Kombinationsgabe lahmgelegt zu sein. »Haben Sie eine Ahnung, wo sie sich aufhalten könnte?«, fragte Silvia weiter.

Julia dachte kurz nach. »Wo wir uns als Teenager versteckt hatten, als wir für uns sein wollten, das war beim Schloss oben, weit hinten, in einer Sträucherlaube. Da ging sie damals auch immer zum Nachdenken hin. Und nur ich wusste davon.«

Walli Winzer griff zum Hörer und wählte Grubingers Privatnummer. »Hallo, ich bin's. Gibt's schon irgendetwas von Ihrer Seite her?« Sie wartete. Offenbar kam nichts, da sie gleich darauf loslegte und dem Dorfpolizisten Julia Mühlthalers Vermutung mitteilte. Sie verabredeten sich vor dem Schloss. Harry Kain stand neben ihnen – und verstand nur Bahnhof.

38. KAPITEL

Sepp Grubinger war Romy Steiner gleich nach ihrer Flucht gefolgt. Es hatte zwar einige Zeit gedauert, bis er seinen Polizeieinsatzwagen erreichte und entsperrte, aber dann war er gleich losgeflitzt. Romy Steiner hatte dadurch einen Vorsprung, den Grubinger nicht mehr imstande war, einzuholen. Er beobachtete noch, wie sie Richtung Dorfzentrum gefahren war, doch dann war sie spurlos verschwunden. Sie musste eine andere Straße von den vom Dorfhauptplatz sternförmig wegführenden genommen haben. Nur welche? Hellseher war der Dorfpolizist schließlich keiner. Sepp Grubinger hatte daraufhin seine Polizeidienststelle angerufen und den Vorfall gemeldet. Sein Vorgesetzter, Bezirksinspektor Adi Platzer, machte ihm daraufhin Vorwürfe, warum er die Verdächtige im Alleingang stellen wollte, und veranlasste auf der Stelle eine groß angelegte Suchaktion. Sepp Grubinger kam sich daraufhin wie ein begossener Pudel vor. Kaum setzte er aus innerer Eingebung eine Aktion, hatte ihn der Platzer bereits am Dienstkragen gepackt. Okay, vielleicht hätte er nach der erdrückenden Beweislage gegen Romy Steiner wirklich besser mit der Dienststelle zusammenarbeiten sollen. Aber er dachte, wie er die aus der Stadt zugezogene Gärtnerin einschätzte, dass sie vernünftig genug wäre, freiwillig mit ihm zu gehen. Was sie jedoch nicht getan hatte. Und dann nahm sie sich auch noch die Maschine von der Winzer. Wieso hatte sie denn überhaupt den Schlüssel dazu gehabt?

Offen gesagt: Er war mit seiner Weisheit am Ende. Helfen würden ihm jetzt nur zwei Stunden Kalligrafie. Denn das brachte seine angespannten Nerven wieder runter.

Die derzeitige Hauptverdächtige war ihm entwischt und fuhr irgendwo da draußen mit einer Harley-Davidson Amok. Immer wenn's einen Mord in Großlichten gab, war die Romy Steiner irgendwo in der Nähe gewesen. Wie das Amen im Gebet. Der liebe Gott hätte zuvor mehr auf die jetzt Toten schauen sollen, damit es gar nicht erst so weit gekommen wäre. Auf die Lebenden hätte er aufpassen müssen, das wäre besser gewesen. Aber vor allem hätte er ihm nicht diese Walli Winzer nach Großlichten setzen dürfen.

Okay, manchmal war's ihm schon auch recht, und es kam dabei etwas Brauchbares heraus. So wie jetzt, wo sie von der Julia Mühlthaler den Tipp mit dem Schlosspark erhalten hatte. Von dem Lieblingsplatz der Romy Steiner oder so etwas Ähnlichem hatte sie am Telefon gefaselt.

Als Grubinger mit dem Polizeiwagen die Einfahrt zum Schloss nahm, stand Walli Winzers Audi bereits da. Er stellte seinen Wagen neben ihrem ab.

»Walli! Ich hab deine Maschine entdeckt. Sie steht im Schlosshof, gleich hinter der Mauer. Sonst ist aber niemand zu sehen. Auch im Schloss ist alles dicht.« Silvia Manner kam schnellen Schritts mit Julia Mühlthaler im Schlepptau auf Walli Winzer und Harry Kain zu.

»Der Motor ist noch warm. Sie kann also noch nicht lange dort stehen«, kombinierte sie weiter. »Grüße Sie, Herr Grubinger.«

Sepp Grubinger erwiderte und stellte sich neben Walli Winzer. »Das sonderbare Verhalten dieser Steiner spricht für sich. Was sagen Sie?«

»Gscheit war's nicht, dass sie weggelaufen ist. Möglicherweise hatte es aber auch andere Gründe dafür, als wir vermuten«, sprach die PR-Expertin etwas kryptisch, was dem Dorfpolizisten ein großes Fragezeichen in seine Augen zauberte. Dazu genauer nachzufragen, kam er nicht mehr, da Julia Mühlthaler alle dazu aufrief, ihr zum zuvor beschriebenen Geheimplatz zu folgen.

Es stellte sich allerdings schon kurze Zeit später als Sackgasse heraus. Romy Steiner war nicht hier gewesen. Auch sonst niemand. Die langen Waldviertler Naturgräser sprachen ihre eigene Sprache. Sie waren 30 bis 40 Zentimeter hoch und jeder menschliche oder tierische Schritt hinterließ einen Trampelpfad. Auch jede kürzere oder längere Rast hätte man an einer ausgeleierten Mulde erkannt. Romys Lieblingsplatz, in dessen Innersten jetzt zusätzlich hohe und stachelige Heckenrosen wuchsen, war unberührt geblieben. Niemand konnte hier gewesen sein. Julia war sichtlich enttäuscht. Sie blieb länger als die anderen am Ort stehen.

»Komm!« Silvia umarmte sie und zog sie mit sich.

»Ich habe mittlerweile einen Suchtrupp meiner Einsatzkollegen angefordert. Das ganze Gebiet wird eingekesselt. Weit weg kann sie nicht sein, wenn Ihre Harley-Davidson hier steht.«

»Ich verstehe nicht, dass Romy Steiner tatsächlich glaubt, dass sie der Polizei entgehen könnte. Für mich ist nach wie vor ein Rätsel, weshalb sie, wie es scheint, alle drei ermordet hat. Wie hängt das zusammen?«

»Gute Frage.«

»Zorn auf den Stöger, der zeitweise auch ein Rüpel sein konnte und Frauen belästigte. Eifersucht auf die Mittner, weil sie ihr eine Freundin ausgespannt hatte, und letztendlich Hass auf ihren Vater, der sie ihr ganzes Leben über verschmähte.«

Walli schwirrte der Kopf, und sie fühlte sich durstig. Sie schaute deshalb sehnsüchtig zum Wasser hinunter. Ihr Blick fiel auf die Angelausrüstung. Ein Fisch hatte nicht angebissen, denn der bunte Schwimmer wippte unauffällig auf der glatten Wasseroberfläche.

Walli Winzer erinnerte sich plötzlich an die eigenartige Lage des toten Waldstetten. Er hatte genau an der Stelle, wo jetzt die Angel steckte, mit dem Gesicht im Wasser gelegen und die Arme weit von sich gestreckt gehabt. So lag doch keiner nach einem Todeskampf, kam ihr wieder der Gedanke. Das heißt, er musste im Nachhinein so hingelegt worden sein.

»Sagen Sie, Grubinger, die tote Mittner hatte doch einen Stock hinterm Rücken, der von ihren Oberarmen gehalten wurde und die Arme vom Körper im rechten Winkel wegdrückte. Und der Stöger wiederum saß am Holzkreuz meiner Vogelscheuche angelehnt und war daran festgebunden.«

»Ja, bei allen hat's so ausgschaut, als hätt das etwas mit an Kreuz zu tun, oder es würd durch sie eines nachgstellt werden.«

Die PR-Agentin antwortete nicht darauf, denn sie mühte sich gerade langsam zur Wasserstelle hinunter und sah sich nochmals konzentriert am Ufer um. Dann blickte sie bestimmend zum Polizisten hoch. »Grubinger, ich glaub, wir haben's.«

39. KAPITEL

Ihr schwirrte der Kopf. Es war dunkel. So dunkel, dass sie nicht sehen konnte, wo sie sich befand. Ihre Augen waren geöffnet, doch sie konnte keine Konturen um sich herum erkennen. Sie schloss sie wieder. Es roch nach Weinfässern.

Der Keller fiel ihr wieder ein. Unter der Kirche. Jemand hatte zuvor von außen die Tür versperrt. Es war ihr jemand gefolgt, wie sie zuvor den Eindruck gehabt hatte.

Warum war sie jetzt so benommen? Konnte sich kaum bewegen?

Sie erinnerte sich, wie die Tür verriegelt wurde. Stunden der Stille waren gefolgt. Dann kam jemand, packte sie grob und hielt ihr etwas vors Gesicht. Kurzschluss. Filmriss.

Und jetzt lag sie hier. Auf einem Brett. Ihr Rücken schmerzte. Sie versuchte, aufzustehen.

Es ging nicht.

Sie rüttelte an ihren Armen, die an einem Querstück angebunden waren. Sich davon loszureißen, war unmöglich. Die dünnen Stricke waren fest um ihre Handgelenke gewunden. Auch ihre Beine waren am unteren Ende festgemacht. Die Füße überkreuzt, sodass sie ihr Becken nur heben und senken konnte. Zumindest glaubte sie das. Denn als sie sich bewegen wollte, konnte sie dies nicht.

Gar nicht.

Sie versuchte, an ihren Armen zu ziehen, was ebenso kaum gelang. Versuchte, zu erfassen, was hier los war. Doch sie hatte keinen blassen Schimmer. Wie lange verharrte sie schon in dieser Position?

Zumindest schon einige Zeit, denn ihre Fesseln schmerzten bereits.

Wem fiel so etwas ein? Was wollte man damit bezwecken?

Sie hatte keine Ahnung. Es überkam sie der Gedanke, dass sie auf einem Kreuz lag. An einem Holzkreuz festgebunden war. Hier am Boden.

Was würde weiter passieren? Warum ließ man sie so zurück? Als Büßerin? Ihrer Sünden wegen? Der Sünden der ganzen Welt?

Ihre eigenen, die sich nun wirklich in überschaubarem Rahmen hielten, wie sie meinte, büßte sie jeden Tag ab – in diesem Dorf. Seit sie hierhergekommen war.

Aber Julia! – Der Gedanke an sie kam wieder. Würde alles mit ihr zusammenhängen? Wollte man sie selbst deswegen auf irgendeine Weise loswerden? Sie zumindest einschüchtern?

Romy Steiner resignierte. Was würde weiter passieren?

Stille. Dunkelheit.

Sie hörte draußen vor der Tür eine Stimme. Sie konzentrierte sich. Glaubte Alexander Mühlthalers Stimme zu vernehmen. Oder hatte sie sich getäuscht?

Er sprach weiter. Seine Stimme war einmal näher zu hören, dann wieder entfernter. Als hätte er sich dabei der Tür zum Nebenraum genähert, sich dann wieder entfernt. Sie wollte ihn rufen. Es gelang aber nicht. Dann kam ein Zweiter hinzu. Winkelbauer. Konnte das sein? Sie hörte nochmals genauer hin. Ja, es war eindeutig Friedrich Winkelbauers Stimme. Auch er kam näher zur Tür und entfernte sich wieder. Lautes Lachen. Gläserklirren.

Verkosteten sie den Wein aus den Eichenfässern?

Die Stimmen zogen ab, wurden leiser, bis Romy keine mehr von ihnen hörte.

Wieder diese Stille. Grabesstille.

Zeit, die nicht verging und keine Antworten auf ihre Fragen gab.

Plötzlich hörte sie ein Schleifen vor der Tür. Als würde etwas weggeschoben. Die Tür öffnete sich einen Spaltbreit. Licht strömte ins Dunkel ihres Verlieses. Romy Steiner hob ihren Kopf, so gut es ging, um zu erkennen, wer hereinkam. Doch das Licht traf sie so grell, dass sie die Augen zusammenkneifen musste. Es schmerzte.

Sie ahnte, dass sie bereits mehrere Stunden hier unten liegen musste. Ihre Hand- und Fußgelenke waren zwar noch nicht aufgescheuert, aber sie spürte die Fesseln. Die Haut war hier bereits empfindlich geworden. Langsam öffnete Romy Steiner wieder ihre Augen. Sie konnte die Helligkeit zwar ausmachen, aber anderes nicht erkennen. Nur verschwommen, nicht deutlich. Jemand kam herein. Mittelgroß. Leise. Die Gestalt ging an ihr vorbei, offenbar zur Truhe. Romy konnte nichts sehen, da sich alles hinter ihr abspielte. Sie wollte jetzt sprechen. Doch kein Laut kam über ihre Lippen. Wie konnte das sein? Und wieso konnte sie zwar alles hören und verstehen, aber sonst keinerlei Reaktion zeigen? Sich auch nur mühsam in ihrer ausweglosen Position bewegen?

Ein alkoholisch beißender Geruch wehte zu ihr herüber. Sie erinnerte sich. Man hatte ihr also ein Betäubungsmittel vor die Nase gehalten. Eine Art Nervengift, das ihren Körper bewegungsunfähig gemacht hatte. Weshalb nicht ihr Bewusstsein und ihre Gedanken?

Die Gestalt kam zu ihr. Beugte sich über sie und streichelte dabei ihren Kopf.

Auch gegen das Licht konnte sie nur vage Konturen sehen, nichts Genaues erkennen.

»Bald wirst du ein anderes Licht sehen. Das Licht der Vergeltung. Des Fegefeuers. Der Hölle. Auf jeden Fall der ewigen Verdammnis.«

Die Stimme? Es war Patrick, den sie vor sich hatte.

Was machte er? Wieso hielt er sie fest? Und warum sprach er so seltsames Zeug?

Er veränderte seine Position. Kniete sich neben sie. Er murmelte unverständliche Worte vor sich hin, ganz so, als würde er beten. Danach bekreuzigte er sich und ging wieder zur Truhe.

Romy Steiner nahm all ihre verbliebene Kraft zusammen und drückte ein »Warum?« aus ihrer wie verschnürten Kehle.

Es gelang!

Patrick drehte sich um. Seine Bewegung war hektisch. Er schien überrascht. »Die Wirkung des Mittels. Es lässt nach. Gleich gibt's Nachschub.«

»Nicht!«, konnte sich Romy ein weiteres Wort mühsam abringen.

»Doch! Die Welt soll wieder ein Stück anständiger gemacht werden.«

Romy Steiner gab einige Laute von sich.

»Ja, manche Menschen sind dem Himmel nicht so nahe. Da ist sogar dem lieben Gott ein Missgeschick passiert. Der Herr Dr. Winkelbauer hilft allen Sündern vor Gericht. Aber wenn Gott es nicht erlaubt, lässt sogar er von ihnen ab.«

»Was … meinst … du?«, stammelte Romy weiter.

Patrick hielt kurz inne und schien die Gelegenheit nutzen zu wollen, seine Weltsicht genauer zu erläutern. »Herr Dr. Winkelbauer ist ein guter Mensch. Er befreit die Menschheit von unnötigem Ballast. Sperrt die, die er nicht mag, in den Knast. Die anderen bekommt er immer frei. So tickt unsere Justiz. Jeder Anwalt bekommt, was er will. Gesetze sind die gleichen. Die Vergehen sind die gleichen. Wie man sie auslegt, darauf kommt es an. Herr Dr. Winkelbauer weiß immer alles.«

»Warum … ich?«

»Romy, du lässt Julia nicht in Ruhe. Seit du da bist, hat sie sich völlig verändert. Alexander bemüht sich um sie. Sie ist mit ihm verheiratet. Die Kinder. Herr Dr. Winkelbauer ist außer sich wegen dir. Er will dich weghaben. Hat es dir auch gesagt. Aber du hörst nicht. Bist noch immer da.«

Patrick Burger hielt kurz inne. Kniete sich nochmals neben Romy und setzte sich anschließend auf seine Beine.

»Du trägst ein Kreuz in deinem Leben, Romy. Ich werde dich davon befreien. Gott hat mich dazu auserwählt, Menschen, die nicht hierherpassen, seine Gesetze nicht beachten, ihm wieder zu seiner eigenen Gerichtsbarkeit zurückzubringen. Ich werde beten und alles für dich tun, damit du nach deiner Läuterung vielleicht noch himmlischen Frieden findest, daher auch das Holzkreuz, auf dem du liegst. Ich werde es nach deinem Tod an der Wand aufstellen. Mit dir. Dann wirst auch du, wie einst der Herr, Gott, der unser aller Vater ist, näher sein.«

»Auch?«

Romys Gedanken wurden klarer, und sie erinnerte sich an die Toten der letzten Tage in Großlichten, die alle im Tod ein menschliches Kreuz gebildet hatten.

»Ja, der Stöger Franz, die Mittner Alice und der Waldstetten. Alle drei. Gott hat es mir aufgetragen, und es war auf jeden Fall auch die Überzeugung vom lieben, guten Menschen, Herrn Dr. Winkelbauer.«

Romy Steiner merkte, wie sie einer Ohnmacht nahekam.

Nein! Nur nicht das!

Sie spürte, wie die Wirkung der Betäubung weiter nachließ. Vielleicht konnte sie sich ja doch noch irgendwie aus diesen Fesseln befreien. Sie versuchte, ihre Gelenke herauszuwinden. Auch wenn es fast unmöglich schien. Patrick musste daher weitersprechen. »Wie?«

»Ich habe sie jeweils an Orte geführt, die ihnen in ihrem Leben wichtig waren: dem Stöger die Gemeinschaft, der Mittner der Wald und Waldstetten der Teich. Gibt es einen schöneren Tod, als dort zu sterben, wo man am liebsten ist? Geopfert zu werden für eine bessere Welt? Das wollen doch alle? Oder?«

Romy merkte, dass sie mittlerweile langsam ihre Zunge wieder besser bewegen konnte, und versuchte, ihn bei Laune zu halten, um weiter an der Lösung ihrer Fesseln zu arbeiten. »Sicher«, rang sie sich mühsam ab.

»Dr. Winkelbauer hat mich damals vor meinem Vater gerettet. Jetzt helfe ich ihm, die Welt zu befreien. Vom Bösen.« Patrick schienen die letzten Sätze motiviert zu haben. Er stand auf, ging wieder zur Truhe und hantierte an einigen Gegenständen.

Romy nahm wieder den Geruch des Betäubungsmittels wahr. Die Fesseln ließen sich nicht abstreifen. Patrick kam näher. Wieder über sie. Er hielt ihr ein mit Äther getränktes Taschentuch vor die Nase. Romy Steiner bemerkte, wie sich die Silhouette Patricks zu vernebeln begann. Ihre Glieder konnte sie mittlerweile nicht mehr spüren. Ihr Verstand blieb trotzdem klar.

»Es wird nicht lange dauern. Der Puls wird dein Blut schmerzlos aus den Adern drücken. So lange lasse ich dich hier liegen, bis alles vorbei ist. Erst dann gebe ich deinen Körper in Gottes Hand, indem ich das Kreuz mit dir darauf aufstellen werde. Doch zuerst muss deine Seele auferstehen.« Patrick Burger bekreuzigte sich erneut.

Nach einem Gebet sprach Patrick Burger weiter.

»Ich weiß, wie es ist, im Keller zu warten. Endlos. Die Zeit, die nicht verstreichen will. Erlösung. Ich erlöse dich – jetzt.« Während er sprach, schloss Romy die Augen. Mit einer Rasierklinge öffnete Patrick, von ihr beinahe unbemerkt, ihre Pulsadern.

Sie spürte dabei nichts. Gar nichts.

Er legte ihr ein Gänseblümchen auf die Brust – danach.

40. KAPITEL

»Das Gespräch mit dem Peppi Brunner ist doch ganz gut verlaufen? Was sagst du?«

»Ja, er ist auf unserer Seite.«

Friedrich Winkelbauer sowie Alexander Mühlthaler betraten mit Weingläsern in der Hand die Sakristei. Winkelbauer trug zusätzlich eine volle Bouteille Rotwein.

»Also, ich bin zufrieden. Wir werden den möglichen Verkauf des Reiterhofs an die Winzer so lange verzögern, bis sie die Nerven und die Lust daran verliert. Wird, nehme ich an, nicht schwer sein, da sie selbst ja nicht reitet und daher keine emotionale Bindung dazu hat.«

»Und wenn ihr die anderen so zusetzen, dass sie nicht auskommt?«

»Lass das nur meine Sorge sein. Glaube mir, der Brunner hat als Bürgermeister Erfahrung, wie man Leute vergrault. Der wird alles hinausziehen und mit Auflagen zupflastern. So ein Reiterhof ist immer eine Fundgrube für Pfusch.« Friedrich Winkelbauer lachte laut und schenkte seinem Schwiegersohn und sich ein wenig aus der Bouteille nach. Sie nippten an den Gläsern. »Was sagst du, hab ich übertrieben, als ich dir von der Reifung des Jahrgangs von vor drei Jahren vorgeschwärmt habe?«

Alexander nahm sein Glas, roch daran und schwenkte es. Danach hielt er es ans Licht, um dem zähflüssigen, dunklen Wein zuzusehen, wie er den Glasrand herunterlief. »Ganz wunderbar.«

Winkelbauer zeigte sich zufrieden. »Jetzt weißt du, warum ich beim Hannes heute mehr Mineralwasser getrunken habe, weil ich das hier mit dir zelebrieren wollte.«

»Ich muss sagen, es hat sich ausgezahlt.«

Alexander Mühlthaler freute sich sichtlich über die Wertschätzung Friedrich Winkelbauers.

»Julia wird auch gleich kommen. Gut, dass sie uns vorhin hier abgesetzt hat. Was sie gerade jetzt noch unbedingt erledigen muss? Wir warten hier so lange auf sie. Alexander, du musst besser auf deine Frau aufpassen.«

Alexander Mühlthaler wurde ernst, vertiefte sich in sein Glas und nahm einen großen Schluck.

Winkelbauer lockerte die Stimmung wieder auf: »Pfarrer Aigner wird sich bestimmt auch über den guten Tropfen freuen und einige Anekdoten aus dem Reich der Messweine zum Besten geben. Das lässt er sich auf keinen Fall nehmen, wie ich ihn kenne.«

»Na ja, nicht umsonst überlässt er dir gottergeben seinen gesamten Weinkeller. Da soll er dann nix davon haben?«, bemühte sich auch Alexander wieder um eine gelöste Atmosphäre.

»Es wird geschmortes Wild in Wacholdersoße mit Waldviertler Knödeln geben. Dazu habe ich eben den geeigneten Wein ausgesucht. Dieser schwere passt hervorragend dazu.«

»Und vorgustieren muss man da auf jeden Fall, nicht wahr?«, ließ sich Alexander Mühlthaler noch einen Schluck nachschenken.

»Vergiss nicht, du musst dann noch den Patrick anrufen, dass er uns nicht mehr vom ›Grauen Mohn‹ abholen muss.«

»Mache ich.« Alexander stellte sein Glas weg und kramte nach seinem Mobiltelefon. Bevor er Patricks Nummer hatte, stürmte Walli Winzer vom Seiteneingang her die Sakristei.

»Ich suche den Patrick Burger. Haben Sie ihn gesehen?«

»Also wenn Sie ihn jetzt brauchen: Er ist nicht da.«

»Sind Sie selbst mit dem Auto hergekommen?«, fragte sie weiter.

»Nein, Julia hat uns hierhergebracht.«

»Es steht aber hinter der Kirche.«

»Aha. Sie fuhr mit ihrem eigenen. Den BMW haben wir nicht gesehen. Damit gefahren kann allerdings nur der Patrick sein. Er hat dazu die Schlüssel.«

»Wir fanden zwar dic Tür zur Sakristei offen, aber wir dachten, dass Pfarrer Aigner hier war. Wir sind jetzt zum Mittagessen eingeladen und warten nur noch auf Julia.«

»Ich weiß nicht, ob die jetzt so viel Appetit haben wird.«

»Na hören Sie, wie wollen Sie das wissen?«

Julia Mühlthaler erschien in der Tür.

»Julia, endlich. Wo warst du?«

Sie blickte zuerst Alexander, dann ihren Vater an. »Beim Schloss. Ich habe bei der Suche nach Romy mitgeholfen.«

Friedrich Winkelbauer unterdrückte seinen Zorn darüber. Alexander wurde bleicher. »Wie kommst du dazu, uns hier wegen dieser …«, er stockte, »dieser … wahrscheinlichen Morderin warten zu lassen?«

»Was hast du mit ihr? Hast du damals nicht schon genug Ärger mit ihr gemacht? Ihr seid jetzt erwachsen. Schluss mit den Kindereien! Ich werde dafür sorgen, dass sie endlich von hier weggeht.« Julia sah ihren Vater grimmig an.

Walli Winzer stand inzwischen still und ließ das Spektakel an sich vorüberziehen. Aus irgendeiner Eingebung heraus hatte sie das Gefühl, dass auch diese Situation etwas mit der Lösung der Mordfälle zu tun hatte.

Julia Mühlthaler wurde plötzlich wieder ruhig. Sie sah zu Alexander, der ziemlich betroffen wirkte. »Du wirst mir gar nichts mehr sagen. Ich lasse mich nicht mehr wie ein Schulmädchen von dir herumkommandieren. Ich entscheide selbst.«

Walli Winzer beobachtete, wie Julia Mühlthaler eben über sich hinaus zu wachsen schien. Aus der immer schon hübschen Mittdreißigerin, die sich stets in den Familienverband Winkelbauers widerstandslos eingefügt hatte, wurde ein eleganter, strahlender Schwan. Zumindest in Wallis Augen. Dass da offenbar etwas Besonders zwischen Julia und Romy bestehen musste, das hatte Walli Winzer zwar geahnt, aber jetzt fühlte sie es eindeutig im Verhalten aller Beteiligten bestätigt. Da war's schließlich wieder: Romy.

Wo steckte sie? Man musste sie finden, um die Mordfälle aufzuklären.

Walli Winzer war beim Schloss eine Vermutung gekommen. Sie sah zu Winkelbauer, der sein Glas auf die Sakristeikredenz stellte und nervös einen Wanderstock aus der Schirmablage herauszog, als müsse er sich dringend auf etwas stützen. Walli bemerkte mehrere abgerundete Metallapplikation auf dem Stockhals. »Rühren Sie ihn nicht an. Lassen Sie ihn sofort fallen!«, rief sie aufgebracht.

Der Anwalt ließ vor Schreck den Stab los. »Sind Sie jetzt völlig übergeschnappt? Was soll das Geschrei?«

»Es ist vielleicht ein Beweismittel«, stellte sich Walli Winzer dicht neben den am Boden liegenden Wanderstab.

»Die Toten erhielten mit einem abgerundeten Holzstück einen Schlag auf den Kopf. Niemand konnte bisher feststellen, welches Tatwerkzeug das gewesen sein sollte. Grubinger und die Polizei sind fest davon überzeugt, dass es sich um den Griff eines Gartengeräts mit abgebrochenem Firmenzeichen handelt. Ich glaube jetzt hingegen, dass es möglicherweise dieser Wanderstab mit den Wallfahrtsabzeichen gewesen sein könnte.«

»Jetzt hören Sie aber endlich mit Ihren abstrusen Mutmaßungen auf und überlassen Sie der Polizei die Lösung der Fälle. Mir reicht es jetzt mit Ihnen.« Winkelbauer machte Anstalten, den Stab aufzuheben, doch Walli war schneller. Sie stellte einen Fuß darauf und blitzte den in ihren Augen Winkeladvokaten bedrohlich an. »Kommen Sie mir ja nicht näher! Sie werden es nicht wagen, vor Zeugen eine Frau tätlich anzugreifen, oder?« Winkelbauer zog sich ertappt zurück.

Harry Kain kam rechtzeitig zur Tür herein. Walli verdrehte die Augen, als sie ihn sah: »Wo sind Sie denn so lange geblieben? Sie wollten doch nur kurz pinkeln gehen.«

Harry wurde rot. So vor allen plauderte sie das aus? Typisch Winzer. Er kam aber nicht mehr dazu, brüsk darauf zu reagieren, weil ihn Wallis seltsame Körperhaltung irritierte.

»Darf man fragen, weshalb Sie zugegebenermaßen etwas unelegant auf einem am Boden liegenden Spazierstock jonglieren, statt Patrick zu suchen?«

»Harry, stellen Sie keine Fragen, sondern heben Sie ihn mit einer Serviette auf, damit keine Fingerabdrücke verwischt werden, und legen Sie ihn auf die Seite. Ich wette, dass das die Tatwaffe ist, mit der alle Opfer erschlagen wurden.«

»So ein Blödsinn!«, entrüstete sich Winkelbauer. »Sie werden doch wohl nicht annehmen, dass irgendjemand so bescheuert wäre und eine Mordwaffe in der Sakristei versteckt. Und schon gar nicht direkt vor aller Augen.«

»Vielleicht sind es gerade die besonders Oberschlauen, die auch die Wagemutigsten sind. Brauchen den besonderen Kick, nicht entdeckt zu werden.« Sie funkelte Friedrich Winkelbauer an.

Er schüttelte nur den Kopf. Harry ging ins Kirchenschiff und legte den Stab auf den Altar. Kurz darauf stand er wieder neben Walli Winzer. »Und wie soll's jetzt weitergehen? Wo ist Patrick?«

»Wenn wir das nur wüssten. Den BMW hat er hinter der Kirche geparkt. Also weit kann er nicht sein.« Walli suchte Julias Blickkontakt.

»Ich war gerade im Pfarrhaus. Da ist er jedenfalls nicht.«

Plötzlich hörten die Anwesenden Schritte in der Kirche. Eine Tür fiel unsanft ins Schloss. Patrick Burger bog in die Sakristei ein.

»Patrick! Wo warst du denn?«, empfing ihn Anwalt Winkelbauer.

Der Anwaltsgehilfe blickte sich verängstigt um. »Im Weinkeller.«

»Aber Alexander und ich hätten dich doch sehen müssen. Wir waren eben unten.«

Patrick überlegte kurz und stotterte dann: »Ähem, dann war ich kurz heroben, in der Kirche … neue Blumensträuße in die Vasen stellen.«

»Na, sehen Sie! Was unser Patrick macht, ist zwar nicht immer gleich nachvollziehbar. Aber was würden wir hier ohne unseren Patrick machen. Und ich glaube, Frau Winzer, es reicht jetzt, und wir sagen Auf Wiedersehen!«

»Einen Moment noch. Patrick, Sie sind doch ein eifriger Fischer. Oder?«

»Ja, bin ich.«

»Verwenden Sie Stiefel, wenn Sie am Ufer stehen?«

Patrick zögerte mit seiner Antwort: »Schon. Meistens.«

»Eventuell in Schuhgröße 40, 41? Und könnte es zufälligerweise auch sein, dass Fischerstiefel das gleiche Profil wie Gärtnerstiefel haben?«

Patrick Burger wurde unruhig. »Wie meinen Sie das?«

»Na, wie ich es gesagt habe.«

»Also, Frau Winzer, es ist jetzt genug! Wir dürfen uns von Ihnen verabschieden. Sie haben gehört, was er gesagt hat: Er trägt Fischer- und keine Gartenstiefel. Ich sage: Grüß Gott!«

Entnervt blickte Walli auch auf Patricks Schuhe, die blutverschmiert schienen. »Was ist denn das?«, fragte sie. Auch alle anderen waren darüber verblüfft.

»Ach, das muss ich gleich putzen. Da ist mir im Weinkeller Rotwein beim Dekantieren«, er schaute zu Winkelbauer, »für den Herrn Pfarrer über die Lederschuhe geronnen.«

Stille. Alle Blicke waren auf Patrick gerichtet.

Schließlich: »Sie sehen, Frau Winzer, Ihre Vorwürfe werden immer absurder. Lassen Sie endlich Patrick in Ruhe. Oder Sie erhalten morgen von mir eine Anzeige wegen übler Nachrede.«

Walli Winzers Latein war jetzt am Ende. Hilfe suchend blickte sie zu Harry Kain, der ebenso ratlos mit den Achseln zuckte.

»Trotzdem sagt mir mein Instinkt, dass alle Fäden in den Mordfällen hier zusammenlaufen.«

»Frau Winzer, nicht Instinkte, sondern Fakten, und falls Sie das nicht verstehen: Beweise sind das Ausschlaggebende. Mit Instinkten werden Sie keinen Mord aufklären und keinen Gerichtsfall gewinnen.« Winkelbauer lachte hämisch. »In diesem Sinn entschuldigen Sie uns jetzt wirklich. Geschmortes Wild wartet nämlich auf uns. Ich darf euch bitten.«

Walli antwortete nicht auf seine Provokation. Sie überlegte weiter, aber dieser üble Advokat hatte leider recht. Sie hatte nicht das Geringste in der Hand. Außer diesen Wanderstock, den Harry und sie gleich vom Altar abholen würden. Ihn würde sie Sepp Grubinger für einen DNA-Abgleich und für weitere Untersuchungen übergeben. Harry Kain deutete Walli, den Stab selbst holen zu wollen. Sie könnte inzwischen langsam zum Kirchenausgang schlendern.

Walli Winzer blieb allerdings stehen und sah sich die kleine, im Barock gehaltene Kirche genauer an. Sie war für eine Dorfkirche aufwendig gestaltet und schien frisch renoviert. Österreich lebte im Fremdenverkehr von seinen barocken Schätzen. Dass sie gepflegt und erhalten werden mussten, stand für sie außer Frage. Nur der Geist, der damit verbunden war, müsste ganz neu definiert werden. Wenn sie etwas kulturell zu sagen hätte, dann würde sie … Walli fielen plötzlich die Blumensträuße in den Vasen ringsum auf. Einige Blüten ließen bereits die Köpfe hängen. Aber Patrick hatte doch eben erzählt, dass er sie ausgewechselt habe?

Hm. Sie sah sich weiter um. Ihr Blick fiel auch auf den Eingangsbereich der Katakomben. Der typische Geruch eines jahrhundertealten Kellers drang zu ihr. Und etwas blitzte. Sie ging näher heran. Sie konnte es nicht glauben. Da lag ihr Motorradschlüssel zur Harley! Er glänzte in einem hellen Lichtkegel, der vorher nicht da gewesen war. War das jetzt ein Wink von oben?

Den Schlüssel konnte doch nur Romy gehabt haben. Sie war mit der Harley-Davidson weggefahren, die im Schlosshof parkte.

Romy Steiner war also mit Patrick im BMW hierhergekommen. Warum log er? Wollte er sie beschützen, oder hielt er sie gefangen?

»Harry, kommen Sie hierher.«

Im gleichen Moment kam Friedrich Winkelbauer zurück, um die Kirche und die Sakristei abzusperren. Walli Winzer hob den Schlüssel auf und hatte bereits Licht im ersten Raum gemacht, als Winkelbauer auf sie losging: »Jetzt sind Sie noch immer da! Verschwinden Sie endlich!« Der Anwalt packte sie von hinten am Kleid und hob seine Hand. Endlich würde er sie schlagen dürfen. Niemand würde es sehen. Sie hätte sich das verdient.

Walli Winzer erinnerte sich wieder an ihren Selbstverteidigungskurs, drehte sich und legte Winkelbauer im Affekt eine mit der Handkante auf. Der ließ sofort von ihr ab und griff sich an den Nacken. Er wirkte dabei reichlich verdutzt. Instinktsicher entwand sich Walli wie eine Katze. So schnell sie konnte, lief sie fort und flüchtete in den Keller hinunter.

Harry war auch inzwischen zur Stelle, hielt Winkelbauer zurück und warf sich dabei sogar mutig ins Handgemenge. Walli Winzer lief in den hinteren Bereich der Gewölbe, bis in den Weinkeller. Hier schien der unterirdische Gang zu Ende. Es war dunkel. Sie holte ihr Handy aus der Tasche und leuchtete mit der Taschenlampenfunktion den ganzen Raum aus. Neben vielen Weinregalen befanden sich mehrere Eichenfässer. Aus einem von ihnen musste Patrick den Rotwein mit einer Weinpipette gezogen haben. Beim Abfüllen in einen Krug hätte etwas danebengehen können, dachte sie.

Walli Winzer arbeitete sich langsam zum rechten hinteren Bereich des Gewölbes vor. Sie leuchtete den Wandkasten ab. Dabei irritierte sie, dass er nicht wie alles andere gerade an der Wand stand, sondern schief. Sei's drum. Sie konnte sich nicht um alles kümmern. Walli Winzer drehte sich um und wollte den Raum bereits verlassen. Doch ihr Schönheitssinn hielt sie davon ab. Sie ging nochmals zurück zum Kasten und versuchte, ihn in seine ursprüngliche Position zu schieben. Das war gar nicht so leicht. Denn auch er war voll mit Weinflaschen ausgelegt. Die paar Kilos, die sie zu viel draufhatte, erwiesen sich jetzt doch für etwas gut, schmunzelte sie. Walli lehnte sich mit aller Kraft dagegen und merkte, dass der alte Kasten schließlich nachgab.

Sie war einigermaßen verblüfft, als sie dahinter eine Holztür mit Schieber entdeckte. Walli nahm vorsichtig die wenigen Stufen hinab. Es ekelte sie allerdings furchtbar, als ihr ein modrig-feuchter, metallener Geruch entgegenströmte. Der Gestank würgte sie. Walli Winzer musste sich zurückhalten, sich nicht an Ort und Stelle zu übergeben. Sie machte einen kleinen Schritt nach vorn, rutschte aber in einer schmierigen, klebrigen Masse am Boden aus.

Auf dem Lehmboden kniend, wischte Walli Winzer ihre Hände am neuen Kleid ab. Zum Aufstehen stützte sie sich seitlich ab und berührte dabei etwas Weiches.

Walli zuckte zusammen.

Das war ein Bein gewesen. Rasch leuchtete sie in Richtung ihrer grausigen Entdeckung.

Oh Gott, es war Romy! Sie lag leblos inmitten einer riesigen Blutlache.

41. KAPITEL

Mehrere Fahrzeuge mit eingeschaltetem Blaulicht standen vor der Kirchtüre, als Walli Winzer wieder ins Helle hinaustrat. Nie hatte sie die frische Luft so genossen wie gerade eben. Sie blieb kurz stehen, lehnte sich an die Kirchenmauer, schloss die Augen und atmete mehrmals tief ein. Als sie sie wieder öffnete, merkte sie, wie sie die umstehenden Leute anstarrten. Sie musste schrecklich aussehen. Das wusste sie. Aber es war ihr in diesem Moment egal.

Romy! Warum war sie nicht früher gekommen? Warum waren ihr die Katakomben nicht schon früher eingefallen? Auch ohne den Schlüsselbund davor?

»Walli, kommen Sie, ich bringe Sie zum Rettungswagen.«

»Mir fehlt nichts«, stammelte sie.

»Vielleicht gibt es noch etwas Beruhigendes für Sie«, nahm sie Harry Kain bei den Schultern und ging mit ihr zu einem der grellen Rettungsfahrzeuge. Ihre Bewegungen waren langsam, sie stand sichtlich unter Schock. Der Rettungsarzt verabreichte ihr ein das Herz und den Kreislauf stärkendes Mittel und bat sie, sich ein wenig hinzusetzen. Harry blieb bei ihr.

Die Traube der Schaulustigen, von denen sie die meisten nicht kannte, wurde lebhaft, als die Rettungsmänner eine Trage aus dem Kirchenschiff trugen. Romy Steiner war bis zum Hals in eine Decke gehüllt. Neben ihr ging ein junger Mann, der darauf achtete, dass er die angeschlossene Blutkonserve weiterhin in der richtigen Höhe hielt.

Romy war totenblass, als sie zum Rettungswagen an ihnen vorbeigebracht wurde. Julia, die neben Alexander Mühlthaler stand, lief zur Trage und ging einige Meter mit. Als die Männer kurz vor dem Rettungswagen stehen blieben, strich sie Romy kurz über die Wange und küsste sie.

»So, bitte lassen Sie sie jetzt«, sagte einer der Rettungsleute sanft und drängte Julia Mühlthaler beiseite.

»Romy, bitte halte durch.« Die Männer schoben sie hinein und schlossen die Tür. Mit Hochgeschwindigkeit brauste der Einsatzwagen davon.

Julia brach in Tränen aus. Sie schluchzte so laut, dass die Menge, die zuvor noch Wallis blutverschmiertes Outfit samt abgerissenem Kleidersaum bestaunte, nun zu Julia blickte. Walli war ob der Szene tief betroffen.

»Vielleicht schafft Romy es ja doch«, versuchte Harry ein Fünkchen Hoffnung in dieser anscheinend ausweglosen Situation zu verbreiten.

»Ja, ich wünsche es ihr«, entgegnete Walli. »Allerdings hat sie in den letzten Wochen so viel Düsteres erlebt, dass das alleine schon reichen würde, jemanden seelisch zu vernichten.«

»Wir können jetzt nur warten.«

Walli blickte zur Gruppe um Friedrich Winkelbauer, den das Treiben seiner Tochter derzeit überhaupt nicht interessierte. Sie sah ihn abwehrend gestikulieren, was sie vermuten ließ, dass er sich rechtfertigen musste. Sepp Grubinger stand mit amtlicher Miene, assistiert von einigen Kollegen, neben ihm. Sie hatte ihn und die Rettung sofort noch vom Keller aus angerufen.

Was sie verblüffte, war, dass neben Bezirksinspektor Adi Platzer auch Matthias Stanzl, der Vorarbeiter des Zementwerks, stand. Der Typ hatte gerade noch gefehlt, dachte sie.

Aus dem Seitenzugang zur Sakristei wurde Patrick Burger von einigen Beamten abgeführt. Er versuchte, Winkelbauer zu entdecken, und rief ihm laut zu: »Das habe ich nur für Sie getan. Sie sind der beste Mensch, den ich kenne! Die Welt muss endlich von Unwertem befreit werden! Das habe ich getan. Für uns alle!«

Die meisten Schaulustigen waren betroffen. Patrick Burger wurde in den Polizeiwagen gesetzt, der sogleich losfuhr.

Das war ja unglaublich. Hatte Winkelbauer wirklich etwas damit zu tun? Walli Winzer fühlte sich aufgrund der Stärkungsmittel wieder besser und stellte sich in die Nähe Grubingers.

Sie hörte, wie er gerade sagte: »Herr Dr. Winkelbauer, wir nehmen Sie fest wegen schwerer Körperverletzung, Anstiftung zu Körperverletzung, Mitwisserschaft und Erpressung. Nehmt ihn bitte mit.« Er nickte seinen Kollegen zu.

Winkelbauer sah zu Adi Platzer, der teilnahmslos stehen blieb und keine Miene verzog. »Das können Sie doch nicht machen!«, rief Friedrich Winkelbauer empört. »Wissen Sie denn nicht, wer ich bin?«

»Doch. Aber das können Sie alles dem Haftrichter erzählen«, antwortete er stoisch.

Walli Winzer war überrascht. Diese Seite Platzers hätte sie eigenartigerweise nicht an ihm erwartet. Sicher gab es unzählige Ausflüchte in Österreich, die nicht gleich zur Festnahme Winkelbauers hätten führen müssen. Doch Adi Platzer hatte anders entschieden als erwartet. Die Festnahme fand nämlich im Dorf statt – vor aller Augen.

Platzer wandte sich noch an einen Begleitpolizisten Winkelbauers und klärte offenbar Details der Überstellung.

»Was war das jetzt eben?« Bevor Sepp Grubinger beginnen konnte Walli Winzer zu erzählen, gab Platzer für alle das Kommando zum Rückzug. Auch für Grubinger.

»Wir sehen uns«, murmelte er ihr im Vorbeigehen zu.

Walli war sauer. Sie blickte zu Platzer, der sie eisern fixierte. So ein Arsch, dachte sie. Das hat der Typ jetzt absichtlich gemacht. Damit ich nichts erfahren kann. Er hatte sich doch kein bisschen verändert.

42. KAPITEL

Wenige Wochen später.

Walli Winzer trug über ihren Armani-Jeans und einer grün-schwarz karierten, original schottischen Highland-Bluse eine mittelgrüne Gärtnerinnenschürze. Ihre Hände schützten weiße Ziegenlederhandschuhe, die sie tunlichst nicht schmutzig machen wollte, was ihr allerdings nicht wirklich gelang. Sie griff daher zeitweise in die vordere Tasche und holte eine Gartenschere hervor. Damit schnitt sie die abgeblühten Dolden von den Stielen der bunten Dahlien-Rabatte. Die welken Blätter knickte sie dann mit den Fingern weg. Dabei schwelgte Walli, auch während sie das tat, wieder in den Erinnerungen an Björn, der letzte Woche doch allein nach Großlichten gekommen war. Viel von der Umgebung hatte er nicht gesehen. Sie trafen auch nur wenige Leute. Denn in dieser viel zu kurzen Woche hatten sie das alte Schulhaus nicht sehr oft verlassen. Sie ließen sich von Hannes' Catering versorgen und nutzten jede Stunde miteinander – vor allem im Bett.

Björn hatte versprochen, zum Wochenende wiederzukommen. Extra aus Schweden! Heute war Donnerstag. Wie Walli beobachtet hatte, war es seinem Blick nicht entgangen, dass ihr neuer Bauerngarten ein paar Betreuungsstunden hätte brauchten können. Da Romy unmöglich einsetzbar war, hätte sie sich deswegen nur an Florian wenden können, was sie auf keinen Fall machen wollte. Dann hätte dieser sie möglicherweise noch nach Björn gefragt. Nein! Dem wollte sie entgehen. Eine innere Stimme hielt sie davor zurück.

Silvia hatte ihr als Gastgeschenk diese Handschuhe mitgebracht. Also, warum sie nicht einmal ausprobieren und im Garten selbst Hand anlegen. Auch wenn Walli wusste, dass es das erste und letzte Mal für sie sein würde, wenn sie an ihre jetzt schon schmerzenden Glieder vom vielen Bücken und Hinknien dachte.

Doch vor ihrer Nachbarin, die in Blickrichtung zu ihr saß und mit dem neuen Postboten auf ihrer Terrasse launig Kaffee trank, wollte sie sich keine Blöße geben. Daher galt es durchzuhalten, bis die trockenen Blätter und einiges, was man zu Unrecht Unkraut nannte, weggezupft waren. Walli erinnerte sich allerdings an Romys Worte und ließ einige junge Brennnesseln stehen. Unkraut, das man essen konnte, als Spinat und als Pesto. Darüber hinaus war es gut für die Schmetterlinge.

Um alles in meditativer Ruhe ausführen zu können, hatte sie sich auf eine geschäumte Kunststoffmatte gekniet und beugte sich gerade vor, als Kater Filou Anstalten machte, durch die Rabatte gehen zu wollen. Walli streichelte kurz sein Köpfchen, das er ihr wohlig entgegenstreckte. Sie verscheuchte ihn danach sanft, da sie bei dieser Katze nie genau wusste, was sie als Nächstes im Schilde führte. Vielleicht würde er sich weiter durch die Blumenrabatte schlängeln, und sie müsste danach die von ihm umgewälzten Astern blumentechnisch verarzten. Dazu hatte sie wirklich keine Lust.

»Filou, nein – hier nicht! Suche dir etwas anderes«, versuchte sie seinen Widerstand zu knacken.

Der Kater schien heute gut gelaunt, denn bereits nach Wallis ersten behutsamen Abwehrbewegungen zog er sich zurück. Allerdings nicht weit weg. Nur bis zum nächsten Beet.

Dem Karottenbeet.

Dort grub er mit seinen Vorderpfoten genüsslich in der lockeren Erde und verwendete die Grube kurzerhand für Weiteres, was Katzen eben in solchen Fällen gerne taten. Als sie das sah, pfauchte Walli los. Sie ließ ein paar Flüche ab und versuchte, erst einmal aus ihrer unbequemen Haltung hochzukommen, um dieses Katzenvieh, das ihr Gemüsebeet mit einem Katzenklo zu verwechseln schien, zu verscheuchen. Seine Halterin brauchte allerdings doch eine gewisse Zeit, bis sie hochkam.

Filou war inzwischen dabei, die mittlerweile gefüllte Grube genüsslich zu verscharren, blickte kurz zu Walli und suchte auf elegante Weise das Weite. Walli Winzer kochte innerlich. Dünger war zwar für Pflanzen gut, aber Karotten mit Katzenscheiße, das war nicht nach ihrem Geschmack.

Ihr verging der Appetit. Sie holte ein Säckchen aus ihrer Gartenschürze und sammelte die Katzengabe auf. Walli schaute herum, was sie damit anfangen konnte.

»Werfen Sie's ins Feld dort. Das trocknet sofort ein und wird zum Dünger.«

Walli glaubte nicht richtig zu hören. Sie drehte sich um: »Ich glaub's ja nicht! Romy! Sie sind schon aus dem Krankenhaus zurück? Ich dachte, erst in einer Woche wäre es so weit?«

»Es ist alles okay, und mir geht es so weit wieder gut. Sie wissen: Unkraut vergeht nicht«, lachte sie noch ziemlich bleich und matt.

Walli freute sich, die ihr ans Herz gewachsene Gärtnerin wiederzusehen. »Schauen Sie mal, Romy.« Sie zeigte ihr die durch kleine Granitsteinchen eingefasste Brennnesselecke, Wallis Eigenkreation.

»Oh, ist das schön«, freute sich Romy Steiner. »Wird die ganze Jahreszeit über Schmetterlinge anlocken. Ein kleiner natürlicher Lebensraum für sie, den Sie hier geschaffen haben.«

Walli Winzer klopfte erfreut und verlegen ihre Lederhandschuhe aus, über die sich Romy verhalten amüsierte, nachdem sie diese erblickt hatte.

»Ich werde Florian noch sagen, dass er Ihnen hinter dem Haus die kleine Brennnesseloase erweitern soll.«

Walli wurde wortkarg. »Was heißt, Florian? Ich dachte, Sie sind für meinen Garten zuständig?«

»Liebe Frau Winzer, ich bin gekommen, um mich bei Ihnen für alles zu bedanken und mich zugleich zu verabschieden.«

Walli Winzer fiel vor Staunen die Gartenschere aus der Hand. »Also damit hätte ich jetzt nicht gerechnet. Warum so plötzlich? Sie sind doch praktisch gerade in Großlichten angekommen?«

»Das ist es eben: Ich bin hier nie wirklich angekommen, auch schon in meiner Jugend nicht.«

»Hm. Ja, diese schrecklichen Ereignisse waren zu viel. Aber Sie haben hier jetzt auch Menschen, auf die Sie zählen können. Ich werde immer für Sie da sein. Die Familie Breitenecker und Freunde ebenso. Sie müssen hier nicht mehr alleine sein.«

Romy Steiner lächelte. »Ja, das ist total schön, ich weiß. Danke. Aber da gibt es noch etwas anderes. Und das ist für mich das Entscheidende, das Unlösbare.«

Walli wurde nachdenklich und erahnte die Ursache: »Julia.«

Romy nickte ernst. »Wie könnte ich hier leben und dabei wissen, dass sie ihrer Familie und ihrer Kinder wegen mit Alexander zusammenbleibt, auch wenn sie mich liebt und ihn halt einfach mag? Er ist ja ein netter Kerl.«

Walli Winzer hatte die Handschuhe inzwischen ausgezogen und sie auf eine Nische an der Zauneinfassung gelegt. Zugegeben: Auch sie war ratlos – und das wollte bei der findigen PR-Expertin etwas heißen. »Romy, es ist ihr Leben. Und wenn Sie sie wirklich lieben, müssen Sie das leider so akzeptieren.«

»Ist es nicht unglaublich, dass Menschen, die weiterhin hier in einem Dorf leben und arbeiten wollen, noch immer die gesellschaftliche Reputation mehr wert sein muss als die Liebe?« Romy Steiner war den Tränen nahe und versuchte, sie hinunterzuschlucken.

Walli Winzer wusste, dass kein leichtes Leben in einem Dorf auf sie warten würde, wenn Julia sich gegen ein Zusammenleben mit Alexander entschieden und den großen Schritt der Trennung genommen hätte.

»Hält Alexander Julia der Kinder wegen zurück?«, fragte Walli sie weiter.

»Nein. Soviel ich weiß, stellt er ihr alles frei. Alexander ist es nicht. Julia ist es, die es nicht schafft, sich und mich damit quält.«

»Und ihre Mutter?«

»Die ist noch von allem geschockt und hat sich zurückgezogen.«

»Was passiert mit der Kanzlei?«

»Alexander übernimmt sie und versucht zu retten, was zu retten ist. Ob ihm das gelingt? In Österreich steht der gute Ruf noch über allem. Zumindest nach außen hin. Vielleicht trennt er sich auch deshalb nicht von Julia. Stattdessen lässt er ihr alle Optionen offen. Auch eine Dreiecksbeziehung. Das möchte ich aber nicht.«

Walli dachte an Björn und Florian. Irgendwie bewegte sie sich auch in so einer seltsamen Konstellation, obwohl ihr Björn jetzt wieder näher gerückt war. Vergessen hatte sie Florian jedoch nicht.

»Romy, und was geschieht mit Ihrer riesigen Erbschaft? Eduard Waldstetten hat ja keine Nachkommen. Sie sind ja Alleinerbin seines Vermögens.«

»Ich werde die Erbschaft natürlich annehmen und das Schloss verkaufen. Mein Traum war immer, eine eigene Firma für Gartengestaltung und Landschaftsarchitektur zu haben. Österreich hat da seit dem Zweiten Weltkrieg sowieso einiges an Ästhetik nachzuholen. Noch dazu als beliebtes Fremdenverkehrsland. Ich glaube, das Bewusstsein wächst langsam, und ich werde hoffentlich bald ganz viel Arbeit haben.«

»Ja«, sprach Walli ihr freundlich und ermunternd zu. Irgendwie war ihr wehmütig zumute.

Romy Steiners Blick fiel auf die Street-Bob, die lässig neben dem Schulhaus lehnte. »Übrigens, sorry, dass ich damals damit einfach abgerauscht bin.« Sie nickte Richtung Harley. »Aber als ich Julia und ihre Familie inmitten der Honoratioren aus Großlichten sah, überkam mich der große Weltschmerz. Ich musste einfach weg. Grubinger hatte ich damals noch gar nicht gesehen, wie man dann fälschlich angenommen hatte.«

»Das alles ist mittlerweile Geschichte. Niemanden interessiert das mehr.«

»Ja, und Ihr schönes Sommerkleid, das Sie damals getragen haben, das werde ich Ihnen wohl ersetzen müssen.«

»Wie meinen Sie das?« Walli war überrascht.

»Sie haben mir das Leben gerettet. Es war echt geistesgegenwärtig, dass Sie den Saum von Ihrem Kleid abgerissen und mir als Bandage um die Handgelenke gewickelt hatten.«

»Manchmal habe ich doch noch ein paar Geistesblitze auf Lager«, witzelte Walli Winzer matt. Sie hob verlegen die Gartenschere vom Boden auf.

»Wann geht Ihr Zug nach Wien?«

»In einer Stunde.«

»Soll ich Sie hinbringen?«

»Danke, nein. Ich werde abgeholt.« Romy zögerte, ging dann auf Walli zu und umarmte sie. »Danke, dass Sie mich gerettet haben, ohne Sie gäbe es mich mit Sicherheit nicht mehr.«

Walli Winzer nickte und erwiderte die Umarmung. »Schreckliche Geschichte, das Ganze.« Sie strich der jungen Frau freundlich übers Haar. »Ich werde trotzdem später zum Bahnhof kommen und Sie verabschieden.«

Romy Steiners Gesicht erhellte sich. Sie hatte in Walli Winzer wirklich eine Vertraute gewonnen, und die war schwer in Ordnung, wie ihr Florian immer glaubhaft versichert hatte – auch wenn viele im Ort sie noch immer nicht mochten. Die Begegnung mit Menschen wie Florian Wagner, Walli Winzer und die Klarheit über ihr eigenes Leben waren es schon wert gewesen, nach Großlichten gekommen zu sein. Aber ein Leben ohne Julia war für sie hier nicht möglich.

Als Walli Winzer später am Bahnhof eintraf, sah sie bereits ein kleines Grüppchen am Bahnsteig nach Wien stehen. Romy Steiner war unter ihnen. Walli bemerkte ihren violetten kleinen Koffer zwischen den Umstehenden hervorlugen, als sie auf die Wartenden zusteuerte. Manchmal griff Romy nach der herausgezogenen Griffstange. Fast so, als müsste sie sich an etwas festhalten. Ihre Abreise hatte sie nur wenigen erzählt. Offenbar sprach sich das aber doch schneller herum als erwartet. Romy war sichtlich gerührt, da sie sich öfter verlegen an die Nase griff. Sie stand seitlich und freute sich, als sie Walli erblickte.

»Jeder von euch kann mich gerne in Wien besuchen kommen«, bläute Romy eindringlich den etwa 15 Leuten ein.

Das Einfahren des Regionalzugs war eben angekündigt worden. Lebendigkeit breitete sich unter ihnen aus. Einige umarmten Romy, andere wiederum streckten ihr freundschaftlich, auch ein wenig schüchtern die Hand hin. Walli hielt sich nun zurück. Ging noch nicht auf Romy Steiner zu. Sie hatte das Gefühl, dass es Romy wichtig war, zu erkennen, dass die Menschen, denen sie hier etwas bedeutete, einmal handverlesen um sie waren. Walli kannte die meisten davon gar nicht, außer – und da drehte er sich gerade um: Florian Wagner. Er lächelte Walli liebevoll zu, widmete sich dann wieder ganz Romy. Offenbar waren auch einige der

Gärtnerinnen und Gärtner mitgekommen, um sich zu verabschieden. Die Stimmung war herzlich, und man bestätigte einander, sich bald wiederzusehen.

Jetzt kamen auch noch Lena samt Family, Mizzi Troger mit Sandra. Auch Silvia und Anna beeilten sich, Romy noch vor dem Einsteigen abzufangen, um ihr alle guten Wünsche mitzugeben. Und: Das durfte nicht wahr sein! Sogar Bürgermeister Peppi Brunner schnaufte die Stiegen zum Bahnsteig hoch und wirkte erleichtert, dass sein Unterfangen nicht umsonst war und der Zug trotz Ansage noch nicht eingefahren war. Er stürmte auf Romy zu, drängte alle anderen gekonnt zur Seite und griff nach Romys Hand. »Frau Steiner, wie schade, dass Sie Großlichten verlassen. Jetzt, wo sich für Sie doch alles zum Wohlgefallen gelöst hat! Na ja, Abstand tut immer gut. Ich hoffe aber, Sie kommen bald wieder, um Ihre Besitzungen zu betreuen.« Leise fügte er nur für Walli hörbar, die jetzt direkt neben Romy Steiner stand, hinzu: »Vielleicht können wir ja auch noch über andere Investitionen in Ihrem und im Interesse der Gemeinde sprechen?«

Walli hätte sich das denken können: Nur das schnöde Geld war der Grund für sein Erscheinen. Denn etwas anderes hatte dieser Bürgermeister wirklich nicht im Sinn.

Lena beobachtete mit versteinerter Miene das Schauspiel, das sich bot, und auch Romy antwortete diplomatisch und versuchte, sich aus dessen fast körperlicher Umklammerung zu befreien. Walli verstand und stellte sich zwischen die beiden: »Herr Bürgermeister, wir sprechen auch noch wegen meines Kaufs des Reiterhofs. Ich muss mich jetzt auch noch von Frau Steiner verabschieden.« Sie stieß ihn geschickt mit den Ellbogen zur Seite und sah in Romys erleichtertes Gesicht.

Der Aufruf, einzusteigen, ertönte aus den Lautsprechern.

Walli und Romy sahen einander nochmals freundschaftlich an und umarmten einander ein letztes Mal. Die Menschen im Kreis um Romy legten ihr abschließend die Hände auf die Schultern und wünschten alles Gute. Florian stellte inzwischen den Koffer in den Waggon. Der letzte Aufruf erfolgte. Die übrigen Fahrgäste waren alle bereits eingestiegen. Romy stand auf der letzten Stufe, als noch jemand den Bahnsteig entlanglief. Es war Julia. In der Gruppe wurde es still.

Romy blieb reglos, wo sie war. Der Pfiff des Schaffners kündigte das Schließen der Türen an. Romy bewegte sich nicht.

»Na, was is? Steigen S' doch ein«, rief der Schaffner ihr zu.

Julia stand vor Romy. Sie nahm sie an der Hand und zog sie auf den Bahnsteig zurück. Romy ließ es geschehen. Sie war sprachlos. Apathisch. Als konnte sie es nicht glauben. Beide Frauen sahen einander an. Innig. Es schien ihnen völlig egal zu sein, wo sie gerade waren, und wer um sie herumstand. Sie waren in eine andere Welt versunken. Ihre eigene.

»Ich will nicht, dass du wegfährst.« Julia umarmte Romy und küsste sie lange anhaltend vor allen Umstehenden.

Nach einer gewissen Zeit der Verwunderung fingen einige aus der Gruppe an zu applaudieren. Walli und die Breiteneckers waren darüber erstaunt und lächelten einander entspannt zu. Sie pflichteten erfreut in den kräftigen Beifall ein. Einige pfiffen sogar vor Begeisterung. Jetzt wurden auch andere auf Züge Wartende auf die beiden aufmerksam und stimmten, nachdem sie das küssende Paar wahrgenommen hatten, in die allgemeine Euphorie ein.

Letztlich überwand Liebe doch alle Grenzen, war Walli wieder einmal davon überzeugt. Dabei konnte man dann leicht – sogar so manche (Voll-)Koffer vergessen.

43. KAPITEL

Es war ein schöner und für Ende September ungewöhnlich milder Sonntagvormittag. Alle Gäste waren gut gelaunt und verstreuten sich quer über die Festwiese im rückwärtigen Areal der Schlossanlage. Ein Kammerorchester mit 13 Instrumentalisten spielte die berühmtesten Highlights der klassischen Musik, umgeben von den üppig blühenden Blumenrabatten, die man sich im Frühherbst nur vorstellen konnte. Ein festliches Ambiente an einem strahlend schönen Sonnentag.

Walli Winzer schlängelte sich am sensationellen Buffet vorbei. Da es noch nicht freigegeben worden war, hielt sie es schon beizeiten für sinnvoll, ein Auge auf die köstlichsten Häppchen zu werfen. Für später. Sicher war sicher. Immerhin stand hier schon eine Traube von Menschen, die sich wohl Ähnliches dachten wie sie. Daher: Früh den besten Startplatz festlegen brachte später eindeutig Vorteile.

Walli schlenderte unter dem schattigen Partyzelt einen Stand weiter und stellte sich bei der Getränkeausgabe an. Sie bestellte ein Glas Sekt. Immerhin wurde heute gefeiert.

»Hallo, Walli! Na, was sagst du zu dem tollen Tag?« Mizzi Troger stand mit ihrer Tochter Sandra im Schlepptau plötzlich neben ihr.

»Nicht zu übertreffen. Ich habe mir gerade die Brötchen angesehen. Die sind ja fast Kunstwerke geworden. Viel zu schade, um so etwas aufzuessen.«

»Die Schüler aus der Gastgewerbeschule haben sich mit ihren Lehrkräften, wie man sieht, alle Mühe gegeben. Der Hannes hat auch mitgeholfen, und wir vom Pfarrgemeinderat waren ebenfalls dabei. Dass wir hier unterstützen, war für uns selbstverständlich, nachdem wir den Winkelbauer einstimmig als Vorsitzenden abgesetzt hatten. In seiner Abwesenheit, denn so schnell werden wir den wohl nicht mehr sehen.«

»Gut, dass es auch einmal den Richtigen erwischt hat. Manchmal ist Gott doch gerecht. Findest du nicht auch?« Walli und Mizzi lachten erleichtert.

»Also, in diesem Sinne.« Walli schnappte sich ungefragt ein weiteres Glas Sekt, das bereitgestellt worden war, und drückte es der Vorsitzenden des Dorfverschönerungsvereins in die Hand. Diese nahm es gut gelaunt entgegen. »Prost, auf die Gerechtigkeit!« Walli sprach den Toast so laut, dass sich Sepp Grubinger beim Wort »Gerechtigkeit« angesprochen fühlte und sich ihnen zuwandte.

»Zum Wohl, Herr Dorfinspektor«, ermunterte ihn Walli, zu ihnen herüberzukommen.

Grubinger nickte seiner Frau Resi kurz zu und stellte sich

danach an den weiß gedeckten Stehtisch. Sandra hatte inzwischen Lisa, Clemens und die Freundesclique entdeckt und machte sich auf den Weg zu ihnen. Mizzi Troger tauschte einige Worte mit Sepp Grubinger zur Ablöse von Winkelbauer als Kirchengemeinderatsvorsitzenden aus, trank den Rest ihres Glases leer, stellte es auf den Tisch zurück und wollte sich noch um die Entgegennahme der Festtorte kümmern.

»Na, Grubinger, ganz schön harte Geschichte war das diesmal. Ungeheuerlich, was Verblendung so anrichten kann.«

»Na, bei denen war es schon auch ein bissl mehr als Verblendung. Fanatismus, würde ich sagen. Immerhin ging das sogar bis zum Mord. Gleich mehrfachen.«

»Stimmt. Aber der Patrick lebt gedanklich sowieso in einer anderen Welt. Er war davon überzeugt, etwas Gutes zu tun. Alle aus ihrer vermeintlich misslichen Lage zu befreien. Daher auch das Gänseblümchen auf allen Toten.«

»Offenbar nahm er die abwertenden Worte Winkelbauers zum Anlass, dafür zu sorgen, dass die Benannten eben nicht mehr störten.«

»Friedrich Winkelbauer war für Patrick Burger zur übermächtigen Leitfigur in seinem Leben geworden. Alles, was er sagte, wurde für ihn zum Gebot. Winkelbauer hatte sich schon des Jugendlichen angenommen, nachdem er mitbekommen hatte, dass dessen Eltern ihn misshandelten, manchmal tagelang in den Keller sperrten. Manchmal passiert das noch in Österreich.«

»Gehen S', Grubinger. Jetzt übertreiben S' aber a bissl!«

»Bin i mir net sicher.«

»Und was konnte man dem Winkelbauer jetzt alles nachweisen? Wofür wird er sich vor Gericht verantworten müssen?«

»Wegen schwerer Körperverletzung an Erna Reisinger. Er schlug sie zusammen, um sie einzuschüchtern. Er wollte, dass sie zum Geheimnis von Waldstettens seinerzeitiger Vergewaltigung Maria Steiners schweigt. Ebenso ist er wegen Anstiftung zu Körperverletzung dran. Da gibt es die Anzeige gegen unbekannt von seiner Tochter. Immerhin haben der Limbacher und der Stanzl das Anheuern der Männer im Auftrag von Winkelbauer freiwillig gestanden. Als Zugeständnis, damit wir nur mit einer Verwaltungsstrafe gegen das Zementwerk vorgehen, statt es zu schließen. Im Waldviertel sind Arbeitsplätze Mangelware. Dann geht es auch noch um die Erpressung vom Eduard Waldstetten und schließlich die Mitwisserschaft an dessen einstiger Vergewaltigung. Dafür wird er aber nix bekommen, weil die Tat schon verjährt ist.«

»Wird er seine Zulassung als Anwalt behalten dürfen?«

»Mit Sicherheit. Anwälte verlieren die selten. Viel eher zeichnet sie das aus, weil man ihnen später aufgrund dieser Erfahrung noch mehr zutraut, Klienten und Klientinnen aus misslichen Lagen zu befreien.«

»Und die Opfer? Denkt man auch an die?«

Grubinger zögerte und antwortete dann ungewohnt trocken: »Die sind eh schon tot, sagt zumindest der Gesetzgeber.«

Walli Winzer brauchte jetzt einen neuen Schluck Sekt. Sie genehmigte sich einen großen. Danach blickte sie hoch und sah Lena.

»Was schaut ihr denn so ernst? Seid ihr gedanklich noch immer bei den Mordfällen? Denkt doch einmal an etwas anderes. Positives! Heute wird gefeiert. Eine Hochzeit«, jubelte Lena Breitenecker, als das Brautpaar gerade unter festlichen Fanfarenklängen die repräsentative Treppe an der hinteren Schlossseite herabschritt.

»Na ja, es ist zumindest fast so etwas wie eine Hochzeit«, murmelte Walli Winzer bereits leicht benebelt in ihr Sektglas hinein. Denn mit dem Gedanken an eine Hochzeit hatte sie es nach ihrer verunglückten Ehe mit Thomas generell nicht mehr so. Was war's denn außer Romantik? Die Freiheit war futsch und die Verpflichtungen nahmen zu. Auch der Alltag zerzauste Liebe und Leidenschaft. Ein Albtraum, wie Walli für sich aus eigener Erfahrung befand. Und dann hatte Björn ihr noch vor seiner Abreise einen Heiratsantrag gemacht. Walli war einer Antwort bisher diplomatisch ausgewichen.

Noch ein Schluck Sekt. Auch Florian hatte sie zuvor aus den Augenwinkeln beobachtet.

Wieder ein Schluck Sekt.

Schluss damit!, mahnte sie sich. Es fand hier nicht ihre Hochzeit statt. Im Gegenteil: Es gab ein Paar, das wirklich Verantwortung füreinander übernehmen wollte. Freiwillig.

In diesem Fall freute sie sich aufrichtig für die Liebenden und betrachtete die Zukunft für die beiden eindeutig zuversichtlich. Ein Happy End wie im Märchen oder im Film.

Die versammelte Menge jubelte und warf einzeln Blumen statt Reis. Ein buntes Blütenmeer umfing das Paar und die beiden Kinder neben ihnen, als es auf der Wiese angekommen war. Sie umarmten einander und küssten sich.

Ein langer Kuss.

Die Gäste tobten vor Freude.

Wie glücklich und wie strahlend sie aussahen.

Ein wirklich schönes Paar.

Und sie hatten einander – endlich.

Romy und Julia.

Stadt Land Fluss

Andrea Reidt
Lauschiges Lahntal
Lieblingsplätze
192 Seiten, 14 x 21 cm
Paperback
ISBN 978-3-8392-1875-4
€ 14,99 [D] / € 15,50 [A]

Warum warf Goethe sein Taschenmesser in die Lahn? War die Heilige Elisabeth eine Aussteigerin? Warum durfte Philipp der Großmütige zwei Frauen heiraten? Wo steht das hessische Neuschwanstein? Andrea Reidt beantwortet diese und viele andere Fragen. In 66 Beiträgen zu ihren Lieblingsplätzen an der Lahn und 11 Porträts berühmter Persönlichkeiten der Region zeigt sie: Das Lahntal ist eine landschaftliche Idylle – und eine Gegend für Tüftler und Fantasten. Kommen Sie mit nach Bad Laasphe, Biedenkopf, Marburg, Gießen, Wetzlar, Weilburg, Limburg, Diez, Nassau und Bad Ems.

GMEINER KULTUR

WWW.GMEINER-VERLAG.DE
Mensch, Kultur, Region